Knaur.

Knaur.

Im Knaur Taschenbuch Verlag sind bereits folgende Bücher der Autorin erschienen:
Klaras Haus
Steine und Rosen
Majas Buch
Vergleichsweise wundervoll
Annas Entscheidung
Nur ein Gerücht
Im Angesicht der Schuld

Über die Autorin:
Sabine Kornbichler, 1957 in Wiesbaden geboren, wuchs an der Nordsee auf. Nach dem Studium der Volkswirtschaftslehre in Hamburg arbeitete sie mehrere Jahre als Beraterin in einer Frankfurter PR-Agentur. Sie lebt heute mit ihrem Mann in Berlin, wo sie als Autorin arbeitet.
Gleich ihr erster Roman, *Klaras Haus,* war ein großer Erfolg. Es folgten die Romane *Steine und Rosen, Majas Buch, Annas Entscheidung, Nur ein Gerücht* und *Im Angesicht der Schuld* sowie der Kurzgeschichtenband *Vergleichsweise wundervoll.*
Besuchen Sie die Autorin auf ihrer Homepage:
www.Sabine-Kornbichler.de

Sabine Kornbichler

Gefährliche Täuschung

Roman

Knaur Taschenbuch Verlag

Besuchen Sie uns im Internet:
www.knaur.de

Originalausgabe Februar 2008

Ein Unternehmen der Droemerschen Verlagsanstalt
Th. Knaur Nachf. GmbH & Co. KG, München

Umschlaggestaltung: ZERO Werbeagentur, München
Umschlagabbildung: FinePic, München
Satz: Adobe InDesign im Verlag
Druck und Bindung: Clausen & Bosse, Leck
Printed in Germany
ISBN 978-3-426-63302-1

2 4 5 3 1

Für Ulla

1

Im Kalender war dieser Donnerstag als Herbstanfang vermerkt. In Wirklichkeit war er spätsommerlich – von der Sonne beschienen und mit einem kaum spürbaren kühlen Unterton. In meine Erinnerung würde er sich für immer als der zweiundzwanzigste September eingraben.

Wie an jedem anderen Werktag auch war ich früh aufgestanden. Ich mochte diese Stunde, wenn der Tag gerade erwachte und das Gras noch feucht war. Während ich zum Ende der Auffahrt lief, um die Zeitung aus dem Postkasten zu holen, atmete ich die Morgenluft ein und dachte an den vergangenen Abend. Ich hatte ihn mit meiner Freundin Verena verbracht. Eigentlich wollte sie mich an diesem Vormittag auf meiner Radtour begleiten. Es würde jedoch an ein Wunder grenzen, wenn sie dies wahr machte.

Im Vorbeigehen legte ich die Zeitung auf den Gartentisch, füllte zwei große Gießkannen mit Wasser und ging zu den beiden Terrakottakübeln, die den Hauseingang säumten. Ich strich über die dunkellila, mit gelben Herzen gefüllten Blüten meiner durstigen Enzianbäume.

»Guten Morgen, ihr Schluckspechte«, begrüßte ich sie. Während ich den Inhalt der Gießkannen in die Kübel leerte, wanderte mein Blick die Hauswand hinauf. Anstatt Heilige darauf zu malen, wie es hier im Chiemgau üblich war, hatte ich mich für Feengestalten entschieden. Sie hatten unserem Haus seinen Namen gegeben: Die Leute nannten es *Feenhaus.*

Drinnen ertönte das Telefon. Nach dem fünften Mal würde der Anrufbeantworter anspringen. Ich stellte die Gießkanne ab und spurtete in die Küche. Zwischen dem vierten und fünften Klingeln griff ich nach dem Hörer.

Die Küchenuhr zeigte halb acht. So verschieden mein Mann Laurenz und ich in mancher Hinsicht waren – in unserem Hang zu Gewohnheiten ähnelten wir uns. Genau wie ich stand er morgens gegen sieben Uhr auf. Während ich im Feenhaus in Aschau Teewasser aufsetzte und die Zeitung holte, schaltete er in unserer Münchener Wohnung die Kaffeemaschine ein, ging unter die Dusche und rief mich danach an. Nur an den Wochenenden, die er gemeinsam mit mir im Feenhaus verbrachte, begannen unsere Tage anders. Da schliefen wir aus und lebten in den Tag hinein.

»Morgen, Emma.« Laurenz Stimme klang, als habe er sie in Alkohol gebadet und stundenlang rauchgeschwängerter Luft ausgesetzt.

»Hoffentlich fühlst du dich nicht so, wie du klingst.«

»Mein Kunde hat mich gestern Abend noch zu einer Kneipentour überredet. Hätte ich geahnt, wie sich mein Kopf heute Morgen anfühlen würde, hätte ich abgelehnt.« Er hustete. »Was hast du heute vor?«

»Um zehn bin ich mit Vreni zum Radfahren verabredet und dann …«

»Euer wievielter Versuch ist das?«, unterbrach er mich.

»Ich zähle nicht mit.«

»Warum gibt sie es nicht auf?«

»Weil sie vor ihrem Sturz Spaß daran hatte. Wenn sie aufgibt, ist es, als wäre sie noch einmal gestürzt.«

»Manchmal ist es klüger, etwas aufzugeben. Wahrscheinlich würde sie vor lauter Angst beim kleinsten Abhang gleich wieder stürzen.«

»Sollte sie tatsächlich mitkommen, suche ich uns eine leichte Strecke aus.«

»Na ja, wenigstens wärst du dann nicht alleine. Mir wäre wirklich wohler, wenn du …«

»Ich werde mir kein Handy anschaffen!« Die Diskussion, die jetzt unweigerlich folgte, führten wir nicht zum ersten Mal.

»Die Strahlung, die von einem Fernseher ausgeht, ist …«

»… weit höher, ich weiß. Aber ich habe noch kein einziges Mal so ein blödes Ding vermisst.«

»Es gibt Notfälle, da kann dir so ein *blödes Ding* das Leben retten.«

»Laurenz, ich bin nicht die Einzige, die da draußen unterwegs ist. Wenn ich mir ein Bein breche, dann wird sich schon jemand finden, der einen Notarzt ruft. Und wenn mir irgendwo ein böser Bube auflauert, dann hilft mir auch kein Handy. Und jetzt hör auf, dir Sorgen zu machen. Pfleg lieber deinen Kater. Kannst du dich nicht noch mal eine Stunde hinlegen?«

»Geht nicht, ich habe um neun den ersten Termin.«

»Apropos Termin: Ich habe den Auftrag bekommen. Ich werde den neuen Kinderkrimi von Juliane Wolfinger illustrieren. Heute um fünf treffe ich sie in Neubeuern.«

»Ich freue mich für dich. Herzlichen Glückwunsch!«

»Danke. Ich rufe dich an, wenn ich zurück bin.«

Nachdem Laurenz mir einen Kuss durch die Leitung geschickt hatte, holte ich die Zeitung vom Gartentisch und überflog bei einer Tasse Tee die Schlagzeilen. Eine Viertelstunde später saß ich bereits in meinem Arbeitszimmer im ersten Stock. Juliane Wolfinger hatte versprochen, mir das Manuskript ihres Kinderkrimis zu schicken, damit ich es vor unserem Termin noch lesen konnte.

Während ich wartete, dass mein PC hochfuhr, öffnete ich das Fenster und lehnte mich in den Rahmen. Mein Blick wanderte über die Apfelbäume in unserem Garten und die Dächer der Nachbarn. Nur fünf Kilometer von hier, in Kraimoos, lebten meine Eltern. Sie waren vor achtunddreißig Jahren kurz nach meiner Geburt dorthin gezogen. Ich teilte ihre Liebe zum Chiemgau, die aus mir eine unverbesserliche Landpomeranze gemacht hatte.

Im Gegensatz zu mir war Laurenz ein Stadtmensch. Es hatte gedauert, bis wir einen Kompromiss für unser gemeinsames Leben gefunden hatten. Dass es gelungen war, empfand ich immer wieder als ein Geschenk. Laurenz bezeichnete es mit einem Augenzwinkern als harte Arbeit.

Ich setzte mich an den PC, druckte das Manuskript, das in der Zwischenzeit angekommen war, aus und begann zu lesen. Als das Telefon läutete, runzelte ich unwillig die Stirn. Ich hatte vergessen, es auszuschalten, wie ich es üblicherweise beim Arbeiten tat.

»Thalmann«, meldete ich mich.

»Ich bin's«, sagte Verena kleinlaut.

»Vreni, guten Morgen!«

»Du ahnst bestimmt schon, warum ich anrufe.«

»Du magst nicht mitkommen, stimmt's?«

»Gestern Abend dachte ich noch, ich würde es schaffen, aber jetzt … ich weiß, ich bin ein Feigling.«

»Bist du nicht. Es ist vielleicht einfach nur noch nicht der richtige Moment, um wieder aufs Rad zu steigen. Mach dir deswegen keine Sorgen.«

Verenas Sturz war ein Jahr her, aber sie hatte acht

Monate lang Nacken- und Kopfschmerzen gehabt. Bei jemandem, der weniger diszipliniert dagegen angegangen wäre, hätte es vermutlich noch länger gedauert. Aber Verena war keine Wahl geblieben. Mit ihrem Gymnastikstudio verdiente sie den Lebensunterhalt für ihre kleine Familie – für ihre siebzehnjährige Tochter Mirjam und ihren Lebensgefährten Anton, der kurz vor ihrem Sturz seinen Job als Redakteur bei einer Zeitung verloren hatte und seitdem versuchte, sich als freier Journalist durchzuschlagen.

»Irgendwann schaffe ich es«, sagte sie und atmete hörbar aus.

»Ich weiß!«

Kaum hatten wir uns verabschiedet und aufgelegt, klingelte das Telefon erneut. »Niemand zu Hause«, murmelte ich und vertiefte mich wieder in das Manuskript.

»Emma, ich wollte heute Mittag mal wieder etwas Besonderes für deinen Vater kochen«, erklang die Stimme meiner Mutter auf dem Anrufbeantworter. »Er hat sich beschwert, seitdem ich meine Ausbildung begonnen hätte, würde ich ihn vernachlässigen. Also gibt es heute selbstgemachte Semmelknödel mit Schweinebraten. Wie wär's …?«

Ich nahm den Hörer ab. »Hallo, Mama.«

»Entschuldige, dass ich dich beim Arbeiten störe, Emma. Ich möchte nur wissen, ob du Lust und Zeit hast, heute Mittag mit uns zu essen.«

»Ich will sowieso meine übliche Runde über die Maisalm fahren. Dann komme ich auf dem Rückweg bei euch vorbei. Nur kann ich nicht lange bleiben.«

»Sagen wir halb eins?«, fragte sie.

»Abgemacht.«

Nachdem ich das Manuskript fertiggelesen hatte, ging ich ins Schlafzimmer, zog mich um und flocht meine Haare zu einem Zopf. Unten im Flur schlüpfte ich in meine Sportschuhe, verstaute Portemonnaie und Papiertaschentücher in meiner Gürteltasche und verschloss die Haustür. Schließlich holte ich mein Rad aus der Garage, setzte den Helm auf und fuhr los.

Während ich den Schlechtenberg hinunterrollte, schaute ich rechts und links in die Gärten unserer Nachbarn. Außer der alten Anni Metzler, die vier Häuser weiter die verwelkten Blüten ihrer Rosenstöcke abschnitt, war niemand zu sehen. Im Vorbeifahren winkte ich ihr zu.

An der Kohlstatt bog ich Richtung Maisalm ab und trat kräftig in die Pedale. Bisher hatte ich es noch kein einziges Mal geschafft, die dreihundert Höhenmeter den Almwirtschaftsweg am Lochbach entlang zu bewältigen, ohne wenigstens einmal abzusteigen. An diesem Tag gelang es mir zum ersten Mal. Mit einem Hochgefühl und außer Atem überholte ich kurz vor der Maisalm eine kleine Gruppe von Wanderern, die wie ich diesen spätsommerlichen Tag zu genießen schien. Während ich dem Weg folgte, der oberhalb der Alm wieder in den Wald führte, warf ich einen Blick hinüber zu den an diesem Vormittag nur spärlich besetzten Tischen. Ein paar Gäste machten dort Rast und hielten ihre Gesichter in die Sonne.

Im Wald nahm ich den Abzweig zur Abendmahlkapelle und ließ mein Rad bergab rollen. Erst als ich den Schotterweg erreichte, bremste ich ab. Hier hatte die abfallende Strecke ihre Tücken, zumal es am rechten Wegrand steil abwärts ging. Als hinter mir eine Klingel ertönte, fuhr ich zur Seite und ließ einen Radfahrer mit einem knallgelben Helm überholen. In selbstmörderischem Tempo raste er an mir vorbei und verschwand hinter der nächsten Kurve. Der hält sich auch für unsterblich, dachte ich und behielt mein kontrolliertes Tempo bei, bis ich die Abendmahlkapelle erreichte.

Unterhalb der Kapelle lehnte ich mein Rad an einen Baum und stieg die Treppe hinauf bis zu dem kleinen Brunnen. Nachdem ich ein paar Schlucke Wasser getrunken hatte, betrat ich – wie immer, wenn ich hier vorbeikam – das Holzgebäude, um einen Moment lang in den Frieden einzutauchen, der hier herrschte.

Kaum saß ich wieder im Sattel, hörte ich links von mir im Unterholz ein Geräusch. Es klang wie das schmerzerfüllte Stöhnen eines Mannes. Erst konnte ich niemanden entdecken, dann sah ich ein Fahrrad im Gestrüpp liegen und ein paar Meter weiter den Mann mit dem knallgelben Fahrradhelm. Das muss der Unsterbliche sein, der mich überholt hat, überlegte ich. Sein halsbrecherisches Tempo hatte ihn vermutlich aus der Kurve geschleudert.

»Ich bin gleich bei Ihnen!«, rief ich, ließ mein Rad zurück und lief zu ihm.

Wieder stöhnte er auf. Es klang, als habe er große Schmerzen. Ich musste an Verena denken, die sich bei ihrem Fahrradsturz einen Wirbel verletzt hatte. Bei ihm angekommen, sah ich, dass er auf dem Bauch lag. Rechtes Bein und rechter Arm waren angewinkelt, das linke Bein ausgestreckt, der linke Arm von seinem Körper verdeckt.

»Bleiben Sie ganz ruhig liegen«, sagte ich, während ich neben ihm in die Hocke ging.

Sein Helm war nach vorn gerutscht und verbarg die obere Hälfte seines Gesichts. Die untere war von einem mit grauen Fäden durchzogenen Vollbart bedeckt. Seine

Lippen waren kaum zu erkennen, er presste sie vor Schmerz zusammen. Einem Impuls folgend versuchte ich, den Helm vorsichtig zurückzuschieben, damit er etwas sehen konnte. Aber selbst bei dieser winzigen Bewegung zuckte er zusammen und stöhnte auf. Konnte ich es verantworten, ihn ein paar Minuten lang alleine hier liegen zu lassen, um zum nächsten Hof zu fahren?

Unschlüssig wanderte mein Blick zu dem Rucksack auf seinem Rücken. »Haben Sie ein Handy in Ihrem Rucksack?«

Sein kaum hörbares Ja schien ihn ungeheure Kraft zu kosten. Ich atmete auf und öffnete den seitlichen Reißverschluss.

In diesem Moment traf mich sein rechter Arm mit so großer Wucht an der Schulter, dass ich das Gleichgewicht verlor und auf meinem Steißbein landete. Ein heftiger Schmerz ließ mich aufschreien. Der Mann, der eben noch bewegungslos zu meinen Füßen gelegen hatte, kam in Sekundenschnelle auf die Beine und zog etwas Weißes aus einer durchsichtigen Plastiktüte. Bevor ich begriff, was geschah, drückte er mir mit der einen Hand Watte aufs Gesicht und packte mit der anderen meinen Nacken.

Erfüllt von einer nie dagewesenen Angst wollte ich schreien, aber der Mann erstickte den Schrei. Ich drehte mich auf die Seite und versuchte, mit dem Knie seine Rippen zu treffen. Gleichzeitig zerrte ich mit aller Kraft an seinem Arm. Vergeblich. Mit einer schnellen Bewegung rutschte er hinter mich, so dass mein Kopf wie in einem Schraubstock zwischen seinen Oberschenkeln landete. Seine Knie drückten meine Schultern zu Boden, seine Hände pressten die getränkte Watte auf mein Gesicht. Ich schwang ein Bein nach hinten, verfehlte aber seinen Kopf.

»Stillhalten!«, befahl er mir.

In dem Gefühl zu ersticken krallte ich meine Nägel in seine Hände, sie drangen jedoch nicht durch das Leder der Handschuhe. Als ich versuchte, sein Gesicht zu erwischen, rammte er den Lauf einer Pistole gegen meinen Wangenknochen.

»Atme das Chloroform ein oder ich drücke ab!«

Da war nur noch diese unvorstellbare Angst. Ich versuchte, den Kopf in den Boden zu drücken und so ein wenig Abstand zu der Pistole zu gewinnen. Gleichzeitig hielt ich die Luft an.

»Wenn du das hier überleben willst, dann atme verdammt noch mal! Hast du mich verstanden?«

Chloroform, hatte er gesagt. Ich atmete so flach es nur ging. Es kostete mich eine fast übermenschliche Mühe, meine Muskeln loszulassen. Während ich so tat, als wäre ich bewusstlos, lief mein Gehirn auf Hochtouren: Gleich wird er die Watte von deinem Gesicht nehmen und deine Augen beobachten. Du darfst nicht blinzeln. Du darfst auf keinen Fall blinzeln!

»Gib dir keine Mühe«, sagte er unbeeindruckt.

Das ist ein Test, redete ich mir ein, nur ein Test. Er testet dich, er will auf Nummer sicher gehen. Doch seine Umklammerung ließ nicht nach. Auch der Druck der Pistole gegen meine Wange blieb unvermindert. Aus Angst, jeden Moment tatsächlich bewusstlos zu werden, atmete ich noch flacher und hielt zwischendurch immer wieder die Luft an. Durchhalten … nur noch ein paar Sekunden!

»Das ist sinnlos. Chloroform wirkt nur in Filmen und bei Freiwilligen so schnell. Wenn sich jemand dagegen wehrt und nicht tief einatmet, kann es zehn Minuten bis zur Bewusstlosigkeit dauern. Also lass diese dummen Spielchen!«

Nein!, schrie es in mir – ohrenbetäubend und gleichzeitig stumm. Die Verzweiflung, die ich bis zu diesem Moment hatte zurückhalten können, erfasste mich wie eine eiskalte Welle. Ich …

2

Erst war da nur Benommenheit. Dann kehrte die Erinnerung zurück. Ein Gedankenkarussell begann, sich in meinem Kopf zu drehen – zunächst langsam, dann immer schneller: Wo war ich hier? Wer war der Mann, der mich betäubt hatte? Was wollte er von mir? Was hatte er mit mir gemacht?

Ich hob den Kopf. Auf der Suche nach etwas Vertrautem hetzte mein Blick durch den vom Licht einer Gaslampe nur schwach erhellten Raum. Die Wände bestanden aus Holzbalken, die Decke aus Holzlatten. Ich war in einer Hütte aufgewacht, auf einem Bett, das mit dem Kopfende an eine Wand gerückt war. An der gegenüberliegenden Wand gab es einen Klapptisch und einen Klappstuhl, an der Wand links von mir einen Bauernschrank und in der rechten hinteren Ecke einen Ofen. Schräg rechts von mir befand sich eine Tür. Aber wo war das Fenster?

Allmählich drang der Schmerz in mein Bewusstsein. Der Kampf auf dem Waldboden hatte seine Spuren hinterlassen. Aber nicht nur Steißbein, Schultern und Wange taten mir weh, sondern auch mein rechtes Handgelenk. Es war mit Handschellen am Kopfende des Bettes fixiert. Während ich mich vorsichtig aufsetzte, tropfte Speichel aus meinem Mund. Mit der freien Hand wischte ich ihn fort und brach in lautes Husten aus.

Als der Mann plötzlich neben meinem Bett stand,

schrak ich zusammen. Die Angst legte sich wie ein Strick um meine Kehle. Der Mann war vermummt. In die dunkle Wollmütze, die ihm bis zum Hals reichte, waren Schlitze für die Augen geschnitten. Mund und Nase waren von der Mütze verdeckt, sein Körper unter einem Blaumann verborgen, seine Hände steckten in Handschuhen. In der rechten Hand hielt er eine Flasche mit Wasser. Er streckte sie mir entgegen.

Ich wich vor ihm zurück. Die Angst verstärkte meinen Hustenreiz. Ich würgte und hustete.

Der Mann ließ die Wasserflasche aufs Bett fallen und setzte sich dann auf den Klappstuhl. Mit vor der Brust verschränkten Armen wartete er, seinen Blick auf mich gerichtet.

Mit der linken Hand griff ich nach der Flasche, klemmte sie zwischen die Knie und drehte mit zitternden Fingern den Verschluss auf. Dann trank ich in kleinen Schlucken gegen den Hustenreiz an, wobei ich einen Teil des Wassers verschüttete. Es kam mir wie eine Ewigkeit vor, bis der Husten endlich nachließ und ich ein paar Worte herausbrachte. »Wo bin ich hier?«

Er schüttelte den Kopf.

»Was wollen Sie von mir?«

Wieder Kopfschütteln.

Mein Herz hämmerte in meinem Hals, in meinen Ohren rauschte es. »Bitte lassen Sie mich gehen«, sagte ich.

»Ich werde Sie gehen lassen, wenn Sie tun, was ich sage.« Der Klang seiner Stimme wurde durch die Wollmütze gedämpft. Trotzdem erkannte ich sie. Sie gehörte dem Mann aus dem Wald.

»Sagen Sie mir, was ich tun soll.«

»Verhalten Sie sich ruhig und machen Sie keine Scherereien. Dann passiert Ihnen nichts.«

»Wann lassen Sie mich wieder frei?«

Er schlug ein Bein über das andere und wippte mit dem Fuß. Nach einer Weile, die mir endlos erschien, antwortete er: »Sobald Ihr Mann das Lösegeld gezahlt hat.«

Lösegeld. Ich hielt mich an diesem Wort fest. Es war wie ein Anker. Er will nur Lösegeld, sonst nichts. Geld ist nicht schlimm. Nicht schlimm! »Rufen Sie meinen Mann an, er wird Ihnen das Geld sofort bringen.« Wieder trank ich einen Schluck Wasser. »Bitte«, flehte ich. »Sie erreichen ihn in München, seine Nummer ist sechs zwei …«

»Seine Handynummer reicht mir, Frau Thalmann.«

Ich gab sie ihm. Und dann traf es mich wie ein Schlag. *Frau Thalmann* … Er kannte meinen Namen. Woher kannte er meinen Namen? Natürlich! Er hatte in meinem Portemonnaie nachgesehen. Mein Ausweis war darin.

»Es liegt an Ihnen, ob die Zeit, die Sie hier verbringen, erträglich sein wird. Wenn Sie kooperieren, wird Ihnen nichts geschehen. Ich werde Sie nicht anrühren. Haben Sie mich verstanden?«

Wie gelähmt starrte ich ihn an.

»Haben Sie mich verstanden?«

Ich nickte mehrmals. »Ja.« Es war nur ein Flüstern, und ich war mir nicht sicher, ob er es gehört hatte. Deshalb wiederholte ich es lauter. »Ja.«

»Neben dem Bett steht ein Eimer. Während Ihrer Zeit in diesem Raum wird er Ihnen als Toilette dienen. Essen und Wasser werde ich Ihnen regelmäßig bringen. Ebenso eine zusätzliche Decke, wenn Ihnen kalt ist.«

Regelmäßig … Wie lange wollte er mich hier festhalten?

»Haben Sie schon mit meinem Mann gesprochen? Haben Sie ihm gesagt, dass …?«

»Es ist mitten in der Nacht. Besser, er ist ausgeschlafen, wenn ich mit ihm spreche.«

»Er wird nicht schlafen. Er wird wissen, dass ich nicht nach Hause gekommen bin. Ich habe versprochen, ihn gegen Abend anzurufen. Er wird nach mir suchen. Bitte … rufen Sie ihn an. Er wird sich fürchterliche Sorgen machen. Er wird denken …« Meine Stimme versagte. Es war mitten in der Nacht? Ich schaute auf mein linkes Handgelenk, dorthin, wo meine Armbanduhr gewesen war. Er musste sie mir abgenommen haben. »So lange habe ich geschlafen? Meine Eltern … sie werden auf mich gewartet haben.« Tränen liefen mir übers Gesicht. »Bitte lassen Sie mich gehen.«

Er schüttelte den Kopf. »Ruhen Sie sich jetzt aus. In ein paar Stunden bringe ich Ihnen etwas zu essen. So lange lösche ich das Licht.«

»Nein!«, schrie ich. Und dann leiser: »Bitte … lassen Sie das Licht an.«

»Schlafen Sie jetzt!«

Der Mann erhob sich, drehte die Gaslampe aus und ging zur Tür. Im Türrahmen drehte er sich noch einmal um: »Ich rate Ihnen, nicht zu schreien. Sollten Sie versuchen, sich irgendwie bemerkbar zu machen, wird Ihre Mutter darunter zu leiden haben. Ich habe ein Handy dort auf den Tisch gelegt. Die Verbindung zu meinem steht ununterbrochen – egal, wo ich mich gerade aufhalte. Über den Knopf in meinem Ohr höre ich jeden Laut von Ihnen. Wenn Sie also wollen, dass auch Ihre Mutter die Sache überlebt, dann verhalten Sie sich ruhig.«

Angst raubte mir sekundenlang die Sprache. »Meine

Mutter hat Ihnen nichts getan.« Meine Stimme war nur noch ein Krächzen. »Bitte …«

»Sie haben mir auch nichts getan, und trotzdem sind Sie hier. So, und jetzt schonen Sie Ihre Stimme!«

»Bitte lassen Sie mich hier nicht im Dunkeln zurück. Ich werde nicht schreien, das verspreche ich. Ich …« Husten schnitt mir das Wort ab. Mit der linken Hand suchte ich nach der Wasserflasche, öffnete sie hastig und trank erneut gegen den Hustenreiz an.

Kaum war mein Husten verstummt, sagte er: »Je weniger Sie reden, desto weniger müssen Sie husten.«

»Haben Sie etwas Warmes für mich zu trinken? Einen Tee? Oder eine Brühe? Irgendetwas …«

»Sie haben Wasser, das muss genügen.«

Hektisch rüttelte ich mit dem rechten Arm an den Handschellen und verstärkte damit den Schmerz nur noch. »Wie soll ich den Eimer benutzen, wenn mein Arm festgebunden ist? Das geht nicht.«

»Not macht erfinderisch, Frau Thalmann, das werden Sie auch noch feststellen!«

Die Dunkelheit umschloss mich wie eine bedrohliche Masse und raubte mir die Luft zum Atmen. Ich zitterte. Das Geräusch meiner aufeinanderschlagenden Zähne durchbrach die Stille. Zusammengekauert saß ich auf dem Bett und bestand nur noch aus Angst. Ich versuchte, meine Hand aus den Handschellen zu ziehen, aber sie waren zu eng.

Meine Augen mussten sich längst an die Dunkelheit gewöhnt haben, trotzdem sah ich nichts. Nicht einmal einen Lichtstreifen unter der Tür. Warum war da kein Lichtstreifen? Tiefer und tiefer stürzte ich in diese Dunkelheit.

Ich ließ mich zur Seite sinken, so dass ich auf meinem rechten Arm zu liegen kam. Dann zog ich die Knie an. Ich machte mich ganz klein und biss die Zähne zusammen.

Tief aus meiner Brust kamen Laute. Jammernde Laute. Meine Tränen vermischten sich mit Speichel, während ich manche Herzschläge wie Stromschläge spürte. Kalter Schweiß trat aus jeder meiner Poren. Zitternd vor Kälte zog ich die Decke, die am Fußende des Bettes lag, über mich. Warum hatte er mir den Ofen nicht angemacht?

Plötzlich sah ich den Ofen in unserem Wohnzimmer vor mir. Die grünen Kacheln glänzten. Ich öffnete die Klappe, schob ein Holzscheit nach dem anderen in die Flammen, schloss die Klappe wieder und lehnte mich dann mit dem Rücken gegen die Kacheln. Wärme durchströmte mich. Ich hob den Kopf und sah Laurenz am Tisch sitzen. Als ich die Hand nach ihm ausstreckte, verschwand das Bild.

Zurück blieb Verzweiflung. Und die Angst, vor lauter Angst verrückt zu werden – verloren in einem Raum, der mir keinen Halt gab. Es musste einen Halt geben, irgendeinen. Wenn schon keinen, der zu sehen war, dann vielleicht einen, den ich hören konnte. Ich horchte. Wenn ich tatsächlich in einer Hütte war, dann musste sie im Wald oder auf einer Alm stehen, irgendwo, wo es Bäume gab, Wind und Tiere. Aber ich hörte nur das Rauschen in meinen Ohren.

Mit den Fingernägeln fuhr ich über den Metallrahmen des Bettes. Laut genug, um die Orientierung nicht zu verlieren, und leise genug, damit der Mann es nicht über das Handy hören konnte.

Laurenz würde nicht schlafen, er würde kein Auge zutun. Er würde von München nach Aschau rasen, er würde

Himmel und Hölle in Bewegung setzen, um selbst mitten in der Nacht an das Lösegeld zu kommen. Er würde keine Zeit verschwenden. Keine Sekunde.

Meine Eltern würden bei ihm sein. Meinen Vater würde die Sorge sprachlos machen. Meine Mutter würde Tee kochen, beten und versuchen, meinen Vater und Laurenz mit ihrer Zuversicht anzustecken. Irgendwann würde sie sich hinsetzen, die Augen schließen und mir etwas von ihrer Energie schicken. Sie glaubte daran, dass so etwas möglich war. Im Geiste würde sie mich an die Hand nehmen und mich auf meinem Weg begleiten. Sie hatte mir einmal erzählt, dass sie das stets so gehalten hatte, wenn ich in schwierigen Lebenssituationen gewesen war. *Wohldosiert*, hatte sie hinterhergeschickt, *damit du nicht unselbständig wirst*.

»Sie dürfen meiner Mutter nichts tun«, sagte ich laut. »Haben Sie mich verstanden!«

»Halten Sie den Mund und schlafen Sie!« Seine Stimme wurde durch die Tür stark gedämpft. Er war nebenan.

Der Husten weckte mich. Bevor ich überhaupt richtig zu mir gekommen war, saß ich aufrecht im Bett. Als ich die Augen öffnete und nichts sah, geriet ich in Panik. Sekundenlang unfähig, mich zu bewegen, tastete ich schließlich das Bett ab, bis ich die Wasserflasche fand.

Mein Herz klopfte. Ich war außer Atem, als wäre ich gerannt. Die linke Hand auf die Brust gepresst, schloss ich die Augen und suchte nach einem Bild, das die Kraft hatte, mich zu beruhigen. Meine Enzianbäume tauchten auf. Mein Blick irrte zwischen beiden hin und her, bis er zur Ruhe kam und an einer einzelnen Blüte hängenblieb. Je länger ich sie betrachtete, desto größer wurde sie. Ihr gelbes Herz ähnelte einer Sonne, umgeben von lila Blütenblättern. Vorsichtig strich ich mit dem Finger darüber. Tränen liefen mir übers Gesicht.

Wer würde die Schluckspechte gießen? Sie brauchten dreimal am Tag zehn Liter Wasser, sonst vertrockneten sie. Laurenz würde nicht daran denken, nicht in einer Situation wie dieser. Aber mein Vater – er würde daran denken. Er würde die Enzianbäume mit einer Entschlossenheit gießen, als würde er damit auch mich am Leben erhalten.

Mit einem Knarren ging die Tür auf, der Mann kam herein. Er ging zu der Gaslampe, die auf dem Tisch stand, und zündete sie an. Im Licht der Lampe sah ich, dass alles unverändert war: die Wollmütze, der Blaumann, die Handschuhe. Er warf einen prüfenden Blick auf die Handschellen.

Ich folgte diesem Blick. »Mein Handgelenk tut weh.«

»Daran werden Sie nicht sterben«, entgegnete er und ging wieder hinaus. Das Licht ließ er brennen.

Kaum war er draußen, hetzte mein Blick zu dem Tisch. Tatsächlich: Dort lag das Handy, mit dem er mich in Schach hielt. Ich maß die Entfernung zwischen Bett und Tisch. Konnte ich es schaffen, das Bett bis dorthin zu ziehen? Wenn das Handy tatsächlich eingeschaltet war, konnte ich dann die Verbindung zu seinem Handy unterbrechen und den Notruf wählen? Aber was sollte ich der Polizei sagen? Ich wusste nicht, wo ich war.

Ich starrte immer noch auf das Handy, als er mit einem Tablett zurückkam und es vor dem Bett abstellte. Mein Blick blieb an dem Arrangement auf dem Tablett hängen: ein Plastikbecher mit Saft, ein Plastikbecher mit klein geschnittenen Kiwis, zwei mit Käse belegte Brötchen auf einem Pappteller, daneben mehrere Butterkekse.

»Ich möchte nach Hause«, sagte ich.

Er setzte sich auf den Stuhl, wippte mit dem Fuß und beobachtete jede meiner Bewegungen. »Essen Sie!«

»Ich habe keinen Hunger.« Mein Magen war wie zugeschnürt, ich würde keinen einzigen Bissen herunterbekommen. »Wann lassen Sie mich frei?«

»Sobald Ihr Mann gezahlt hat.« Beim Ausatmen war ein leises Fiepen zu hören. Er zog etwas aus der Tasche des Overalls und wandte mir den Rücken zu. Dem Geräusch nach zu urteilen, benutzte er ein Asthmaspray.

»Haben Sie mit ihm gesprochen? Was hat er gesagt?«

»Er will sehen, was er tun kann.«

Der Mann log. Laurenz würde versuchen, Berge zu versetzen, um mich zu retten. Warum log er? Oder hatte er einen Betrag gefordert, der unsere Möglichkeiten überstieg? »Wie viel Geld haben Sie von ihm verlangt?«

»Einhunderttausend Euro.«

Ich gab mir Mühe, mir meine Erleichterung nicht anmerken zu lassen. Diese Summe würde Laurenz aufbringen können. »Wenn mein Mann Ihnen das Geld gegeben hat, lassen Sie mich dann frei?«

»Ja.«

Gedanken ratterten durch mein Gehirn wie Zahlen durch eine Rechenmaschine: War es nicht ein gutes Zeichen, dass sein Gesicht stets vermummt war? Ich würde ihn nicht identifizieren können. Selbst bei dem Überfall war sein Gesicht halb von dem Helm verdeckt gewesen, ich hatte nur seinen mit grauen Fäden durchzogenen Bart sehen können. Würde er mich gehen lassen? Oder würde er mich …? Nein! Die Angst kroch in meine Kehle. Würde es mir ergehen wie …? Nein! Nicht daran denken! Ich fegte diesen Gedanken fort, verbot ihn mir. Ich wollte nur an Entführungsopfer denken, die überlebt hatten.

Und ich dachte an meine Mutter. An einen ihrer Sätze, mit denen ich groß geworden war: *Komm, Emma, lass uns nach einer Lösung suchen.* Hatte sie jemals an solch ein Problem gedacht? Hatte sie es für möglich gehalten, dass ihre Tochter eines Tages in einer Hütte an ein Bettgestell gefesselt sein könnte, in der Ungewissheit, ob sie diesen Raum lebend verlassen würde? Galt dieser Satz überhaupt für solch eine Situation? Wenn ja, wo lag dann die Lösung?

Da ich die Handschellen ohne einen Schlüssel nicht würde öffnen können, konnte eine Lösung nur von außen kommen. Aber wie sollte ich auf mich aufmerksam machen, wenn ich nicht um Hilfe schreien konnte? Würde er seine Drohung wahr machen und jeden meiner Hilferufe an meiner Mutter auslassen? »Die Sache mit dem Handy glaube ich Ihnen nicht«, brach ich das Schweigen. »Sie würden nie und nimmer ein eingeschaltetes Handy in meiner Nähe lassen. Das wäre idiotisch. Ich müsste nur das Bett dorthin ziehen und die Polizei rufen.«

Er gab einen amüsierten Laut von sich. »Dieses Handy ist so eingestellt, dass man damit nur eine einzige Nummer wählen kann, nämlich die von dem Handy in meiner Hosentasche. So etwas nennt sich Kindersicherung. Ganz praktisch, wie ich finde.«

»Und was ist, wenn der Akku leer ist?« Ich sah mich um. »So wie es aussieht, gibt es hier keinen Strom zum Aufladen.«

»Keine Sorge, ich habe mehrere aufgeladene Akkus dabei, ich werde sie rechtzeitig auswechseln.«

»Und wenn Sie zur Lösegeldübergabe fahren und unterwegs in ein Funkloch geraten? Dann wird die Verbindung zusammenbrechen.«

»Beten Sie, dass das nicht geschieht.«

Ein Schauer lief mir über den Rücken, und ich starrte ihn an. Dann hob ich meine rechte Hand, so weit es die metallene Fessel zuließ. »Wenn ich Ihnen verspreche, mich nicht von der Stelle zu rühren, nehmen Sie mir dann die Handschellen ab?«

Er schüttelte den Kopf. Ohne seinen Gesichtsausdruck sehen zu können, wusste ich, dass dieses Kopfschütteln mehr einer Belustigung entsprang, als ein Nein war. »Sie würden mir alles versprechen, um diesen Raum zu verlassen. Verständlich. Jeder würde das. Aber nur ein Narr würde Ihnen die Handschellen öffnen. Man muss frei sein, um ein Versprechen geben zu können. Das ist Luxus, Frau Thalmann, ein Luxus, den Sie sich derzeit nicht leisten können.«

Ich atmete tief ein und hatte dennoch das Gefühl, keine Luft zu bekommen. »Könnten Sie mich für einen Moment an die frische Luft bringen? Bitte … Sie können mir die Augen verbinden, ich möchte nur etwas frische Luft atmen.«

Dieses Mal war sein Kopfschütteln ein klares Nein. »Trinken Sie den Saft, dann bekommen Sie Vitamine.«

Ich hielt ihm die leere Wasserflasche entgegen. »Mein Hals fühlt sich ganz kratzig an. Saft wird da zu sehr brennen.«

»Erst trinken Sie den Saft, dann bekommen Sie Wasser!«

Allein bei dem Gedanken an die Säure zog sich meine Kehle zusammen. »Ich kann nicht.«

»Wenn Sie nicht wollen, dass ich Gewalt anwende, dann trinken Sie jetzt.«

Die Erkenntnis traf mich wie ein Schlag: Er hatte etwas in den Saft gemischt. »Was ist da drin?« Mit angstgeweiteten Augen sah ich ihn an.

»Nichts Tödliches, nur ein Schlafmittel.«

»Ich werde das nicht trinken.«

»Sie werden, glauben Sie mir.«

»Warum tun Sie das?«

»Weil ich das Geld brauche.«

»Mein Mann wird das Geld schnell besorgen. Wenn Sie mir jetzt ein Schlafmittel geben, dann ...« Ich wollte nicht schlafen. Auf keinen Fall. Mit einer schnellen Bewegung meines Fußes stieß ich den Becher um. Die gelbe Flüssigkeit ergoss sich über das Tablett.

Ohne ein Wort zu sagen, stand er auf, drehte die Gaslampe aus und verließ den Raum. Ich blieb in völliger Dunkelheit zurück. Verloren und verängstigt. Hilflos.

Ich weiß nicht, wie lange ich es aushielt, bis ich schrie. Es können ebenso zwei wie zwanzig Minuten gewesen sein. »Ich werde das Schlafmittel nehmen. Hören Sie mich?«

Nichts geschah. Hatte er mich nicht gehört? Die Dunkelheit und die Stille waren wie unsichtbare Angreifer. Gedanken prasselten auf mich nieder wie Pfeile. Was, wenn er sich für meine Weigerung, den Saft zu trinken, an meiner Mutter rächte? Was, wenn er sich von Laurenz das Geld bringen ließ, ohne ihm im Gegenzug den Ort zu verraten, an dem er mich gefangen hielt? Was, wenn er mit dem Geld verschwand und mich hier einfach zurückließ? Wie lange würde es dauern, bis mich jemand fand? Wie lange würde es dauern, bis ich in dieser Dunkelheit verrückt wurde?

Bitte, wimmerte es in mir. Ich rief: »Bitte, kommen Sie zurück.«

Als die Tür aufging und ich vor dem dämmrigen Licht im Flur seine Konturen im Rahmen sah, hätte ich vor Erleichterung beinahe geweint. Er kam auf mich zu und hielt mir einen Becher hin. Ohne zu zögern nahm ich ihn und trank den Orangensaft.

Meine Hoffnung, er würde sofort wieder gehen, zerschlug sich. Und damit auch mein Plan, mir einen Finger in den Hals zu stecken und mich zu übergeben. Unter die Decke, dorthin, wo er es nicht gleich entdecken würde.

Er setzte sich auf die Bettkante und strich mir mit einem Finger eine Haarsträhne aus dem Gesicht.

Ich spürte das Leder des Handschuhs und zuckte zusammen.

»Sie sind sehr hübsch, Frau Thalmann«, sagte er in einem Tonfall, als würde es ihn erstaunen.

Erst waren es pochende Kopfschmerzen, die sich in mein Bewusstsein drängten. Dann war es Feuchtigkeit, wie ich sie zuletzt vielleicht mit drei Jahren gespürt hatte. Schlagartig war ich wach. Mit der freien Hand tastete ich unter die Decke. Das Laken war durchnässt, ebenso meine Hose. Vor Scham wurde mir ganz heiß.

Ich rutschte an den Rand des Bettes und klemmte mir die Decke zwischen die Beine. Wie lange würde es dauern, bis der Raum vom Gestank meines Urins erfüllt war? Mein Gesicht war nass von Tränen.

Irgendwann – mein Zeitgefühl hatte mich längst verlassen – waren die Tränen getrocknet. Ich starrte in die Dunkelheit und zählte die Sekunden, die endlos langsam zu vergehen schienen. Schließlich versuchte ich, in mir Bilder zu finden, die mich hielten. Als ich kurz davor war aufzugeben, setzte sich meine Mutter an mein Bett und strich mir über die Stirn. Ich spürte ihre Stärke und gleichzeitig ihre Zärtlichkeit. Sie nahm meine gefesselte Hand in ihre und hielt sie fest. Während sie neben mir saß, erinnerte ich mich daran, wie sie mir beigebracht hatte, mich zu wehren. Ich musste damals zehn oder elf Jahre alt gewesen sein. *Wenn dir jemand die Arme festhält, dann konzentriere dich auf deine Beine, die frei sind.* Sie hatte mit mir geübt, einem Angreifer weh zu tun. Nur, wie sollte ich mich gegen Handschellen zur Wehr setzen? *Konzentriere dich auf deine Beine, die frei sind.* Der Satz hallte in mir wider. Meine Beine waren frei, aber was sollte ich mit ihnen anfangen? Was? Und dann dachte ich: Ich kann sie fit halten, um davonzulaufen, sobald sich die Gelegenheit dazu bietet.

In diesem Moment fiel ein Lichtschimmer in mein Gefängnis. Der Mann hatte die Tür geöffnet. Mein Mund war so trocken, dass meine Zunge am Gaumen klebte. Gierig trank ich aus der Flasche, die er mir reichte. Kaum war das Wasser in meinem Magen angekommen, drängte es mit einem unmissverständlichen Geräusch zurück.

Geistesgegenwärtig hielt mir der Mann den Eimer hin. Ich nahm ihn und würgte so lange, bis kein Tropfen Flüssigkeit mehr in meinem Magen war. Dann nahm er den Eimer und trug ihn hinaus.

Als er zurückkam und die Gaslampe anzündete, fragte ich: »Können Sie mir bitte zwei Handtücher geben?«

»Wozu?«

»Ich habe zu fest geschlafen.«

»Sie haben was …?« Er schien nicht gleich zu verstehen. Dann nickte er, ging hinaus und kam nach kurzer

Zeit mit einer kratzigen alten Decke zurück. Nachdem er sie mir gegeben hatte, drehte er mir den Rücken zu. »Handtücher gibt es hier nicht.«

So gut es ging, deckte ich die feuchte Stelle auf dem Laken ab. »Danke.«

Er setzte sich an den Tisch, nahm das Handy und tauschte den Akku aus.

»Wie lange habe ich geschlafen?«, fragte ich. Meine Stimme klang blechern.

»Eine Stunde.«

Nur eine Stunde? Warum hatte er mich eine Stunde schlafen lassen? Um zur Geldübergabe zu fahren? »Haben Sie das Geld? Lassen Sie mich jetzt frei?«

»Es gibt Schwierigkeiten, die Übergabe wird sich verzögern.«

»Das kann nicht sein! Welche Schwierigkeiten sollte es denn geben?« Unsere Ersparnisse deckten die geforderte Lösegeldsumme ab. Laurenz würde nicht einmal einen Kredit aufnehmen müssen. Er musste das Geld nur vom Konto abheben. Nur abheben, nichts weiter.

»Ihr Mann hat die Polizei eingeschaltet. Das bedeutet, dass Sie mehr Zeit hier verbringen müssen als geplant.«

»Lassen Sie mich mit ihm telefonieren. Wenn ich mit ihm rede, wird er sich beeilen. Ich werde ihm sagen, dass jede Minute, die ich länger hierbleibe, eine Qual für mich ist. Ich werde ihm sagen, dass …«

»Frau Thalmann, glauben Sie allen Ernstes, dass Ihr Mann sich das nicht vorstellen kann? Als Architekt hat er Fantasie.«

Ich schluckte. »Woher wissen Sie, dass er Architekt ist?«

»Das steht im Telefonbuch.«

Das stimmte. Aber es stand im Münchener Telefonbuch. Und in meinem Ausweis stand unsere Adresse in Aschau. In meinem Portemonnaie war nichts über meinen Mann zu finden, kein Hinweis darauf, dass er ein Büro und eine Wohnung in München hatte. »Kennen Sie meinen Mann?«

»Ich lerne ihn gerade kennen«, antwortete er.

»Kannten Sie ihn schon, bevor Sie mich entführt haben?«

Er neigte den Kopf zur Seite. »Wollen Sie tatsächlich mit solchen Fragen Ihr Leben aufs Spiel setzen?«

Mein Herz begann zu rasen. Von einer Sekunde auf die andere, als hätte er einen Schalter umgelegt.

»Wenn Sie nichts über mich wissen, dann können Sie mir später auch nicht gefährlich werden.«

Später ... wann würde das sein? Ich hatte keinen Anhaltspunkt mehr für die Zeit. »Können Sie mir bitte meine Armbanduhr zurückgeben?«

Er verschränkte die Arme vor der Brust.

»Oder wenigstens eine Kopfschmerztablette?«

»Essen Sie etwas!« Er zeigte auf das Tablett, das immer noch am Boden stand. »Dann vergehen Ihre Kopfschmerzen von ganz allein.«

Wut löste einen Moment lang meine Angst ab. »Glauben Sie tatsächlich, dass ich Hunger haben kann, solange ich nicht weiß, ob ich das hier überlebe?«

»Sie werden es überleben, wenn Sie sich an meine Anweisungen halten und kooperieren. Allerdings muss auch Ihr Mann mitspielen.«

»Warum lassen Sie mich nicht mit meinem Mann sprechen? Er denkt vielleicht, ich sei tot. Wenn er ein Lebenszeichen von mir bekäme, dann ...«

»Er hat längst ein Lebenszeichen.«

Das war nicht möglich. Ich runzelte die Stirn. »Aber …«

»Ich habe Ihre Stimme mit einem Diktaphon aufgenommen und sie ihm am Telefon vorgespielt.« Die Wollmütze, die er übers Gesicht gezogen hatte, schien zu jucken. Er kratzte sich an der Schläfe.

Ich glaubte ihm nicht. Wenn Laurenz tatsächlich meine Stimme auf Band gehört hatte, wenn er sicher sein konnte, dass ich noch am Leben war, würde er keine Sekunde zögern und das Geld besorgen. »Vielleicht macht die Polizei Schwierigkeiten, vielleicht hält sie das Geld zurück.«

»Vielleicht will er aber auch auf elegante Weise seine Frau loswerden. Haben Sie darüber schon einmal nachgedacht?«

Darüber brauchte ich nicht nachzudenken. Ich starrte ihn an.

»Verstehen kann ich ihn allerdings nicht«, meinte er mit seidenweicher Stimme und ließ seinen Blick auf mir ruhen.

3

Bevor er den Raum verließ, stellte er die Verbindung zwischen dem Handy auf dem Tisch und dem in seiner Hosentasche wieder her. Es war perfide: Nur ein paar Meter von mir entfernt lag ein eingeschaltetes Handy, aber ich konnte keine Hilfe damit holen. Gab es tatsächlich diese Kindersicherung, von der er gesprochen hatte, oder war sie nur ein Bluff? Aber selbst wenn sie ein Bluff war und es mir gelingen sollte, die Polizei anzurufen, was konnte ich dadurch gewinnen? Ich wusste nicht, wo ich war.

Zum wiederholten Male betrachtete ich den Bauernschrank. Inzwischen war ich mir sicher, dass dahinter ein Fenster verborgen war. Nur ungefähr drei Meter trennten mich von dem Schrank. Würde ich das Bett so weit hinter mir herziehen können? Leise stand ich auf, stellte mich neben das Bett und versuchte, es am Rahmen hochzuheben, ohne ein Geräusch zu machen. Es war schwer, aber wenn ich mich anstrengte, würde ich es vielleicht schaffen. Allerdings wollte ich vorher sichergehen, dass er nicht jeden Moment zur Tür hereinkam.

»Hallo«, rief ich Richtung Handy. Ich lauschte, ob von nebenan irgendetwas zu hören war, aber alles blieb still. War er tatsächlich fortgefahren? Hätte ich das nicht hören müssen? Oder wollte er mich auf die Probe stellen, testen, was ich machte, wenn ich glaubte, allein zu sein? Das Risiko musste ich eingehen. »Sagen Sie meinem Mann, dass er Ihnen das Geld so schnell wie möglich bringen soll. Ich will hier raus!«

Von nebenan war immer noch nichts zu hören. Ich versuchte, mich auf das kleinste Geräusch zu konzentrieren, aber das Einzige, was zu mir durchdrang, war der Ruf eines Greifvogels. Ich strengte mich an, um noch mehr zu hören. Nach einer Weile vernahm ich ein weit entferntes Hundebellen und schließlich das Brummen eines Flugzeugs. Ich wollte auch davonfliegen, wollte Kilometer um Kilometer zwischen mich und diese Hütte legen. Wollte vergessen, dass es sie je gegeben hatte.

Tränen liefen mir übers Gesicht. »Lassen Sie mich hier raus«, schluchzte ich, »ich will hier raus!«

Als er nicht kam, begann ich, das Bett Schritt für Schritt hinter mir herzuziehen. Das Geräusch, das dabei entstand, hallte in meinen Ohren. Wenn er es auch hörte, was würde er dann tun? Würde er das Geräusch als das identifizieren können, was es war? Würde er zum Haus meiner Eltern fahren und …? Ich versuchte, mir diesen Gedanken zu verbieten, aber es gelang mir nicht. Ich sah meine Mutter vor mir, sah, wie er ausholte und sie niederschlug, und schnappte nach Luft. Kurz bevor die Angst übermächtig wurde, drang eine Frage in mein Bewusstsein, die mich auffing: Würde meine Mutter wollen, dass ich mich in mein Schicksal ergab, um sie zu schützen? Sie hatte mir beigebracht, mich zu wehren. Sie hatte es mir immer wieder vorgemacht. Sie wusste sich zu wehren.

Ich zog das Bett noch ein Stück hinter mir her, bis ich den Schrank erreichte. Leise öffnete ich ihn, nur um festzustellen, dass er leer war. Dann stemmte ich den Schrank ein paar Zentimeter von der Wand weg. Wie ich vermutet hatte, war dahinter ein Fenster. Ich hatte gehofft, einen

Blick nach draußen werfen zu können, aber die Läden waren geschlossen und der Fenstergriff war abmontiert. Sehnsüchtig hielt ich mich an dem Hauch von Tageslicht fest, das durch eine winzige Ritze des Fensterladens fiel. Ich sah es, aber ich konnte es nicht erreichen. Die Enttäuschung war übermächtig.

Vorsichtig drückte ich den Schrank wieder an die Wand und ließ mich kraftlos aufs Bett sinken. Die Verzweiflung begann, an mir zu nagen. Warum ließ Laurenz sich so viel Zeit? Konnte er sich nicht denken, was das hier für mich bedeutete? In Gedanken ging ich den Ablauf durch: Laurenz würde einen Anruf von dem Entführer bekommen haben. Nachdem der Mann ihm die Lösegeldsumme genannt hatte, musste Laurenz nichts weiter tun, als zur Bank fahren, das Geld abholen und es zu einem verabredeten Punkt bringen. Das war nicht schwer. Warum aber war ich dann noch hier? Warum? Laurenz würde mich nicht im Stich lassen, niemals. Die meiste Zeit unserer fünf Jahre währenden Ehe hatten wir an verschiedenen Orten verbracht. Aber wir hatten viele Gemeinsamkeiten, und die pflegten wir. Sie bedeuteten uns sehr viel.

Ich sah sein Gesicht vor mir, das durch den dunklen Bartwuchs stets ein wenig verwegen aussah. Selbst wenn er sich gerade rasiert hatte, lagen Schatten darauf. Seine grüngrauen Augen brachten Licht in dieses Gesicht, ebenso die grauen Strähnen, die sich neuerdings in seinem Haar breitmachten. Laurenz war ein Mensch, der alles um sich herum vergessen konnte, wenn er an einer Idee arbeitete. Aber mich würde er nicht vergessen.

Mit einem Knarren ging die Tür auf. Vor Schreck schrie ich auf.

»Aufstehen!«, befahl er mir. »Sofort! Sie schieben das

Bett wieder dorthin, wo es stand.« Er blieb im Türrahmen stehen.

Ich stellte mich auf meine zitternden Beine und stemmte mich gegen das Bett, bis es wieder seine Ausgangsposition erreicht hatte.

»Hinsetzen!« Er wartete, bis ich seinen Befehl befolgt hatte, ging hinaus und kam mit einem Becher zurück. »Trinken Sie das!«

Ich nahm den Becher, sah, dass er mit Orangensaft gefüllt war, und schüttelte heftig den Kopf. »Nein, ich trinke das nicht. Nicht schon wieder! Ich habe immer noch Kopfschmerzen von dem Schlafmittel.«

»Sie sind selbst schuld. Ich habe Ihnen gesagt, dass es Folgen hat, wenn Sie meine Anweisungen nicht befolgen. Und damit habe ich nicht nur das Schlafmittel gemeint.«

Mein Herz stolperte. »Ich habe Sie gerufen«, sagte ich. »Warum sind Sie nicht gekommen?«

Er ging zu dem Schrank und prüfte, ob er noch an derselben Stelle stand. »Was hatten Sie vor? Wollten Sie sich im Schrank verstecken?« Seine Wut schien verraucht zu sein, in seinem Tonfall schwang leise Ironie mit.

»Die Luft hier drin ist verbraucht. Ich war auf der Suche nach einem Fenster, um frische Luft zu schnappen.«

»Trinken Sie den Saft, dann werde ich lüften, während Sie schlafen.«

»Sie könnten auch lüften, während ich wach bin. Ich werde nicht versuchen, mit dem Bett durchs Fenster zu fliehen, versprochen.«

»Ihre Versprechen sind nichts wert.«

»Wann sind Sie mit meinem Mann zur Lösegeldübergabe verabredet?«

»Der Termin steht noch nicht fest.«

»Bitte, unterhalten Sie sich noch einen Moment mit mir. Dann trinke ich den Saft.«

Er lehnte sich an den Schrank und verschränkte die Arme vor der Brust.

Ich versuchte, ihn mir einzuprägen, seine Größe, seinen Körperbau. Ungefähr einen Meter achtzig groß, schlank. Zwar trug er nach wie vor den Blaumann, aber ich hatte ihn vor dem Überfall in seinen Fahrradsachen gesehen, und darin hatte er sehr schlank gewirkt. Seine Augenfarbe konnte ich in dem schwachen Licht der Gaslampe nicht erkennen.

»Warum haben Sie ausgerechnet mich entführt?«, fragte ich. »Ich bin weder reich noch prominent.«

Er sah mich lange an. Minutenlang. Jedenfalls kam es mir so vor. Schließlich sagte er: »Ich brauche keine Millionen, ich brauche nur einhunderttausend Euro. Da wäre es doch idiotisch, sich jemanden zu suchen, der die Möglichkeit in Betracht zieht, Opfer einer Entführung zu werden. So jemand ist viel wachsamer und besser geschützt, als Sie es waren.«

Wachsam war ich nicht gewesen. Naiv und unvorsichtig ... möglich, aber wachsam? Nein! Dann säße ich jetzt nicht hier. »Wie sind Sie auf mich gekommen?«

Er zuckte die Schultern. »Zufall.«

»Wann haben Sie beschlossen, mich zu entführen – erst im Wald oder schon früher?«

»Sie möchten wissen, ob ich Sie tagelang beobachtet habe. Sie fragen sich, warum Sie nichts davon bemerkt haben, wenn es so wäre. Richtig?« Dem Tonfall seiner Stimme nach zu urteilen, genoss er dieses Katz-und-Maus-Spiel.

Ich nickte. »Ja, das würde ich gerne wissen.«

Wieder sah er mich lange an, bis er endlich sprach. »Ich bin tagelang durch den Wald gefahren und habe nach einer günstigen Gelegenheit Ausschau gehalten.«

Eine günstige Gelegenheit. Ein Zufallstreffer. Auf dem Weg zu meinen Eltern. Auf dem Weg zum Essen. Was hatte mich zu einer günstigen Gelegenheit werden lassen? Die Einsamkeit eines spätsommerlichen Tages? Die Tatsache, dass ich eine Frau und damit höchstwahrscheinlich leicht zu überwältigen war? Aber wie hatte er sicher sein können, dass bei uns hunderttausend Euro zu holen waren? Weder mein Fahrrad noch meine Sportsachen zeugten von Wohlstand.

»Menschenkenntnis.« Es hörte sich an, als würde er leise lachen.

Waren meine Gedanken so offensichtlich?

»Selbst wenn Sie Lumpen trügen, könnten Sie nicht verleugnen, dass Sie aus einem guten Stall kommen. Es ist eine bestimmte Haltung, ein bestimmter Ausdruck, ein Blick.«

»Das alles wollen Sie wahrgenommen haben, als Sie mich auf Ihrem Fahrrad überholten?« Er hatte nicht einmal zur Seite gesehen, als er an mir vorbeigerast war.

»Ich habe auf einer der Bänke vor der Maisalm gesessen und Sie beobachtet. Dann bin ich Ihnen gefolgt.«

Ich hatte das Gefühl, als würden meine Kopfschmerzen mein Denken behindern, als müsste ich gegen einen starken Widerstand andenken. »Aus einem guten Stall zu kommen bedeutet nicht automatisch, Geld zu haben.«

»Ich weiß.«

Ich weiß. War es eine eigene Erfahrung? Ich schob den Gedanken beiseite. Er schien sehr gut in meinem Gesicht lesen zu können. Zu gut. Ich wollte mich nicht mehr in Gefahr bringen, als ich es ohnehin schon war.

Als ich in der rechten Wade einen Krampf bekam und am großen Zeh zog, setzte er sich auf die Bettkante und begann, meinen Unterschenkel zu massieren. Ich versuchte, ihm mein Bein zu entziehen, aber er hielt es fest.

»Entspannen Sie sich!«

»Das kann ich nicht, wenn Sie mich anfassen.«

Er zog seine Hände zurück und blickte mich an. »Bald werden Sie in Ihr Leben zurückkehren, und alles wird wie vorher sein«, sagte er. »Sie werden lediglich um einhunderttausend Euro ärmer sein. Irgendwann werden Sie das Loch auf Ihrem Sparkonto ausgeglichen haben, und diese Episode hier wird Ihnen wie ein schlechter Traum vorkommen.«

Was wollte er? Mich verhöhnen, indem er meine Entführung als Lappalie darstellte? Ich starrte ihn an. Entgeistert und ungläubig. Ich würde nie wieder sein wie vorher. Dafür hatte er gesorgt.

Wieder schien er meine Gedanken zu lesen. Und wieder strich er mir eine Haarsträhne aus dem Gesicht. »Ich habe keine Wahl«, sagte er mit rauher Stimme. Er stand auf und holte den Becher mit der gelben Flüssigkeit. »Trinken Sie, Frau Thalmann!«

Einmal mehr waren es Kopfschmerzen, die mich weckten. Der Mann hatte das Licht angelassen. So fiel ich nicht ins Bodenlose, als ich aufwachte. Das Gefühl von Dankbarkeit wich einer Irritation. Irgendetwas war anders. Ich sah mich im Raum um, konnte die Veränderung aber nicht benennen. Bis sie mir beim Atmen bewusst wurde. Die Luft war besser, frischer. Er musste gelüftet haben, während ich schlief. Ich atmete tief ein.

Und noch etwas war verändert. Mein rechter Arm war frei. Dafür hatte er mein linkes Handgelenk mit den Handschellen ans Bettgestell gefesselt. Normalerweise musste man mich im Schlaf nur leicht berühren und ich war wach. Wie viel Schlafmittel hatte er mir verabreicht, damit ich nichts merkte? Ich bewegte meinen rechten Arm, schloss meine Hand zur Faust und öffnete sie wieder.

Dann begann ich, auf dem Rücken liegend, in der Luft zu radeln. Ich musste etwas gegen meine schmerzenden Muskeln tun. Mich fit halten. Wie lange war ich jetzt schon hier? Ich grübelte darüber nach, aber es nützte nichts, die Stunden zu zählen, die ich im Wachzustand zugebracht hatte. Mir fehlten die, die ich verschlafen hatte. Und mir fehlte mein Zeitgefühl.

Meine Bewegungen verursachten ein leises Quietschen der Bettfedern. Fast schon automatisch sah ich zu dem Handy. Hoffentlich war ich leise genug. Ich musste in Ruhe nachdenken, und das konnte ich nicht, wenn der Mann im Raum war.

Gedanklich kehrte ich zurück zu dem Tag, an dem er mich entführt hatte, zum Anfang meiner Fahrradtour. Ich ließ die Bilder an mir vorbeiziehen. Als ich oberhalb der Maisalm entlangfuhr, stoppte ich den Film und rief mir das Bild, das sich mir geboten hatte, ins Gedächtnis. Direkt an der Hauswand waren zwei Tische mit jeweils zwei Leuten besetzt gewesen. Sie hatten ihre Gesichter in die Sonne gehalten. Weiter vom Haus entfernt hatte eine Einzelperson an einem Tisch gesessen.

Der Mann hatte behauptet, er habe mich von einer der Bänke vor der Maisalm aus beobachtet. War er diese Einzelperson gewesen? Ich versuchte, in meiner Erinnerung näher heranzugehen und sein Gesicht zu erkennen. Aber sobald ich mich ihm näherte, verschwamm es.

Es war wenig los gewesen an meinem Entführungstag. Unterwegs war ich kaum einem Menschen begegnet. Trotzdem war er ein großes Risiko eingegangen. Die Stelle, an der er mich im Unterholz überfallen hatte, war vom Weg aus einzusehen gewesen. Was hätte er getan, wenn jemand vorbeigekommen wäre? Vermutlich hätte er mich liegen lassen und wäre geflohen, überlegte ich. Mit einem Mountainbike war das einfach. Es gab kein Kennzeichen, nichts, was auf ihn als Täter hingewiesen hätte. Andererseits musste er ganz in der Nähe ein Auto abgestellt haben. Womit sonst hätte er mich zur Hütte transportieren können? Ein unkalkulierbares Risiko? Nicht, wenn er schnell war. Er hätte sein Rad ins Auto werfen und verschwinden können.

Und die Wahrscheinlichkeit? Wie groß war die Wahrscheinlichkeit gewesen, dass ich mich so verhielt, wie es für eine erfolgreiche Entführung erforderlich war? In Gedanken blieb ich am Waldrand stehen und sah ihn wieder im Unterholz liegen. Gab es Menschen, die bei diesem Anblick die Gefahr wahrnahmen, in der sie schwebten, und anders reagierten? Ich hatte in dem Moment gar nicht an eine Gefahr gedacht, hatte das Offensichtliche nicht hinterfragt. Ich hatte einen Menschen gesehen, der Hilfe brauchte, und entsprechend gehandelt.

Er hatte meine Reaktionen jedoch nicht abschätzen können. Wäre ich zum nächsten Hof gefahren, um Hilfe zu holen, anstatt mich ihm zu nähern, hätte er sich ein anderes Opfer suchen müssen. So war ich das Opfer eines Zufalls geworden. Und das Opfer meiner eigenen Arglosigkeit.

Etwas in mir sträubte sich gegen diesen Gedanken. Mir war, als würde ich ihn sagen hören: *Sie sind selbst schuld!* Als hätten mich nur Zufall und Arglosigkeit in diese Lage gebracht. Aber er war es gewesen. Er war schuld, dass ich in diesem Raum an dieses Bett gefesselt war. Dass ich Angst hatte und nicht wusste, ob ich dieser Situation lebend entkommen würde. Dass ich mich hilflos fühlte.

Ich suchte nach Gründen, die dafür sprachen, mich wieder freizulassen, sobald er das Geld hatte. Ich suchte nach Gründen, an denen ich mich festhalten konnte: Es ging ihm *nur* um einhunderttausend Euro und nicht um Millionen. Ich nahm an, dass er in Not war und mich nicht entführt hatte, um auf einen Schlag reich zu werden. Vielleicht war einer seiner Angehörigen krank. Vielleicht seine Frau oder sein Kind. Vielleicht fehlte ihm das Geld für eine lebensnotwendige Behandlung, die nur im Ausland möglich war. Hatte er nicht gesagt, Not mache erfinderisch? Es gab eine Not. Eine Geldnot. Aber es gab keine Notwendigkeit, mich umzubringen. Ich hatte sein Gesicht nicht gesehen. Ich würde ihn nicht beschreiben können.

Weit entfernt bellte wieder ein Hund. Wo ein Hund war, waren auch Menschen. Ob sie mich suchten?

Das Knarren der Tür ließ mich erschreckt hochblicken. Ich setzte mich auf. Der Mann kam herein, in der einen Hand eine Flasche Wasser, in der anderen einen Pappteller mit zwei trockenen Brötchen. Ohne mich auch nur einen Moment lang aus den Augen zu lassen, stellte er Wasser und Pappteller vors Bett. Dann ging er zu dem Klappstuhl, setzte sich und wechselte den Akku des Handys.

»Danke fürs Lüften«, sagte ich. »Und dafür.« Ich hob meinen rechten Arm. Dann fuhr ich mit der Hand über mein Gesicht. Die Haut spannte vor Trockenheit, meine

Lippen waren rauh. »Können Sie mir den Fettstift geben, der in meiner Gürteltasche ist?«

Er deutete ein Nicken an. »Was werden Sie der Polizei sagen?«

Mir war klar, was diese Frage bedeutete. Er stellte mich auf die Probe. Um herauszufinden, ob er mich gefahrlos freilassen konnte. »Ich werde sagen, dass ich in einer Hütte festgehalten wurde. Ich werde die Einrichtung beschreiben. Und ich werde Sie beschreiben: ungefähr einsachtzig groß, schlank und sportlich. Ihr Alter kann ich schwer schätzen.«

»Warum?«

»Ich habe nur Ihre Stimme. Und Stimmen können täuschen, wenn es darum geht, das Alter zu schätzen.«

»Ich meine, warum lügen Sie mich nicht an? Haben Sie keine Angst, dass ich Ihnen einen Strick daraus drehe? Warum sagen Sie nicht, dass Sie der Polizei gegenüber kein Wort verraten? Dass Sie schweigen werden wie ein Grab?«

»Ich halte Sie für intelligent. Sie würden mir nicht glauben«, sagte ich. Das Zittern in meiner Stimme war unüberhörbar. Ich schluckte gegen den Kloß in meinem Hals an.

»Versuchen Sie, mir zu schmeicheln?«

»Ich versuche, zu überleben. Wenn es dazu nötig wäre, Ihnen zu schmeicheln, würde ich es tun. Andererseits glaube ich kaum, dass man jemanden, der entschlossen ist zu töten, durch Schmeicheleien davon abhalten könnte.«

»Aber durch Geld könnte man ihn davon abhalten«, sagte er ruppig.

Die Angst nahm mich wieder in den Würgegriff. »Was ist mit dem Geld?«

Er ließ sich Zeit mit seiner Antwort. »Morgen soll die Übergabe sein.«

Morgen. Wie lange war es noch bis morgen? »Wie viele Stunden sind es bis dahin?«

Er sah mich reglos an. »Was werden Sie tun, wenn Sie frei sind?«

»Nie wieder Orangensaft trinken.«

»Essen Sie die Brötchen. Dann haben Sie eine Grundlage im Magen.«

Bevor er mir den nächsten Becher verabreichte? Allein bei der Vorstellung krampfte sich mein Magen zusammen. Ich beugte mich hinunter, nahm eines der Brötchen und biss hinein. Nach ein paar Bissen wollte ich den Rest zurücklegen, überlegte es mir dann aber anders. Ich musste bei Kräften bleiben.

»Schlafen Sie jetzt!« Unvermittelt stand er auf, löschte die Gaslampe und schloss die Tür hinter sich, bevor ich überhaupt protestieren konnte.

Erst war ich überrascht, dass er mir kein Schlafmittel verabreicht hatte, dann wurde mir bewusst, dass er zwar den Akku des Handys gewechselt, aber die Verbindung zwischen beiden Handys nicht wiederhergestellt hatte. Ich horchte, konnte jedoch nichts hören. Die Gedanken rasten durch meinen Kopf. Das war meine Chance! Sollte ich das Bett wieder bis zum Fenster ziehen oder besser zum Tisch und ausprobieren, ob das Handy …

In diesem Moment ging die Tür auf. In dem schwachen Licht, das vom Flur aus hereinfiel, sah ich ihn das Handy nehmen und eine Nummer wählen. Gleich darauf erklang der Klingelton des zweiten Geräts. Dann kam er zum Bett und hielt mir einen Plastikbecher hin.

Während ich trank, liefen mir Tränen übers Gesicht. Nachdem ich ihm den Becher zurückgegeben hatte, wandte ich mich von ihm ab und rollte mich zusammen. Ich versuchte zu vergessen, dass er neben dem Bett stand und wartete, bis ich einschlief. Wenn Laurenz morgen das Lösegeld übergab, würde ich dann frei sein? Plötzlich durchströmte mich Wärme. Natürlich würde ich frei sein. Wenn der Mann vorhatte, mich umzubringen, dann hätte er es längst tun können. Wozu sollte er sich die Mühe machen, mich am Leben zu halten? Das ergab keinen Sinn. Ich würde morgen frei sein. Morgen.

4

Einen Moment lang wusste ich nicht, wo ich war. Ich hatte geträumt. Es war ein guter Traum gewesen, einer, den ich gerne festgehalten hätte. Er war wie ein Stofffetzen, der im Wind davonsegelte. Ich rannte diesem Fetzen hinterher, aber ich bekam ihn nicht zu fassen. Er war fort. Ich schlug die Augen auf.

Der Mann saß neben dem Tisch und beobachtete mich.

»Wie lange sitzen Sie schon dort?«

»Ein paar Minuten.«

»Wie lange habe ich geschlafen?«

»Weniger als eine Stunde.«

»Wann ist morgen?«, fragte ich.

»Noch lange nicht.«

Tränen stiegen mir in die Augenwinkel, ich drängte sie zurück und schluckte. »Warum tun Sie das? Warum quälen Sie mich so?«

»Ich versorge Sie.« Er deutete auf etwas, das auf dem Bett neben mir lag. Eine Niveadose und mein Fettstift für die Lippen.

»Danke«, sagte ich gepresst. Ich würdigte die beiden Gegenstände keines Blickes. »In Geldnot zu sein ist eine Sache, jemanden zu quälen eine andere. Sagen Sie mir endlich, wann Sie mich freilassen!«

»Ihre Wut sollte sich gegen Ihren Mann richten, nicht gegen mich, Frau Thalmann. Wäre er meinen Anweisungen ohne Verzögerungen gefolgt, wären Sie längst frei. Aber sein Geld scheint ihm wichtiger zu sein als Sie. An Ihrer Stelle würde ich …«

»Wenn Sie sich an meine Stelle versetzen könnten, wäre ich längst frei.«

Er hob die Schultern und ließ sie wieder fallen. »Ich kann mir den Luxus nicht erlauben, auf das Geld zu verzichten und Sie freizulassen. Ich habe Geld unterschlagen und …«

»Nein! Bitte … ich will das nicht wissen.« Ich wollte keine Informationen, die mich mein Leben kosten konnten, sobald er sich bewusst wurde, was er mir verraten hatte. »Sie haben selbst gesagt, dass ich Ihnen nicht gefährlich werden kann, solange ich nichts über Sie weiß. Also …«

Er sah mich unverwandt an. »Keine Sorge. Das, was mir passiert ist, kann sich tagtäglich überall in Deutschland zutragen. Mit diesem Wissen können Sie mir nicht gefährlich werden«, sagte er mit samtiger Stimme. »Wissen Sie, wie das ist, wenn man endlich seine große Liebe findet?«

Ich nickte. »Ja … das weiß ich.«

Irgendetwas schien ihm sekundenlang die Sprache zu verschlagen. Er sah zu Boden. »Ich tue es nur für sie, für diese Frau. Sie bedeutet mir sehr viel. Kennen Sie dieses Gefühl?« Er hob den Kopf.

Wieder nickte ich.

»Ja«, sagte er, »*Sie* kennen es vielleicht. Aber Ihr Mann kennt es nicht. Würde er dieses Gefühl kennen, würde er alles tun, ich meine wirklich alles, um Ihnen zu helfen.« Sein Lachen klang hart. »Liebe ist nichts für Feiglinge. Soll ich Ihnen sagen, was ich getan habe? Ich habe mit dem Geld eines Kunden an der Börse spekuliert. Ich brauchte hunderttausend Euro. Hunderttausend Euro, um ihr zu helfen. Sie war geschäftlich in eine Schieflage geraten. Alles, was sie sich aufgebaut hatte, drohte wegen der schlechten Wirtschaftslage den Bach hinunterzugehen. Sie konnte ihren Firmenkredit nicht mehr bedienen, stand von einem Tag auf den anderen kurz vor der Insolvenz. Das konnte ich nicht zulassen. Das verstehen Sie doch, oder?«

»Ich glaube schon«, sagte ich zögernd.

»Meine Börsenspekulation ist null zu null ausgegangen«, fuhr er fort. »Da habe ich keinen anderen Ausweg gesehen, als mir das Geld meines Kunden zu nehmen. Ich dachte, ich hätte es so klug angestellt, dass er es nicht merkt, aber ich habe mich getäuscht. Er hat es entdeckt. Und jetzt will er sein Geld zurückhaben. Er meinte, ich hätte es allein unserer langjährigen Geschäftsbeziehung zu verdanken, dass er nicht gleich zur Polizei gegangen ist. Er könne das allerdings jederzeit nachholen, sollte ich meine Schulden nicht umgehend begleichen. Dabei fallen hunderttausend Euro bei ihm überhaupt nicht ins Gewicht. Ich habe ihn angefleht, habe um das Geld gebettelt. Können Sie sich das vorstellen?« Ohne meine Antwort abzuwarten, fuhr er fort. »Es wäre ihm ein Leichtes gewesen, ein Auge zuzudrücken. Aber nein. Seine Prinzipien sind ihm wichtiger, als einem anderen aus einer Notlage zu helfen. Tagelang war ich von der Idee besessen, seine Frau oder seine Tochter zu entführen, mir auf diese Weise das Geld von ihm zu holen. Aber man wäre mir sofort draufgekommen.« Er sprang auf und lief im Raum auf und ab, dann blieb er vor mir stehen. »Bedanken Sie sich bei diesem Mann, Frau Thalmann. Er ist dafür verantwortlich, dass Sie hier sind.«

Er lehnte sich mit dem Rücken gegen den Schrank und

verbarg sein vermummtes Gesicht in den Händen. Dann schlug er mit dem Hinterkopf immer wieder gegen das Holz. »Ich weiß nicht, welchen Fehler ich gemacht habe. Ich denke ständig darüber nach.« Er rutschte am Schrank hinunter und blieb in der Hocke sitzen, den Kopf in die Hände gestützt, die Ellenbogen auf den Knien. »Dabei war ich mir so sicher gewesen, alles bedacht zu haben. Ich habe das Geld mehrfach hin und her geschoben.« Er schwieg. »Entweder ich zahle das Geld bis kommenden Montag zurück oder er zeigt mich an. Das kann ich nicht zulassen. Das verstehen Sie doch, oder?« Er hob den Kopf und sah zu mir.

»Ich glaube schon.«

Mit beiden Händen fuhr er sich über die Maske. »Ich habe keinen anderen Ausweg gesehen.«

»Weiß Ihre Freundin von der Unterschlagung und der Entführung?« Die Frage war kaum heraus, da wurde mir bewusst, dass er sie als unterschwellige Bedrohung ansehen könnte. Ich biss mir auf die Unterlippe.

»Nein, sie weiß nichts davon.« Er erkannte meine Sorge. »Sie haben das Schlimmste längst hinter sich, Frau Thalmann, glauben Sie mir. Sobald ich das Geld habe, werde ich Sie freilassen. Dann werde ich versuchen zu vergessen, was ich getan habe. Und das sollten Sie auch. Vergessen Sie es!«

Vergessen? Wie stellte er sich das vor?

Minutenlang schwieg er, den Kopf wieder in die Hände gestützt. Dann stand er auf und ging zu dem Klappstuhl.

Mir war plötzlich kalt. Ich zog die Decke um mich.

Er streckte beide Hände aus wie jemand, der sich ergibt. »Es ist kalt hier, ich weiß. Und es tut mir leid, dass ich Ihnen nichts Warmes zu trinken machen kann. Aber bald werden Sie wieder zu Hause sein und dann …« Er schien seinen Gedanken verloren zu haben. »Warum lebt Ihr Mann in München und Sie in Aschau? Ist das so eine Art offene Ehe?«

»Offene Ehe«, hörte ich mich sagen, »was für ein Unsinn. Mein Mann ist ein Stadtmensch, er braucht die Stadt wie die Luft zum Atmen. Und ich habe mich fern vom Land nie wohl gefühlt. Ich brauche Natur um mich herum, um ausgeglichen zu sein.«

»Dann ist Ihnen der Ort, an dem Sie leben, wichtiger als der Mensch, mit dem Sie leben könnten?«

»Wir leben am Wochenende zusammen. Und unsere Entscheidung, während der Woche an zwei verschiedenen Orten zu leben, hat sehr viel damit zu tun, dass wir einander wichtig sind. Was wäre gewonnen, wenn einer von uns sich immer verbiegen müsste?«

»Haben Sie keine Angst, dass Ihr Mann fremdgeht, wenn er die Woche über allein ist?«

»Nein.«

»Einfach nur ein Nein? Keine Erklärung, dass Sie Ihre Hand für ihn ins Feuer legen würden? Dass Ihre Ehe so stabil ist, dass keine dritte Person einbrechen kann?«

Er irritierte mich. »Worum geht es Ihnen?«, fragte ich.

»Mir geht es darum, dass Sie aufwachen. Dass Sie begreifen, was Sie da tun. Sie vertrauen Ihrem Mann blind. Und er ist es vielleicht gar nicht wert.« Er schwieg sekundenlang. »Würde Ihr Mann nicht ständig mauern, könnten Sie längst frei sein. Anfangs sagte er, er habe nicht so viel Geld, er müsse erst versuchen, es aufzutreiben. Als er es dann endlich aufgetrieben hatte, war die Stückelung zu groß, und er musste es erst wieder wechseln. Das sind fadenscheinige Gründe. Wenn Sie mich fragen, Frau Thalmann, dann …« Er ließ das Ende des Satzes in der Luft hängen. »Haben Sie sich nicht einmal gefragt, warum er so lange braucht? Wäre es nicht möglich, dass er nur auf so eine Gelegenheit gewartet hat, um Sie loszuwerden?«

»Mein Mann wartet darauf, dass ich zurückkomme!«, sagte ich leise.

»Und wenn nicht? Verstehen Sie mich nicht falsch, Frau Thalmann, mir liegt nichts daran, Sie zu quälen. Mir geht es nur darum, die Situation, in der wir beide uns befinden, richtig einzuschätzen. Sollte Ihr Mann tatsächlich die Gelegenheit nutzen wollen, um Sie loszuwerden, dann muss ich das wissen. Ich will nicht bis zum Sankt-Nimmerleins-Tag warten, nur um dann festzustellen, dass er mir Zeitungspapier übergibt anstatt Geld. Oder vielleicht gar nicht zur Übergabe erscheint.«

»Das wird nicht passieren! Machen Sie sich keine Sorgen, mein Mann wird Ihnen das Geld ganz bestimmt bringen.«

»Wie lange kennen Sie ihn?«

»Neun Jahre.«

»Dann waren Sie neunundzwanzig und er war …«

»Siebenunddreißig.«

Er zog den Ärmel seines Blaumanns zurück und sah auf seine Armbanduhr. Unvermittelt stand er auf und ging hinaus.

Ich gab mir Mühe, ein Schluchzen zu unterdrücken. Würde es erst einmal aus meiner Kehle kommen, gäbe es kein Halten mehr. Dann würden die Dämme brechen.

Der Mann kam zurück und hielt mir einen Becher hin. »Trinken Sie! Wenn Ihr Mann das Vertrauen wert ist, das Sie in ihn setzen, dann werden Sie frei sein, wenn Sie aufwachen. Sobald ich das Geld habe, werde ich Sie an einer

Stelle absetzen, wo Sie schnell gefunden werden.« Er drehte den Becher in der Hand. »Das ist kein Schierlingsbecher. Ich habe nicht vor, Sie umzubringen. Aber Sie müssen schlafen, bevor ich losfahre, um das Geld zu holen.«

Hin und her gerissen zwischen Angst und Hoffnung nahm ich den Becher und trank.

Ich wachte davon auf, dass mir jemand zart über die Wange strich. »Laurenz«, flüsterte ich und schlug die Augen auf. Aber es war nicht mein Mann, der auf der Bettkante saß. »Nein!«, schrie ich. »Nicht …«

»Scht, seien Sie ruhig.« Wieder berührte er meine Wange. »Ich tue Ihnen nichts.«

Mein Herz raste, Übelkeit überschwemmte mich. Ich begann zu würgen. Mit einem Schwall drängte mein Mageninhalt aus mir heraus.

Hätte er nicht so schnell reagiert und mir den Eimer vorgehalten, wäre alles auf dem Bett gelandet. Nachdem ich aufgehört hatte zu würgen, brachte er den Eimer hinaus und kam gleich darauf zurück. Im Türrahmen blieb er stehen. »Geht es wieder?«, fragte er.

»Sie haben versprochen, mich freizulassen. Warum …?«

»Wenn es nach mir ginge, dann wären Sie jetzt frei.«

»Was ist passiert?«

»Ihr Mann hatte eine Panne.«

»Mein Mann hatte noch nie eine Panne, nicht seitdem ich ihn kenne. Sein Auto ist viel zu gut gewartet, um liegenzubleiben. Warum lügen Sie?«

»Fragen Sie sich lieber, warum er lügt. Er hält uns beide hin.«

»Ich glaube Ihnen nicht.«

»Sie wollen mir nicht glauben, das ist ein Unterschied.« Er kam zu mir und setzte sich ans Fußende des Bettes. »Ich kann Sie sogar verstehen. Niemand wird gerne im Stich gelassen.«

»Hören Sie auf! Ich will das nicht hören. Ich möchte hier raus. Warum lassen Sie mich nicht endlich raus. Öffnen Sie die Handschellen. Dann ...«

»Sie haben wunderschöne Augen, Frau Thalmann. Irgendwie sind sie ...« Von einer Sekunde auf die andere verstummte er.

Ich zog die Knie an und sah an ihm vorbei.

»Wenn ich meine Wahl nicht bereits getroffen hätte, würde ich Sie an der Hand nehmen und mit Ihnen davonlaufen.« Ein schwacher Aftershave-Duft ging von ihm aus. Ich nahm ihn zum ersten Mal bewusst an ihm wahr.

»Lassen Sie mich frei, ich bitte Sie.«

»Das kann ich nicht, und das wissen Sie. Ich bin auf das Geld angewiesen.«

»Ich gebe Ihnen das Geld, sobald ich frei bin, ich ...«

»Sie würden mir alles versprechen.« Seine Stimme klang rauh. »In ein paar Stunden ist ein zweiter Übergabeversuch geplant. Ich habe Ihrem Mann die Pistole auf die Brust gesetzt. Habe ihm erklärt, was ich mit ihm anstelle, wenn es dieses Mal nicht klappt. Vielleicht fruchtet es, wenn er selbst bedroht ist.«

Ich rollte mich auf dem Bett zusammen und weinte.

Der Mann rückte näher und strich mir über den Rücken. »Weinen Sie nicht ...«

Ich spürte die Wärme seiner Hand und schloss die Augen. Eine Weile blieb er noch so sitzen, dann stand er auf und verließ den Raum.

Wann hatte ich mich jemals so verloren und allein gefühlt? So ausgeliefert. So abhängig von den Entscheidungen und Handlungen anderer. Ich versuchte mir vorzustellen, was da draußen vor sich ging. Meine Phantasie reichte nicht, um mir auszumalen, was Laurenz daran hindern konnte, das Lösegeld zu besorgen und es zu überbringen. Wusste er nicht, was er mir antat? Mit jeder Minute, die ich länger in diesem Gefängnis war. Und meine Eltern? Was taten sie?

Mein Groll steigerte sich von Sekunde zu Sekunde. Sie waren frei zu tun, was sie wollten. Sie waren nicht mit Handschellen an ein Bett gefesselt – in einer einsam gelegenen Hütte. Sie musste einsam gelegen sein, überlegte ich. Es war so gut wie nichts von draußen zu hören. Ich lauschte, aber ich hörte nur den Wind.

Mit der freien Hand tupfte ich Niveacreme auf meine Haut. Während ich sie verrieb, starrte ich auf das Handy. »Lassen Sie mich raus«, schrie ich, »ich will endlich hier raus!« Während ich wartete, dass etwas geschah, dachte ich an meine Mutter. Ich hörte ihre Stimme: *Komm Emma, lass uns nach einer Lösung suchen.*

Ich tue nichts anderes, entgegnete ich im Stillen, *aber ich finde keine Lösung*. Was konnte ich tun außer hoffen, dass Laurenz das Lösegeld endlich übergab und der Mann sein Versprechen hielt und mich gehen ließ?

Als ich mich auf den Rücken legte, die Beine anzog und begann in der Luft zu radeln, kam mir ein Gedanke. Auch ich konnte etwas versprechen: Wenn der Mann mich frei lässt, dann lasse ich ihn auch frei. Dann werde ich sein Leben schonen, so wie er meines geschont hat. Ich schloss die Augen und konzentrierte mich nur noch auf diesen einen Gedanken, auf mein Versprechen.

»Zeit zum Abschiednehmen«, ertönte seine Stimme.

Entsetzt riss ich die Augen auf. Er stand vor dem Bett. Wie hatte er die Tür geöffnet, ohne sich bemerkbar zu machen? Die Tür hatte sonst immer geknarrt. »Nein!« Meine Stimme war nur ein Krächzen.

Er hielt mir den Becher hin. »Trinken Sie! Wenn Sie Glück haben, ist es das letzte Mal.«

Das letzte Mal? Zeit zum Abschiednehmen? Ich hatte das Gefühl, mein Herz würde jeden Moment aussetzen. Er wollte mich umbringen. Und er wollte es tun, ohne mir dabei in die Augen sehen zu müssen. »Aber ich werde Sie nicht verraten«, stammelte ich, »ich habe es versprochen.«

»Wem? Den Mächten der Finsternis?« Er klang amüsiert. »Ich bin dafür, das Schicksal in die eigene Hand zu nehmen.«

»Das bin ich auch – selbst jetzt noch, wo ich mit Handschellen an ein Bett gefesselt bin.« Wie lange würde mein Herz diese gewaltigen Schläge aushalten?

Er betrachtete mich, streckte dann seine Hand aus und strich mir übers Haar. »Sie haben so schönes Haar. Selbst jetzt glänzt es noch. Während Sie geschlafen haben, habe ich es einmal berührt … ohne Handschuhe …« Er schüttelte den Kopf, als wolle er eine Erinnerung loswerden. »Ihr Mann ist ein Dummkopf. An Ihrer Stelle würde ich ihn zum Teufel jagen.«

»Dazu müsste ich frei sein«, erwiderte ich leise.

»Werden Sie es tun? Wenn Sie frei sind?« Er nahm mein Kinn in seine Hand und strich mit dem Daumen darüber. Seine Augen waren nicht zu erkennen, sie lagen im Dunkeln. »Werden Sie ihn verlassen?« Als ich ihm eine Antwort auf diese Frage schuldig blieb, fuhr er fort: »Eigentlich schade, dass sich unsere Wege trennen werden.«

»Heißt es nicht, man begegne sich immer zweimal im Leben?« Meine Stimme gehorchte mir nicht mehr. Sie klang dünn, fast brüchig.

»Wenn das stimmt«, sagte er, »dann wünsche ich mir, dass die Umstände beim zweiten Mal besser sein werden.«

»Ich werde gar nicht wissen, dass es das zweite Mal ist, denn ich werde Sie nicht erkennen.«

»Bedauern Sie das?«

Ich schüttelte den Kopf.

»Nicht einmal ein bisschen?«, fragte er mit einem Anflug von Enttäuschung, um dann in ein Lachen auszubrechen. »Sie wissen nicht, was Ihnen entgeht.«

Ich wünschte, ich wäre ihm entgangen.

»Schon gut, schon gut«, winkte er ab. »Ich bin in festen Händen. Für einen Moment war ich versucht, das zu vergessen.« Er reichte mir den Becher. »Trinken Sie! Ein letztes Mal. Wenn Sie wieder aufwachen, sind Sie frei.«

Mit großer Willensanstrengung trank ich gegen mein Würgen an.

Keinen halben Meter von mir entfernt setzte er sich auf die Bettkante. »Ich wünschte, wir wären uns unter anderen Umständen begegnet.« Dann verfiel er in Schweigen und wartete, bis die Wirkung des Schlafmittels einsetzte. »Vergessen Sie mich nicht ganz, Emma Thalmann«, waren die letzten Worte, die ich hörte.

5

Es war eiskalt und dunkel. Und es war eng. So eng, dass ich nur mit angezogenen Beinen Platz hatte. Meine Knie stießen an etwas, ebenso mein Kopf. Zunächst vorsichtig, dann immer hektischer tastete ich mein Gefängnis ab. Glatt … es war alles glatt … mit einer dünnen Eisschicht überzogen. Ich lag in einem Sarg. Sie hatten mich gefunden und für tot gehalten. Dann hatten sie mich in einen Sarg gelegt und in die Kühlkammer eines Leichenschauhauses geschoben. In Panik drückte ich gegen den Sargdeckel. Nichts bewegte sich. Ich begann, mit den Fäusten gegen die Wände zu trommeln. Dann schrie ich. Schweißperlen gefroren mir auf Stirn und Oberlippe.

Und dann erwachte ich aus diesem Albtraum und sah eine Fichte über mir. Meine Augen waren weit aufgerissen, mein Atem ging stoßweise. Ich konnte den Blick nicht von diesem Baum losreißen. Als würde er verschwinden, sobald ich wegsah. Mein Herz raste, ich fror, und mein Kopf fühlte sich an, als würde er jeden Moment platzen. Meine Hände fanden einen Halt, ich spürte Holz. Ich fuhr darüber und schrie auf. Ein Holzspan hatte sich in meinen Finger gebohrt.

Noch leicht benommen setzte ich mich auf. Mein Blick irrte umher, gehetzt, von einem Punkt zum nächsten. Er war schneller als mein Gehirn, das die vielen Informationen nur langsam verarbeiten konnte. Die

Bank, auf der ich saß, stand an einem Ort, den ich kannte. Da war ich mir sicher. Ich war hin und wieder hier gewesen. Mit meiner Mutter. Wenn sie ihren Kopf auslüften wollte, dann kam sie hier herauf. Und wenn sie einen Blick auf den Chiemsee werfen wollte. Ich war in Stocka. Kein Zweifel. Stocka oberhalb von Kraimoos, wo meine Eltern wohnten.

Unterhalb von mir fuhr ein Auto langsam die Straße entlang. Während ich ihm noch hinterhersah, spürte ich, wie Kälte meine Beine heraufkroch. Bei dem Versuch aufzustehen, gaben meine Knie nach. In meinem Kopf drehte sich alles. Nur zwei Meter weiter ging es steil einen Abhang hinunter in den Wald. Ich lehnte mich Halt suchend gegen die Bank, wartete einen Moment und versuchte dann erneut aufzustehen. Mit einer Hand stützte ich mich an der Lehne der Bank ab und machte ein paar vorsichtige Schritte auf mein Rad zu, das an der Fichte lehnte. Der Helm hing am Lenker.

Alles sah aus, als wäre nichts geschehen, als hätte ich eine kurze Rast gemacht und wäre auf der Bank eingeschlafen. Ich sah an mir hinab. Die Gürteltasche, die der Mann mir abgenommen hatte, war um meine Hüfte geschnallt. Meine Armbanduhr umschloss wieder mein linkes Handgelenk. Die Zeiger standen auf Viertel nach zehn. Erschöpft und mit zitternden Beinen ließ ich mich wieder auf die Bank sinken.

Als neben mir ein *Grüß Gott* ertönte, zuckte ich erschreckt zusammen. Ein Ehepaar um die sechzig, ausgerüstet mit Rucksäcken und Wanderstöcken, ging langsam an mir vorbei auf zwei Bänke zu, die ein Stück weiter entfernt standen.

»Wir wollten Sie nicht erschrecken«, sagte die Frau,

»nur ein wenig verschnaufen und die schöne Aussicht genießen.« Als ich nichts sagte, sah sie mich forschend an. »Geht es Ihnen nicht gut?«

Ohne die beiden aus den Augen zu lassen, ging ich steifbeinig zu meinem Rad.

Der Blick der Frau folgte mir. Ihre Stirn war in Falten gelegt, während ihr Mann sich nicht von der Aussicht auf den Chiemsee ablenken ließ. »So warten Sie doch!«

Abwehrend schüttelte ich den Kopf, nahm mein Rad und begann, es den Weg hinunterzuschieben.

»Wir können die Frau so nicht gehen lassen«, hörte ich sie zu ihrem Mann sagen, »nicht in diesem Zustand.«

Ohne mich umzudrehen, lief ich weiter.

»So warten Sie doch!«

Dort, wo der Feldweg in die Straße mündete, setzte ich mich aufs Rad und ließ mich langsam den Berg hinunterrollen. Ich drehte mich nicht um.

Sekundenlang verharrte er im Türrahmen und sah mich nur an. Als wolle er sicher sein, dass er keinem Trugbild aufsaß. Als halte er sich am Anblick meines Gesichts fest. Nur für einen Moment ließ er es los, um sich zu vergewissern, dass ich unverletzt war.

Er schien die Angst, die er ausgestanden hatte, noch einmal zu durchleben. Ich erkannte eine ungeheure Anspannung in seinen Zügen. Die Erleichterung hatte sie noch längst nicht erreicht.

»Emma«, sagte er. In diesem einen Wort drückte mein Vater alles aus, was er in diesem Augenblick empfand.

Langsam ging ich auf ihn zu. Meine Arme hingen kraftlos an mir hinunter. Dafür hatten seine umso mehr Kraft. Sie schlossen sich so fest um mich, dass ich glaubte, keine

Luft mehr zu bekommen. Panik erfasste mich. Mit aller Kraft befreite ich mich aus dieser Umarmung und wich ein paar Schritte zurück.

»Bitte nicht«, sagte ich.

»Entschuldige!« Er trat zur Seite und deutete mit einer Geste an, dass ich hereinkommen solle.

Als ich nicht reagierte, ging er mir voraus ins Haus. Ich folgte ihm durch den Flur in die Küche, wo mich die Wärme des Kachelofens empfing. An der Tür blieb ich stehen, während er sich erschöpft auf die Küchenbank sinken ließ. In diesem Moment schienen weit mehr als siebzig Jahre hinter meinem Vater zu liegen. Es war das erste Mal, dass ich ihn weinen sah. Mit einer unwirsch anmutenden Bewegung wischte er sich über die Augen. Ihm war anzusehen, dass er sich nicht das Recht zugestand zu weinen, während seine Tochter ihm immer noch halb erstarrt gegenüberstand.

»Emma«, sagte er noch einmal. »Emma.« Dann holte er tief Luft. »Ich muss deine Mutter anrufen. Und Laurenz. Sie müssen erfahren, dass du hier bist. Sie müssen …«

»Wo ist Mama, ist mit ihr alles in Ordnung?«

»Ja … ja, wenn sie erst einmal hört, dass du heil zurück bist, dann kommt sie ganz schnell wieder in Ordnung.«

»Was ist mir ihr?«, fragte ich alarmiert.

»Sie ist halb umgekommen vor Angst um dich.«

»Aber es hat ihr niemand etwas getan, oder?«

Er schüttelte den Kopf.

»Wo ist sie?«

»Sie ist bei Laurenz. Ich werde sie anrufen und …«

»Nein! Bitte nicht.«

»Aber Emma … deine Mutter grämt sich seit Tagen. Dein Mann ist außer sich. Beide haben so gut wie nicht mehr geschlafen, seitdem du ...« Wieder fuhr er sich übers Gesicht. Dann sah er mich lange an. »Was möchtest du, dass ich tue?«

Meine Antwort kam aus einem Impuls heraus. Ich hörte mich die Worte sagen, ohne vorher darüber nachgedacht zu haben: »Ich möchte, dass du hinter dem Haus ein Feuer machst.«

Einen endlos scheinenden Moment lang sah er mich an. Sichtliche Zweifel lösten die intuitive Gewissheit ab, dass mein Wunsch für ihn nicht unbedingt nachvollziehbar sein musste. Er nickte, stand auf und ging hinaus.

Während er begann, trockene Äste auf einen Haufen zu schichten, ging ich hinauf ins Bad meiner Eltern. Nachdem ich die Gardinen fest zugezogen hatte, zog ich all meine Sachen aus und schichtete daraus ebenfalls einen Haufen. Dann stellte ich mich unter die Dusche, drehte sie voll auf und ließ so heißes Wasser über mich laufen, dass es dampfte. Ich wusch mir abwechselnd die Haare und schrubbte meine Haut, immer wieder, bis auch die letzte Pore gereinigt war. Als ich die Dusche verließ, war ich krebsrot. Ich trocknete mich ab, schlang mir ein Handtuch um den Kopf, ging hinüber ins Schlafzimmer und holte mir aus dem Schrank meiner Mutter frische Sachen. Sie passten mir, wir hatten in etwa die gleiche Figur.

Mit den Fahrradsachen unterm Arm lief ich hinters Haus, wo mein Vater von den lodernden Flammen aufsah. Ich stellte mich neben ihn und ließ ein Teil nach dem anderen ins Feuer fallen. Gemeinsam sahen wir zu, wie die Flammen den Stoff fraßen und in Qualm und Asche verwandelten. Der Reißverschluss meines Fleecepullovers fiel zwischen die brennenden Äste.

Als nichts mehr übrig war, um die Flammen zu nähren, sagte er: »Komm! Lass uns hineingehen.«

Ich nickte und folgte ihm zurück ins Haus. Als ich gerade in die Küche gehen wollte, hielt er mich zurück.

»Was hältst du davon, wenn du dir oben die Haare trocknest und ich mache uns währenddessen einen Tee?«, fragte er.

Verloren blieb ich stehen und sah ihn hilfesuchend an. Was, wenn das alles hier nur ein Traum war? Wenn der Sarg im Kühlfach die Wirklichkeit war? Dann würde ich jeden Moment aufwachen und … »Nein!«

Er hatte verstanden. »Dann gehen wir erst einmal zusammen hinauf. Den Tee kann ich auch später noch machen. Komm.« Im Bad setzte er sich auf den Wannenrand und sah mir beim Föhnen zu.

Als ich fertig war, sagte ich: »Ich habe Angst, dass ich das alles hier nur träume, dass ich gleich aufwache und …«

»Als du da vorhin vor der Tür standest, da hatte ich auch Angst, dass es nur ein Traum ist. Aber ich halte es für relativ unwahrscheinlich, dass zwei Leute den gleichen Traum haben, noch dazu zeitgleich. Wenn wir die Sache also von der Wahrscheinlichkeit her betrachten, dann können wir, davon bin ich fest überzeugt, sicher sein, dass du zurück bist.«

Das war mein Vater. Er dachte über jede Frage, jedes Problem ernsthaft nach. So hatte er es jahrzehntelang mit seinen Schülern gehalten, denen er Mathematik und Physik beigebracht hatte. Und so hatte er es auch stets mit mir gehalten.

»Hör zu, Emma, ich habe keine Erfahrung mit so einer Situation. Ich kann nur vermuten, was in dir vorgeht. Und ich weiß nicht, was richtig ist und was dir vielleicht schadet. Das ist das Letzte, was ich möchte. Aber deine Mutter ist halb krank vor Angst um dich. Bei deinem Mann habe ich das Gefühl, dass er kurz davor ist zusammenzuklappen. Ich weiß, wie die beiden sich fühlen, und deshalb kann ich es nicht verantworten, sie länger im Ungewissen zu lassen. Das verstehst du doch, oder?«

»Warum hat Laurenz die Lösegeldzahlung so lange hinausgezögert?«

Mein Vater schnappte nach Luft. Für einen Moment sprachlos schüttelte er den Kopf. »Laurenz? Laurenz hat nichts hinausgezögert. Ich weiß nicht, was der Entführer dir erzählt hat, Emma. Was auch immer es war, es stimmt nicht. Dein Mann hat sich überschlagen. Er hat alles ganz genau so gemacht, wie der Entführer es von ihm verlangt hat. Er hat ...«

»Er hatte eine Panne. Laurenz hatte noch nie eine Panne.«

»Laurenz hatte auch in den vergangenen Tagen keine Panne.«

»Woher willst du das wissen?«

»Weil er alles Erdenkliche getan hat, um eine Verzögerung der Lösegeldübergabe auszuschließen. Von dem Moment an, als der Entführer sich bei ihm gemeldet hat, hat er überhaupt nur zweimal das Haus verlassen. Bei seinen Vorbereitungen hat er jeden Sicherheitsfanatiker übertroffen. Selbst wenn er eine Panne gehabt hätte, wovon er nichts gesagt hat, wäre das kein Problem gewesen, weil Verenas Lebensgefährte die ganze Zeit über mit einem Ersatzauto auf Abruf wartete.« Er streckte seine Hand aus, um meine Schulter zu berühren, zog sie dann jedoch wieder zurück. »Lass uns hinuntergehen. Ich mache uns einen Tee. Dann reden wir weiter.« Ohne meine Reaktion abzuwarten, verließ er das Bad.

Von einer Sekunde auf die andere überkam mich eine solche Wut, dass ich ihm hinterherstürmte und ihn auf der Treppe abfing. »Du irrst dich, Laurenz hat gelogen. Während ich da ans Bett gekettet war, hat er die Lösegeldzahlung verzögert. Immer wieder verzögert. Während ich …« Ein Schluchzen nahm mir die Luft. Ich rieb meine Handgelenke. »Handschellen sind ein Problem, für das es keine Lösung gibt. Nur einen Schlüssel. Verstehst du? Nur einen Schlüssel.«

Mein Vater setzte sich auf eine Treppenstufe. Er wirkte erschöpft. »Manchmal ist man einer Situation hilflos ausgeliefert, Emma. Das ist schlimm … sehr schlimm. Es hat Momente gegeben, da hätte ich diesen Mann umbringen können. Und diese Momente häuften sich. Ich habe Gedanken gehabt, die ich bis dahin nicht für möglich gehalten habe. Sie haben mich nicht einmal erschreckt.«

Hinter meinen Augen sammelten sich Tränen, aber sie fanden keinen Weg.

»Wer immer dir das angetan hat, wird hoffentlich lange dafür büßen.«

»Er war in einer Notlage. Er wusste keinen anderen Ausweg.«

Die Wut war nicht nur in seinen Augen, sie schien seinen gesamten Körper in Besitz genommen zu haben. Sekundenlang presste er die Lippen aufeinander. Dann begannen sie, sich zu bewegen und stumme Worte zu formen. Er holte tief Luft und atmete langsam aus. »Du bist das Opfer, Emma, nicht er. Du warst in einer der schlimmsten Notlagen, und es gab keinen Ausweg für dich. Keinen, den du hättest bestimmen können.«

»Er …«

»Er ist ein Krimineller, Emma.«

»Er hat mich freigelassen. Er hat mich gut behandelt.«

»Dafür danke ich Gott, aber nicht ihm. Nicht ihm, Emma, hörst du? Er verdient nichts außer einer Strafe. Und er kann froh sein, dass nicht ich es sein werde, der eines Tages über ihn zu Gericht sitzt.«

Ich hatte alle Gardinen in der Küche geschlossen und mich dann neben meinen Vater auf die Eckbank gesetzt. Mit einer Pinzette zog er vorsichtig den Span aus meinem Finger. Dann desinfizierte er die Stelle und tupfte sie mit einem Papiertaschentuch ab. Sein Blick wanderte zu meinen Handgelenken und den rot und blau unterlaufenen Stellen, die sich dort durch die Handschellen gebildet hatten.

Mein Blick folgte seinem. Mit einem entschlossenen Griff zog ich die Ärmel meines Pullovers hinunter. »Es ist vorbei«, sagte ich.

Aus dem Flur drangen Geräusche zu uns. Als die Tür aufging, zuckte ich zusammen. Das leise Knarren, das sie, seit ich denken konnte, aufwies, hatte mich erschreckt. Laurenz und meine Mutter drängten sich fast gleichzeitig durch die Tür. Genau wie bei meinem Vater hatte auch in ihren Gesichtern die Angst deutliche Spuren hinterlassen. Ihre Blicke schienen mich nicht mehr loslassen zu wollen.

»Emma.« Meine Mutter war aschfahl im Gesicht. Sie schlug die Hand vor den Mund und ließ sich mir gegenüber auf einen Stuhl fallen. Sanft und gleichzeitig konzentriert strich sie mir über den Arm, als könne sie erst durch diese Berührung fassen, dass ich tatsächlich zurück war.

»Geht es dir gut?«, fragte ich.

»Ob es mir gutgeht?« Sie versuchte zu verstehen. Dann nickte sie. »Ja, jetzt geht es mir gut.«

Mein Vater machte den Platz neben mir für Laurenz frei, ging zum Herd und setzte frisches Teewasser auf. Laurenz rutschte zu mir und streckte die Arme nach mir aus. Als ich zurückwich, ließ er sie sinken.

»Ich hatte solche Angst um dich«, sagte er. »Die Gedanken daran, was er dir antun könnte, haben mich fast um den Verstand gebracht. Ich hätte alles dafür gegeben, an deiner Stelle sein zu können. Was …?« Als er meine Abwehr sah, schluckte er seine Frage herunter. »Emma … ich habe gebetet, dass er dich tatsächlich freilässt. Die Vorstellung, du könntest …« Die Stimme versagte ihm. »Ich bin so froh, dass du lebst.«

Der Schmerz in seinen Augen zerrte an mir. Ich sah weg und versuchte, in eine Sitzposition zu finden, die meine schmerzenden Muskeln entspannte. »Welcher Tag ist heute?«, fragte ich.

»Dienstag«, antwortete er.

Ich sah auf die Küchenuhr. Die Zeiger standen auf Viertel nach zwölf. »Dienstag …«

»Es waren fünf Tage«, sagte Laurenz. Seine Stimme verriet, wie sehr er sich zusammenreißen musste. »Fünf Tage.«

»So lange«, flüsterte ich und sah ihn an.

Die vergangenen Tage hatten dunkle Ringe unter seinen Augen entstehen lassen. »Dem Kerl, der dir das angetan hat, soll das Leben zur Hölle werden!« Sekundenlang überdeckte eine unbändige Wut den Schmerz.

»Er hat das Geld gebraucht. Er war in einer Notlage.«

Laurenz' Augenbrauen schossen in die Höhe. Er gab einen unterdrückten Laut von sich. Unglaube wandelte sich in Empörung. Als er ihr gerade Luft machen wollte, ertönte die Klingel.

Meine Mutter ging hinaus, um zu öffnen, und kam kurz darauf zurück. »Zwei Beamtinnen von der Kripo warten draußen.«

»Nein!«, sagte ich entschieden und verschränkte die Arme vor der Brust.

»Emma, ich kann mir vorstellen, wie schwer das jetzt für dich ist«, sagte sie, »aber je schneller sie Hinweise von dir bekommen, desto schneller wird der Kerl hoffentlich gefasst werden.«

»Er hat mich freigelassen. Und jetzt lasse ich ihn frei.« Ich wandte mich an Laurenz: »Bitte«, flehte ich ihn an, »bitte, hilf mir.«

Obwohl er zutiefst irritiert schien, nickte er und ging hinaus in den Flur, wo die Beamtinnen warteten. Ich hörte sie ihre Namen sagen: Kristin Mayer und Franziska Stangl.

Wir saßen im Wohnzimmer meiner Eltern, wo es sehr viel kühler war als in der Küche. In der Aufregung hatte mein Vater vergessen, die Heizung anzustellen. Laurenz legte mir eine Decke um die Schultern und setzte sich neben mich. Er hatte sich lange mit den Beamtinnen unterhalten, hatte sie jedoch nicht von mir fernhalten können.

Voller Abwehr betrachtete ich die beiden: Kristin Mayer, mit schätzungsweise knapp dreißig die sichtlich Jüngere, hatte streichholzkurze hellblonde Haare und ein jungenhaftes Gesicht. Franziska Stangl war gut zwanzig Jahre älter. Ihre graublonden, wirren Locken nahmen ihren strengen Zügen etwas an Schärfe. Beide begegneten mir mit teilnahmsvollen Blicken.

»Ich kann mir nur vorstellen, was Sie durchgemacht haben, Frau Thalmann, und wie es jetzt in Ihnen aussieht«, begann sie mit ruhiger Stimme. »Eine Entführung ist eine der schlimmsten Erfahrungen. Uns ist bewusst, dass Gespräche darüber für Sie sehr quälend sein können, trotzdem lassen sie sich leider nicht umgehen, wenn wir den Täter fassen wollen. Ihr Mann hat uns gerade eben über die Umstände Ihrer Entführung, wie sie sich ihm darstellten, und die Lösegeldzahlung ins Bild gesetzt. Das ist schon eine ganze Menge. Wir benötigen …«

»Wieso gerade eben?«, unterbrach ich sie.

Sie schien nicht zu verstehen, worauf ich hinauswollte.

»Wann hat mein Mann Sie über meine Entführung informiert?« Während ich die Beamtin fixierte, spürte ich Laurenz' fragenden Blick auf mir.

»Wir erhielten seinen Anruf vor zweieinhalb Stunden. Daraufhin sind wir sofort hierhergekommen.«

»Sie haben nicht früher davon erfahren? Er hat Sie nicht bereits vor ein paar Tagen eingeschaltet?«

»Nein.«

Ihr Nein verwirrte mich. Ich hatte die Worte des Mannes genau im Ohr: *Ihr Mann hat die Polizei eingeschaltet. Das bedeutet, dass Sie mehr Zeit hier verbringen müssen als geplant.*

»Frau Thalmann«, unterbrach sie mich behutsam in meinen Gedanken. »Es gibt zweifellos Hinweise, die nur Sie uns geben können. Es reicht völlig, wenn wir uns morgen oder an einem der nächsten Tage einmal zusammensetzen und unterhalten. Im Moment geht es uns nur darum, die Kleidung zu sichern, die Sie bei der Entführung getragen haben, und …«

»Warum?«, fragte ich.

»Sie muss auf Spuren untersucht werden. Außerdem wäre es sinnvoll, wenn Sie sich von einem Arzt untersuchen ließen, damit mögliche Verletzungen dokumentiert werden. Haben Sie einen Hausarzt?«

»Mir fehlt nichts.« Ich kreuzte die Arme vor der Brust.

»Es ist wichtig, das von einem Arzt feststellen zu lassen.«

»Doktor Neuner«, sagte meine Mutter, die kurz zuvor hereingekommen war. »Doktor Niklas Neuner ist Emmas Hausarzt. Ich werde ihn gleich anrufen.« In dem Blick, den sie mir zuwarf, lagen eine Entschuldigung und gleichzeitig die Überzeugung, das Richtige zu tun.

»Gut.« Die Beamtin beugte sich vor und sah auf meine Hände. »Haben Sie nach Ihrer Freilassung Ihre Fingernägel gesäubert?«

»Ich habe sie geschrubbt.«

»Verstehe.« Sie gab ihrer Kollegin ein Zeichen.

Kristin Mayer hielt einen gefalteten blauen Müllsack in der Hand. »Wenn Sie mir bitte Ihre Kleidung aushändigen würden, Frau Thalmann.«

Wie angewurzelt blieb ich sitzen. Mein Vater räusperte sich und sah mich beredt an. Fast unmerklich schüttelte ich den Kopf.

Kristin Mayer war unsere stumme Unterhaltung entgangen. Sie stand bereits an der Tür, wo sie mit der Hand auf der Klinke auf mich wartete.

»Ich kann Ihnen die Sachen nicht geben.«

»Sie sind hoffentlich nicht in der Waschmaschine«, sagte Franziska Stangl. »Dann wären sie ziemlich wertlos für uns.«

»Ich habe sie verbrannt.«

»Warum haben Sie das getan?«, fragte sie.

»Ich wollte, dass nichts übrig bleibt.«

»Das kann ich gut verstehen. Aber ein Täter sollte nicht

ungeschoren davonkommen. Er muss zur Rechenschaft gezogen werden. Und damit uns das gelingt, brauchen wir Ihre Unterstützung.«

»Ich werde den Mann nicht anzeigen«, sagte ich fest. »Er hat mich freigelassen, so wie er es versprochen hat. Ich habe keinerlei Verletzungen, also ...«

Franziska Stangl sah mich lange an. Sie schien ihre nächsten Worte gut abzuwägen. »Niemand geht aus einer solchen Erfahrung unverletzt hervor, Frau Thalmann. Zwar werden Sie im Augenblick nur vergessen wollen, was hinter Ihnen liegt. Aber es kommt der Tag, an dem werden Sie wollen, dass der Täter für das büßt, was er Ihnen angetan hat.« Sie wartete, um sicherzugehen, dass ich begriff, worauf sie hinauswollte. »Selbst kleinste Beobachtungen können helfen, uns auf seine Spur zu bringen.«

»Ich werde den Mann nicht anzeigen«, sagte ich. »Und mein Mann auch nicht!« Dabei versuchte ich mit Blicken, Laurenz meinen Willen aufzuzwingen.

Kristin Mayer kam zurück zum Tisch. »Es ist nicht nötig, dass Sie ihn anzeigen, Frau Thalmann«, sagte sie. »Das übernimmt der Staat an Ihrer Stelle. Erpresserischer Menschenraub ist ein Offizialdelikt. Da bleibt uns keine Wahl. Wir müssen tätig werden.«

Es war zu viel. Ich spürte, dass ich zu zittern begann. Auf der Suche nach einem Halt sah ich auf die Tischplatte vor mir. Ich versuchte, mich zu verschließen, nichts zu hören. Ich wollte nur Ruhe. Nur Ruhe. Am liebsten wäre ich aufgesprungen und hinausgelaufen.

»Frau Stangl, Frau Mayer ...«, sagte Laurenz, »bitte haben Sie Verständnis, wenn wir das Gespräch hier abbrechen. Wie wäre es, wenn Sie morgen Vormittag wiederkämen?«

»Einverstanden«, meinte Franziska Stangl ohne Zögern. »Wo werden Sie dann sein, Frau Thalmann? Hier oder bei Ihnen zu Hause?«

Ich holte tief Luft, um gegen das Zittern anzukämpfen, das fast übermächtig war. »Zu Hause. Ich werde zu Hause sein.«

Sie nickte. »Ein, zwei Dinge sind leider noch zu klären, bevor wir gehen. Haben Sie die Gürteltasche, die Sie bei der Entführung getragen haben, auch verbrannt?«

Ich schüttelte den Kopf. »Woher …?«

»Ihr Mann konnte uns ziemlich genau beschreiben, was Sie am Tag Ihrer Entführung getragen haben.«

Einen Moment lang fühlte ich mich verraten. Ich warf Laurenz einen entsprechenden Blick zu. Es stand ihm ins Gesicht geschrieben, dass er sich alle Mühe gab, mich zu verstehen, ihm das jedoch nicht gelang.

»Wir würden die Gürteltasche gerne mitnehmen und untersuchen. Ebenso Ihr Fahrrad und den Helm. Das ist doch Ihr Fahrrad, das draußen an der Hauswand lehnt?«

»Ja.«

Sie sah auf mein Handgelenk. »Ihre Armbanduhr benötigen wir ebenfalls«, sagte sie ruhig, aber bestimmt.

Ich zog den Pulli darüber. »Nein! Nicht die Uhr! Ich brauche sie. Wie soll ich sonst wissen, wie spät es ist?«

»Sie bekommen sie in ein paar Tagen zurück.« Sie zögerte. »Bitte geben Sie uns auch eine Haarprobe von sich.«

Mit zusammengepressten Lippen riss ich mir ein paar Haare aus und ließ sie in eine kleine, durchsichtige Plastiktüte fallen, die sie mir hinhielt.

Sie bedankte sich mit einem Nicken und schwieg sekundenlang. »Frau Thalmann, ich weiß, dass wir damit sehr viel von Ihnen verlangen, aber könnten Sie uns auf einer Karte den Ort markieren, an dem Sie entführt wurden?«

»Wozu soll das gut sein?«, fragte ich abweisend.

»Vielleicht findet unsere Spurensicherung dort verwertbare Hinweise.«

Sie schien mein Kopfschütteln erwartet zu haben.

6

Doktor Niklas Neuner passte mit seinen siebenundfünfzig Jahren, Bürstenhaarschnitt, Nickelbrille und einer lange währenden Liebe zu seiner Harley Davidson in keines der üblichen Klischees von einem bayerischen Landarzt. Immer wieder hatte er versucht, so hieß es im Ort, eine dauerhafte Beziehung zu einer Frau einzugehen, war jedoch stets nach wenigen Monaten gescheitert. Seine Prioritätenliste gab einer Beziehung zu wenig Raum und Zeit, um sich zu entfalten. Denn erst kamen seine Patienten, dann seine Harley und schließlich der Rest.

Meine Mutter hatte ihn angerufen und gefragt, ob er mich an diesem Tag noch würde untersuchen können. Sie würden mich zu ihm in seine Praxis nach Aschau bringen. Aber nachdem er gehört hatte, was passiert war, hatte er abgelehnt. Er würde ins Feenhaus kommen.

Jetzt stand er mir in unserer Küche gegenüber. »Frau Thalmann, mir ist bewusst, dass Ihnen diese Untersuchung sehr viel abverlangt. Ich habe viel Zeit mitgebracht. Sie geben das Tempo vor. Einverstanden?«

»Ist das wirklich nötig?«, fragte ich. »Könnten Sie der Kripo nicht einfach sagen, dass …«

»Ich tue das nur zu einem kleinen Teil für die Kripo. In der Hauptsache mache ich es für Sie, Frau Thalmann. Wann immer Sie in den vergangenen zwei Jahren bei mir waren, wollten Sie stets ganz genau wissen, was in Ihrem

Körper vorgeht.« Geduldig wartete er meine Reaktion ab.

Als ich mich schließlich einverstanden erklärte, leuchtete er mit einer kleinen Stablampe in meine Augen, tastete meinen Hals ab und fragte, ob ich irgendwo Schmerzen oder Beschwerden hätte und ob ich Gewalt ausgesetzt gewesen wäre.

Ich schüttelte den Kopf.

Vorsichtig schob er die Ärmel meines Pullovers hoch und besah sich meine Handgelenke. Aus seiner Tasche zog er eine Digitalkamera und fotografierte die blutunterlaufenen Stellen. Dann hob er zwischen zwei Fingern Haut meines Unterarms hoch. »Ihr Körper hat sehr viel Flüssigkeit verloren. Trinken Sie, soviel es geht. Haben Sie schlafen können?«

»Ja.«

Mit einer sanften Geste dirigierte er mich zu einem Stuhl. Er ließ mir Zeit, in eine für meine verspannten Muskeln erträgliche Sitzposition zu finden. Dann begann er, meine Reflexe zu prüfen. Während er das tat, sagte er: »Ihre Muskeln werden Ihnen noch eine Weile zu schaffen machen. Versuchen Sie es mit viel Wärme und Bewegung. Von Massagen rate ich Ihnen allerdings ab. Die Berührung könnte Ihnen momentan noch zu viel sein.« Aus seiner aufgeklappten Tasche zog er eine Injektionsnadel sowie kleine Röhrchen. »Darf ich?«

Ich nickte und sah dabei zu, wie er ein Röhrchen nach dem anderen mit meinem Blut füllte.

»Wurde Ihnen irgendetwas verabreicht?«, fragte er.

»Erst Chloroform und dann ein Schlafmittel.«

»Wissen Sie, welches?«

Ich schüttelte den Kopf.

»Ich werde versuchen, das herauszufinden, Frau Thalmann. Dafür benötige ich allerdings eine Urinprobe von Ihnen. Wenn wir Glück haben, lassen sich darin noch Spuren des Mittels nachweisen.« Er reichte mir einen Becher.

Keine zwei Minuten später war ich zurück. Nachdem er alles in seiner Tasche verstaut hatte, setzte er sich zu mir an den Küchentisch und schrieb etwas auf einen Zettel. »Das ist meine Handynummer. Ich habe das Gerät ständig eingeschaltet. Sie können mich also jederzeit erreichen. Wenn Sie Hilfe brauchen, rufen Sie mich an, ja?«

»Mache ich. Danke.«

Nachdem Doktor Neuner gegangen war, ließ Laurenz mir ein heißes Bad ein und fragte mich, worauf ich Appetit hätte.

»Egal was, nur warm muss es sein«, antwortete ich spontan. Während ich in der Badewanne immer wieder heißes Wasser nachlaufen ließ, wartete ich vergeblich auf das wohlige Gefühl, das sich sonst stets einstellte. Aber es gab nicht dieses Zurücksinken in den Schaum, das Loslassen und sanfte Dahindösen im warmen Wasser. Ich fühlte mich getrieben von Unruhe.

Als ich in die Küche kam, stand auf dem Tisch bereits eine große Schüssel mit Nudeln und Rucola-Pesto. Dazu gab es für mich einen Becher Rooibostee und für Laurenz ein Glas Wein. Obwohl es mir im ersten Moment so vorkam, als könne ich eine riesige Portion essen, war ich nach ein paar Gabeln bereits satt. Laurenz schien es ähnlich zu gehen. Er hatte sein Besteck zur Seite gelegt und sah mich unverwandt an. »Erzähl mir, was passiert ist«, bat er mich.

Abwehrend schüttelte ich den Kopf.

»Bitte, Emma. Ich muss es verstehen.«

»Wozu?«

»Damit ich dich verstehe. Ich habe das Gefühl, dass du mir die Schuld gibst, dass du entführt worden bist, dass …«

»Niemand hat Schuld«, sagte ich abweisend, »ich bin lediglich das Opfer eines Zufalls geworden. Gegen den Zufall ist man machtlos, Laurenz, völlig machtlos.«

»Nein, Emma, das ist falsch! Du bist nicht Opfer eines Zufalls geworden, du bist das Opfer dieses Mannes geworden. Was er getan hat, ist kein Kavaliersdelikt. Ich hoffe, dass sie ihn schnell bekommen und dass er lange Zeit dafür büßen muss.«

»Er hat mir nichts getan, Laurenz«, sagte ich tonlos.

Er öffnete den Mund, schloss ihn jedoch gleich wieder. Es war einer der seltenen Augenblicke, in denen ich noch nicht einmal ansatzweise ahnte, was in ihm vorging. Er schwieg lange. Als er schließlich redete, klangen seine Worte nach unterdrückter Wut. »Ich wünschte, du hättest recht mit dem, was du da sagst.«

»Er hat mir nichts getan!«

»Erzähl mir davon.«

Langsam schüttelte ich den Kopf. »Nein … ich kann nicht!« Und ich wollte nicht. Ich wollte nur vergessen, je schneller, desto besser.

In dieser Nacht schlief ich kaum. Ich fühlte mich wie getrieben und fand keine Ruhe. Schon gar nicht fand ich sie in einem dunklen Raum. Die Dunkelheit machte mir Angst. Aber auch im Licht meiner Nachttischlampe konnte ich nicht schlafen. So wanderte ich ruhelos durchs Haus, vergewisserte mich immer wieder, dass alle Fensterläden geschlossen waren, räumte das Geschirr in die Spülmaschine, ließ sie laufen und räumte sie wieder aus. Die Stille, die danach die Küche erfüllte, war nicht auszuhalten. Ich schaltete das Radio ein.

Kaum war es hell, öffnete ich die Haustür und sah nach meinen Enzianbäumen. Ich strich mit den Fingern über ihre Blüten. Mein Vater hatte gute Arbeit geleistet.

»Guten Morgen, ihr Schluckspechte«, sagte ich, während ich in jeden Topf eine Kanne Wasser laufen ließ. Von der Hauswand sahen die Feen auf mich herab, als wäre nichts geschehen.

Mit einem Mal fröstelte ich. Es war jedoch nicht die Morgenkälte, sondern das Gefühl, hier draußen schutzlos fremden Blicken ausgeliefert zu sein. Schnell ging ich zurück ins Haus und schloss die Tür hinter mir. Mit einer Tasse Tee ließ ich mich im Arbeitszimmer an meinem Schreibtisch nieder. Auch hier war alles so, als wäre ich nie fort gewesen. Am Vormittag des zweiundzwanzigsten September hatte ich das Manuskript von Juliane Wolfinger gelesen, um am Nachmittag mit ihr über die Illustration zu sprechen. Ich hatte den Termin versäumt, hatte ihn noch nicht einmal abgesagt. Jetzt würde eine andere den Kinderkrimi illustrieren.

Ich hatte so lange für diesen Auftrag gekämpft, war überglücklich gewesen, als ich ihn endlich bekommen hatte. Und jetzt? Ich strich mit der Hand über das Manuskript und empfand nichts.

»Ich habe sie angerufen und ihr gesagt, dass du krank geworden bist«, sagte Laurenz. Er trat neben mich und strich zärtlich über meine Schulter.

Mit einer schnellen Bewegung wich ich seiner Hand aus.

Er schwieg einen Moment. Als er weitersprach, klang er

verletzt. »Ich soll dir von ihr ausrichten, dass sie auf deinen Anruf wartet.«

»Sie wartet auf meinen Anruf?«, fragte ich überrascht. »Sie hat nicht …?«

»Nein, hat sie nicht. Du sollst dich bei ihr melden, sobald du wieder gesund bist.«

»Danke«, sagte ich knapp, ohne mich zu ihm umzudrehen.

Schweigend blieb er hinter mir stehen, als warte er, dass ich noch etwas sagte, aber ich blieb stumm.

Schließlich wandte er sich zum Gehen. »Ich mache uns Frühstück. Wenn du magst, dann komm runter.« Er wartete mein Ja nicht ab.

Die Uhr auf meinem Schreibtisch zeigte erst halb acht. Es war noch zu früh, um bei Juliane Wolfinger anzurufen. Ich würde bis neun Uhr warten und es dann bei ihr versuchen. Mit leerem Blick starrte ich vor mich hin. Einen Moment lang war das Gefühl von Verlorenheit übermächtig. Ich war entkommen und doch auch wieder nicht. Ich riss mich zusammen und ging nach unten in die Küche, wo Laurenz mit dem Frühstück wartete.

»Hallo«, sagte er mit einem Lächeln, das nur aus Traurigkeit zu bestehen schien. »Deine Mutter und Verena haben mich auf dem Handy angerufen. Sie richten dir Grüße aus.«

»Ja.« Auf halbem Weg zwischen Tür und Frühstückstisch blieb ich stehen.

Laurenz erhob sich, kam zu mir und wollte mich vorsichtig in die Arme nehmen, als ich unmissverständlich einen Schritt zurücktrat. Er sah mich lange an. »Sag mir, was ich tun kann … bitte, Emma. Wie kann ich dir helfen?«

Es gelang mir nicht, in Worte zu fassen, was ich ihm

vorwarf. Ich wollte vergessen, nur vergessen. »Fahr nach München und lass uns versuchen, unseren Alltag wieder aufzunehmen. Je eher desto besser.«

»Ich werde nach München fahren, aber nicht heute und auch nicht morgen. Wenn du am Montagmorgen immer noch willst, dass ich fahre, werde ich deinen Wunsch respektieren. Bis dahin werde ich dich in Ruhe lassen, aber in deiner Nähe bleiben.«

Ich verschloss mich gegen seine Traurigkeit und wich seinem Blick aus.

Laurenz stand auf, holte etwas aus dem Kühlschrank und stellte dann zwei Gläser gefüllt mit Orangensaft auf den Tisch. »Emma, was ist?«, fragte er, als er mich erstarren sah.

Abwehrend schlang ich die Arme um mich. »Keinen Saft! Ich möchte keinen Saft.«

»Du musst ihn nicht trinken, lass ihn einfach stehen.«

Aber das konnte ich nicht. Nicht in meinem Blickfeld. »Nein …«

Allmählich schien er zu begreifen, nahm beide Gläser und goss den Inhalt in den Ausguss. Dann setzte er sich wieder und belegte sich eine Scheibe Brot mit Schinken. Ohne aufzusehen, fragte er: »Hast du Orangensaft trinken müssen?«

»Ja«, antwortete ich knapp.

»Verstehe.« Er schenkte mir Tee ein. »Apropos trinken – was sagst du zu deinen Schluckspechten?«

»Sie sehen prächtig aus.«

»Danke.«

»Du hast sie gegossen? Ich hatte angenommen, mein Vater …« Während ich noch darüber nachdachte, klingelte es.

Laurenz schaute auf die Uhr. »Das wird die Kripo sein.«

»Ich habe denen nichts zu sagen!«

In seinem Blick lag Mitgefühl, aber auch eine Spur von Skepsis. Zögernd ging er hinaus, um die Tür zu öffnen. Kurz darauf kam er mit beiden Beamtinnen zurück. Er bat sie, Platz zu nehmen, stellte vor jede eine Tasse und schenkte Kaffee ein.

Nachdem sie mich begrüßt hatten, begann Franziska Stangl, die Ältere von beiden, zu sprechen. »Wie geht es Ihnen heute Morgen, Frau Thalmann?«

Ich zuckte die Schultern. »Ohne die Aussicht auf ein Gespräch mit Ihnen ginge es mir bedeutend besser.«

»Das kann ich mir vorstellen. Umso mehr weiß ich Ihre Kooperation zu schätzen. Vielleicht …«

Mit einer fahrigen Handbewegung unterbrach ich sie. »Sie sind umsonst gekommen. Ich kann mich an nichts erinnern.«

Laurenz warf mir einen ungläubigen Blick zu, verkniff sich aber, was ihm auf der Zunge lag.

Die Beamtin sah mich ruhig an. Als sie schließlich sprach, nahm sie sich Zeit. »In einer Situation, in der unklar ist, ob man sie überleben wird, neigen manche Menschen dazu, eine Art Pakt zu schließen: Wenn ich überlebe, dann lasse ich meinen Peiniger ungeschoren davonkommen. Das ist eine nachvollziehbare Reaktion. Aber Sie sind wieder frei, Frau Thalmann. Niemand zwingt Sie, Ihren Part zu erfüllen. Sie waren nicht frei, als Sie ihn schlossen. Und Sie sind diesem Mann zu nichts verpflichtet.«

Ich begegnete ihrem Blick mit Abwehr.

»Vielleicht wird er es noch einmal tun. Nicht mit Ihnen,

aber möglicherweise wird er jemand anderen entführen und wieder Lösegeld erpressen.«

»Er war in einer finanziellen Notlage.«

Die junge Beamtin setzte zum Sprechen an. Franziska Stangl bat sie jedoch mit einer knappen Handbewegung, ihr den Vortritt zu lassen. »Das mag sein«, sagte sie. »Aber die Statistik zeigt, dass ein Großteil aller Straftaten von Wiederholungstätern begangen wird. Und möglicherweise ist der Mann, der Sie entführt hat, längst ein solcher Wiederholungstäter. Aber selbst wenn nicht, lehrt uns die Erfahrung, dass das Leben manchmal nicht nur eine Hürde bereithält. Was wird er tun, wenn er wieder in eine finanzielle Notlage gerät? Wenn Sie schweigen, bekommt er möglicherweise eine andere Frau in seine Fänge.«

Sie verwirrte mich. Ich schlang meine Arme um mich und sah auf die Tischplatte.

»Was er getan hat, ist nicht rechtens, Frau Thalmann. Im Sinne der Gerechtigkeit muss es geahndet werden. Wenn Sie in Ruhe darüber nachdenken, werden Sie vermutlich zu dem gleichen Ergebnis kommen. Was meinen Sie?«

Es war still in der Küche. Überdeutlich hörte ich das Ticken der Wanduhr. Das Schweigen der anderen war bedrückend.

Ich runzelte die Stirn und sah Franziska Stangl an. »Ich werde darüber nachdenken. Geben Sie mir Zeit bis morgen früh. Bitte.«

Schließlich hatten sie mir diese Zeit zugestanden. Was blieb ihnen auch anderes übrig. Ich kam jedoch kaum zum Nachdenken, da es im Feenhaus wie in einem Taubenschlag zuging. Die Beamtinnen waren kaum fort, als Valerie Schwarz, Laurenz' Sekretärin, auftauchte. Er hatte sie angerufen und sie gebeten, ihm die nötigen Unterlagen für die nächsten Tage zu bringen.

Die zweiundvierzigjährige Frau, die zu Hause einen frühpensionierten Ehemann sitzen hatte, der, wenn sie nicht aufpasste, ihr Geld in Spielsalons trug, hatte mich seit unserer ersten Begegnung zu ihrem Feindbild auserkoren. Seitdem sie vor sechs Jahren begonnen hatte, für Laurenz zu arbeiten, war sie zerfressen von Neidgefühlen. In ihren Augen hatte ich alles, was sie sich wünschte: ein sorgenfreies Leben und einen Mann, der das Familieneinkommen bestritt. Dass ich ebenfalls meinen Beitrag dazu leistete, übersah sie. Als ich dann vor zwei Jahren nach Aschau gezogen war, hatte sie mich für egoistisch gehalten und keinen Hehl daraus gemacht. Für alle Beteiligten kam erschwerend hinzu, dass sie in Laurenz verliebt und ganz offensichtlich davon überzeugt war, dass ihn ein Leben an ihrer Seite glücklicher machen würde und sie ein Leben an seiner Seite aus ihrer Misere retten könnte.

Als Laurenz einmal vorsichtig angedeutet hatte, dass eine Trennung von ihrem Mann die Last auf ihren Schultern verringern könnte, hatte sie das als eindeutiges Interesse an ihr interpretiert. Nachdem er ihr daraufhin erklärt hatte, wie sehr er sie als Mitarbeiterin schätzte, war die Zusammenarbeit zunächst schwierig gewesen, aber irgendwie hatten beide zu einem freundschaftlichen Ton zurückgefunden. Zwischen ihr und mir würde der Ton jedoch nie freundschaftlich werden, das hatte sie sehr deutlich zum Ausdruck gebracht.

Als sie mir jetzt in der Küche gegenüberstand, wirkte

sie fast ein wenig zufrieden. Als gönnte sie mir, was mir widerfahren war. Aber vielleicht bildete ich mir das auch nur ein.

»Frau Thalmann ...«, begrüßte sie mich mit einem knappen Nicken und sah dann auffordernd zu Laurenz. »Es gibt einige Briefe zu unterschreiben.«

Er bedeutete ihr, schon einmal voraus ins Wohnzimmer zu gehen. Kaum hatte sie die Küche verlassen, sagte er: »Ich werde mit ihr reden, Emma. Glaub mir, ich finde ihr Verhalten genauso inakzeptabel wie du. Ich bin gleich wieder da.«

Nachdem er ihr ins Wohnzimmer gefolgt war, blieb ich noch ein paar Minuten lang sitzen, dann räumte ich den Tisch ab. Ich hatte gerade damit begonnen, die Brettchen abzuspülen, als ein Klopfen an der Fensterscheibe mich zusammenfahren ließ. Eines der Brettchen fiel mir aus der Hand und landete auf dem Boden. Mit klopfendem Herzen sah ich zum Fenster. Es kostete mich große Überwindung, hinzugehen und die Gardine ein Stück beiseitezuschieben. Verena stand vor dem Fenster und winkte mir schuldbewusst zu. Sie hatte bemerkt, welchen Schrecken sie mir versetzt hatte. Steifbeinig ging ich zur Tür, um ihr zu öffnen.

Wortlos umarmte sie mich und schien mich überhaupt nicht mehr loslassen zu wollen.

Mit einem Ruck wand ich mich aus ihren Armen. »Bitte nicht!«

Als sie zu sprechen ansetzte, versagte ihr die Stimme. Sie räusperte sich. »Entschuldige!«

»Lass uns hoch in mein Zimmer gehen«, sagte ich. »Die Schwarz ist bei Laurenz, und ich will ihr nicht noch einmal über den Weg laufen.«

»Wer will das schon?«, sagte Verena, während sie mir die Treppe hinauf folgte.

»Laurenz«, entgegnete ich trocken. »Ich hätte sie längst rausgeschmissen.«

Ich setzte mich auf meinen Schreibtischstuhl, während Verena sich im Schneidersitz auf dem Sofa niederließ. Sie war einen Kopf kleiner als ich, hatte kurze, gewellte, schwarze Haare und einen jungenhaften Charme, der nur auf den ersten Blick über ihren enormen Willen und ihr Temperament hinwegtäuschte. Ohne diese Eigenschaften hätte ihr Fahrradunfall leicht einen Pflegefall aus ihr machen können.

Wir kannten uns seit unserer Einschulung vor zweiunddreißig Jahren. Nachdem wir uns mit neunzehn in denselben Mann verliebt hatten, er sich jedoch für Verena entschieden hatte, war unser Kontakt abgebrochen. Mit einundzwanzig hatte sie eine Tochter von ihm bekommen. Die inzwischen siebzehnjährige Mirjam hatte ihren Vater nie kennengelernt, er hatte sich vor ihrer Geburt aus dem Staub gemacht. Dafür hatte Anton, Verenas Lebensgefährte, ziemlich bald die Rolle des Vaters übernommen. Und ich war Patentante geworden.

Sie suchte meinen Blick, suchte darin nach einem Vorwurf – nach einem Anflug dessen, womit sie sich die ganze Zeit über gemartert hatte. »Hätte ich dich an diesem Tag begleitet, dann wäre es nicht passiert. Fünf Tage … dieses Schwein! Mir kam es schon vor wie eine Ewigkeit, wie muss es dir da erst ergangen sein. Was sagt die Kripo? Haben die schon eine Spur?«

Ich verneinte und sah an ihr vorbei.

»Du willst nicht mehr darüber reden, oder? Haben sie dich so sehr gelöchert?«

»Dazu habe ich ihnen keine Chance gegeben. Ich will überhaupt nicht darüber reden.«

Sie schwieg überrascht. Dann meinte sie mitfühlend: »Mit der Polizei wirst du reden müssen.«

»Niemand kann mich zwingen.«

»Emma, was ist los mit dir?«

Ich brauste auf. »Was los ist? Ich war fünf Tage lang eingesperrt, das ist los. Und jetzt will ich meine Ruhe haben. Ist das so schwer zu begreifen?«

»Ist es nicht«, entgegnete sie, um Gelassenheit bemüht. »Aber dir müsste doch daran gelegen sein, dass der Mann gefasst wird. Der darf nicht weiter frei herumlaufen.«

»Der Mann, der Mann, immer nur dieser Mann«, schrie ich. »Was ist denn mit mir?«

Verena sah mich in einer Mischung aus Entgeisterung und Schuldbewusstsein an. »Entschuldige«, stammelte sie. »Ich habe nicht daran gedacht, dass …«

»Ihr tut alle gerade so, als sei er ein Monster. Dabei ist er nur ein Mann, der in einer Notlage vom rechten Weg abgekommen und kriminell geworden ist. Wer weiß, wie ich in einer ähnlichen Situation reagiert hätte.«

»Du meinst, du hättest jemanden entführt, um schnell an viel Geld zu kommen?«

»So viel war es gar nicht.«

»Emma, spinnst du?« Sie sprang vom Sofa und baute sich vor mir auf. »Was hat der mit dir gemacht? Gehirnwäsche? Wenn ja, dann muss sie sehr erfolgreich gewesen sein. Ich erkenne dich nicht wieder.«

»Verena, lass sie«, sagte Laurenz von der Tür her.

Sie wandte sich zu ihm um. »Aber sie …«

»Lass es gut sein, bitte! Emma ist nicht in der Verfassung für so eine Auseinandersetzung.«

Verenas Zorn ließ sich jedoch nicht so schnell besänftigen. »Aber sie verteidigt diesen Kerl, anstatt ihn zu verfluchen. Ich habe das Gefühl, sie will ihn davonkommen lassen.«

Ich starrte an die Decke und versuchte, mich gegen ihre Worte zu verschließen.

»Wenn das Geld erst einmal aufgebraucht ist, sucht er sich die Nächste. Warum auch nicht? Er hat ja Erfolg gehabt.«

»Verena, bitte«, sagte Laurenz aufs Neue, diesmal fordernder. »Lass Emma Zeit.«

Aber Verena wäre nicht sie selbst gewesen, wenn sie jetzt aufgegeben hätte. »Zeit«, schimpfte sie, »hilft längst nicht immer. Hörst du, Emma? Es ist ein Fehler, was du da tust.«

Ich zog die Knie an, machte mich ganz klein und hielt mir die Ohren zu. Ihre Worte wurden so stark gedämpft, dass ich sie nicht mehr verstand. Und dann trat von einer Sekunde auf die andere Stille ein. Eine Stille, die ich nicht ertragen konnte, die mir Angst machte. Zitternd und mit Herzklopfen nahm ich die Hände von den Ohren und sah mich hektisch um. Laurenz stand immer noch im Türrahmen, Verena saß wieder auf dem Sofa. Beide sahen mich besorgt an.

»Emma, du brauchst Hilfe«, sagte Verena. »Und zwar je eher, desto besser.«

Ich schüttelte den Kopf. »Ich brauche nur Ruhe.« Und verständnisvolle Menschen, fügte ich im Stillen hinzu. Aber ich hätte es genauso gut laut aussprechen können. Verena kannte mich gut.

»Ich bin ganz bestimmt die Letzte, die kein Verständnis für Ängste hat. Aber Verständnis für diesen Entführer werde ich sicher nicht aufbringen. Und wenn du dich auf den Kopf stellst.«

Hilfesuchend sah ich zu Laurenz. »Niemand hat etwas davon, wenn er gefasst wird«, sagte ich leise.

»Doch«, entgegnete er mit ruhiger Stimme. »Sein potenzielles nächstes Opfer.«

»Ich glaube nicht, dass er es noch einmal tut. Er brauchte wirklich nur diese einhunderttausend Euro, um seine Schulden zu begleichen.«

»Emma, du spinnst.« Verena schien sich im Laufe der letzten Minuten an diese Vorstellung gewöhnt zu haben.

7

Nach dem Mittagessen ließ Laurenz sich am Wohnzimmertisch nieder, um zu arbeiten. Ich verzog mich in mein Arbeitszimmer und rief Juliane Wolfinger an. Während des Telefonats mit ihr merkte ich, wie entlastend es war, wenn jemand nichts von meiner Entführung wusste. Wir verabredeten uns für den Donnerstag um siebzehn Uhr. Erst als ich aufgelegt hatte, wurde mir bewusst, dass die Uhrzeit die gleiche war – unser Treffen hatte sich lediglich um eine Woche verschoben. Ich griff nach dem Manuskript und ließ mich damit auf dem Sofa nieder. Es fiel mir schwer, mich darauf zu konzentrieren.

»Emma? Darf ich reinkommen?«, fragte meine Mutter von der Tür her.

Erschreckt zuckte ich zusammen. »Hallo.« Ich schlug das Manuskript zu.

Meine Mutter kam ins Zimmer, zog sich den Schreibtischstuhl zum Sofa und setzte sich. »Du arbeitest schon wieder?«

Ich nickte. »Zumindest versuche ich es.«

»Nimmst du dir da nicht ein bisschen zu viel vor?«

»Ich habe lange um diesen Auftrag gekämpft.«

»Es wird nicht das letzte Buch von Juliane Wolfinger sein. Vielleicht könntest du ihr nächstes illustrieren.«

»Nein!«

»Was willst du dir damit beweisen? Dass alles wie immer ist? Das ist es nicht.«

»Ich will mir beweisen, dass ich nicht verrückt bin.«

Sie runzelte die Augenbrauen.

»Vreni meint, ich würde spinnen, weil ich den Mann verteidige ... weil ich ... irgendwie ... nachvollziehen kann, warum ... warum er mich entführt hat.«

»Während der Zeit deiner Entführung habe ich immer wieder darum gebetet, dass du einen solchen Fluchtweg findest, damit du dich nicht so entsetzlich hilflos und ausgeliefert fühlst.«

Fluchtweg. Dieses Wort fand keinen Widerhall, es verunsicherte mich. »Wenn das nur ein Fluchtweg war, dann ist nichts von dem, was ich denke, Realität. Dann bilde ich mir nur ein, dass er in einer Notlage war ...«

»Das bildest du dir bestimmt nicht ein. Das wird schon so gewesen sein. Dafür spricht auch die relativ begrenzte Summe, die er gefordert hat. Du bildest dir allerdings ein, Verständnis für ihn aufbringen zu müssen. Während der Zeit deiner Entführung war das hilfreich.«

Ich zog die Knie an und legte das Kinn darauf. »Und du meinst, jetzt müsse damit Schluss sein. Hast du eine Idee, wo ich den Schalter finde, um das abzustellen?«

»Ich glaube, das kommt ganz von selbst. Du bist sehr stabil, du wirst einen Weg finden, auf deine Art damit umzugehen. Das hast du bisher und das wirst du auch jetzt. Lass dir Zeit, Emma.«

»Die Polizei lässt mir keine Zeit. Sie wollen, dass ich ihnen den Mann ans Messer liefere.«

Sie dachte nach. »Vielleicht hilft es dir, wenn du zwei Dinge ganz klar trennst: deine ganz persönliche Einschätzung des Mannes und deine Verpflichtung mitzuhelfen, dass er gefasst wird, damit ihm nicht noch jemand zum Opfer fällt. Sollte er dann vor Gericht kommen, kannst du immer noch für ihn aussagen.«

»Ich will das alles so schnell wie möglich vergessen.«

»Dann bring dein Gespräch mit der Polizei bald hinter dich.«

In der Nacht lag ich wach. Der Vorschlag meiner Mutter ließ mich nicht los. Wenn der Mann aufgrund meiner Aussage gefasst wurde, konnte er niemand anderen mehr gefährden. Und ich konnte vor Gericht aussagen, dass er mich gut behandelt hatte. Nur: Was konnte ich überhaupt über ihn aussagen? Über einen vermummten Mann? Die Geschichte, die er mir erzählt hatte, konnte sich tatsächlich überall zugetragen haben. Eine Frau, die kurz vor der Insolvenz stand, ein Mann, der beim Versuch, ihr zu helfen, auf die schiefe Bahn geriet. Die Geschichte war nicht einzigartig.

Ich wusste nicht, wo die Hütte lag, ich wusste nicht, welche Distanz zwischen ihr und dem Ort meiner Entführung lag. Ich konnte lediglich die Einrichtung beschreiben. Es war so wenig, was ich zu berichten hatte, und ich bezweifelte, dass dieses Wenige der Polizei weiterhelfen würde.

Im Morgengrauen schlich ich mich leise aus dem Bett und setzte in der Küche Teewasser auf. Nach einem Blick auf die Uhr zwang ich mich, die Haustür zu öffnen und die Schluckspechte zu gießen. Alles sollte so sein wie immer. Ich wollte mein Leben zurück, so wie es vor einer Woche um diese Zeit noch gewesen war. Wenn ich alles so mache, wie ich es immer gemacht habe, überlegte ich, dann sollte mir das gelingen. Ich würde die tägliche Routine wiederaufnehmen, zurückfinden in meinen normalen Alltag. Vielleicht würde ich hier und da die Zähne zusammenbeißen müssen. Aber es standen achtunddreißig Jahre gegen fünf Tage. Im Augenblick wogen diese fünf Tage schwerer, aber ich nahm mir vor, das Gewicht wieder umzuverteilen.

Als ich die Auffahrt hinunterging, um die Zeitung zu holen, spürte ich einen Anflug von Angst. Ich wandte mich dem Haus zu, um mich seines Schutzes zu versichern. Dann sah ich mich nach allen Seiten um, nahm schnell die Zeitung aus dem Kasten und lief wie gehetzt zurück. Ruhiger wurde ich erst wieder, als ich die Haustür geschlossen hatte.

Im Wohnzimmer vergewisserte ich mich mit einem schnellen Blick, dass die Gardinen geschlossen waren, legte Holzscheite in den Kachelofen und machte ein Feuer. Ich holte mir einen Becher Tee aus der Küche, schob die Chaiselongue näher zum Ofen und ließ mich darauf nieder. Es war halb acht, eigentlich hätte Laurenz längst aufstehen müssen, aber auch er hatte einiges an Schlaf nachzuholen. Im Gegensatz zu mir gelang ihm das.

Mit geschlossenen Augen lehnte ich mich zurück und atmete tief durch, um mich zu entspannen. Von einer Sekunde auf die andere sah ich, wie sich der Mann, der gerade noch scheinbar verletzt auf dem Waldboden gelegen hatte, mit der Watte in der Hand auf mich stürzte. Ich spürte die Watte auf Mund und Nase, spürte den Lauf der Pistole an meiner Wange. Voller Entsetzen riss ich die Augen auf und sah mich Halt suchend im Zimmer um. Mein Blick hetzte von Gegenstand zu Gegenstand. Ich war zu Hause! Mein Herz raste, mein Atem ging stoßweise. Mit aller Kraft versuchte ich, die beängstigenden Bilder zurückzudrängen und einen klaren Gedanken zu fassen. Nach mehreren Anläufen gelang es mir.

Meine Entführung hatte den Mann aus einer Notlage gerettet. Dafür würde ich nie wieder wie vorher sein. Er hatte das Geld, ich die Wunden. Wenn ich dabei helfen konnte, einer anderen diese Wunden zu ersparen, dann wollte ich das tun. Immer noch außer Atem rief ich Franziska Stangl auf ihrem Handy an. Sie versprach, spätestens in einer Stunde im Feenhaus zu sein.

Oben hörte ich Laurenz ins Bad gehen. Ich machte ihm einen Kaffee und ging hoch zu ihm. Vom Badewannenrand aus sah ich ihm beim Rasieren zu. Unsere Blicke trafen sich im Spiegel.

»Die Beamtinnen kommen um halb zehn hierher«, sagte ich.

»Wenn du es hinter dir hast, wirst du dich vielleicht schon ein bisschen besser fühlen.«

»Vorhin hatte ich Angst, bis zum Briefkasten zu gehen.« Mein Blick wanderte zum Badezimmerfenster, das offen stand. »Da kann jeder hereinsehen.«

Er beugte sich zur Seite, schloss das Fenster und zog die Gardine vor.

Ich sah ihn hilfesuchend an. »Laurenz, was macht das aus mir? Ich will das nicht. Wenn ich es zulasse, dann gehe ich womöglich irgendwann gar nicht mehr aus dem Haus und lebe nur noch hinter zugezogenen Gardinen. Dabei ist es so idiotisch. Es ist im Wald passiert, nicht hier beim Haus. Und trotzdem ...«

Er schaltete den Rasierapparat aus und setzte sich neben mich auf den Badewannenrand. »Bis du keine Angst mehr hast, werde ich hierbleiben. Und wenn ich zu Terminen muss, dann werden deine Eltern oder Verena dir Gesellschaft leisten. Du wirst nicht allein sein, Emma.«

»Aber wie lange soll das so gehen?«, fragte ich unglücklich.

»So lange, wie es nötig ist.«

Tränen liefen mir übers Gesicht. »Bis vor einer Woche habe ich Dunkelheit und Stille gemocht. Jetzt ist alles anders. Jetzt macht mir beides Angst. Fünf Tage und ...« Der Rest des Satzes ging in Schluchzen unter.

»Es wird besser werden mit der Zeit, Emma. Da bin ich mir ganz sicher. Du hast so viel Kraft.«

»Ich spüre sie nicht.«

»Aber sie ist da, glaube mir.«

Ich bat die beiden Frauen, am Wohnzimmertisch Platz zu nehmen, und setzte mich zu ihnen. Während sie es sich in ihren Stühlen bequem machten, begann Franziska Stangl mit ruhiger Stimme zu sprechen. »Ihr Mann hat mir erzählt, dass Sie die Feen auf Ihrer Hauswand selbst entworfen haben. Sie sind wunderschön. Ich beneide Sie um dieses Talent. Aber noch mehr beneide ich Sie um Ihren grünen Daumen. Wie haben Sie es nur geschafft, Ihre Enzianbäume so prächtig hinzubekommen?«

»Die Schluckspechte? Die brauchen sehr viel Wasser.«

»Reden Sie auch mit ihnen?«

»Sie sind gute Zuhörer.«

»Meine Kollegin und ich werden versuchen, es Ihren Bäumen gleichzutun. Wir haben ein paar Fragen an Sie, Frau Thalmann. Durch Ihre Antworten erhoffen wir uns Anhaltspunkte zum Täter und dem Ort, an dem Sie festgehalten wurden. Damit uns kein Detail entgeht, werden wir diese Zeugenvernehmung auf Band aufnehmen und uns gleichzeitig Notizen machen.« Sie zog ein kleines Aufnahmegerät aus ihrer Tasche und legte es auf den Tisch. »Wenn Sie das Gefühl haben, dass es zu viel für Sie wird, sagen Sie das bitte. Dann machen wir eine Pause oder brechen die Vernehmung ab.«

»Okay.«

»Erzählen Sie uns bitte wahrheitsgemäß alles, woran Sie sich erinnern können, und mag es Ihnen noch so unwichtig erscheinen.« Sie lehnte sich zurück und schlug ein Bein über das andere. »Am besten fangen Sie mit dem Moment an, als Sie zu Ihrer Fahrradtour aufbrachen.«

Ich sah auf das Aufnahmegerät und dann auf meine Hände. Mein Mund wurde trocken, mein Herz begann zu flattern und meine Kopfhaut schien sich zusammenzuziehen – alles innerhalb von Sekunden. Ich trank einen Schluck Wasser. »Es war der zweiundzwanzigste September«, begann ich mit tonloser Stimme, »Herbstanfang. Dabei war es noch gar nicht herbstlich, es war ein schöner Tag. Meine Mutter hatte angerufen und mich zum Essen eingeladen. Meine Eltern leben in Kraimoos. Ich habe mir eine Tour ausgewählt, die mich auf dem Rückweg dort vorbeiführen würde. Später hatte ich einen beruflichen Termin.« Ich schluckte. »Unterwegs hat mich ein Radfahrer überholt.« Es war schwer, meine Erinnerungen im Zaum zu halten. Es gab Bilder, die von anderen verdrängt wurden. Ich gab mir alle Mühe, sie an ihren Platz zurückzuschieben. »Plötzlich lag er im Unterholz. Es sah so aus, als sei er gestürzt und habe sich verletzt. Er war mir vorher überhaupt nur deshalb aufgefallen, weil er so raste.«

Die Blicke der beiden Frauen waren interessiert und abwartend. Beide hatten Schreibblöcke vor sich liegen, auf denen sie sich hin und wieder Notizen machten.

Ich fuhr fort: »Erst habe ich überlegt, zum nächsten Hof zu fahren, um Hilfe zu holen. Aber dann habe ich mich nicht getraut, ihn allein dort liegen zu lassen. Ich musste an Verena denken, sie ist meine Freundin. Sie ist auch einmal mit dem Fahrrad gestürzt und hat sich dabei schwer verletzt. Deshalb habe ich mich nicht getraut, ihn zu bewegen.« Ich atmete gegen mein Zittern an. »Ich wollte nachsehen, ob er ein Handy in seinem Rucksack hat.«

»Möchten Sie eine Pause machen, Frau Thalmann?«, fragte Franziska Stangl.

Ich schüttelte den Kopf. »Es ging alles ganz schnell«, sagte ich aufgeregt. »Er hat Watte aus einer Plastiktüte geholt und sie mir auf Mund und Nase gedrückt. Und … er hielt mir eine Pistole an die Wange.« Ich spürte den Druck des Laufs an meiner Wange. Mit aller Kraft atmete ich gegen das Gefühl an, vor lauter Angst keine Luft mehr zu bekommen. »Als ich aufwachte, lag ich in einer Hütte. Ich war mit Handschellen an ein Bett gefesselt.«

Beide machten sich Notizen.

»Über den Kopf hatte er sich eine Wollmaske gezogen. Nur seine Augen waren zu sehen. Er trug …« Ich versuchte, mich zu konzentrieren. »Er trug einen Blaumann und Handschuhe. Er hat den Raum gelüftet, während ich geschlafen habe. Und er hat mir eine Dose mit Nivea gegeben. Meine Haut war sehr trocken. Kurz bevor er mich freigelassen hat, hat er mir erzählt, wozu er das Lösegeld braucht.«

Die beiden Frauen sahen mich aufmerksam an.

»Er brauchte hunderttausend Euro, um der Frau, die er liebt, helfen zu können. Ihrer Firma drohte die Insolvenz. Deshalb hat er mit dem Geld eines Kunden an der Börse spekuliert. Aber das ist schiefgegangen. Sein Kunde hat es entdeckt und gedroht, ihn anzuzeigen, wenn er das Geld nicht bis zum Montag dieser Woche zurückzahlt.« Ich atmete tief durch. »Er hat gesagt, sie sei ein ganz besonderer Mensch. Und dass Laurenz die Polizei eingeschaltet habe. Dann bin ich oben in Stocka wieder aufgewacht.«

Als klar war, dass meine Erzählung beendet war, bedankte Franziska Stangl sich für meine Bereitschaft, mich wieder in diese belastende Situation hineinzuversetzen. Sie fragte, ob es mir recht sei, wenn wir eine kurze Pause machten. Ich nickte, ging zum Fenster und öffnete es. Ich hörte, wie das Aufnahmegerät ausgeschaltet wurde und beide Frauen das Wohnzimmer verließen. Erst jetzt merkte ich, wie erschöpft ich war. Es war, als würde ich völlig in mich zusammenfallen.

Ich rollte mich auf der Chaiselongue zusammen und starrte eine kleine Ewigkeit in den Raum. Auf keinen Fall wollte ich die Augen schließen. Das Gespräch mit den Beamtinnen hatte meine innere Unruhe noch vergrößert. Ich fühlte mich unangenehm überdreht, gleichzeitig war ich zum Umfallen müde. Mein Atem ging flach. Als es an der Wohnzimmertür klopfte, schreckte ich hoch und fuhr herum.

Auf mein Ja hin kamen die beiden Beamtinnen herein. »Meinen Sie, dass wir die Vernehmung fortsetzen können?«, fragte Franziska Stangl.

Ich stand von der Chaiselongue auf. »Ja … sicher.«

Sie schaltete das Aufnahmegerät wieder ein. »Wir haben noch ein paar Fragen zu dem, was Sie uns erzählt haben, Frau Thalmann. Wenn Sie einverstanden sind, können wir anfangen.«

Ich nickte.

»Sind Sie außer diesem Radfahrer, der Sie überholt hat, noch jemandem begegnet?«

»Ja … einer Gruppe von Wanderern. Das war direkt hinter dem Steilstück am Lochbach, dort, wo man den Wald verlässt und die Maisalm sehen kann.«

»Erinnern Sie sich daran, wie groß diese Gruppe war?«

»Vier oder fünf Leute, genau weiß ich es nicht. Ich habe nicht darauf geachtet.«

»Sie sagten, dass es sich bei dem Verletzten im Unterholz um den Radfahrer handelte, der Sie überholt hat. Woran konnten Sie das erkennen?«

»An dem Helm. Der Radfahrer trug einen gelben Helm. Er ist mir aufgefallen, weil er mich wegen seiner Farbe an einen Bauhelm erinnerte.«

»Sie haben von einem Rucksack gesprochen. Wie sah der aus?«

»Auberginefarbene Fallschirmseide, die schwarz abgesetzt war. Jedenfalls glaube ich, dass es schwarz war.« Ich dachte nach. »Es könnte auch dunkelgrau gewesen sein.«

Kristin Mayer hatte eine Frage: »Haben Sie das Fahrrad des Mannes sehen können?«

»Ja, es lag ein paar Meter von ihm entfernt im Unterholz.«

»Können Sie uns etwas über Farbe und Marke sagen?«

»Nein.«

»Sie sagten, der Mann habe Watte aus einer Plastiktüte geholt. Können Sie die Plastiktüte genauer beschreiben?«

»Die Plastiktüte war durchsichtig, sie sah aus wie ein Frühstücksbeutel.«

»Strömte die Watte einen Geruch aus?«, fragte Franziska Stangl.

Ich schlang die Arme um meinen Oberkörper. »Auf den Geruch habe ich nicht geachtet … meine Panik war so groß. Aber er sagte, es sei Chloroform.«

Sie notierte sich diese Information und ging dann zum nächsten Punkt über. »Sie haben von einer Pistole gesprochen. Können Sie die Waffe beschreiben?«

»Sie war dunkel und kalt.«

»Hat er diese Waffe im weiteren Verlauf der Entführung noch einmal gegen Sie gerichtet?«

»Nein.«

»Können Sie uns schildern, wie es in der Hütte aussah?«

Während ich die Gaslampe, Klapptisch und Klappstuhl, das Bett, den Bauernschrank und den Ofen beschrieb, begann mein Kopf zu schmerzen. Ich sehnte mich nach Ruhe. Gleichzeitig wollte ich es hinter mich bringen. Ich wollte nicht noch einmal ihre Fragen beantworten müssen. Deshalb riss ich mich zusammen und informierte sie über die Toilette, die Raumtemperatur, den Geruch und die Geräusche in der Hütte.

»Haben Sie irgendetwas von der Außenwelt mitbekommen?«

»Einmal habe ich ganz entfernt ein Flugzeug gehört. Außerdem die Schreie eines Greifvogels und ein Hundebellen. Aber es war weit weg.«

»Wissen Sie, wie spät es war, als Sie in der Hütte aufwachten?«

»Nein. Er hat mir meine Armbanduhr abgenommen.«

Sie ging zum nächsten Punkt über, der Wasserflasche. »Erinnern Sie sich an die Marke?«

»Es war stilles Wasser in einer eckigen Flasche ohne Etikett – es könnte Volvic gewesen sein.«

»Haben Sie etwas zu essen bekommen?«

»Ein Brötchen … nein, es waren zwei.«

»Wie haben Sie die Zeit verbracht?«

»Meistens habe ich geschlafen. Er hat mir häufig ein Schlafmittel gegeben. Es war in Orangensaft aufgelöst.« Ich unterdrückte die Übelkeit, die der Gedanke an den Saft heraufbeschwor.

»Gab es noch irgendetwas Auffälliges in der Hütte?«

Ich erzählte von dem Handy und wie er mich damit in Schach gehalten hatte. »Erst habe ich ihm nicht geglaubt und gesagt, dass es idiotisch sei, in meiner Nähe ein eingeschaltetes Handy liegen zu lassen. Aber er meinte, es habe eine Kindersicherung, die nur eine Nummer zulasse, nämlich die zu seinem anderen Handy. Gibt es so etwas tatsächlich?«

»Ja, allerdings lassen die meisten Geräte auch die Notrufnummer zu.«

»Ich hatte mir überlegt, erst herauszufinden, wo die Hütte steht, und dann zu versuchen, mit dem Handy die Polizei anzurufen. Deshalb habe ich einmal das Bett hinter mir hergezogen und den Schrank beiseitegeschoben, um ans Fenster zu kommen. Aber die Läden waren geschlossen und der Griff abmontiert.«

»Wenn Sie von dem Handy die Polizei angerufen hätten, hätte das Gerät eventuell geortet werden können.« Sie machte sich Notizen. »Sie sagten, Sie seien in Stocka wieder aufgewacht. Wissen Sie, um welche Uhrzeit und wo genau das war?«

»Es war Viertel nach zehn … auf einer der Aussichtsbänke an dem kleinen Feldweg, der links von der Straße abbiegt.«

»Ist Ihnen dort jemand begegnet?«

»Ein älteres Ehepaar hat sich ein paar Meter weiter auf eine Bank gesetzt. Es waren Wanderer.«

Kristin Mayer zog eine Landkarte hervor und breitete sie auf dem Tisch aus. »Lassen Sie uns jetzt noch einmal zum Überfall selbst zurückkehren. Können Sie den Ort einzeichnen?« Sie schob mir die Karte zu.

Als die Karte meine Hand berührte, zuckte ich zurück. Dann holte ich tief Luft und schaute auf die Stelle unterhalb der Abendmahlkapelle. Ich nahm den Stift, den die Beamtin mir hinhielt, und malte ein kleines Kreuz. Dann schob ich die Karte zurück.

»Danke.« Kristin Mayer faltete sie wieder zusammen. »Wir werden unsere Spurensicherung dorthin schicken. Mit ein wenig Glück finden sich dort noch verwertbare Spuren.«

Ich sah auf meine Hände und versuchte, meinen aufgeregten Puls zu beruhigen.

»So«, hörte ich Franziska Stangl sagen, »ich schlage vor, dass wir erst einmal wieder eine Pause machen.«

8

Laurenz hatte für uns alle Pizza geholt und in der Küche den Tisch gedeckt. Während des Essens interessierten die beiden Frauen sich für seine Arbeit und ließen mich völlig in Ruhe, wofür ich ihnen dankbar war. Ich hatte ein flirrendes Gefühl im Kopf, fühlte mich überreizt und kaute schon seit geraumer Zeit auf einem kleinen Stück Pizza herum.

Laurenz sah mich besorgt an. »Soll ich dir etwas anderes zu essen machen, Emma?«

»Nein ... danke. Ich habe keinen Hunger.« Ich legte mein Besteck auf den Teller und lehnte mich zurück. Mit Blicken bat ich Laurenz, mich mir selbst zu überlassen.

Er reagierte sofort und wandte sich wieder den beiden Frauen zu.

Franziska Stangl sah mich prüfend an. »Wenn Sie bereit sind, weiterzumachen, Frau Thalmann, schlage ich vor, dass wir wieder hinübergehen.«

»Ja, gehen wir«, sagte ich halbherzig. Am liebsten hätte ich mich ins Bett verkrochen.

Kaum saßen wir um den Wohnzimmertisch, nahm Franziska Stangl mit ruhiger Stimme den Gesprächsfaden wieder auf. »Sie haben uns von dem Täter erzählt, Frau Thalmann«, begann sie. »Wir würden gern ein wenig mehr über ihn erfahren. Ich bitte Sie deshalb, ihn sich noch einmal vorzustellen und uns in Einzelheiten zu erzählen, woran Sie sich erinnern.«

Anfangs kam ich ihrer Bitte nur zögernd nach. Es war, als wäre zwischen dem Mann und mir eine Sperre, die es mir erschwerte, näher an ihn heranzukommen. So versuchte ich es aus der Entfernung, beschrieb seine körperliche Erscheinung, den Blaumann, den er stets getragen hatte, die Handschuhe und die Wollmütze. Ich erwähnte die Uhr an seinem Handgelenk, die ich nur einmal ganz kurz gesehen hatte. Und den leichten Aftershave-Duft. Dann seine Eigenheit, stets ein Bein über das andere zu schlagen und mit dem Fuß zu wippen. Ich äußerte meine Vermutung, dass er Asthmatiker sein könnte.

»Als der Täter am Boden lag und den Fahrradunfall vortäuschte, konnten Sie da sein Gesicht sehen?«

»Nur teilweise ... den unteren Teil. Der Helm war verrutscht. Er hatte einen Vollbart mit grauen Fäden.«

»Abgesehen von dem Grau – welche Haarfarbe hatte der Bart?«

»So eine undefinierbare Straßenköterfarbe.«

»Konnten Sie zu irgendeinem Zeitpunkt seine Augenfarbe erkennen?«

Ich schüttelte den Kopf. »Nein.«

»Was ist mit seiner Stimme? Würden Sie die wiedererkennen?«

»Ja, ganz sicher.«

»Können Sie sein Alter schätzen?«

Ich atmete tief ein und wieder aus. »So, wie er mit dem Rad fuhr, von seiner Figur, seinen Bewegungen und der Stimme her, würde ich sagen, er ist Anfang bis Mitte dreißig. Genauso gut könnte er aber auch ein sportlicher, gut trainierter Fünfzigjähriger sein. Ich kann es nicht sagen.«

»Wegen der grauen Fäden in seinem Bart?«

»Ja.«

»Wohin tendieren Sie von Ihrem Gefühl her?«

»Zu Mitte dreißig«, antwortete ich spontan.

»Hatte er sprachliche Eigenheiten? Hat er einen Dialekt gesprochen?«

»Nein, keinen Dialekt, es war reines Hochdeutsch.«

»Haben Sie einen Eindruck von seinem Bildungsgrad bekommen können?«

»Er wusste, was ein Schierlingsbecher ist.« Ich dachte nach. »Er wirkte intelligent und gebildet. Und er muss etwas von Anästhesie oder von Pharmazie verstehen. Er sagte zu mir: *Chloroform wirkt nur in Filmen und bei Freiwilligen schnell. Wenn sich jemand dagegen wehrt und nicht tief einatmet, kann es zehn Minuten bis zur Bewusstlosigkeit dauern*. So etwas weiß doch kein Laie, oder?«

»Eher unwahrscheinlich. Was ist mit seinem sozialen Status?«

»Aus einem guten Stall«, wiederholte ich mit tonloser Stimme seine Worte. »Ich sagte zu ihm, aus einem guten Stall zu kommen bedeute nicht automatisch, Geld zu haben. Und er antwortete, dass er das wisse. So wie er es sagte, habe ich angenommen, dass er es aus eigener Erfahrung weiß.«

»Hat er etwas darüber gesagt, warum er Sie als Opfer ausgewählt hat?«

Ich schwieg.

»Frau Thalmann?«

»Er sagte, er sei tagelang durch den Wald gefahren und habe nach einer günstigen Gelegenheit Ausschau gehalten.« Ganz kurz schloss ich die Augen, öffnete sie jedoch gleich wieder. »Ich war ein Zufallsopfer. An dem

Vormittag hat er auf einer der Bänke vor der Maisalm gesessen und mich beobachtet. Dann ist er mir hinterhergefahren.«

»Woher wissen Sie das?«

»Dass er mir hinterhergefahren ist?«, fragte ich irritiert.

»Dass er auf einer der Bänke vor der Maisalm gesessen und Sie beobachtet hat.«

»Er hat es mir erzählt.«

Sie notierte ein paar Worte und sah dann auf. »Ihr Mann sagte, dass der Entführer ihn am Freitagmorgen auf seinem Handy anrief. Wissen Sie, woher er die Nummer hatte?«

»Ich habe sie ihm gegeben. Aber wissen Sie, was mich gewundert hat? Der Mann wusste, dass Laurenz Architekt in München ist. Wie ist das möglich?«

»Das müssen wir herausfinden«, antwortete sie und machte sich einen Vermerk. »Zum Abschluss noch eine Bitte: Sind Sie einverstanden, wenn Ihr Hausarzt Doktor Neuner uns Einblick in Ihre Untersuchungsergebnisse gewährt?«

»Warum?«

»Sie haben gesagt, der Entführer habe Sie mit einem Schlafmittel betäubt. Wenn sich Spuren des Wirkstoffs nachweisen lassen und es sich um ein verschreibungspflichtiges Medikament handelt, könnte uns auch diese Information auf die Spur des Täters bringen.«

»Einverstanden«, sagte ich.

Nach einem kurzen Blickaustausch mit ihrer Kollegin schaltete sie das Aufnahmegerät aus. »Wir wissen es sehr zu schätzen, Frau Thalmann, dass Sie sich unter den gegebenen Umständen bereit erklärt haben, mit uns zu sprechen. Sie haben uns mit Ihrer Aussage sehr geholfen. In den nächsten Tagen wird vielleicht noch die eine oder andere Frage auftauchen. Die können wir dann aber telefonisch klären. Und wann immer Sie Fragen haben oder falls Ihnen noch etwas einfällt, rufen Sie eine von uns an.« Beide schoben mir ihre Kärtchen über den Tisch.

»Wie wird es jetzt weitergehen?«, fragte ich. »Ich meine, mit dem Mann? Besteht überhaupt die Chance, ihn zu finden?«

»Die gibt es immer, Frau Thalmann«, antwortete Kristin Mayer mit großer Überzeugung.

Kaum waren die Beamtinnen fort, schaute Doktor Neuner auf einen Sprung vorbei und fragte, ob wir einen Moment in Ruhe miteinander reden könnten. Wir gingen zusammen in mein Arbeitszimmer.

»Ich würde gerne noch etwas mit Ihnen besprechen, Frau Thalmann.« Er schien zu überlegen, wie er beginnen sollte. »Das, was Sie in den vergangenen Tagen durchgemacht haben, bleibt möglicherweise nicht ganz ohne Nachwirkungen. Ich möchte, dass Sie auf das vorbereitet sind, was eventuell auf Sie zukommt.« Seinem prüfenden Blick nach zu urteilen, versuchte er zu ergründen, ob ich bereit war, ihm zu folgen. Als er sich dessen sicher sein konnte, fuhr er fort: »Vermutlich werden Sie in nächster Zeit sehr schreckhaft sein und nicht schlafen können.«

Ich nickte in Erinnerung an die vergangenen Nächte.

»Außerdem kann es sein, dass immer wiederkehrende, sehr lebhafte Erinnerungen und Träume Sie quälen. Gerade was die Erinnerungen angeht, hat es sich als sehr hilfreich erwiesen, gedanklich einen geschützten Raum aufzusuchen. Stellen Sie sich einen Raum vor, in dem Sie sich ganz sicher fühlen. Die Vorstellung, die ganz spontan kommt, wird die hilfreichste sein.« Er ließ mir Zeit, seinen Ausführungen zu folgen. »Wenn Sie gleich heute damit beginnen, den Wechsel in diesen Raum zu üben, dann haben Sie ein sehr effektives Hilfsmittel an der Hand, wenn die Erinnerungen Sie überschwemmen.« Er erklärte mir genau, was ich zu tun hatte, und bat mich dann, mir spontan einen solchen Raum zu suchen.

Ich fand diesen imaginären Raum unter Laubbäumen in einem Garten, der verborgen hinter einer hohen, undurchdringlichen Hecke lag. Die Hecke war von einer gleich hohen Mauer umschlossen. Neben mir her ging ein Rottweiler, der mich auf meinem Weg durch den Garten beschützte. Durch das dichte Blätterdach stahlen sich hier und da wärmende Sonnenstrahlen.

Nachdem wir es ein paar Mal geübt hatten, verabschiedete Doktor Neuner sich. Und ich legte mich ins Bett. Bis zu dem Gespräch mit Juliane Wolfinger blieben mir noch zwei Stunden. Zeit genug, um allein noch ein wenig zu üben. Ich schloss die Augen. Auf dem Weg in den imaginären Garten schweiften meine Gedanken jedoch immer wieder zu dem Gespräch mit den beiden Beamtinnen ab. Irgendetwas war nicht stimmig gewesen. Es war mir beim Erzählen nur ganz am Rande aufgefallen, der Eindruck hatte sich aber gleich wieder verflüchtigt. Ich bekam ihn nicht zu fassen.

Ein winziges Geräusch ließ mich aufschrecken. Mein Herz klopfte bis zum Hals, während ich wie elektrisiert auf die Schlafzimmertür starrte, die sich mit einem leisen Knarren einen Spalt öffnete. Es dauerte einige Sekunden, bis ich begriff, wer dort stand.

Mirjam, Verenas siebzehnjährige Tochter, sah mich schuldbewusst an. »Sorry, ich wollte dir nur hallo sagen, wollte dich aber nicht wecken, falls du schläfst.« Sie setzte sich im Schneidersitz zu mir aufs Bett und sah mich erwartungsvoll an.

Ich kannte diesen Blick. Irgendetwas an ihr musste verändert sein, und sie erwartete nun einen Kommentar. Ihre Brille war es nicht. Sie war so schwarz umrandet und rechteckig wie eh und je. »Entschuldigung, ich habe deine neue Frisur noch nicht bewundert«, beeilte ich mich zu sagen. »Sie ist sehr ... praktisch.«

Mirjam hatte einen Teil ihrer dunklen Haare wie ein Stirnband zu Rastazöpfen flechten lassen. »Praktisch?«, fragte sie gedehnt.

»Na ja, sonst fallen sie dir immer in die Stirn. Ich dachte, das sei der Grund ...«

Mirjam sah mich ungläubig an. »Niemand lässt sich Rastazöpfe aus praktischen Erwägungen machen.«

Ich lächelte. »Du siehst cool aus! Zufrieden?«

Mit den Fingern malte sie Muster auf meine Bettdecke. »Ich hatte solche Angst, dass du nicht wiederkommst.«

»Die hatte ich auch.«

»Laurenz hat gesagt, dass du immer noch Angst hast.«

Ich zog die Knie an und legte die Arme darum. »Stimmt.«

»Glaubst du denn, der kommt wieder? Ich meine, das ist doch eher unwahrscheinlich, oder? Der wird nicht so blöd sein und dich zweimal holen. Dann hätte er ja gleich mehr Geld fordern können.«

»Ich wünschte, mein Unterbewusstsein würde sich dieser Logik anschließen. Aber seitdem ... seitdem das geschehen ist ...« Ich schluckte und lächelte sie traurig an.

»Diese fünf Tage haben aus deiner mutigen Patentante einen Angsthasen gemacht.«

»Quatsch«, sagte sie entrüstet. »Weißt du noch, was du mir immer gesagt hast, wenn ich als Kind Albträume hatte? Stell dich den Monstern, Mirjam«, ahmte sie meine Stimme nach. »Such dir einen starken Beschützer und dann nimm es mit den Monstern auf!« Sie grinste. »Erinnerst du dich noch an unsere Nachbarn damals? Die mit dem Bernhardiner, der niemanden aufs Grundstück ließ? Hardy hieß er. Den habe ich mir immer vorgestellt. Gegen Hardy hatte keines der Monster eine Chance.«

Ich musste an den Rottweiler in meinem geschützten Garten denken und nickte.

»Emma«, fuhr sie mit Begeisterung in der Stimme fort, »während meines Schulpraktikums habe ich doch im Tierheim gearbeitet. Und da gab es einen Hund ... Ronin heißt er, der wäre genau der Richtige für dich. Ich habe vorhin angerufen und gefragt, ob er noch da ist. Wir könnten morgen zusammen hinfahren. Ich bin mir ganz sicher, dass du ... ich meine, wenn du einen Hund hättest, dann bräuchtest du keine Angst mehr zu haben. Er würde dich beschützen. Ronin ist wirklich imposant, er ist ...«

»Ronin?«

»Einer der Tierpfleger hat ihn so genannt. Ronin nannte man früher in Japan herrenlose Samurai. Und da der Hund genau wie die Samurai so eine Art Ehrenkodex hat, sich nicht mit Schwächeren anzulegen, hat er ihn Ronin getauft.«

»Warum ist er ins Tierheim gekommen?«

Sie zuckte die Schultern. »Jemand hat ihn am Tor angebunden. Dort wurde er eines Morgens gefunden. Du müsstest ihn nur einmal sehen, Emma. Ronin ist ein

Prachtkerl. Er sieht aus wie ein blonder Rottweiler. Mit ihm an deiner Seite krümmt dir so schnell niemand ein Haar.«

»Kannst du Gedanken lesen?«

»Wieso?«

»Weil ich mir vorhin auch gerade einen Rottweiler als sehr guten Schutz vorgestellt habe. Seit wann ist der Hund im Tierheim?«

»Seit einem Jahr«, antwortete sie betrübt, wechselte jedoch gleich darauf ihren Tonfall. »Wenn Ronin jemanden ins Herz geschlossen hat, dann reißt er sich ein Bein für ihn aus. Er ist ein so toller Hund: intelligent, verschmust … er ist bestimmt ein ganz toller Schutz.«

»Mirjam«, unterbrach ist sie, »ich weiß zwar, dass es keine Seltenheit ist, wenn ein Hund so lange im Tierheim ist, aber irgendetwas verheimlichst du mir doch.«

Sie wich meinem Blick aus und wand sich sichtlich. »Er hat ein klitzekleines Problem.« Mit Zeigefinger und Daumen maß sie ungefähr einen Zentimeter ab. »Nichts, was mit ein bisschen Geduld nicht wieder hinzubiegen wäre, aber …«

»Los, raus damit!«

»Na ja, der Hund ist mal im Stich gelassen worden. Da würdest du auch Verlustängste entwickeln.« Sie hob die Schultern und ließ sie wieder fallen. »Er bleibt nicht gerne alleine. Eigentlich kann man ihn gar nicht alleine lassen. Dann hat er Angst und dann …«

Ich zog die Augenbrauen hoch.

»Er hat schon mal einen Sessel zerfetzt und ein paar Kleinteile. Aber im Auto kann man ihn ganz prima alleine lassen. Da macht er gar nichts kaputt.«

»Klingt sympathisch«, sagte ich. »Und ungewöhnlich

vertraut. Wenn es stimmt, dass minus mal minus plus ergibt, dann müssten Ronin und ich eigentlich ein unschlagbares Team sein.«

»Du meinst …?« Ihr ungläubiger Blick wurde schnell euphorisch.

»Unter anderen Umständen würde ich ihn gerne kennenlernen. Aber im Augenblick will ich erst einmal wieder versuchen, in mein Leben zurückzufinden.«

»Och«, meinte sie enttäuscht. »Willst du es dir nicht noch mal überlegen?«

Ich schüttelte den Kopf. »Es geht nicht, Mirjam, ich habe viel zu viel mit mir selbst zu tun. Ich könnte mich nicht so um den Hund kümmern, wie er es verdient. Er käme vom Regen in die Traufe.«

»Er käme aus dem Tierheim, das wäre ein großes Glück für ihn. Außerdem ist er sehr sportlich und lauffreudig. Er könnte dich auf deinen Fahrradtouren begleiten.«

»Ich mache keine Fahrradtouren mehr, das ist vorbei.«

»Ach so.« Sie wirkte betrübt.

Wie hätte ich sie aufheitern können? Ausgerechnet ich? Behutsam strich ich über ihre Wange. »Ich habe gleich einen Termin in Neubeuern und muss mich anziehen. Soll ich dich zu Hause absetzen?«

»Nicht nötig, ich bin mit dem Fahrrad da.« Sie stand auf, zog die Beine ihrer Jeans hinunter und warf mir eine Kusshand zu.

Ein Blick auf die Uhr zeigte mir, dass die Zeit knapp wurde. Kaum war Mirjam gegangen, zog ich mich in Windeseile an, verstaute das Manuskript in meiner Tasche und lief nach unten ins Wohnzimmer, wo Laurenz immer noch arbeitete.

»Ich muss los«, sagte ich atemlos, »um fünf habe ich meinen Termin bei Juliane Wolfinger.«

»Soll ich dich nicht besser fahren, Emma?«

»Nein, wenn du nächste Woche wieder in München bist, muss ich es auch alleine schaffen.«

»Das ist nächste Woche, aber heute ...«

»Heute«, unterbrach ich ihn, »werde ich damit anfangen. Je eher, desto besser, Laurenz.«

Zweifel standen ihm deutlich ins Gesicht geschrieben. Mit einem leichten Kopfschütteln wandte er den Blick ab und suchte etwas auf dem Tisch. Er zog sein Handy unter einer Grundrisszeichnung hervor und hielt es mir hin. »Nimm bitte wenigstens mein Handy mit. Dann wäre ich beruhigter.«

Voller Abwehr ging ich einen Schritt zurück. »Kein Handy, auf keinen Fall ein Handy!«

Er schien nicht gleich zu verstehen, stand auf und wollte es mir hinterher tragen, als er stockte. Meine Reaktion hatte ihn offenbar verunsichert.

»Bitte«, sagte ich leise, »bitte, steck es weg. Ich will es nicht sehen.«

Ohne zu zögern, verstaute er es in seiner Hosentasche und ging zurück zum Tisch. Irgendetwas schien er noch sagen zu wollen, entschied sich dann jedoch dagegen.

Mit einem knappen »Bis später« lief ich hinaus und wandte mich Richtung Garage. Wenn ich nicht zu spät kommen wollte, musste ich mich beeilen. Ich warf meine Tasche auf den Beifahrersitz, verriegelte den Wagen von innen und startete den Motor. Langsam fuhr ich die Auffahrt hinunter und bog nach rechts in den Schlechtenberg.

Ich kam genau bis zur Abzweigung auf die Hauptstraße. Dann begann ich zu zittern und hatte das Gefühl, dieses Zittern würde nie wieder aufhören. Ich weiß nicht, wie lange ich dort stand und auf die Straße starrte. Als hinter mir ein Auto hupte, zuckte ich zusammen und brach in Tränen aus.

Ein Klopfen am Autofenster erschreckte mich so sehr, dass ich aufschrie. Als jemand am Griff der Fahrertür zerrte, wollte ich nur noch davonlaufen. Ich war längst in Panik, als endlich Laurenz' Stimme zu mir durchdrang.

Es dauerte Minuten, bis ich mich einigermaßen beruhigt hatte und wieder einen Ton herausbrachte. »Ich kann nicht«, stammelte ich, »ich kann einfach nicht. Ruf bitte Frau Wolfinger an und sage ihr …« Was hätte er ihr sagen können?

»Mir wird etwas einfallen, Emma, mach dir keine Sorgen.«

Als dieses Kraftpaket aus bernsteinfarbenem Fell am nächsten Morgen am Zwingergitter hochsprang und freudig winselte, war es um mich geschehen. Laurenz stand neben mir und musterte den Hund mit sehr viel mehr Zurückhaltung.

»Was meinst du?«, fragte ich ihn voller Hoffnung. Schließlich musste er Ronin auch mögen.

»Versteh mich bitte nicht falsch, Emma, die Idee an sich finde ich gut. Das Problem ist nur, dass wir beide keine Ahnung von Hunden haben. Und der hier sieht mir nicht gerade wie ein harmloser Schoßhund aus. Eher wie einer, der eine feste Hand und klare Ansagen braucht.«

»Er braucht eine konsequente Hand«, meldete sich die Tierheimleiterin zu Wort, »genau wie jeder andere Hund auch. Ansonsten ist Ronin eher ein sensibles Lamm. Er sperrt sich gegen jede Form von Druck, pariert aber aufs

Wort, wenn man ihn mit Einfühlungsvermögen behandelt. Er ist schätzungsweise drei Jahre alt, sehr bewegungsfreudig und kerngesund, soweit wir das beurteilen können. Er verträgt sich hervorragend mit anderen Hunden, auch mit Rüden. Allerdings hat er das Handicap, dass er nicht alleine bleibt. Das ist auch der Grund, warum er immer noch bei uns ist.«

»Darf ich mal zu ihm?«, fragte ich.

Sie nickte. »Natürlich.«

Kaum hatte sie die Zwingertür geöffnet, kam Ronin auf mich zugelaufen und beschnupperte mich. Ich ging in die Knie und ließ ihn an meinen Händen riechen, bevor ich ihn streichelte. »Na, mein kleiner Samurai«, flüsterte ich, »meinst du auch, wir sollten es miteinander versuchen?«

In aller Seelenruhe schleckte er mir übers Ohr, setzte sich dann vor mich und sah mich aufmerksam an. Bei seinem Anblick wurde es mir warm ums Herz. Intuitiv wusste ich, dass Ronin genau der richtige Hund für mich war.

Jetzt musste ich nur noch Laurenz davon überzeugen. Ich sah ihn eindringlich an. »Mein Vater wird mir alles beibringen, was ich wissen muss. Er kennt sich mit Hunden aus. Und außerdem gibt es jede Menge Bücher. Ich würde es gerne wagen.«

Als wüsste Ronin, was in diesem Augenblick für ihn auf dem Spiel stand, trottete er zu Laurenz und beschnupperte auch ihn ausgiebig. Dann legte er sich zwischen uns. Laurenz kniete sich hin und strich ihm über sein kurzes, glänzendes Fell. »Also gut … wagen wir es«, sagte er mit einem entschiedenen Tonfall in der Stimme, der die Zweifel überdecken sollte.

»Sie sollten sich allerdings darüber im Klaren sein«, meldete sich die Tierheimleiterin zu Wort, »dass Sie Ronin nicht allein lassen können. Bis er sein Vertrauen zurückgewonnen hat, kann es eine ganze Weile dauern.«

»Ich habe nicht vor, ihn allein zu lassen. Er wird mich auf Schritt und Tritt begleiten.«

Erst als sie die Umstände geklärt hatte, unter denen der Hund bei uns leben würde, erklärte sie sich einverstanden. Mir fiel ein Stein vom Herzen. Laurenz, Ronin und ich folgten ihr ins Büro, um die Formalitäten zu erledigen.

Eine halbe Stunde später fuhren wir mit unserem neuen Familienmitglied in die nächste Tierhandlung, um uns mit allem auszustatten, was Ronin zum Leben und zum Wohlfühlen brauchte. »Jetzt kannst du mich getrost wieder alleine lassen«, sagte ich, als wir wieder auf der Straße standen. »Wenn der Hund bei mir ist, werde ich es schaffen.«

»Meinst du nicht, das ist noch ein bisschen früh, Emma? Es ist überhaupt kein Problem für mich, von zu Hause aus zu arbeiten. Ich möchte nicht, dass so etwas wie gestern …«

»Ronin wird bei mir sein«, sagte ich fest und warf im Vorbeigehen einen Blick auf die Zeitungen am Kiosk. Mein Unterbewusstsein reagierte, bevor ich überhaupt begriff, was ich da sah: das Foto eines Vermummten. Es war, als wäre ich ohne Vorwarnung und mit Wucht gegen eine Wand gelaufen und noch im selben Augenblick zurückgeprallt. Entsetzt wandte ich mich ab und suchte bei Laurenz Halt.

Er hatte nicht mitbekommen, was passiert war, sah nur meinen aufgelösten Gesichtsausdruck. »Du hast dir ein bisschen viel vorgenommen, Emma, lass dir Zeit.«

Sekundenlang hatte ich das Gefühl, keine Luft zu bekommen. Dann spürte ich, wie Ronin sich sanft an mich lehnte. Ich atmete tief ein und aus und versuchte, das Zittern in den Griff zu bekommen.

»Emma, was ist?«

Wie sollte ich es ihm erklären? Diesen tiefen Wunsch, in den ganz normalen Alltag zurückzukehren. Ohne unsichtbare Wände, die sich vor mir auftaten. Ich holte tief Luft. »Bis vor kurzem bin ich aus dem Haus gegangen, ohne darüber nachzudenken, dass mir etwas passieren könnte. Ich habe im Dunkeln geschlafen und die Stille um mich herum genossen. Das alles ist so weit weg. Als wäre es in einem anderen Leben gewesen. Jetzt habe ich Angst, beobachtet zu werden, und zucke bei dem leisesten Geräusch zusammen. Schlafen kann ich nur bei Licht und kaum länger als eine halbe Stunde am Stück.«

Wir standen mit Ronin mitten auf dem schmalen Bürgersteig. Passanten drängelten sich an uns vorbei. Zwei von ihnen warfen argwöhnische Blicke auf den Hund. Gut so, dachte ich, je argwöhnischer, desto besser!

»Ich will in dieses alte Leben zurück, aber ich weiß nicht wie.«

Laurenz nahm mich vorsichtig in den Arm, in jeder Sekunde darauf gefasst, dass ich ihn wieder abwehrte. Aber ich ließ es geschehen. »Emma, manchmal bist du sehr unbescheiden«, sagte er besorgt. »Auch die Welt ist nicht wirklich in sieben Tagen entstanden. Niemand drängt dich.«

»Aber *es* drängt mich, verstehst du das nicht?«

»Ich möchte dich nur vor einer Enttäuschung bewahren, falls es nicht so schnell geht, wie du es dir wünschst.« Er sah traurig aus.

Und ich verstand, was in ihm vorging. »Dich trifft keine Schuld, dass ich entführt wurde, Laurenz. Selbst wenn du während der Woche hier wärst, du könntest mich nicht auf Schritt und Tritt begleiten. Dafür habe ich jetzt Ronin.« Ich strich dem Hund übers Fell. »Wenn überhaupt, dann bin ich schuld, naiv, wie ich war. Ich hätte nicht zu ihm laufen dürfen. Ich hätte vom nächsten Hof aus einen Notarzt rufen sollen. Ich habe es ihm viel zu leicht gemacht. Nicht umsonst hat er mich als günstige Gelegenheit bezeichnet.«

Laurenz nahm mein Gesicht in seine Hände und sah mich eindringlich an. »Dieses Schwein ist schuld, Emma! Hörst du? Er allein.«

9

Unser erstes Wochenende mit Ronin war wie im Fluge vergangen. Mein Vater hatte sich alle Mühe gegeben, uns im Schnellverfahren mit unserem Hund, seinen Bedürfnissen und Grenzen vertraut zu machen. Die Situation entbehrte nicht einer gewissen Komik. Während Laurenz und ich jeden einzelnen Befehl erst lernen mussten, kannte Ronin bereits alle und führte sie mit einer Geschwindigkeit aus, die darauf schließen ließ, dass seine Vorbesitzer ihn zumindest erzogen hatten.

Bevor mein Vater uns am Sonntagabend verließ, betonte er zum wiederholten Male, wie wichtig Konsequenz bei der Hundeerziehung sei.

»Hat es einen besonderen Grund, dass du bei diesem Thema immer nur mich anschaust?«, fragte ich ihn irritiert.

»Hat es! Wenn ich bedenke, wie groß dein Herz ist, und wenn ich mir dann den Blick dieses Hundes ansehe, muss ich nur zwei und zwei zusammenzählen, um zu wissen, dass er dich über kurz oder lang fest im Griff haben wird. Dabei sollte es genau umgekehrt sein.«

Ich sah erst Ronin an und dann meinen Vater. »Ich werde diesem Blick widerstehen, Papa.« Aber nur dann, wenn ich es für angebracht halte, fügte ich im Stillen hinzu.

»Wirst du nicht, Emma.«

»Im Tierheim haben sie gesagt, er sei ein Sensibelchen.«

»Auch Sensibelchen können Macht ausüben. Ich darf dich an deine Mutter erinnern. Wenn du da das Zepter nicht fest in der Hand hältst …«

»Dann tanzt sie dir auf der Nase herum?«, fragte ich schmunzelnd.

Er sah mich betrübt an und senkte die Stimme. »Ich meine, warum kann sie nicht einfach in Würde alt werden? Warum muss sie jetzt auch noch die Ausbildung zur Yogalehrerin machen?«

Gab es in diesem Zusammenhang eine Antwort, die ihn nicht verletzen würde? Ich bezweifelte es. Die zwölf Jahre Altersunterschied zwischen meinen Eltern ließen sich nicht wegdiskutieren. Nur wurden sie ihm mit zunehmendem Alter bewusster. Er war jetzt siebzig und spürte die Jahre, die hinter ihm lagen. Meine Mutter mit ihren achtundfünfzig hatte noch eine Kraft in sich, die nach einem Ventil suchte. »Sie hat immer davon geträumt, diese Ausbildung zu machen«, sagte ich. »Und jetzt ist für sie offensichtlich der richtige Zeitpunkt gekommen.«

»Aber es kostet sie Zeit und Kraft.«

Unsere unterschiedliche Wahrnehmung in diesem Punkt war erstaunlich. Im Gegensatz zu ihm hatte ich den Eindruck, meine Mutter ziehe Kraft aus ihrer Ausbildung. Und eine ungeheure Befriedigung. Aber vielleicht ging es ihm gar nicht darum. Vielleicht ging es ihm um die Zeit, die sie nicht mit ihm verbrachte. Und vielleicht machte sie ihm seine schwindende Kraft noch bewusster. Vielleicht ging es ihm aber auch einfach nur um die Tatsache, dass Zeit und Kraft für ihn mit den Jahren zu sehr wertvollen Gütern geworden waren. Einen Moment lang überschwemmte mich Traurigkeit. Dann fing ich mich wieder.

Er hatte es gesehen. »Entschuldige, Emma, vergiss gleich wieder, was ich gesagt habe. Es ist völlig unwichtig.« Zur Bestätigung machte er eine wegwerfende Handbewegung. »Und sag vor allem nichts davon zu deiner Mutter.«

Ich versprach es und drückte ihm einen Kuss auf die Wange, als er ging.

»Hast du auch so einen Traum wie deine Mutter?«, fragte Laurenz mich später.

Ich brauchte nicht lange darüber nachzudenken, ich träumte davon, zu vergessen. Aber zum Vergessen gehörte auch, das Thema zu meiden. »Nein«, sagte ich deshalb. »Und was ist mit dir?«

»Irgendwann in meinem Leben möchte ich mal den New-York-Marathon mitlaufen.«

»Ernsthaft?«, fragte ich überrascht. Laurenz joggte zwar regelmäßig im Englischen Garten, aber seine Strecke ging über fünf Kilometer nicht hinaus.

»Ernsthaft! Irgendwann will doch jeder einmal über sich selbst hinauswachsen.«

Ich wusste nicht, ob das tatsächlich jeder wollte. Aber ich konnte den Wunsch verstehen, an seine Grenzen und darüber hinaus zu gehen. Unsichtbare Wände hatten meine Grenzen sehr eng werden lassen.

Am Montagmorgen redete ich so lange auf Laurenz ein, bis er einwilligte, seine Tasche zu packen und nach München zu fahren. Ich bat ihn, nur im Notfall früher als Freitagabend zurückzukommen. All seine Einwände, es sei zu früh, fegte ich vom Tisch. Ich wollte nicht erst irgendwann versuchen, meinen Alltag wieder alleine zu bewältigen – ich wollte es gleich!

Als er schließlich abfuhr, war ihm anzusehen, wie schwer es ihm fiel. Mir ging es nicht anders, aber ich biss die Zähne zusammen. Schließlich war Ronin bei mir, mein kleiner Samurai. Auch er würde sich in seinem neuen Alltag zurechtfinden müssen. Wobei es ihm sehr viel leichter zu fallen schien als mir. Das Wochenende hatte er genutzt, um seine neue Umgebung zu erkunden und in Besitz zu nehmen. Inzwischen tat er so, als hätte er sein ganzes Leben im Feenhaus verbracht.

Am späten Vormittag ertappte ich mich dabei, wie ich mir einzureden versuchte, dass unser Garten Ronin ausreichenden Auslauf bot. Hatte er dort nicht alles, was sein Herz begehrte? Ich wiederholte diese inzwischen für mich rein rhetorische Frage am Telefon, als mein Vater anrief, um sich zu erkundigen, wie ich mit dem Hund zurechtkam.

»Das Tier braucht Sozialkontakte«, sagte er streng. »Es bekommt ihm nicht, wenn du ihn von seinen Artgenossen fernhältst. Die Wahrscheinlichkeit, dass er dann Verhaltensstörungen entwickelt, ist relativ groß. Wenn es für dich noch zu viel ist, mit ihm zu gehen, dann lass Laurenz das machen.«

Geflissentlich verschwieg ich, dass Laurenz bereits in München auf einer Baustelle war. Ich musste es alleine schaffen. Als ich allerdings mit Ronin an der Leine auf die Straße trat, bekam ich eine Vorstellung davon, was dieses *Es* war. Während es den Hund Richtung Wald zog, schlug ich die entgegengesetzte Richtung ein. Der Wald war tabu. Allein die Vorstellung, ihn zu betreten, verursachte mir eine Gänsehaut. Ich sah mich nach allen Seiten um und vergewisserte mich, dass mich niemand beobachtete.

Als wir das Haus von Anni Metzler passierten, winkte sie mir vom Garten aus zu. Mit der Rosenschere in der Hand fuchtelte sie in der Luft herum. Dieses Déjà-vu reichte aus, um mich erstarren zu lassen. Von einer Sekunde auf die andere war es nicht mehr Montagvormittag, sondern Donnerstag, der zweiundzwanzigste September, und ich passierte mit dem Rad ihr Grundstück. Die Bilder bestürmten mich in einer unaufhaltsamen Flut.

Es war schließlich Ronin, der mich erlöste. Aufgeregt bellend sprang er vor mir hin und her. Auf zittrigen Beinen machte ich einen Schritt nach dem anderen und konzentrierte mich ausschließlich auf den Hund. Ich rief mir jedes einzelne Wort in Erinnerung, das mir mein Vater über unser neues Familienmitglied nahegebracht hatte, und glich es mit meinen Beobachtungen ab. Nach fünfhundert Metern hatte ich mich schließlich einigermaßen gefasst. Trotzdem blieb der Impuls, umzukehren und zurück ins Haus zu rennen. Mit großer Willensanstrengung widerstand ich ihm und schlug den Weg zu Verena ein.

Diese Strecke mit Ronin zu gehen war eine neue Erfahrung. Normalerweise legte ich sie in zehn Minuten zurück. Mit einem Rüden, der sein neues Revier markieren musste, dauerte es fünfmal so lang. Hinzu kamen die kleinen Umwege, die ich einschlug, sobald ich ein bekanntes Gesicht auf mich zukommen sah. Ich wollte mit niemandem reden.

Anton Blaschke, Verenas Lebensgefährte, öffnete mir die Tür und sah mich sekundenlang an, ohne ein Wort zu sagen. Dann warf er einen anerkennenden Blick auf Ronin. »Dein Bodyguard?«, fragte er.

Ich nickte und folgte ihm durch den Flur in die Küche, wo aus zwei Töpfen Dampf aufstieg.

»Verena hat gerade Unterricht, aber sie wird sicher gleich kommen. Möchtest du etwas trinken?«

»Nein, aber Ronin vielleicht.«

Anton füllte Wasser in eine Schüssel und stellte sie ihm hin. Bevor er sich zu mir an den Tisch setzte, drehte er das Gas unter den Töpfen kleiner. »Möchtest du später mit uns essen? Es ist genug da.«

Ich überlegte nicht lange. »Gerne.«

Ronin lief zu Anton und ließ sich von ihm streicheln. »Mirjam ist überglücklich, dass du den Hund aus dem Tierheim befreit hast. Fühlst du dich besser mit ihm?«

»Frag mich das, wenn wir die erste Nacht hinter uns haben.«

»Heißt das …?«

»Irgendwann muss ich ins kalte Wasser springen. Je länger ich am Beckenrand stehe und darüber nachdenke, desto größer wird mein innerer Schweinehund.«

Anton fuhr sich gedankenverloren über seinen bulligen, kahlen Schädel, der nur vordergründig über seine Sensibilität hinwegtäuschte. »Verena hat sich Vorwürfe gemacht, dass sie dich an diesem Morgen nicht begleitet hat. Das macht ihr immer noch schwer zu schaffen.« Er sah mich prüfend an. Als versuche er zu ermessen, wie viel er mir zumuten konnte. »So einem Verbrecher gelingt es, dass Menschen sich schuldig fühlen, die überhaupt keine Schuld trifft. Er zieht sie mit hinein in dieses Gespinst.«

»Ich weiß, was du meinst«, sagte ich leise. »Er hat gesagt, er sei tagelang durch den Wald gefahren und habe nach einer günstigen Gelegenheit gesucht. Und ich habe mich ständig gefragt, was mich zu einer *günstigen Gelegenheit* hat werden lassen.« In diesem Moment packte mich eine Wut, die mir fast den Atem raubte. Mit der flachen Hand schlug ich auf den Tisch. Meine Stimme entglitt mir. »Irgendwie ist es ihm gelungen, mich als eine leichte Beute abzustempeln.« Ich sprang auf und lief aufgeregt in der Küche umher. Ronin hob den Kopf und verfolgte aufmerksam jede meiner Bewegungen. »Und ich war ja tatsächlich eine leichte Beute. Ich bin nur deshalb in seine Fänge geraten, weil ich es ihm besonders leicht gemacht habe.« Ich fühlte mich wie unter einem starken Druck, nur dass der Druck kein Ventil fand. »Ich bin so ein Schaf.«

»Du bist kein Schaf, Emma«, sagte Anton ruhig. »Wahrscheinlich war der Mann nur einfach gut im Manipulieren.«

»Ich muss los, Anton. Das mit dem Essen holen wir ein anderes Mal nach.« Ich gab Ronin ein Zeichen, zu mir zu kommen.

»Was willst du tun?«

»Irgendwie muss ich meine Wut loswerden, sonst platze ich.«

Erst als ich im Sturmschritt und mit Ronin an meiner Seite dreimal den Ort umrundet hatte, fühlte ich mich besser. Meine Wut hatte vorübergehend die Angst überdeckt. Sie kehrte erst zurück, als ich außer Atem und verschwitzt zu Hause ankam. Nachdem ich den Hund gefüttert und zum zweiten Mal an diesem Tag geduscht hatte, machte ich mir einen Tee. Ich fühlte mich leer und verloren, unfähig, mich mit etwas zu beschäftigen. Als Laurenz anrief, gab ich mir Mühe, munter zu klingen. Kaum hatte ich den Hörer aufgelegt, sackte ich wieder in mich zusammen.

Ronin legte den Kopf auf meine Knie und ließ sich streicheln. Die Berührung seines warmen Fells tat mir gut.

Als ich kurz innehielt und meinen Gedanken nachhing, landete seine Pfote auf meinem Knie. Fast schon automatisch setzten sich meine Hände wieder in Bewegung, während es mich im Inneren in den geschützten, imaginären Garten zog. Der beruhigende Anblick, der mich dort erwartete, war unverändert. Nur der Rottweiler war inzwischen so blond wie Ronin.

Auch wenn die Hecke meines Gartens noch so hoch war – gegen den Klang des Telefons konnte sie nichts ausrichten. Ein wenig benommen griff ich nach dem Hörer und meldete mich.

»Kristin Mayer, Polizeidirektion Rosenheim«, hörte ich sie sagen. »Frau Thalmann, es haben sich noch ein paar Fragen ergeben, die wir sehr gerne mit Ihnen klären würden. Haben Sie heute Nachmittag eine Stunde Zeit für uns?«

»Ja … sicher, ich weiß nur gar nicht, was ich Ihnen noch sagen könnte.«

»Passt es Ihnen um sechzehn Uhr?«

Ich zögerte. »Ja.«

»Dann bis später«, verabschiedete sie sich.

Kaum hatte ich aufgelegt, ärgerte ich mich bereits über meine Zusage. Die Fragen der Beamtinnen würden alles wieder aufwühlen. Ich dachte darüber nach, den Termin abzusagen, entschied mich dann jedoch dagegen. Irgendwann musste ich ihre Fragen beantworten, also konnte ich es auch gleich tun.

Ich hatte gerade Nudeln ins kochende Wasser geschüttet, als meine Mutter anrief. Sie wusste von Laurenz, dass ich alleine war, machte jedoch zum Glück kein Aufheben davon. Stattdessen verfolgte sie ihre bewährte Strategie, die mich schon im Alter von eineinhalb Jahren jede

Treppe hatte alleine bewältigen lassen. Es war eine Mischung aus Mut, Vertrauen und Loslassenkönnen.

»Wenn du dich nach Gesellschaft sehnst, Emma, kannst du auf uns zählen, das weißt du«, sagte sie. »Wir sind in sieben Minuten bei dir. Vorausgesetzt, ich sitze am Steuer. Dein Vater als vorbildlicher Verkehrsteilnehmer braucht ein wenig länger für die Strecke«, schickte sie in einem Tonfall hinterher, aus dem das verschmitzte Lächeln herauszuhören war.

Ich bedankte mich bei ihr und versprach, mich im Notfall zu melden. Dann ging ich in den Vorratsraum, um mir eine Dose mit geschälten Tomaten zu holen. Ich fand sie neben einer Flasche Orangensaft. Hätte ich nur ein paar Sekunden gehabt, um nachzudenken, wäre die Flasche sicher nicht auf dem Boden gelandet. Doch meine Wut kam so plötzlich und war so überwältigend, dass ich erst wieder zu mir kam, als ich vor den Scherben stand.

»Was hat der nur aus mir gemacht?«, flüsterte ich erschüttert, ging in die Hocke und begann, die Scherben aufzusammeln.

Als Ronin voller Neugier versuchte, sich an mir vorbeizudrängen, schob ich ihn mit dem Ellenbogen zurück und befahl ihm, im Türrahmen Platz zu machen. Dann sammelte ich akribisch die Splitter und Scherben auf und wischte den Boden. Die Arbeit ließ meine Wut etwas verrauchen.

Zurück in der Küche stellte ich fest, dass die Nudeln nicht nur übergekocht, sondern auch verkocht waren. Weinend stand ich vor dem Herd und wusste nicht mehr ein noch aus.

Als es an der Tür klingelte und Ronin gleich darauf

lautstark bellte, zuckte ich zusammen. Die Beamtinnen konnten es nicht sein, es war erst halb drei. Wie gelähmt blieb ich stehen, während Ronin in den Flur raste. Es klingelte erneut. Mit bleischweren Beinen setzte ich mich in Bewegung. Trotz Ronin an meiner Seite sah ich erst durch den Spion. Es war Verena. Erleichtert öffnete ich ihr die Tür und sah sie hilfesuchend an. Immer noch liefen mir Tränen über die Wangen.

»Da komme ich ja gerade im rechten Moment«, sagte sie.

»Er hat meine Mutter bedroht. Hat gesagt, sie würde es büßen müssen, wenn ich nur einen Mucks mache. Er hat mich so lange im Dunkeln schmoren lassen, bis ich ganz klein war vor Angst. Und dann war ich ihm dankbar für jede Minute Licht, die er mir zugestanden hat.« Meine Stimme entgleiste. »Ich war ihm dankbar.« Diese letzten Worte waren nur noch ein Wimmern.

Sie nickte, schob mich behutsam zurück in den Flur und schloss die Tür hinter uns.

Schluchzend krümmte ich mich zusammen. »Der Scheißkerl hat mich ans Bett gefesselt und mir ein so starkes Schlafmittel gegeben, dass ich in die Hose gemacht habe.«

Verena lehnte sich mir gegenüber an die Wand. Ronin legte sich neben mich.

Meine Worte überschlugen sich. »Er hat gesagt, er werde mir nichts tun, sofern ich mich kooperativ verhielte. Ich war so erleichtert darüber. Der war nett zu mir. Verstehst du? Nett! Und ich war erleichtert. Dabei hat er mich einfach nur für seine Zwecke missbraucht. Vom ersten Moment an. Der hatte kein Mitgefühl mit mir. Der hatte nur Mitgefühl mit sich selbst und dieser Frau. Und ich war so dumm. Ich war so unfassbar dumm, Vreni.« Ich ging zu der Truhe und ließ mich darauffallen.

Vreni kam zu mir und setzte sich neben mich. »Für die Zeit in der Hütte hätte dir nichts Besseres passieren können, als dich einlullen zu lassen.«

»Du hast gesagt, er hätte eine Gehirnwäsche mit mir gemacht. Du hast gesagt, du hättest das Gefühl, ich wolle ihn davonkommen lassen. Du …«

»Emma …«

»Nein, Vreni, lass nur, du hattest ja recht. Ich wollte ihn tatsächlich davonkommen lassen. Ich hatte es mir versprochen. Außerdem habe ich an seine Geschichte geglaubt.« Stichwortartig skizzierte ich sie ihr. »Wem sollte damit gedient sein, wenn er gefasst würde? Liebe ist ein so magisches Wort. Er sagte, er habe es aus Liebe getan. Damit hatte er mich, verstehst du?«

»Damit hätte er mich auch gehabt.«

»Als ihr alle auf mich eingeredet habt, dass er es wieder tun könne, wollte ich das zuerst nicht glauben. Inzwischen bin ich mir da überhaupt nicht mehr sicher. Mein Vater war am Wochenende hier und hat mir einen Vortrag über Hundeerziehung gehalten. Dabei hat er viel von positiver Verstärkung, von Belohnung gesprochen: Wenn der Hund mit seinem Verhalten auf ein positives Echo stößt, wird er daraus lernen, dass dieses Verhalten sich lohnt.« Einen Moment lang schloss ich erschöpft die Augen und öffnete sie dann wieder. »Ich will, dass er gefasst wird, Vreni. Leider kann ich mir nur überhaupt nicht vorstellen, wie die Kripo das bewerkstelligen will. Hätte ich nur die Sachen, die ich in der Hütte getragen habe, nicht verbrannt. Dann hätten sie jetzt vielleicht irgendeinen Beweis.«

»Laurenz hat sich ein paar Seriennummern notiert. An jeder Ampel, an der er auf dem Weg von der Bank bis zur Lösegeldübergabe halten musste, hat er welche abgeschrieben. Er glaubt allerdings genauso wie ich, dass das nicht einmal ein Tropfen auf dem heißen Stein ist.«

Laurenz, der die Lösegeldübergabe verzögert hatte, der die Forderung des Entführers missachtet und die Polizei eingeschaltet hatte. Halt … nein, er hatte sie gar nicht eingeschaltet … nicht zu dem Zeitpunkt. Franziska Stangl hatte mir das bestätigt. Der Mann musste mich angelogen haben. Diese Erkenntnis traf mich wie ein Schlag in die Magengrube. Es war ihm in den fünf Tagen gelungen, mein Vertrauen in Laurenz zu erschüttern, ein Vertrauen, das über Jahre gewachsen war.

Verena sagte etwas.

Ich schreckte auf. Meine Stimme schien mir nicht mehr zu gehören, sie klang fremd. »Er hat versucht, mir Laurenz madig zu machen. Er hat mit mir geflirtet, mich berührt.« Mein Ekel war überwältigend. »Und ich habe ihn noch nicht einmal weggestoßen.«

»Du warst gefesselt.«

»An einer Hand … nur an einer Hand.«

»Emma«, sagte sie sanft, »in solch einer Situation gelten andere Regeln. Da geht es ums Überleben …«

»Ich habe noch nie zuvor Todesangst gehabt, Vreni. Wenn ich davon gelesen habe, dann habe ich versucht, sie mir vorzustellen, aber mit der Wirklichkeit hat so eine Vorstellung nichts zu tun. Sie ist so elementar, dass …« Mit beiden Fäusten drückte ich gegen meine Brust. »Als er mir die mit Chloroform getränkte Watte auf Mund und Nase gedrückt hat, war ich vor Entsetzen wie gelähmt. Trotzdem habe ich es irgendwie geschafft, mich zu wehren, habe die Luft angehalten. Da hat er mir den Lauf einer Pistole an die Wange gedrückt. Er hat gesagt: *Atme das Chloroform ein oder ich drücke ab.*« Das Zittern war übermächtig, es erfasste meinen ganzen Körper. Ich schluchzte laut auf. Die Worte, die mir auf der Zunge lagen, zerfielen in einzelne Silben.

10

Die Kripobeamtinnen hatten sich um eine halbe Stunde verspätet. Als sie schließlich kamen, gingen wir gleich ins Wohnzimmer. Sie saßen noch nicht ganz, da bestürmte ich sie mit der Frage, die mir in diesem Moment am wichtigsten erschien. »Hat Ihre Spurensicherung im Wald etwas gefunden?« Ungeduldig wanderte mein Blick zwischen beiden hin und her.

»Nein, leider nicht«, antwortete Franziska Stangl. »Aber wir hören uns um, ob jemand etwas beobachtet hat, das uns weiterhelfen könnte. Das Gleiche tun wir in Stocka. Die Straße unterhalb der Bank, auf der Sie aufgewacht sind, ist eine Anliegerstraße. Da fallen fremde Autos auf.«

»Vielleicht hat dieses ältere Ehepaar – die Wanderer, von denen ich Ihnen erzählt habe – etwas gesehen.«

»In einem touristischen Gebiet wie dem Chiemgau ist es eher unwahrscheinlich, die beiden zu finden«, sagte Franzika Stangl mit einem Kopfschütteln und schaltete das Aufnahmegerät ein, das sie in der Zwischenzeit bereitgestellt hatte. »Frau Thalmann«, hob sie an, »am Tag Ihrer Entführung trugen Sie die Gürteltasche, die wir vergangenen Dienstag zur Untersuchung mitgenommen haben. In dieser Tasche befanden sich diverse Gegenstände. Können Sie uns diese Gegenstände bitte aufzählen?«

»Wozu?«, fragte ich irritiert. »Sie haben die Tasche. Warum schauen Sie nicht einfach hinein?«

»Bitte … beantworten Sie meine Frage.«

»Mein Portemonnaie war darin, mein Hausschlüssel, Papiertaschentücher und ein Fettstift für die Lippen.«

»Haben Sie nach Ihrer Freilassung den Inhalt der Gürteltasche überprüft?«

Ich schüttelte den Kopf. Dann fiel es mir wie Schuppen von den Augen. Warum hatte ich nicht selbst daran gedacht? Mein Schlüssel … wenn er ihn aus der Tasche genommen hatte, dann konnte er jederzeit hier hereinspazieren. Eine Gänsehaut überzog meine Arme. »Fehlt mein Schlüssel?«, fragte ich voller Angst.

»Nein«, beruhigte sie mich. »Ihr Schlüssel befindet sich in der Tasche.«

»Was fehlt denn dann? Mein Portemonnaie?«

»Es fehlen die Fingerabdrücke. Weder Ihr Portemonnaie noch Ihr Personalausweis und die Geldkarten, die sich darin befinden, weisen Fingerabdrücke auf. Haben Sie dafür eine Erklärung?«

Für einen Moment war ich sprachlos. »Es fehlen Fingerabdrücke?«, vergewisserte ich mich.

»Frau Thalmann«, setzte Franziska Stangl an, »Sie haben uns den Grund genannt, warum Sie Ihre Kleidung verbrannt haben. Könnte es sein, dass Sie aus demselben Grund den Inhalt Ihrer Gürteltasche von Fingerabdrücken gereinigt haben?«

»Nein … daran habe ich … nein, ganz bestimmt nicht«, stammelte ich. »Auf die Idee bin ich gar nicht gekommen. Der Mann hat mir die Tasche abgenommen. Ich trug sie erst wieder, als ich oben in Stocka aufwachte.« Er musste die Fingerabdrücke abgewischt haben. Aber warum? Ich dachte nach. »Natürlich! Er wusste weder meinen Namen noch meine Adresse, dafür brauchte er meine Papiere. Er wird meinen Ausweis aus dem Portemonnaie geholt haben, um ihn sich anzusehen.«

»Und die Geldkarten?«, fragte sie.

»Vielleicht ist er mit meiner Kreditkarte einkaufen gegangen.« Gedankenverloren schüttelte ich den Kopf. Dann sagte ich mit Bitterkeit in der Stimme: »Vielleicht haben ihm die hunderttausend doch nicht gereicht.« Im Stillen wappnete ich mich gegen böse Überraschungen auf meiner Kreditkartenabrechnung.

Franziska Stangl wirkte skeptisch. »Wäre er tatsächlich mit Ihrer Karte einkaufen gegangen, hätte er ein erhebliches Risiko in Kauf genommen. Eine Unterschrift lässt sich fälschen, aber als Frau durchzugehen sollte ihm schon schwerer fallen. Wäre er an einer Kasse mit der Karte auf den Namen einer weiblichen Person aufgefallen, dann hätte sich möglicherweise jemand an ihn erinnert. Ein solch grober Fehler wäre eher einem dilettantischen Täter zuzuschreiben. Er passt nicht zu dem Mann, der Sie entführt hat.«

»Aber Sie wissen noch gar nicht, ob er tatsächlich einkaufen gegangen ist«, gab ich zu bedenken. »Möglicherweise hat er sich die Karten nur angesehen und sie deshalb später abgewischt. Meine Kreditkartenabrechnung kommt erst Mitte des Monats, so lange werden Sie sich also gedulden müssen.« Das Gleiche galt für mich.

»Wir haben die Buchungen auf Ihrem Kreditkartenkonto zwischen dem zweiundzwanzigsten und dem siebenundzwanzigsten September bereits überprüft«, sagte Kristin Mayer.

»Haben Sie geglaubt, ich sei während meiner Entführung einkaufen gegangen?« Es fiel mir schwer, mich zwischen Fassungslosigkeit und Spott zu entscheiden. Mein Lachen barg von beidem etwas. »Schöne Vorstellung, aber leider völlig irrational.«

»Es ist bereits vorgekommen, dass Entführer die Geldkarten ihrer Opfer benutzt haben«, entgegnete die ältere Beamtin ruhig.

»Eben haben Sie gesagt, ein solch dilettantischer Fehler passe nicht zu meinem … zu dem Mann.«

Fragend zog sie die Augenbrauen hoch. »Was hatten Sie sagen wollen?«

Ich begriff nicht gleich, worauf sie anspielte.

»Sie sagten, ein solcher Fehler passe nicht zu Ihrem … zu Ihrem was?«

»Ich hatte sagen wollen *zu meinem Entführer*. Aber wenn ich ihn so nenne, dann bekommt er eine Beziehung zu mir. Das will ich nicht. Für mich ist er der Mann, der mich entführt hat. Näher soll er mir nie wieder kommen.« Ich verscheuchte die Bilder von ihm und versuchte, mich auf die beiden Frauen zu konzentrieren. »Was hat die Überprüfung meines Kreditkartenkontos ergeben? Hat er es sich auf meine Kosten gut gehen lassen?« Ich gab mir große Mühe, meine Wut im Zaum zu halten.

Kristin Mayer schaute erst in ihre Notizen, bevor sie sprach. »In dem besagten Zeitraum gibt es zwei Buchungen. Eine von der Fluggesellschaft dba und eine von Sixt.«

Wie vom Donner gerührt saß ich da. »Und wohin will er fliegen?«

»Der Flug hat bereits stattgefunden«, sagte sie, »am sechsundzwanzigsten September.«

»Das war der Montag. Am Tag darauf hat er mich freigelassen«, überlegte ich laut. »Aber wer einen Mietwagen und ein Flugzeug benutzt, der braucht Zeit. Die hatte er nicht. So lange kann ich gar nicht geschlafen haben. Das ist nicht möglich! Oder doch?« Verunsichert sah ich zwischen beiden hin und her. »Ich hatte mein Zeitgefühl verloren ... ja ... aber ...« Die Worte blieben in der Luft hängen.

»Es war eine Frau, die den Wagen gemietet hat. Und wir vermuten, dass es auch eine Frau war, die geflogen ist.«

»Sie vermuten?« Ich runzelte die Brauen und versuchte, Klarheit in meine Gedanken zu bringen.

»Von dem Sixt-Mitarbeiter wurde uns bereits bestätigt, dass es sich um eine Frau gehandelt hat. Was den Flug betrifft, laufen unsere Ermittlungen noch.«

Ich sah Kristin Mayer erstaunt an. Glaubte sie allen Ernstes, das Bordpersonal würde sich an einen Fluggast erinnern, sofern er während des Fluges nicht gerade randaliert hatte? »Was versprechen Sie sich davon? Glauben Sie, eine Stewardess merkt sich auch nur ein Gesicht? Die sind viel zu beschäftigt in der kurzen Zeit. Und wenn ein Fluggast nicht auffallen möchte, dann wird er oder sie es zu verhindern wissen, meinen Sie nicht?«

»Wie kommen Sie darauf, dass die Flugzeit kurz war?«, fragte Franziska Stangl.

Ich dachte über ihre Frage nach. »Weil ich angenommen habe, dass es ein innerdeutscher Flug war. Und die sind alle ziemlich kurz. War es etwa ein Flug ins Ausland?« Plötzlich fiel mir wieder ein, was er mir zum Schluss gesagt hatte. *»Wenn ich meine Wahl nicht bereits getroffen hätte, dann würde ich Sie an der Hand nehmen und mit Ihnen davonlaufen«*, wiederholte ich seine Worte.

»Das hat er zu mir gesagt. Vielleicht will er das Geld gar nicht seinem Kunden zurückgeben. Vielleicht will er mit ihr davonlaufen, und sie ist vorausgeflogen.« Vor Aufregung bekam ich rote Wangen. Ich trank einen Schluck Wasser. »Das spräche dann wohl eher für einen Flug in die Ferne.«

Einen Moment lang herrschte Stille im Raum. Dann räusperte sich die ältere Beamtin. »Wenn es darum ging davonzulaufen, dann ist die Frau nicht weit gekommen. Sie ist von München nach Düsseldorf geflogen.«

»Düsseldorf ...« Das klang tatsächlich nicht nach Davonlaufen. »Und wenn sie dort beruflich zu tun hatte? Düsseldorf ist Modestadt. Möglicherweise arbeitet sie in dieser Branche.« Und hat der Versuchung nicht widerstehen können, einen beruflichen Flug auf meine Kosten zu machen? Unsinn! »Nein, das wäre absurd«, sagte ich laut. »Er tut alles, damit er nicht identifiziert werden kann. Und sie soll zu Sixt und zur dba gegangen sein, wo sie Gefahr läuft, wiedererkannt zu werden? So dumm kann niemand sein. Und wenn Sie sagen, dass er vermutlich kein Dilettant ist, warum sollte er ihr dann meine Kreditkarte gegeben haben? Wozu? Er hat versucht, die Risiken zu minimieren oder sie zumindest kalkulierbar zu machen. Das passt nicht.«

»Da gebe ich Ihnen recht«, sagte Franziska Stangl und sah mich aufmerksam an.

»Sie haben eben vom Hinflug gesprochen. Das bedeutet, es gab auch einen Rückflug?«

Sie nickte. »Zurück nach München.«

In meinem Kopf geriet alles durcheinander. Es kam mir vor wie ein Verwirrspiel, bei dem keine Spur zu einem sinnvollen Ende führte. »Und wenn die Freundin den Wagen bei Sixt für ihn gemietet hat, damit er es nicht tun musste? Könnte es sein, dass doch er geflogen ist? Ich kann mir vorstellen, dass beim Check-in nicht so genau darauf geachtet wird, ob die Bordkarte auf einen Mann oder eine Frau ausgestellt ist. Meinen Sie nicht auch?«

Meine Fragen standen im Raum, ohne dass eine der Beamtinnen darauf einging. Beide warteten offensichtlich ab.

Ich tat es ihnen gleich – ich wollte Antworten.

»Anhand der Passagierliste werden wir den Fluggast ermitteln, der neben der Person gesessen hat, die unter Ihrem Namen geflogen ist«, erbarmte sich schließlich Kristin Mayer. »Mit ein bisschen Glück werden wir dann erfahren, ob es sich um einen Mann oder eine Frau gehandelt hat.«

»Und was ist mit dem dba-Schalter? Haben Sie dort schon nachgefragt? Wenn sich der Mitarbeiter von Sixt an die Frau erinnert, dann könnte es doch auch sein, dass …« Erschöpft hielt ich inne. Was tat ich hier nur? Ich machte mir Gedanken, die die Kripobeamtinnen sich ohnehin machen würden, die sie sich machen mussten. Es war ihr Job. Und es war ihnen anzusehen, dass sie bei mir lediglich Antworten suchten. Meine Fragen zogen das Gespräch unnötig in die Länge. Ich wandte mich den beiden Frauen zu.

Kristin Mayer ließ noch ein paar Sekunden verstreichen, dann sagte sie: »Der Flug wurde nicht am Schalter gebucht, sondern über das Internet.«

»Das heißt, es gibt eine E-Mail-Adresse, an die die dba die Buchungsbestätigung geschickt hat«, sagte ich mehr zu mir selbst. Bei dem Gedanken, dass der Mann durch diesen Fehler vielleicht gefunden werden könnte, geriet ich in Aufregung.

Franziska Stangl deutete ein Nicken an. »Wir haben die Adresse zu einem Internet-Café in der Münchener Innenstadt zurückverfolgt.«

»Ein Internet-Café«, sagte ich enttäuscht. »Ich hatte gehofft ...«

»Waren Sie schon einmal in einem Internet-Café, Frau Thalmann?«, fragte Kristin Mayer.

»Nein.«

»Wer dort einen PC benutzen möchte, muss seinen Ausweis vorlegen. Name und Ausweisnummer werden von den Mitarbeitern vermerkt.«

Ich erfasste nicht sofort die Tragweite dieser Information. Doch dann ging mir ein Licht auf. »Sie haben den Namen und die Ausweisnummer der Frau?« So einfach hatte sie es ihnen gemacht? Unvorstellbar.

»Wir haben Ihren Namen und Ihre Ausweisnummer. Die Frau hat noch am Nachmittag des zweiundzwanzigsten September Ihren Personalausweis vorgelegt, die E-Mail-Adresse eingerichtet und die Flüge bei der dba gebucht.«

Ich brauchte einen Moment, um diese Information zu verdauen. »Und natürlich lautet die E-Mail-Adresse auf Emma Thalmann«, sagte ich schließlich mit einem Kopfschütteln.

»Emma.Thalmann@gmx.de«, bestätigte sie meine Vermutung.

»Er entführt mich, und sie hat nichts Eiligeres zu tun, als im nächsten Internet-Café Flüge auf meine Kosten zu buchen. Wer ist so abgebrüht?«

»Sie klingen überrascht«, sagte die ältere Beamtin.

»Nach der Geschichte, die der Mann mir erzählt hat, habe ich angenommen, dass …« Ich machte eine wegwerfende Handbewegung. »Ach, es ist nicht der Rede wert.«

»Ihr Eindruck interessiert uns aber, Frau Thalmann.«

Ich zögerte. Was immer ich jetzt sagen würde, es würde kitschig und naiv klingen. »Er hat von seiner großen Liebe gesprochen … davon habe ich mich einlullen lassen. Ich hatte bei seinen Erzählungen eher ein Liebespaar vor Augen als ein kriminelles Paar. Es gehört schon eine gehörige Portion Kaltblütigkeit dazu …« Ich schluckte. »Ich hoffe, Sie bekommen ihn. Und sie auch!« Erneut spürte ich Wut in mir hochsteigen. Gleichzeitig tauchte ein Gedanke in meinem Hinterkopf auf, der an die Oberfläche drängte. Ich versuchte, ihn in Worte zu fassen. »Wenn diese Frau in dem Internet-Café meinen Ausweis vorgelegt hat, dann muss der Mensch, der meinen Ausweis kontrolliert und die Daten vermerkt hat, doch aber mein Foto gesehen haben. Sind die Leute in diesen Cafés so nachlässig, dass kommen kann, wer will – Hauptsache, er oder sie hat irgendeinen Ausweis dabei?«

»Gegen Schlamperei ist man nirgends gefeit«, entgegnete Franziska Stangl gelassen. »Aber wir überprüfen das.«

»Dasselbe gilt für den Sixt-Mitarbeiter. Ohne meinen Ausweis wird er das Auto nicht herausgerückt haben. Wozu ist denn so ein Ausweisfoto gut, wenn niemand darauf schaut? Und wieso …?«

»Er hat …«

»Nein … einen Moment noch bitte, Frau Stangl. Wieso erinnert er sich überhaupt, dass eine Frau das Auto gemietet hat? Vielleicht bildet er sich das nur ein, weil in seinen Unterlagen eine Frau vermerkt ist. Erinnert man sich nicht nur dann wirklich an jemandem, wenn einem an demjenigen etwas aufgefallen ist? Ich meine, der Mann wickelt pro Tag bestimmt nicht nur ein Mietwagengeschäft ab.«

»Das ist richtig, Frau Thalmann. Er erinnert sich ganz einfach aus dem Grunde an die Frau, so sagt er, weil sie seiner Cousine ähnlich sah.«

»Wäre das nicht umso mehr ein Grund gewesen, einen Blick auf das Ausweisfoto zu werfen?«

»Nicht unbedingt, aber auch das prüfen wir.«

Ich hing ihren Worten nach. Was würde es bringen, das zu prüfen? Weder der Mann am Sixt-Schalter noch der Mitarbeiter im Internet-Café hatten sich mein Foto angesehen. Hätte es wenigstens einer von ihnen getan, dann wäre die Frau nicht damit durchgekommen. Aber wieso regte ich mich so darüber auf? Die Kosten für die Flüge und den Mietwagen würden wir verschmerzen – sie waren nichts im Vergleich zu den einhunderttausend Euro Lösegeld. Trotzdem empfand ich es als einen weiteren Eingriff in mein Leben – bei weitem nicht so massiv wie die Entführung, dennoch spürbar. »Ich finde es erschreckend, wie problemlos die Frau damit durchgekommen ist«, sagte ich leise. »Ihre Kaltblütigkeit …« Ich versuchte, sie mir vorzustellen, aber es wollte mir nicht gelingen. »Wo hat sie den Wagen eigentlich gemietet?«

»Am Düsseldorfer Flughafen«, antwortete Kristin Mayer.

Ich dachte darüber nach. »Es gibt öffentliche Verkehrsmittel in Düsseldorf, eine völlig anonyme Möglichkeit, um sich fortzubewegen. Wozu sollte sie das Risiko eingehen, dass sich am Sixt-Schalter jemand an sie erinnert?«

»Es ist durchaus möglich, dass sie es nicht als Risiko angesehen hat. Sie haben eben selbst gesagt, dass man sich mit großer Wahrscheinlichkeit nur dann an jemanden erinnert, wenn einem an demjenigen etwas auffällt. Möglicherweise hat sie angenommen, auch an einem solchen Schalter in der Anonymität untergehen zu können. Außerdem hat sie nicht zwingend davon ausgehen müssen, dass wir Ihre Kreditkartenabbuchungen überprüfen. Vielleicht hat sie diese Möglichkeit gar nicht in Betracht gezogen. Hinzu kommt, dass sie unter Zeitdruck gestanden haben könnte. Öffentliche Verkehrsmittel brauchen mehr Zeit. Aber das sind reine Vermutungen, genau werden wir es erst wissen, wenn wir die Frau haben.«

Mit gerunzelter Stirn versuchte ich, ihrer Logik zu folgen. Kristin Mayer hatte sicher teilweise recht mit dem, was sie sagte, aber ich konnte ihr nicht in allen Punkten zustimmen. »Sie hat vielleicht nicht davon ausgehen müssen, dass Sie meine Abbuchungen überprüfen, aber sie musste damit rechnen, dass ich es tun würde.«

»Stimmt«, sagte sie, »damit ist sie ein Risiko eingegangen. Aber viele Menschen prüfen diese Abrechnungen nicht, werfen noch nicht einmal einen Blick darauf. Es wäre also durchaus möglich gewesen, dass die ganze Reise überhaupt nicht aufgefallen wäre. Und dies ganz besonders nach einem so lange nachwirkenden Erlebnis wie einer Entführung.«

Es gab so viele Fragezeichen. Über die wichtigsten hatten wir überhaupt noch nicht gesprochen. Ich hatte mich von den Flügen der Frau ablenken lassen. Auch die Kripo schien sich vornehmlich damit zu beschäftigen. Hatte der Mann das bezweckt? War es ein Ablenkungsmanöver? Ein kleiner Scherz, den er sich erlaubte. Saß er irgendwo mit seiner Freundin und dem Lösegeld und amüsierte sich über die Spur, die er gelegt hatte und die sich vielleicht als völlig sinnlos herausstellen würde? Und dann schlug ich mir an den Kopf. »Natürlich«, sagte ich, »dass ich nicht eher darauf gekommen bin. Die hunderttausend Euro – er sollte sie vergangenen Montag an seinen Kunden zurückzahlen. Die Flüge zwischen München und Düsseldorf waren am Montag. Ist es nicht denkbar, dass einer von den beiden nach Düsseldorf musste, um das Geld dort abzuliefern? Wann haben diese Flüge stattgefunden?«

Kristin Mayer sah in ihre Unterlagen. »Der Hinflug startete um zwölf Uhr fünf von München aus. Der Rückflug war um fünfzehn Uhr vierzig. Es war noch ein zweiter Rückflug um siebzehn Uhr auf Ihren Namen gebucht, aber der wurde nachweislich nicht angetreten.«

Ich rechnete nach. »Dann hatte die Frau – wenn sie es war, die geflogen ist – nur etwas mehr als zwei Stunden in Düsseldorf Zeit.«

»Der Mietwagen wurde nach eineinhalb Stunden wieder abgegeben«, bestätigte die junge Beamtin.

»Eineinhalb Stunden … was kann man in eineinhalb Stunden machen?«, überlegte ich laut und kam nur wieder zu dem Schluss, dass die Frau das Geld nach Düsseldorf gebracht haben musste. Und genau das sagte ich.

»Möglich«, meinte Franziska Stangl.

»Gibt es überhaupt schon eine Spur von dem Mann?«

»Leider nein. Die einzige Spur, die wir derzeit haben, ist die der Frau.«

Gerade weil ich ihn anfangs hatte entkommen lassen wollen, waren meine Enttäuschung und meine Wut jetzt umso größer. Ich wollte, dass er für das, was er mir angetan hatte, ins Gefängnis kam. Da war kein Mitgefühl mehr, kein Verständnis für jemanden, der in Geldnot geraten war – da war nur noch der Wunsch nach Vergeltung. »Wann bekomme ich meine Sachen zurück? Meine Gürteltasche, meine Uhr …?«

Kristin Mayer bückte sich, zog aus einer Tüte, die unter dem Tisch stand, beides heraus und schob es mir zu.

Ich griff nach der Uhr und band sie um mein Handgelenk. »Danke.«

»Ihr Fahrrad haben wir draußen an die Garage gelehnt. Die Untersuchung hat keine verwertbaren Spuren ergeben«, sagte sie mit offensichtlichem Bedauern.

Nachdem sie gegangen waren, fühlte ich mich zum Umfallen müde, ausgebrannt und gleichzeitig unter Strom. Ich sehnte mich danach, meine Gedanken anhalten oder zumindest Ruhe hineinbringen zu können. Aber es war ein wildes Durcheinander aus Erinnerungen an die Hütte und den Mann – vermischt mit den Fragen, die das Gespräch mit den Kripobeamtinnen aufgeworfen hatte.

Mehrmals hatte ich versucht, mich in meinen geschützten Garten zu verziehen, und war doch nur gescheitert. Als Ronin mich anstupste und – ohne mich aus den Augen zu lassen – zur Tür lief, nahm ich bereitwillig die Leine und folgte ihm ins Freie. Kaum war ich draußen, traf mich die Dunkelheit wie ein Schlag. Stocksteif blieb ich in der Auffahrt stehen. Ronin war bereits um die Ecke gebogen und damit aus meinem Blickfeld verschwunden. Unfähig, auch nur einen Schritt weiterzugehen, rief ich nach ihm. Meine Stimme war kraftlos, dennoch hatte er mich gehört und kam schwanzwedelnd angelaufen.

»Ich schaffe das nicht«, sagte ich leise. »Du musst dein Pipi hier im Garten machen.«

Er spitzte die Ohren, legte den Kopf schief und sah

mich erwartungsvoll an. Als ich mich nicht rührte, setzte er sich dicht neben mich. Schließlich ging ich in die Hocke und streichelte ihn. Nach einer Weile lehnte ich meinen Kopf an seinen und spürte, wie ich mich beruhigte. Obwohl ich noch meilenweit davon entfernt war, mich sicher zu fühlen, erhob ich mich zögerlich und wandte mich Richtung Straße. Für den Moment siegte die Überzeugung, dass Ronin, der gerade erst dem Tierheim entkommen war, mehr verdiente als nur einen Spaziergang durch den Garten. Ich versuchte, die Angst zurückzudrängen, mich aus ihrem festen Griff zu winden.

Steifbeinig folgte ich dem Hund die Straße entlang. Nur für Sekunden ließ ich ihn aus den Augen, wenn ich ein Geräusch hörte, das mich irritierte. Blieb Ronin gelassen, dann bewahrte auch ich die Ruhe. Ich hätte nicht sagen können, was ihn veranlasste, stets in meiner unmittelbaren Nähe zu bleiben – ich war ihm einfach dankbar dafür.

Dort, wo der Schlechtenberg in die Hauptstraße mündete, machten wir kehrt und liefen zurück. Je näher wir dem Feenhaus kamen, desto ruhiger wurde ich. Erst wenn die Tür und die Fensterläden verschlossen wären, würde ich mich sicher fühlen. So hoffte ich wenigstens. Am Morgen, als ich Laurenz gebeten hatte, nach München zu fahren, hatte ich mich noch sehr viel mutiger gefühlt. Jetzt stand mir die erste Nacht allein bevor.

Wir waren gerade in die Auffahrt gebogen, als Scheinwerferlicht aufs Haus fiel. Erschreckt drehte ich mich um und griff blitzschnell nach Ronins Halsband. Der Hund spürte meine plötzliche Angst und bellte. Das *sensible Lamm*, als das ihn die Tierheimleiterin bezeichnet hatte, konnte auch ganz anders. Seine augenscheinliche Demonstration von Stärke reichte in diesem Moment für uns beide.

Ein Motorrad hielt in ein paar Metern Entfernung. Zum Glück erkannte ich es als eine Harley Davidson. Doktor Neuner nahm seinen Helm ab, sah erst zu mir und schenkte dann Ronin einen anerkennenden Blick.

»Was für ein Prachtkerl«, sagte er freudig, ohne sich durch Ronins Gebell schrecken zu lassen.

Ich tätschelte den Hund und lobte ihn. Augenblicklich gab er Ruhe, blieb jedoch wachsam neben mir stehen. »Hallo, Herr Doktor Neuner«, begrüßte ich ihn mit brüchiger Stimme. »Mögen Sie einen Moment mit hineinkommen?«

»Deshalb bin ich hier.« Er ließ den Helm auf der Maschine und folgte mir ins Haus.

Während ich in der Küche Teewasser aufsetzte, ließ er sich ausgiebig von Ronin beschnuppern.

»So einen Prachtkerl hätte ich auch gerne«, sagte er.

»Ich bezweifle, dass er sozius-tauglich ist.«

»Das wäre nicht das Problem, dafür gibt es Beiwagen. Aber ich habe leider keine Zeit für einen Hund.« In seinem Tonfall lag ehrliches Bedauern.

Ich sah auf die Uhr: Es war halb neun. »Sie haben noch nicht einmal Zeit für sich selbst.«

»Ich wollte nur noch schnell schauen, wie es Ihnen geht.« Dabei sah er mich forschend an.

»Den Umständen entsprechend«, sagte ich ehrlich. »Ist zwar ein blöder Satz – trifft es aber ziemlich genau. Diese Bilder, die mich in manchen Momenten bestürmen …«

»Üben Sie, sich an Ihren schützenden Ort zu versetzen?«

Ich nickte. »Es funktioniert nur leider nicht immer.«

»Üben Sie weiter – so lange, bis Ihnen der Wechsel in Fleisch und Blut übergegangen ist.«

»Mögen Sie auch einen Tee?«

»Gerne.« Er deutete auf Ronin. »Er zwingt Sie, hinauszugehen und sich nicht hier zu verschließen. Das ist gut so. Wie ist es mit dem Schlafen?«

»Sehr schlecht, ich schlafe kaum und bin völlig erschöpft.«

»Dann treiben Sie Sport, gehen Sie joggen, irgendwann wird Ihr Körper nachgeben. Ein Schlafmittel wäre in Ihrer Verfassung ...«

»Nein!«, unterbrach ich ihn. »Auf keinen Fall ein Schlafmittel! Allein bei dem Wort stellen sich mir die Haare auf.«

»Sie würden von mir auch keines bekommen«, meinte er ernst.

»Was haben Ihre Untersuchungen ergeben?«

»Ihre Blutwerte sind einwandfrei. Darin hat die Entführung keinerlei Spuren hinterlassen. Im Urin konnten hingegen noch Spuren des Mittels nachgewiesen werden, mit dem er Sie in Tiefschlaf versetzt hat.«

Zwei Seelen kämpften in meiner Brust. Einerseits wollte ich so schnell wie möglich vergessen, andererseits drängte es mich zu begreifen, was er mit mir gemacht hatte. »Was war es für ein Mittel?«

»Der Wirkstoff heißt Gamma-Hydroxybuttersäure – kurz GHB. In geringer Dosierung macht es euphorisch und entspannt, in höherer führt es zu einem koma-ähnlichen Tiefschlaf. Die Nebenwirkungen sind unter anderem Übelkeit und Erbrechen.«

»Und Kopfschmerzen«, sagte ich. »Wie lange hält die Wirkung an?«

»Bis zu drei Stunden.«

»So ein Mittel gibt es doch bestimmt nicht frei verkäuflich. Wenn er ein Rezept dafür brauchte, dann ...«

Er schüttelte den Kopf. »GHB ist inzwischen eine sehr beliebte Partydroge und wird illegal hergestellt.«

Während ich über seine Informationen nachdachte, schenkte ich uns beiden Tee ein. »Wenn der Mann gewollt hätte, dass die Wirkung länger als drei Stunden anhält ...?«

»Dann hätte er Ihnen das Präparat nachgeben müssen.«

»Das ist möglich – auch wenn man im Tiefschlaf ist?«

»Möglich ist es in jedem Fall.«

»Nur? In Ihrem Ton schwingt ein Nur mit.«

Er runzelte die Stirn. »Wozu wollen Sie sich damit belasten, Frau Thalmann?« Als er sah, dass ich nicht nachgeben würde, fuhr er zögernd fort: »Wenn man das Mittel nachgibt, erhöht sich das Risiko, dass der Mensch, dem man es verabreicht, ins Koma fällt und so schnell nicht mehr aufwacht, um ein Vielfaches.«

Mein Mund wurde trocken. »Was ist mit dem Chloroform? Wie lange wirkt das?«

Er wiegte den Kopf hin und her. »Die Bewusstlosigkeit dauert schätzungsweise zehn bis fünfzehn Minuten. Soll sie länger dauern, muss auch hier ›nachgelegt‹ werden.«

»Mit dem gleichen Risiko wie beim GHB?«

»Schlimmer«, antwortete er behutsam. »Das Gefährliche am Chloroform ist der sehr geringe Unterschied zwischen einer narkotischen und einer tödlichen Konzentration. In der Hand eines Laien ist es wie russisches Roulette.«

11

Erst nachdem Doktor Neuner gegangen war, wurde mir die Tragweite dessen bewusst, was er gesagt hatte: russisches Roulette – der Mann hatte mit meinem Leben gespielt. Während ich darüber nachdachte, bekam ich eine Gänsehaut.

Hinzu kam ein unangenehmes Kribbeln im Nacken, als Ronin plötzlich aufsprang und die Ohren spitzte. In dem Augenblick, als ich einen Schlüssel in der Haustür hörte, warnte Ronin mich mit einem leisen Bellen, das eher einem Husten glich, um dann laut bellend zur Tür zu stürmen. Erstarrt vor Angst hatte nur ein einziger Gedanke Platz in meinem Kopf: Der Mann hatte sich unseren Haustürschlüssel nachmachen lassen. Unfähig, mich zu bewegen, verharrte ich auf der Chaiselongue. Kaum war Ronins Bellen verstummt, stand der Mann vor mir. Vermummt, nur Schlitze für die Augen. Seine Hände, die in Handschuhen steckten, näherten sich mir. Und dann packten sie mich, zerrten an mir. Meine Erstarrung wich, und ich wehrte mich mit aller Kraft gegen sie. Ich schlug um mich.

»Emma … hörst du mich? Sieh mich an!« Laurenz' Stimme … es war Laurenz' Stimme.

Die Erleichterung hatte es schwer gegen meine Angst, und sie kam auch nur mit erheblicher Verzögerung. »Warum hast du nicht angerufen?«, fragte ich ihn mit zitternder Stimme, als ich endlich wieder fähig war zu sprechen. »Ich habe geglaubt, er wäre es. Mein Schlüssel war in der Gürteltasche. Ich habe geglaubt, er hätte ihn sich nachmachen lassen.« Meine Augen schwammen in Tränen, und ich schluchzte laut auf.

Laurenz, der neben der Chaiselongue in die Knie gegangen war, setzte sich auf den Boden. Er versuchte, alle ihm mögliche Überzeugungskraft in seine Stimme zu legen. »Solch einen Schlüssel nachmachen zu lassen ist nicht so einfach. Dazu braucht man eine Codekarte.«

»Er ist auch an das Schlafmittel gekommen und an das Chloroform. Wieso sollte er dann nicht ...«

»Ich werde gleich morgen das Schloss austauschen lassen, damit du dich sicherer fühlst.« Er strich zart über meine Hand, bis ich aufhörte zu weinen.

»Warum bist du überhaupt hier?«, fragte ich nach einer Weile.

»Weil ich bei der Vorstellung, wie du hier allein voller Angst sitzt, die ganze Nacht kein Auge zugetan hätte.« Die Sorge stand ihm immer noch ins Gesicht geschrieben.

»Erzähle es mir«, bat ich ihn. »Erzähle mir von den fünf Tagen.«

Seiner skeptischen Miene nach zu urteilen, hielt er es für verfrüht, mich mit Details zu konfrontieren.

»Bitte!«

»Was genau möchtest du wissen?«

»Ich möchte wissen, warum du gesagt hast, du hättest nicht so viel Geld, du müsstest erst versuchen, es aufzutreiben. Ich möchte wissen, warum du nicht gleich darauf geachtet hast, dass die Stückelung des Geldes so ist, wie der Mann es verlangt hat. Ich möchte wissen, wie es sein kann, dass du eine Panne hattest.«

Sein Gesicht wechselte die Farbe. Von einer Sekunde auf die andere war es aschfahl. Er sah mich an, als hätte ich ihn geschlagen. Mit jedem Wort, mit jedem Vorwurf. »Das hat er gesagt?«

Ich nickte. »Ja, das hat er gesagt.«

Sein Blick wurde unruhig. Er ballte die Hände zu Fäusten. »Dieses miese ...!« Er sprang auf, lief zum Fenster und kam wieder zurück. »Und du hast es ihm geglaubt.« Es lag keine Frage in seinen Worten. »Natürlich hast du ihm geglaubt.« Die Erkenntnis schien ihm jegliche Kraft zu rauben. Mit hängenden Armen blieb er neben mir stehen.

»Erkläre es mir. Ich will es verstehen.«

»Hast du vergessen, wie viel du mir bedeutest?« Seine Stimme klang angeschlagen. »Ich habe ihm angeboten, dass er uns beide austauscht. Dass er mich nimmt und dich freilässt. Ich habe ihm mehr Geld geboten. Aber er sagte, er sei nicht raffgierig. Einhunderttausend – das sei seine Forderung, dabei bleibe es. Ich habe ihn angefleht, mit dir sprechen zu dürfen ...« Er ließ sich wieder neben mir nieder. »Wenn ich nur ein Wort mit dir hätte sprechen können, hätte ich wenigstens sicher sein können, dass du noch lebst.«

»Er hat dir ein Band mit meiner Stimme vorgespielt.«

»Nein, das hat er nicht, Emma. Wir haben kein Lebenszeichen von dir bekommen, kein einziges.«

In meinem Kopf drehte sich alles. Es gab Wortfetzen, die mir im einen Moment wichtig erschienen, die ich im anderen aber bereits wieder vergessen hatte.

»Dieses Ungeheuer hat uns bis Freitagmorgen schmoren lassen. Dann erst hat er sich gemeldet. Bis dahin galtest du als vermisst. Auf den Gedanken an eine Entführung ist niemand gekommen. Wir waren überzeugt, du hättest einen Unfall gehabt.«

»Einen Unfall …«

»Deine Eltern haben am Donnerstag bis halb zwei auf dich gewartet. Während dieser Zeit haben sie immer wieder hier angerufen. Wenn ein Mensch, der immer pünktlich ist, ausnahmsweise mal unpünktlich ist, dann machen manche Menschen sich gleich Sorgen und glauben, es sei etwas passiert.« Er schüttelte den Kopf über sich selbst. »Als deine Mutter mir ausmalte, was dir alles zugestoßen sein könnte, fand ich das übertrieben. Ich war überzeugt, es würde schon einen Grund für deine Verspätung geben. Den gab es dann ja auch.« An seiner Stimme war zu hören, wie viele Selbstvorwürfe er sich gemacht hatte. Das Atmen fiel ihm schwer, als würde ihm etwas die Brust zusammendrücken. »Als deine Mutter die Polizei und die umliegenden Krankenhäuser anrief, um herauszufinden, ob du einen Unfall hattest, da warst du längst entführt. Als es um drei Uhr immer noch kein Lebenszeichen von dir gab, war auch ich alarmiert. Ich bin hierher gefahren und habe gesehen, dass dein Rad fort war. Dann habe ich bei Verena angerufen, aber sie wusste auch nicht, wo du hättest sein können. Während deine Mutter zur Polizei nach Prien fuhr, um dich als vermisst zu melden, bin ich deine Radstrecke abgefahren. Ich habe überall Leute gefragt, ob sie dich zufällig gesehen hätten. Fehlanzeige. Überall Fehlanzeige. Anfangs hatte ich deine Mutter noch für hysterisch gehalten, inzwischen war ich es längst selbst. Ständig musste ich an unser Gespräch am Morgen denken.«

»Ein Handy«, sagte ich mit einem Zittern in der Stimme, »hätte mir nicht geholfen, Laurenz. Mit so einem Ding wäre ich sicher auch erst einmal in seine Nähe gegangen, um herauszufinden, was los war. Das Einzige, was mir wirklich geholfen hätte, wäre Vorsicht gewesen, das Bewusstsein für eine drohende Gefahr.« Hätte ich nur einen Funken der Angst verspürt, die mir nun allein die Erinnerung verursachte, dann wäre ich ihm entkommen.

Laurenz liefen Tränen aus den Augenwinkeln. »Die Polizei in Prien hat sofort reagiert. Als sie hörten, dass du mit dem Mountainbike unterwegs warst, wollten sie jede Minute nutzen, bevor es dunkel wurde. Die Bergwacht hat die Strecke abgesucht, in den Wald haben sie eine Hundestaffel geschickt. Ein Stück unterhalb der Abendmahlkapelle haben die Hunde angeschlagen. Aber es war, als würde die Spur ins Leere führen. Sie drehten sich im Kreis. Ich habe gebetet, dass du lebst. Dass du irgendwo im Wald liegst mit einem gebrochenen Bein – nichts, was nicht wieder heilt. Ständig habe ich aufs Thermometer geschaut, habe überlegt, ob es warm genug ist für dich, um ohne entsprechende Kleidung die Nacht draußen zu überstehen. Dein Vater und ich haben alles durchgespielt. Immer und immer wieder. Deine Mutter war es dann, die das aussprach, was wir uns noch nicht einmal gestatteten zu denken: Was, wenn es kein Fahrradunfall war, sondern dir jemand aufgelauert hatte? Wir haben dabei nicht an einen Entführer gedacht, sondern …« Er sah mich mit einem schmerzerfüllten Ausdruck an. »Es sind entsetzliche Bilder, die einem in solch einem Moment durch den Kopf gehen. Du wirst sie nicht los. Sie verfolgen dich, sie graben sich so sehr in deine Gedanken, dass du irgendwann überzeugt bist, sie müssten Gewissheit sein. In der Nacht war es besonders schlimm.« Einen Moment lang vergrub er das Gesicht in den Händen. »Und dann, am nächsten

Morgen ... Freitagmorgen um halb acht rief er mich auf meinem Handy an, teilte mir im Telegrammstil mit, dass er dich entführt habe, und gab mir seine Instruktionen. Ich solle für Montagmorgen acht Uhr die einhunderttausend Euro bei meiner Bank bereitstellen lassen – unregistriert – in kleinen Scheinen. Und natürlich keine Polizei. Er sagte, er habe unser Haus genau im Blick. Er werde es bemerken, sollten wir die Polizei einweihen. Bei dem geringsten Verdacht, dass wir seine Forderungen missachteten, würde er ...« Laurenz schüttelte den Kopf.

»Dann würde er mich töten«, vollendete ich den Satz mit tonloser Stimme. Es war, als würde Eis durch meine Adern strömen. *Atme das Chloroform ein oder ich drücke ab*. Würden diese Worte je verblassen?

»Pünktlich um acht Uhr dreißig am Montagmorgen werde er mich anrufen und mir sagen, wohin ich das Geld zu bringen habe.« Laurenz verfiel in Schweigen und starrte vor sich hin. Er sah aus, als erlebte er alles noch einmal. Nach einer Weile sah er auf. »In dem Moment, als er seine Forderungen stellte, war ich ganz ruhig. Ich funktionierte wie eine Maschine, spielte im Kopf mögliche Hindernisse durch. Das größte war die Polizei in Prien, bei der wir dich als vermisst gemeldet hatten. Als ich ihn darüber informierte, befahl er mir, die Vermisstenanzeige sofort zurückzuziehen. Ich solle sagen, du seiest zu einer Freundin gefahren und habest vergessen, mir davon zu erzählen. Als ich zu bedenken gab, dass der Bank die Zeit möglicherweise nicht reichen würde, um so viel Geld bereitzustellen, dass es auffallen könnte, wenn ich insistierte und Druck ausübte, meinte er nur lakonisch, ich solle mir eine gute Begründung einfallen lassen. Ich hätte doch sicher Phantasie.«

»Als Architekt hat er Phantasie«, wiederholte ich die Worte des Mannes. »Das hat er gesagt. Und ich habe ihn gefragt, woher er wisse, dass du Architekt bist. Er hat geantwortet, das stehe im Telefonbuch.« Ich atmete gegen das Gewicht der Erinnerungen an. »Hast du ihm gesagt, dass du in München arbeitest?«

Laurenz war anzusehen, wie sehr ihn meine Frage überraschte. Langsam schüttelte er den Kopf. »Nein, warum auch. Dazu bestand gar keine Veranlassung. Er hatte meine Handynummer, das …«

»Die habe ich ihm gegeben.«

»Außerdem war ich die ganze Zeit hier. Ich bin kein einziges Mal während der fünf Tage nach München gefahren. Selbst wenn ich es gewollt hätte, hätte ich es nicht gewagt. Er sagte, ich dürfe nur zweimal das Haus verlassen – einmal am Freitagmorgen, um das Geld bei der Bank zu bestellen, und das zweite Mal am Montagmorgen, um es abzuholen und zum verabredeten Ort der Übergabe zu bringen.«

»Und du hast …?«

Er nickte. »Ich habe mich daran gehalten. Ich wäre nicht einmal das kleinste Risiko eingegangen. Als er sagte, er würde das Haus beobachten lassen, meinte ich, dann wisse er ja sicherlich auch, dass deine Eltern gerade bei mir seien. Das bestätigte er mir, nicht ohne gleich die nächste Drohung auszusprechen. Deine Eltern seien die Einzigen, die unser Haus betreten dürften. Sollte ich jemand anderen hereinlassen, dann würdest du es zu büßen haben.«

Ich schlang die Arme fest um mich. »So hat er mich auch in Schach gehalten. In dem Raum, in dem er mich festgehalten hat, lag ein Handy, mit dem er mich ständig abgehört hat. Ich konnte nicht einmal einen Mucks machen, ohne dass er ihn mitbekam. Zumindest hat er das behauptet. Er hat gedroht, meiner Mutter etwas anzutun ...« Ich hielt die Luft an. Warum war mir das bisher nur nicht aufgefallen? Wie vom Donner gerührt sprang ich auf und versuchte, mir im Schnelldurchlauf die Gespräche in der Hütte noch einmal zu vergegenwärtigen. Es kostete mich viel Kraft, mich nicht von den Bildern überschwemmen zu lassen, sondern mich nur auf die Worte zu konzentrieren.

»Was ist, Emma?«, fragte Laurenz alarmiert.

Ich war so aufgeregt, dass meine Stimme sich überschlug. »Wenn ich tatsächlich das Opfer war, das er nach tagelanger Suche durch Zufall gefunden hat – wieso wusste er dann etwas von meiner Mutter? Meine Mutter könnte längst gestorben sein, sie könnte mir völlig egal sein. Woher wusste er von ihr? Woher wusste er, dass ich mit ihr erpressbar bin?« Mir wurde abwechselnd eiskalt und heiß.

»Vielleicht war es nur ein Versuchsballon, den er losgelassen hat, um zu sehen, wie du darauf reagierst.«

»Laurenz, er war sich ganz sicher, wie ich reagieren würde. Zumindest wirkte er so.« Fieberhaft dachte ich nach. »Er wusste, dass du Architekt bist.« Ich starrte Laurenz an, sekundenlang unfähig, weiterzureden. Dann sagte ich: »Und er wusste, dass wir während der Woche an verschiedenen Orten leben. Hast du es ihm gesagt?«

»Nein, ganz bestimmt nicht.« Er runzelte die Stirn. »Vielleicht bist du gar nicht das Opfer eines Zufalls geworden, sondern das Opfer einer ganz genauen Planung.«

Ich sah Laurenz hilfesuchend an. »Der Mann muss uns kennen, dich, mich, meine Eltern, unsere Familienverhältnisse.«

»Oder er ist durch Zufall auf uns gestoßen und hat sich für uns entschieden – aus welchem Grund auch immer.«

»Du meinst, er hat uns ausspioniert? Das kann ich mir nicht vorstellen. Davon hätten wir doch etwas merken müssen.«

»Ich habe auch niemanden entdeckt, der unser Haus während der fünf Tage beobachtet hat. Und du kannst mir glauben: Ich habe mir vom Fenster aus jeden Passanten genau angesehen. Ich habe die Autos beobachtet, die am Haus vorbeifuhren. Mir ist nichts Ungewöhnliches aufgefallen.«

Beim Stichwort Auto fiel mir endlich ein, was schon lange in mir rumorte. »Der Mann hat gesagt, er habe tagelang nach einem Opfer Ausschau gehalten. Und dann sei er mir von der Maisalm aus hinterhergefahren. Aber das kann nicht stimmen. Er muss mich mit einem Auto weggebracht haben. Um das Auto aber in der Nähe der Stelle bereitzuhalten, an der er mich überfallen hat, musste er den Überfall genau planen.« Ich schlug mir an die Stirn. »Er hatte es von Anfang an auf mich abgesehen.« Schweigend ließ ich mir alles noch einmal durch den Kopf gehen. »Laurenz … ich glaube, der Mann kennt uns«, sagte ich schließlich.

Die Nacht war alles andere als erholsam. Als ich endlich zur Ruhe kam und dösend neben Laurenz lag, überfielen mich die Bilder meiner Entführung. Zweimal gelang mir die Flucht in meinen schützenden Garten. Dann fiel ich in einen erschöpften Schlaf, der jedoch nicht lange währte. Ein Albtraum ließ mich den Moment des Überfalls wieder erleben. Schweißgebadet wachte ich auf und setzte mich aufrecht hin. Mit klopfendem Herzen und weit aufgerissenen Augen saß ich da und berührte Laurenz' Hand. Er murmelte etwas im Schlaf, um sich dann auf die andere Seite zu drehen.

Als ich mich nach einer Weile etwas beruhigt hatte, löschte ich das Licht und schlich mich aus dem Zimmer. Ronin, der neben meinem Bett geschlafen hatte, folgte mir. In der Küche streckte er sich ausgiebig, gähnte und ließ sich dann mit einem Plumps zu Boden fallen.

»Was für ein Glück, dass Mirjam mir von dir erzählt hat.«

Er wedelte mit dem Schwanz.

»Soll ich uns etwas zu essen machen? Was hältst du von einem leckeren Fleischwurstbrot?«

Was auch immer er von diesen beiden Sätzen verstanden hatte – sie führten dazu, dass er aufmerksam die Ohren spitzte und sich das Maul leckte.

»Mein Vater ist übrigens der Überzeugung, dass ich deinem Blick nicht lange widerstehen könne.« Ich öffnete den Kühlschrank und sah über die Schulter. »Er könnte recht damit haben.«

Ronin kam zu mir, stellte sich dicht neben mich und ließ die Fleischwurst, von der ich kleine Scheiben abschnitt, keine Sekunde aus den Augen. Hin und wieder landete ein kleines Stück in seinem Maul. Ich schnitt mehrere Scheiben Brot ab, nahm die Fleischwurst und ein Glas mit Gewürzgurken und setzte mich an den Tisch. »Fleischwurstbrot mit Gürkchen habe ich schon als Kind geliebt«, erzählte ich dem Hund. Das Entsetzen, das der Traum hinterlassen hatte, verebbte. »Und wenn ich deinen Blick richtig interpretiere, dann liebst du das auch.« Ich schob ihm ein Stück des mit Wurst belegten Brotes ins Maul. Dann aß ich wieder eines. Ronin legte seinen Kopf schwer auf meinen Oberschenkel und schenkte mir einen Blick, bei dem ich gar nicht anders konnte, als die Prophezeiungen meines Vaters zu erfüllen. Ich schmolz dahin.

»Lasst ihr mir auch etwas davon übrig?«, fragte Laurenz von der Tür aus. Seine ungekämmten Haare verliehen ihm etwas Jungenhaftes.

»Um diese Zeit? Es ist erst kurz vor fünf.«

»Ihr beide seid nicht die Einzigen, die um diese Uhrzeit Appetit haben.« Laurenz setzte sich auf den Stuhl neben mich, plazierte seine nackten Füße auf der Querstrebe meines Stuhls, stützte einen Ellenbogen auf den Tisch und legte den Kopf hinein. Durch halbgeschlossene Lider sah er mir dabei zu, wie ich ihm ein Brot mit Wurst und Gürkchen belegte. »Na los, sag schon, was geht dir gerade durch den Kopf?«, fragte er.

Ich versuchte, dem Wirrwarr in mir eine Ordnung zu geben. »Solange der Mann mich festgehalten hat, habe ich geglaubt, ich müsste nur freikommen und alles wäre wieder gut. Dass ich erlöst wäre, sobald er die Handschellen öffnet und mich gehen lässt. Natürlich bin ich erlöst, aber ich bin auch schreckhaft, ich zittere dauernd und habe Angst im Dunkeln. Und ich schaue ständig auf die Uhr, um mich zu vergewissern, wie spät es ist. Und dann diese Erinnerungen, die mich überfallen ... es waren nur fünf Tage, aber es kommt mir vor, als wäre es eine Ewigkeit gewesen.«

»Diese Tage sind an keinem von uns spurlos vorübergegangen – an dir am allerwenigsten, Emma. Wie sollten sie auch? Eine so einschneidende Erfahrung hinterlässt Spuren. Die sind wie Narben, die keiner von uns je wieder loswird.«

Ich legte meine Hand an seine Wange. »Erzähl mir von der Lösegeldübergabe ... bitte.«

»Da gibt es gar nicht viel zu erzählen. Um acht Uhr habe ich das Geld von der Bank geholt und dann im Auto auf seinen Anruf gewartet. Er hat mich schmoren lassen und rief erst um Viertel vor neun an. Ich sollte zur Talstation der Kampenwandbahn fahren und dort auf den nächsten Anruf warten. Als ich ihn wieder dranhatte, befahl er mir, allein in eine der nächsten Gondeln zu steigen und ihm die Nummer mitzuteilen. Das tat ich. Es war die Nummer vierundvierzig. Dann unterbrach er das Gespräch. Kaum hatte die Gondel den ersten Pfeiler passiert, rief er wieder an. Kurz hinter dem Waldrand sollte ich den Beutel mit dem Geld abwerfen. Ich sollte genau zielen, damit er auf dem Feldweg aufschlüge.«

»Der Feldweg, der zum Schlechtenberg hinunter führt?«

»Ja.«

»Hast du gesehen, wie er den Beutel geholt hat?«

Laurenz' Miene verdüsterte sich. »Gesehen habe ich einen Mann in Fahrradklamotten und Fahrradhelm. Er hat mir sogar zugewinkt. Und während er den Weg hinunterfuhr, rief er mich noch mal an. Er sagte, du kämst erst im Laufe des Dienstags frei. Sollten wir vorher die Polizei einschalten, sei das dein Todesurteil. Anstatt dich gleich nach der Lösegeldübergabe freizulassen, wie er es anfangs versprochen hatte, hat dieses Schwein …«

»Er konnte mich noch nicht freilassen«, sagte ich gepresst und setzte Laurenz über die Sache mit den beiden Flügen ins Bild. »Sie brauchten meine Papiere. Die Kripo will prüfen, ob im Flugzeug eine Frau oder ein Mann saß. Ich bin inzwischen überzeugt, dass es eine Frau war. Wozu sollte er das Risiko eingehen, unter meinem Namen zu reisen und dadurch aufzufallen? Am unauffälligsten war es sicher, dass sie als Emma Thalmann gereist ist.«

»Wenn jemand so knapp bei Kasse ist, dass er sich noch nicht einmal diese beiden Flüge leisten kann ... warum hat er dann nicht mehr Lösegeld gefordert?«

»Ich habe darüber nachgedacht, und ich glaube nicht, dass es dabei um Geld ging, sondern um das geringste Risiko, Spuren zu hinterlassen. Niemand wird ihnen je nachweisen können, dass einer von ihnen auf einem dieser Flüge war. Es ist immer nur Emma Thalmann geflogen.«

»Aber hast du nicht gesagt, der Sixt-Mitarbeiter in Düsseldorf habe sich an sie erinnert?«

»Damit hat sie nicht gerechnet. Das ist die Schwachstelle, die ihr hoffentlich das Genick brechen wird – und ihm auch.«

»Wenn sie die beiden bekommen«, gab Laurenz zu bedenken, »das ist alles andere als sicher. Ich will dir die Hoffnung nicht nehmen, Emma, aber wie soll die Kripo aus dem Wenigen, das sie hat ...?«

»Vielleicht erscheint es uns nur als wenig.« Nachdem ich meine anfängliche Verblendung, den Mann schützen zu wollen, endlich überwunden hatte, wollte ich nur noch, dass er gefasst wurde. »Wenn er uns wirklich kennt – und ich finde, es spricht einiges dafür – dann wird die Kripo die Verbindung finden. Die Geschichte, die er mir erzählt hat, ist zwar alltäglich, aber so oft wird sie sich in unserem weiteren Umfeld auch nicht zugetragen haben. Wenn sie denn überhaupt stimmt.«

12

Die Vorstellung, der Mann würde uns kennen, gab mir Auftrieb und Hoffnung. Aber sie machte mir auch Angst, verunsicherte mich. Wenn ich ihm von Angesicht zu Angesicht gegenüberstand, würde ich ihn nicht erkennen. Er konnte sich mir nähern, ohne dass ich es merkte. Ein unangenehmer Schauer lief mir über den Rücken. Das Ganze musste ein Ende haben, je schneller, desto besser.

Bevor ich bei der Kripo anrief, nahm ich all meinen Mut zusammen, meldete mich bei Juliane Wolfinger und verabredete mich für den kommenden Donnerstag mit ihr. Das letzte Mal, als ich sie hatte besuchen wollen, war mir noch lebhaft in Erinnerung. Ich hatte es gerade mal bis zur Kreuzung geschafft. Noch einmal durfte mir das nicht passieren.

Dann wählte ich die Nummer von Franziska Stangl. Bereits nach dem zweiten Klingeln war sie am Apparat. Ich bemühte mich gar nicht erst, meine Aufregung im Zaum zu halten. Ohne Punkt und Komma informierte ich sie über die Tatsachen, die meine Vermutung nährten, der Mann kenne unsere Familie und habe meine Entführung genau geplant.

»Frau Thalmann«, sagte sie, als ich geendet hatte, »am besten wird es sein, Sie kommen bei uns im Präsidium vorbei. Passt es Ihnen um zehn Uhr dreißig?«

Rosenheim, ging es mir durch den Kopf, ich würde nach Rosenheim fahren müssen. Als ich sie gerade bitten wollte, nach Aschau zu kommen, wurde mir bewusst, dass ich bereits wieder meiner Angst nachgab. Irgendwann würde ich fahren müssen – nach Rosenheim, nach Neubeuern, wohin auch immer. Dann konnte ich es auch gleich wagen – mit Ronin an meiner Seite.

Ich rief Laurenz auf dem Handy an und sagte ihm, dass ich mich auf den Weg nach Rosenheim machen würde. Dann stieg ich mit Ronin ins Auto, schloss uns darin ein und fuhr los. Bis ich es geschafft hatte, in die Kreuzung zur Hauptstraße einzubiegen, war ich noch unsicher, danach siegte der Automatismus beim Autofahren, und mein hoher Puls normalisierte sich allmählich.

Ich hatte keinen Blick für das, was sich links und rechts der Straße befand, ich konzentrierte mich ausschließlich auf das, was vor mir lag. Ganz in der Nähe des modernen graugrünen Gebäudes der Kripo in Rosenheim fand ich einen Parkplatz. Nachdem ich Ronin noch ein wenig draußen hatte herumschnüffeln lassen, klingelte ich bei der Kriminalinspektion. Keine fünf Minuten später saß ich den beiden Beamtinnen in einem Vernehmungsraum gegenüber. Ronin hatte neben mir Platz gemacht.

»Danke, dass Sie sich gleich Zeit genommen haben«, begann ich. Meine körperliche Erschöpfung wurde für den Augenblick von der Aufregung überdeckt. »Je länger ich darüber nachdenke, desto überzeugter bin ich, dass der Mann uns kennt. Wie hätte er sonst wissen sollen, dass Laurenz Architekt ist? Dass ich ein so gutes Verhältnis zu meiner Mutter habe und sie ganz in der Nähe wohnt?« Ich sah die beiden der Reihe nach an, forschte in ihren Gesichtern, ob sie mir hatten folgen können. Was ich sah, irritierte mich, trotzdem sprach ich weiter. »Er wird nicht aus unserem näheren Umfeld sein, sonst hätte ich sicher seine Stimme erkannt. Aber irgendeine Verbindung muss es geben!«

Franziska Stangl schaltete das Aufnahmegerät ein, das auf dem Tisch stand. »Frau Thalmann …«, sie fixierte mich mit ihrem Blick, »wir werden Sie heute nicht als Zeugin, sondern als Beschuldigte vernehmen. Ihnen wird zur Last gelegt, Ihre Entführung nur vorgetäuscht zu haben. Nach …«

»Wie bitte?«, brach es aus mir heraus.

Sie ließ sich nicht aus der Ruhe bringen. »Nach dem Gesetz steht es Ihnen frei, sich zu dieser Beschuldigung zu äußern und zur Sache auszusagen. Sie können selbstverständlich jederzeit einen von Ihnen zu wählenden Verteidiger befragen und zu Ihrer Entlastung einzelne Beweiserhebungen beantragen. Denken Sie bitte in Ruhe nach, ob …«

»Das ist ein Scherz, oder?«, fragte ich. Mein Körper verkrampfte sich. Von einer Sekunde auf die andere schienen meine Muskeln verrückt zu spielen, und ich wusste nicht mehr, wie ich sitzen sollte. Hilfesuchend sah ich die beiden an. »Das kann nicht Ihr Ernst sein.« Mein Blick blieb an der älteren Beamtin hängen. »Frau Stangl, bitte … sagen Sie mir jetzt sofort, dass das ein Traum ist.«

Langsam und mit Nachdruck schüttelte sie den Kopf. »Nein.«

Meine Gedanken flirrten und wurden diffus. Sekundenlang bekam ich Angst, verrückt zu werden. Dann beugte ich mich zu Ronin, ging in die Knie und streichelte ihn – wobei dieses Streicheln eher ein Festhalten war, ein Überprüfen der Realität. Leise sprach ich auf ihn ein.

Als er mit einem freudigen Schwanzwedeln reagierte und mich anstupste, damit ich weiterstreichelte, beruhigte ich mich ein wenig. Ich setzte mich wieder auf den Stuhl, ließ meine Hand jedoch auf Ronin ruhen. »Wissen Sie, wie das ist, wenn Sie jemandem, den Erinnerungen und Träume quälen, mit solchen Anschuldigungen kommen? Können Sie sich das auch nur annähernd vorstellen? Wenn diese Bilder mich überfallen, dann kann ich einen schrecklichen Augenblick lang die Erinnerungen nicht vom Jetzt unterscheiden, dann bin ich wieder in der Hütte, bin gefesselt … Warum tun Sie das?«

»Weil wir der Wahrheit auf den Grund gehen müssen, Frau Thalmann.« Sie begegnete meinem verstörten Blick mit großer Professionalität. »Sind Sie bereit, sich zu der Anschuldigung zu äußern und zur Sache auszusagen?«

»*Sich zu der Anschuldigung äußern* … das klingt furchtbar.«

»Sind Sie bereit?« Scheinbar seelenruhig wartete sie auf meine Antwort.

»Ja … natürlich …«

Sie nickte. »Dann beantworten Sie bitte unsere Fragen.« Sie beugte sich vor, stützte die Ellenbogen auf den Tisch und faltete die Hände. »Würden Sie uns bitte etwas über das Verhältnis zu Ihrem Mann erzählen?«

Ich war völlig durcheinander und musste mich am Riemen reißen, um einigermaßen ruhig zu bleiben. Nur mit Mühe konzentrierte ich mich auf die Frage. »Das Verhältnis zwischen meinem Mann und mir ist gut.«

»Es gibt keinerlei Spannungen?«

»Nein.«

»Als wir Sie und Ihren Mann kennenlernten, konnte man durchaus den Eindruck gewinnen, dass es Spannungen zwischen Ihnen gibt – die von Ihnen ausgehen. Können Sie uns das erklären?«

Ich versuchte, zu dem Moment zurückzufinden, von dem Franziska Stangl sprach. Kennengelernt hatte sie uns im Haus meiner Eltern, kurz nachdem ich in Stocka aufgewacht war. Zu dem Zeitpunkt war ich noch in der Vorstellung befangen, Laurenz habe mich im Stich gelassen. Stockend begann ich zu reden: »Der Entführer hat versucht, einen Keil zwischen Laurenz und mich zu treiben, er hat mir Lügengeschichten erzählt. Dass mein Mann mich auf elegante Weise loswerden wolle und deshalb mehrfach die Lösegeldzahlung verzögert habe.« Ich schluckte hart. »Ständig hat er Zweifel an Laurenz geschürt. So lange, bis er Erfolg damit hatte.«

Sie ließ meine Worte in sich nachklingen und betrachtete dabei aufmerksam jede meiner Regungen. »Gibt es denn einen realistischen Grund, aus dem Ihr Mann Sie loswerden wollen könnte, Frau Thalmann?«

»Nein, natürlich nicht«, begehrte ich auf, »aber in der Hütte … in dieser Situation, da habe ich es irgendwann für möglich gehalten. Da drin existierte eine eigene Realität. Ich war völlig abgeschnitten … es gab nur diesen Mann und die spärlichen Informationen, die er mir … und die Zeit, es verging immer mehr Zeit, ohne dass etwas passierte. Ich konnte mir keinen Grund vorstellen, warum Laurenz ihm das Geld nicht brachte. Da nannte er mir einen. Ich habe mich dagegen gewehrt … ich liebe meinen Mann. Nur verstand ich nicht, was da vor sich ging. Fällt es Ihnen so schwer, sich das vorzustellen? Ich war kein Fels in der Brandung, ich bin umgefallen – und dafür schäme ich mich jetzt.«

Sie ließ mir Zeit, bis ich mich wieder etwas gefangen hatte.

»Es gibt keinen Grund, aus dem mein Mann mich würde loswerden wollen. Das war ein Hirngespinst, ein schreckliches Hirngespinst«, sagte ich.

»Hm ...« Sie lehnte sich in ihrem Stuhl zurück. »Gibt es einen Grund, weshalb Sie sich möglicherweise einen gewissen Freiraum hätten schaffen wollen?«

Freiraum ... was denn für einen Freiraum? Laurenz und ich hatten ausreichend Freiraum. Mehr brauchten wir nicht. »Was genau meinen Sie mit diesem *Freiraum*?«

»Benötigten Sie Zeit – ungestörte, unbeobachtete Zeit?«

Ich verstand beim besten Willen nicht, worauf sie hinauswollte. »Während der Woche bleibt mein Mann meist in München. Er kommt nur am Wochenende nach Hause ... nach Aschau. Ich habe also fünf Tage lang *ungestörte, unbeobachtete Zeit*, wie Sie es nennen. Mehr brauche ich nicht. Zumal es bei der Lösung, die mein Mann und ich für uns gefunden haben, nicht um ungestörte Zeit geht, sondern darum, dass er lieber in der Stadt lebt und ich lieber auf dem Land. Unsere gemeinsame Zeit am Wochenende geht uns über alles, aber wir haben auch eigene Interessen, die wir nicht begraben wollten.« Langsam wurde ich wütend. »Was soll das? Worauf laufen all diese Fragen hinaus?«

»Frau Thalmann, haben Sie ein Verhältnis, das Sie vor Ihrem Mann um jeden Preis geheim halten wollen?«

»Sie meinen einen anderen Mann?«, fragte ich verblüfft.

»Zum Beispiel.«

»Zum Beispiel, was heißt zum Beispiel?«

»Partner in einem außerehelichen Verhältnis könnte auch eine Frau sein.« Ihr Ton war gelassen.

Jetzt war ich diejenige, die sich zurücklehnte – nicht entspannt, sondern erschöpft. »Ich habe kein Verhältnis – weder mit einem Mann noch mit einer Frau.«

»Haben Sie sich in den Wochen und Monaten vor der Entführung möglicherweise durch irgendetwas überfordert gefühlt? Gab es etwas, vor dem Sie fliehen wollten?«

»Nein!« Ronin spitzte die Ohren, da ich laut geworden war. Beruhigend legte ich ihm die Hand auf den Kopf. Dann sah ich zu Kristin Mayer, die bis auf eine knappe Begrüßung überhaupt noch kein Wort gesagt hatte. Sie begegnete meinem Blick mit der gleichen Professionalität wie ihre Kollegin. Zweifel an dem, was sie mir zumuteten, waren bei keiner der beiden zu entdecken. »Von der Entführung abgesehen, bin ich sehr zufrieden mit meinem Leben. Ich führe eine gute Ehe, habe sehr viel Spaß an meiner Arbeit, ein liebevolles Verhältnis zu meinen Eltern und sehr tragfähige Freundschaften. Seitdem wir das Haus in Aschau gekauft haben, habe ich ein völlig stressfreies Leben.«

»Worin bestand davor der Stress für Sie?«, fragte jetzt Kristin Mayer.

»Im Stadtlärm, in Menschenmengen.«

»Kommen wir kurz zu Ihrer Arbeit. Waren Sie möglicherweise überlastet und haben versucht, sich eine Auszeit zu schaffen?«

»Indem ich meine eigene Entführung inszeniere? Das glauben Sie doch selbst nicht!«

Aber sie schien es tatsächlich für möglich zu halten. Sie wartete auf eine Antwort.

»Nein!« Ich hatte Mühe, meine Wut zu zügeln.

»Keinerlei Zeitdruck oder unterschiedliche Auffassungen über Ihre Arbeit – nichts dergleichen?«

»Natürlich habe ich hin und wieder Zeitdruck. Auch unterschiedliche Auffassungen kommen vor. Aber damit kann ich sehr gut umgehen.«

»Woran arbeiten Sie gerade?«, fragte Franziska Stangl.

»Ich habe einen Auftrag bekommen, um den ich mich lange bemüht habe – die Illustration eines Kinderbuchs von Juliane Wolfinger. Am zweiundzwanzigsten September, dem Tag, an dem ich entführt wurde«, betonte ich, »hätte ich um siebzehn Uhr einen Termin bei ihr gehabt.« Sekundenlang starrte ich vor mich hin und sagte dann in sarkastischem Ton: »Es war mir leider nicht möglich, diesen Termin wahrzunehmen.«

»Hat dieser Termin zwischenzeitlich stattgefunden?«

Ich schüttelte den Kopf. »Nein. Ich konnte nicht.« In dem Moment, als ich es ausgesprochen hatte, wurde mir bewusst, wie dieser Satz auf die beiden wirken musste. Deshalb setzte ich erklärend hinzu: »Nicht, was Sie jetzt denken! Ich habe mich auf den Auftrag gefreut. Es war nicht Angst vor der eigenen Courage, die Sie mir hier allem Anschein nach unterstellen, sondern Panik. Ich habe es nicht geschafft, mich weiter als ein paar hundert Meter von unserem Haus zu entfernen. Das Ziel war dabei völlig egal. Das Gleiche wäre mir passiert, wenn ich zu dem Zeitpunkt auf dem Weg zu meinen Eltern gewesen wäre.«

»Wann hätte dieser Termin stattfinden sollen?«, fragte Kristin Mayer.

»Vergangenen Donnerstag.« Ich holte tief Luft und atmete hörbar aus. »Ich hatte mir zu früh zu viel vorgenommen. Ich dachte, wenn ich meinen normalen Alltag wieder aufnähme, wäre alles wie vor der Entführung, aber das war ein Trugschluss. Es ging nicht.« Ich sah auf Ronin. »Seit ich den Hund habe, fühle ich mich etwas sicherer.

Ohne ihn hätte ich es heute womöglich gar nicht bis hierher geschafft.« Sehnsuchtsvoll wanderte mein Blick zur Tür. Wann hatte diese Qual hier endlich ein Ende?

»Ihr Mann und Sie haben keine Kinder, soweit wir wissen.« Franziska Stangls Feststellung kam einem Überfall aus dem Hinterhalt gleich.

Voller Abwehr runzelte ich die Brauen. »Was hat das mit meiner Entführung zu tun?«

»Wir versuchen herauszufinden, ob es etwas damit zu tun haben könnte.«

»In welchem Zusammenhang sollten denn meine Entführung und unsere Kinderlosigkeit stehen?«

»Dieser Zusammenhang ließe sich durchaus konstruieren«, entgegnete sie ruhig. »Sollte beispielsweise Ihr Mann zeugungsunfähig und Sie durch einen anderen Mann schwanger geworden sein, dann könnte das Ihre Ehe gefährden. Insofern läge der Wunsch nahe, eine solche Schwangerschaft zu unterbrechen. Verstehen Sie mich bitte nicht falsch, Frau Thalmann, wir sind hier keine Moralapostel. Sollte die ganze Geschichte einen solchen Hintergrund haben, so ist es nicht an uns, dies zu werten. Wir versuchen ausschließlich, die Wahrheit zu ergründen.«

Meine Fassungslosigkeit verschlug mir die Sprache. Ich starrte sie an.

»Frau Thalmann?«, fragte Franziska Stangl nach Sekunden, in denen sie offensichtlich jede meiner Regungen registriert hatte.

Sie würde mein Schweigen als Bestätigung ihrer Vermutung werten. Obwohl ich das wusste, bekam ich kein Wort heraus. Ich schüttelte nur abwehrend den Kopf. Ronin stand auf und lehnte sich gegen mich. Automatisch begann ich wieder, ihn zu streicheln. Einen kostbar lange währenden Moment kam es mir so vor, als wären wir beide alleine, als gäbe es die beiden Frauen mir gegenüber nicht. Als ich mich so weit gefasst hatte, dass ich wieder ein Wort herausbrachte, sagte ich: »Sie haben eine pervertierte Phantasie, Frau Stangl!«

Ihre Miene zeigte leises Bedauern. »Ich wünschte, es wäre nur das, aber es ist weit mehr, Frau Thalmann. Leider greife ich auf gewisse Erfahrungswerte zurück.« Sie schien ihre nächsten Worte mit Bedacht zu wählen. »Wenn ich sehe, wie stark dieses Thema Sie berührt, dann ...«

»Dann sollten Sie keinesfalls die falschen Schlüsse daraus ziehen! Dieses Thema *berührt* mich nicht deshalb, weil Sie mich mit der Wahrheit konfrontiert haben, sondern weil Sie mir ein Szenario geschildert haben, das mit mir als Mitwirkender so nie stattgefunden hätte. Wäre ich schwanger geworden, dann hätte ich dieses Kind ganz bestimmt nicht abgetrieben – egal, wer der Vater gewesen wäre.«

»Auch auf die Gefahr hin, dass Ihre Ehe dadurch möglicherweise in die Brüche gegangen wäre?«

»Aus der Tatsache, dass mein Mann und ich nicht sieben Tage in der Woche zusammen sind, sollten Sie nicht schließen, dass unsere Ehe auf wackeligen Beinen steht. Natürlich hätte das Kind eines anderen Mannes unser Gerüst vorübergehend und vermutlich auch kräftig ins Wanken gebracht. Um das zu umgehen, hätte ich aber ganz bestimmt nicht meine eigene Entführung vorgetäuscht.«

Die Blicke der beiden Beamtinnen waren einhellig skeptisch. Sie nagelten mich fest.

Ich holte tief Luft. »Wenn mein Körper die ihm durch unumstößliche medizinische Fakten gesetzten Grenzen überwunden hätte und ich schwanger geworden wäre ...«, ich sah kurz zur Decke, »dann hätte ich dieses Kind auf gar keinen Fall abgetrieben!«

»Sie können keine Kinder bekommen?«, hakte Kristin Mayer nach, wobei ihr anzusehen war, dass ihr diese Frage unangenehm war.

»Das ist leider so.«

»Tut mir leid«, sagte die junge Beamtin leise.

Ich hätte nicht sagen können, ob es eine Entschuldigung für ihre Fragen war oder ob sie die Tatsache an sich bedauerte. Ich spürte nur, dass diese drei Worte mir guttaten.

Sekundenlang herrschte Stille im Raum. Als Franziska Stangl schließlich zu einer weiteren Frage ansetzte, wirkte ihre Miene sehr viel verständnisvoller und einfühlsamer als noch Sekunden zuvor. »Frau Thalmann, haben Sie irgendeine Verbindung nach Düsseldorf?«

»Nein«, antwortete ich wie vor den Kopf geschlagen. »Geht es darum die ganze Zeit? Glauben Sie, ich wäre dorthin geflogen? Das bin ich nicht! Ich habe fünf Tage lang in einer Hütte auf einem Bett gesessen und war mit Handschellen an dieses Bett gekettet. Ich würde Ihnen das gerne beweisen, kann es jedoch nicht. Die einzigen Beweise, die es gibt, sind die Spuren der Handschellen an meinen Handgelenken und die Spuren dieses Schlafmittels in meinem Urin. Wenn Sie mit Doktor Neuner gesprochen hätten, dann wüssten Sie das.«

»Wir haben mit Ihrem Hausarzt gesprochen, und wir wissen auch von dem GHB.«

»Und trotzdem beschuldigen Sie mich, meine Entführung vorgetäuscht zu haben? Das verstehe ich nicht.«

»Weder die Spuren des Schlafmittels noch die der Handschellen sind Indizien dafür, dass diese Entführung tatsächlich stattgefunden hat. Beides hätten Sie durchaus selbst inszenieren können.«

»Aber wozu denn?«, fragte ich entgeistert.

»Genau das versuchen wir herauszufinden. Wenn wir das Motiv hätten, wären wir in diesem Fall schon ein ganzes Stück weiter«, gab Franziska Stangl offen zu.

»Wieso glauben Sie mir nicht?«

»Weil es einen Zeugen gibt, der Sie am Montag, dem sechsundzwanzigsten September, gesehen hat.«

Vielleicht gibt es Menschen, die angesichts dieser Absurdität gelacht hätten – hysterisch oder sarkastisch. Ich schaute nur fassungslos. Dieser Zeuge musste sich irren, und das sagte ich ihr auch.

»Natürlich gibt es immer wieder Irrtümer, Frau Thalmann, Zeugenaussagen sind vielfältigen Einflüssen unterworfen und entsprechen längst nicht immer der Realität. Aber dieser Zeuge ist sich sehr sicher.«

»Ich möchte wissen, was er gesagt hat!«

»Der Zeuge ist Mitarbeiter bei der Autovermietung Sixt am Düsseldorfer Flughafen. Er ist fest davon überzeugt, dass er Ihnen am sechsundzwanzigsten September ein Auto vermietet hat.«

»Wie kann er sich dessen so sicher sein?«

»Die Frau, die den Wagen gemietet hat, habe – darüber haben wir bereits mit Ihnen gesprochen – seiner Cousine verblüffend ähnlich gesehen. Aus diesem Grund erinnert er sich so genau an die Kundin. Ihm wurden mehrere Fotos vorgelegt, und er hat Ihres zweifelsfrei herausgesucht.«

»Ich kann wohl kaum zur gleichen Zeit an zwei verschiedenen Orten gewesen sein.«

»Außerdem haben wir den Fluggast ausfindig gemacht,

der am sechsundzwanzigsten September auf dem Flug nach Düsseldorf neben der Person saß, die auf Ihren Namen gebucht war.«

»Und der erinnert sich auch an mich, weil ich seiner Cousine so ähnlich sehe?«

»Es handelt sich um eine Frau. Sie hat uns einen ähnlich überzeugenden Grund genannt, warum sie sich so genau erinnert, dass eine weibliche Person neben ihr saß. Und zwar trug diese Person ein seidenes Kopftuch. Es war auf eine Art um den Kopf geschlungen, wie es häufig Frauen tun, die ihr Haar durch eine Chemotherapie verloren haben. Da die Freundin dieser Zeugin genau das derzeit durchmacht und Kopftücher in dieser Weise trägt, ist die Begründung durchaus glaubhaft.«

Ich hämmerte mir ein: Bleib ruhig, Emma, denk nach! Irgendwo muss da ein Fehler stecken. Meine Gedanken rasten, verfingen sich, setzten sich wieder in Bewegung. »Die einzige Möglichkeit ist die, dass mir die Frau, die sich meines Namens bedient hat, ähnlich sieht. Dass der Zeuge sie mit mir verwechselt hat. Der Entführer hat gesagt, er sei tagelang durch den Wald gefahren und habe nach einer günstigen Gelegenheit Ausschau gehalten. In der Hütte habe ich mir den Kopf zerbrochen, was mich zu dieser günstigen Gelegenheit hat werden lassen. Und ich habe keine befriedigende Antwort gefunden. Ich dachte, ich sei das Opfer eines Zufalls und meiner eigenen Arglosigkeit geworden. Inzwischen bin ich mir sicher, dass er die Entführung geplant und mich schon vorher ausgesucht hat. Und zwar ganz gezielt. Könnte es sich nicht sein, dass die Ähnlichkeit mit dieser Frau eine Rolle gespielt hat?«

Franziska Stangls Kopfschütteln nach zu urteilen, hielt sie meine Vermutung für unsinnig.

Mir platzte der Kragen, und ich schrie sie an: »Sie, die Sie mir weismachen wollen, es sei ein Erfahrungswert, dass eine Frau eine Entführung vortäuscht, um sich mit ihrem Liebhaber zu vergnügen oder dessen Kind abzutreiben – ausgerechnet Sie halten es für ausgeschlossen, dass ich gezielt ausgesucht wurde? Was ist los mit Ihrer Phantasie? Reicht sie dafür nicht? Oder ist Ihnen diese Vorstellung zu wenig perfide?«

»Sie ist mir zu unwahrscheinlich«, antwortete sie. Mein Schreien hatte sie nicht aus der Ruhe gebracht. Wahrscheinlich gewöhnte man sich in ihrem Job daran. »Sollte diese Entführung tatsächlich stattgefunden haben – was unter Berücksichtigung der Zeugenaussagen schwer vorstellbar ist – dann wäre es dem Entführer vorrangig um die Lösegeldsumme gegangen und weniger darum, dass das Opfer Ähnlichkeiten aufweist mit …«

Ich senkte meine Stimme. »Tatsache ist, dass eine Frau, die mir – wenn der Zeuge sich nicht irrt – zum Verwechseln ähnlich sehen muss, mit meinen Papieren nach Düsseldorf und wieder zurück nach München geflogen ist. Sie haben selbst gesagt, dass dieser Täter kein Dilettant ist. Warum trauen Sie ihm dann nicht zu, dass er Perfektionist ist? Dass er diese Entführung so wasserdicht geplant hat, dass – selbst wenn ein Verdacht auf ihn und seine Freundin fiele – man den beiden nichts nachweisen könnte.« Ich sah die beiden der Reihe nach an. Was ich in ihren Mienen erkannte, stimmte mich wenig zuversichtlich. Nur bei Kristin Mayer schien es mir gelungen zu sein, zumindest den Hauch eines Zweifels zu schüren.

»Als Sie hier ankamen«, setzte sie nachdenklich an, »sagten Sie, der Entführer müsse etwas über das gute Verhältnis zu Ihrer Mutter und deren Wohnort gewusst haben. Wie kommen Sie darauf?«

»Ich habe Ihnen bereits erzählt, wie er mich mit dem Handy in Schach gehalten hat. Er hat damit gedroht, meiner Mutter etwas anzutun, sollte ich nur einen Mucks machen. Er muss gewusst haben, dass er damit ein Druckmittel gegen mich in der Hand hatte.«

»Das könnte auch ein Schuss ins Blaue gewesen sein. Er könnte Ihre Reaktion getestet haben.«

Ich schüttelte den Kopf. »Er wusste, wie ich reagieren würde.«

Aus den Blicken, die die beiden tauschten, sprach nichts als Skepsis gegenüber meiner Version.

Angestrengt überlegte ich, was ich tun konnte. Schließlich fasste ich einen Entschluss und wandte mich an die jüngere Beamtin. »Zu Beginn dieses Gesprächs hat Frau Stangl etwas über Untersuchungen gesagt, die ich beauftragen könne …«

Als hätte sie nur darauf gewartet, wiederholte sie mir die Worte ihrer Kollegin: »Sie können zu Ihrer Entlastung einzelne Beweiserhebungen beantragen.«

Ich nickte. »Dann tue ich das hiermit. Ich beantrage, dass Sie mir beweisen, dass ich am sechsundzwanzigsten September von München nach Düsseldorf und zurück geflogen bin. Dass Sie die Unterschrift auf dem Mietvertrag mit Sixt prüfen lassen.« Ich zog Zettel und Stift aus meiner Tasche, schrieb meine Unterschrift und reichte den Zettel Kristin Mayer. »Ich beantrage, dass Sie mir ein Motiv nachweisen, aus dem ich meine Entführung hätte vortäuschen sollen.« Was noch? Fieberhaft überlegte ich, welche Beweise es noch geben konnte, die für mich sprachen. »Mein Mann wurde von dem Entführer mehrfach auf seinem Handy angerufen. Überprüfen Sie bei der Telefongesellschaft, von welchem Teilnehmer er angerufen wurde. Der Kripo müsste so etwas leicht möglich sein.« Gegen das Zittern in meiner Stimme konnte ich nichts tun, aber gegen das Zittern meiner Hände. Mit aller Kraft ballte ich sie zu Fäusten.

Während ich bei Kristin Mayer allem Anschein nach auf Verständnis stieß, konnte ihre Kollegin ihren Unmut kaum verhehlen. »Frau Thalmann, Sie ersparen sich und uns viel Zeit und Mühe, wenn Sie jetzt zugeben, was wirklich in diesen fünf Tagen geschehen ist.«

Ich würde ihr gar nichts ersparen, nicht einmal meine Wut. »Sie werden Zeit und Mühe investieren müssen!« Ich griff nach meiner Tasche und Ronins Leine. »Da ich davon ausgehe, dass Sie mich nicht hierbehalten können, werde ich jetzt gehen.«

13

Erst vor dem Gebäude holte mich das Zittern wieder ein. Gefangen in meiner hilflosen Wut blieb ich einfach stehen. Ich wusste nicht weiter. Ronin hingegen wusste es ganz genau. Er zog mich in Richtung einer kleinen Grünanlage schräg gegenüber. Nachdem er etliche Büsche und Bäume markiert hatte, ließ ich mich auf eine Bank fallen. Ich war erschöpft und völlig verkrampft. Meine Nerven waren aufs Äußerste angespannt. Mit geschlossenen Augen versuchte ich, mich in meinen geschützten Garten zu versetzen. Ich sah ihn, sah die Mauer und die Hecke, sah die Bäume – aber es war, als wäre mir für den Moment der Zutritt verwehrt.

Mit einer erschreckenden Macht ergriffen die Bilder des Überfalls Besitz von mir. Es war ein Erinnerungsfilm, der sich nicht stoppen ließ. Die Hand des Mannes drückte Watte auf mein Gesicht und nahm mir die Luft zum Atmen. Da war die Waffe und Panik … nur Panik … und ein Bellen … eine Stimme. Beides wurde immer lauter und fordernder.

»Frau Thalmann …« Die Stimme hatte es schwer, gegen Ronins Bellen anzukommen.

Als ich Ronin endlich auch mit meinen Augen wahrnahm, durchströmte mich Erleichterung. Ronin – er bedeutete das Hier und Jetzt. Ich lag nicht hilflos auf dem Waldboden und atmete Chloroform. Ich saß auf einer

Bank gegenüber der Polizeiinspektion. Ronin legte seinen Kopf auf mein Knie und ließ ihn dort schwer werden.

»Frau Thalmann …« Kristin Mayer setzte sich links neben mich auf die Bank und sah mich besorgt an. »Kann ich irgendetwas für Sie tun?«

Stumm schüttelte ich den Kopf.

»Soll ich Sie nach Hause bringen lassen?«

»Nein … danke. Ich möchte selbst fahren.«

»In diesem Zustand?«, fragte sie zweifelnd. »Wollen Sie sich nicht lieber helfen lassen?«

Ich sah sie lange an. »Die Hilfe, die ich mir von Ihnen und Ihrer Kollegin erhoffe, habe ich bereits eingefordert.«

»Die Beweiserhebungen …« Ihr Blick war sehr ernst. »Was ist, wenn der Zeuge Sie bei einer Gegenüberstellung identifiziert? Das ist nicht ausgeschlossen. Er hat Ihr Foto aus mehreren herausgesucht. Er ist sich sicher, Sie gesehen zu haben.«

»Die Frau im Flugzeug hat etwas von einem Kopftuch gesagt. Was ist mit dem Sixt-Mitarbeiter – hat er etwas über die Haare der Frau gesagt?«

Sie schüttelte den Kopf. »Auch bei ihm trug sie ein Kopftuch.«

»Mit diesen zweifelhaften Aussagen unterstellen Sie mir eine vorgetäuschte Entführung?«, brauste ich auf. »Suchen Sie überhaupt noch weiter nach dem Mann?«

»Selbstverständlich.«

»Ich bin inzwischen fest davon überzeugt, dass er uns kennt. Und wenn Sie dafür unser gesamtes Umfeld umkrempeln müssen – Sie müssen ihn finden, Frau Mayer.« Vor Aufregung verhaspelte ich mich. »Was ist mit den

Verbindungsdaten von Laurenz' Handy? Kann man den Mann darüber nicht finden?«

»Wenn er Prepaid-Karten benutzt hat, haben wir keine Chance.«

»Es muss jemand sein, der entweder bei einer Bank oder einer Vermögensverwaltung arbeitet ... jemand, dessen Freundin in Geldschwierigkeiten steckt ...«

»Die Eckdaten der Geschichte, die er Ihnen erzählt hat, müssen nicht stimmen, Frau Thalmann«, gab sie zu bedenken. »Gehen Sie bei Ihren Überlegungen ausschließlich von den Fakten aus. Wenn er Lösegeld gefordert hat, dann brauchte er Geld. Das ist die einzige Tatsache, derer Sie sich bedienen können.«

»Sie glauben mir?«, fragte ich überrascht.

Das Runzeln ihrer Augenbrauen hatte etwas von einer leisen Warnung. »Ich gehe mit Ihnen nur eine der Möglichkeiten durch.«

Mehr durfte ich vermutlich nicht erwarten. Ich gab mich damit zufrieden und dachte angestrengt nach. »Spontan fällt mir nur einer ein, der Geld braucht.« Ich hatte ihn nie kennengelernt, aber das würde ich nachholen.

»Wer ist das?«, fragte sie.

»Der Mann von Valerie Schwarz, der Sekretärin meines Mannes.«

Um von Rosenheim nach München zu gelangen, gibt es schnellere Wege als den über Aschau. Aber ich brauchte Hilfe, die ich nur dort fand. Ich hatte lange darüber nachgedacht, wer mich am besten begleitete. Laurenz kam nicht in Frage – er würde alles tun, um mich von meinem Plan abzubringen. Meinem Vater konnte ich eine solche Aufregung nicht zumuten. Blieb Anton, Verenas Lebensgefährte, den nichts so schnell aus der Ruhe bringen konnte. Nur, wie sollte ich ihn überzeugen, mit mir zu kommen? Wenn ich ihm die Wahrheit sagte, würde er sich weigern. Ich hörte ihn die Argumente aufzählen, die gegen meinen Plan sprachen, als stünde er neben mir. Sie waren identisch mit jenen, die ich auch von Laurenz und meinem Vater zu hören bekommen würde. Innerlich verschloss ich mich gegen diese Argumente.

Nicht ohne mich gleichzeitig insgeheim bei ihm für meine Lüge zu entschuldigen, erzählte ich Anton, ich müsse nach München, um dort mit jemandem einen Auftrag zu besprechen. Da ich Angst hätte, allein zu fahren, würde ich ihn mir als Begleitung wünschen. Wenigstens das war keine Lüge. Er willigte ohne zu zögern ein.

Als wir vor dem türkis gestrichenen, kleinen Bungalow am Rande des Perlacher Forsts parkten, wo Laurenz und ich Valerie Schwarz vor ein paar Monaten einmal abgesetzt hatten, verließ mich mein Mut. Er hatte sich aus Wut gespeist. So kurz vor dem Ziel fiel beides in sich zusammen. Was, wenn er tatsächlich der Entführer war? Dann hatte er eine Pistole. Mit einem Mal hatte ich bleischwere Beine und das Gefühl, nicht tief durchatmen zu können. Mitten auf dem Bürgersteig blieb ich stehen und wäre am liebsten davongelaufen.

»Emma, was ist?«, fragte Anton. »Geht es dir nicht gut?«

Wortlos schüttelte ich den Kopf. Was sollte ich tun? Wenn ich unverrichteter Dinge wieder ging, würde ich es vielleicht nie wissen. Und wenn ich ging … Wie sollte ich ihn überhaupt erkennen? Daran, dass er mich erkannte? Ich hatte das Überraschungsmoment auf meiner Seite. So schnell würde er seine Gesichtszüge nicht in den Griff bekommen. Aber wenn er mich erkannte – was dann? Was würde er dann tun? Ich sah von Ronin zu Anton, um mich beider Stärke zu vergewissern. Hatten wir zu dritt eine Chance gegen den Mann?

»Emma, soll ich nicht besser drinnen Bescheid sagen, dass es dir nicht gut geht? Die Besprechung lässt sich bestimmt verschieben. Was meinst du?«

»Nein«, sagte ich mit tonloser Stimme. »Ich muss da klingeln. Es ist wichtig.« Eingerahmt von Anton und Ronin setzte ich mich in Bewegung. Ich öffnete das Gartentor, ging den kleinen Weg bis zur Haustür und drückte die Klingel, bevor ich es mir anders überlegen konnte. Dann trat ich ein paar Schritte zurück. Falls er es war, brauchte ich größtmöglichen Abstand.

Als sich im Haus nichts regte, schaute Anton auf die Uhr. »Es ist Viertel vor fünf. Um wie viel Uhr ist dein Termin?«

»Um kurz vor fünf ... so genau hatte ich mich nicht festgelegt«, antwortete ich, ohne ihn anzusehen. Ich klingelte ein zweites Mal.

Durch die kleinen Glasfenster in der Haustür war eine Silhouette zu erkennen, die sich der Tür näherte. Ich biss mir auf die Unterlippe, um nicht aufzuschreien. Ronin spürte meine Anspannung, hob den Kopf und spitzte die Ohren. Ich nahm die Leine in die eine Hand und hielt mich mit der anderen an seinem Halsband fest.

Die Tür wurde geöffnet. »Ja?« Der Mann hatte ein aufgedunsenes Gesicht, verkaterte Augen und ein Doppelkinn. Er war einen halben Kopf kleiner als ich und füllig.

All das registrierte ich, aber es dauerte, bis ich es auch begriff. In dieser endlos währenden Minute starrte ich ihn an.

»Ja?«, fragte er noch einmal, dieses Mal in einem ungeduldigen Tonfall.

Ich räusperte mich, da ich das Gefühl hatte, meine Stimme würde versagen. »Herr Schwarz?« Was dabei herauskam, war eher ein Krächzen.

»Steht doch da.« Er zeigte auf die Klingel. »Schwarz auf Weiß.« Seinem müden Lachen nach zu urteilen, schien er diesen Witz nicht zum ersten Mal zum Besten zu geben.

»Der Mann von Veronika Schwarz?«

»Mit einer Veronika kann ich leider nicht dienen.« Sein Augenzwinkern hatte etwas Schmieriges. »Nur mit einer Valerie.«

»Dann entschuldigen Sie bitte die Störung.« Ich wandte mich um und zog Ronin hinter mir her. Antons erstauntem Blick wich ich aus.

»Was war denn das?«, fragte er, als wir wieder im Auto saßen. »Hast du dich in der Adresse geirrt?«

»Ja … scheint so.«

»Scheint so? Emma, was ist los?«

»Nichts, ich wollte nur etwas herausfinden.« Ich startete den Motor und fuhr los.

»Und das hast du jetzt?« Er erwartete keine Antwort. »Das war so ziemlich die kürzeste Besprechung, der ich jemals beigewohnt habe. Mag sein, dass sich in der Zeit meiner Arbeitslosigkeit in der Geschäftswelt einiges geändert hat, aber dass es so grundsätzliche Einschnitte gegeben haben soll, erscheint mir unwahrscheinlich. Könntest du mich bitte aufklären?«

Ich gab vor, mich auf den Verkehr konzentrieren zu müssen. Der floss jedoch so problemlos, dass er keiner außergewöhnlichen Konzentration bedurfte. »Ich wollte sehen, wie dieser Mann aussieht«, sagte ich forscher, als mir zumute war.

Einen Moment lang herrschte Stille im Auto. Ich kannte Anton gut genug, um jetzt auf sein Donnerwetter gefasst zu sein. Es ließ nicht lange auf sich warten.

»Wenn ich dann mal eins und eins zusammenzähle, hast du an dieser Tür geklingelt, um herauszufinden, ob dein Entführer sie öffnet? Allem Anschein nach ist er nicht der Mann, nach dem du suchst, sonst hätte er anders reagiert.« Geräuschvoll blies er Luft durch die Nase. »Bist du von allen guten Geistern verlassen, Emma?« Der ruhige Ton, in dem er sprach, täuschte nicht darüber hinweg, dass er ungehalten war. »Der Kerl, der dir das angetan hat, ist kriminell und gewalttätig. Das müsstest du am allerbesten wissen. Was treibt dich zu so einer idiotischen Aktion?«

»Hilflose Wut …«

»Du bringst dabei nicht allein dich in Gefahr, sondern auch mich. Hast du darüber auch nur einen Moment lang nachgedacht?«

Das hatte ich nicht. Ich hatte nur daran gedacht, Anton und Ronin zu meinem Schutz mitzunehmen. »Entschuldige bitte«, sagte ich beschämt.

»Wie kommst du überhaupt darauf, dass dieser Mann da eben der Entführer gewesen sein könnte?«

Ich erklärte es ihm.

Er schwieg sekundenlang, so dass ich schon erleichtert glaubte, meine Erklärung habe ihn zufriedengestellt. Doch dann brach es aus ihm heraus: »Geldnot? Bist du noch ganz bei Trost? Dann könnte ebenso ich dich entführt haben. Meine Geschäfte laufen auch nicht gerade rosig. Willst du jetzt um dich herum einen Kahlschlag starten und jeden verdächtigen, der knapp bei Kasse ist?«

»Natürlich nicht …«

»Das wäre aber die logische Konsequenz. Warum überlässt du die Ermittlungen nicht den Leuten, die dafür ausgebildet wurden?«

»Weil die mir nicht glauben!«

Am Abend erzählte ich Laurenz von der Vernehmung bei der Kripo. Erst schaute er ungläubig. Dann lief sein Kopf vor Wut rot an. Nur mit Mühe konnte ich ihn davon abhalten, sofort einen Anwalt mit meiner Vertretung zu beauftragen. Ich lehnte seinen Vorschlag kategorisch ab. Ich war unschuldig, ich war Opfer und nicht Täterin. Wozu brauchte ich dann einen Anwalt, der jedes meiner Worte erst einmal prüfte und filterte? Die Wahrheit war die Wahrheit – sie brauchte keinen Filter.

Laurenz war anderer Meinung. Er vertrat die Auffassung, dass Gerechtigkeit längst nicht immer etwas mit geltendem Recht zu tun habe. Er war überzeugt, ich mache einen schweren Fehler, den ich vielleicht später bereuen würde. Es blieb ihm jedoch nichts anderes übrig, als meine Entscheidung zu akzeptieren.

Wenn Franziska Stangl und Kristin Mayer mit einem Haftbefehl vor der Tür standen, konnte ich immer noch einen Anwalt engagieren. Aber das würde nicht passieren. Ich hatte genug Zeit gehabt, darüber nachzudenken. Hätten die beiden Zeugenaussagen für einen Haftbefehl ausgereicht, dann säße ich längst in Untersuchungshaft. Sie hatten zu wenig in der Hand. Davon konnte ich schließlich auch Laurenz überzeugen, bevor wir diesen unseligen Tag beschlossen und schlafen gingen.

Die Nacht war ein einziger Albtraum – genauer gesagt die Aneinanderreihung eines immer wiederkehrenden

Albtraums von meiner Entführung. Als Laurenz mich in den Arm nahm, um mich zu beruhigen, weil ich – wie er mir später sagte – laut geschrien hatte, schlug ich so heftig um mich, dass er ein blaues Auge davontrug.

Bevor er am nächsten Morgen nach München fuhr, nahm er mir das Versprechen ab, ihn anzurufen, sollte die Kripo eine weitere Vernehmung ansetzen. Wenn ich schon keinen Anwalt wollte, dann würde zumindest er mich begleiten. Ihm war anzusehen, wie schwer es ihm fiel, mich allein in Aschau zurückzulassen. Meine Beteuerung, ich sei nicht allein, ich habe Ronin bei mir, beruhigte ihn nicht.

Als er gegangen war, wanderte ich gedanklich in meinen geschützten Garten. Die fürchterlichen Träume in der Nacht und der Film, der tagsüber immer wieder vor meinem inneren Auge ablief, hatten mir deutlich gemacht, wie dringend ich ein Gegengewicht brauchte. Ich erinnerte mich an Doktor Neuners Worte, daran, dass ich üben sollte, so lange, bis mir der Wechsel in den Garten in Fleisch und Blut übergegangen war. Zwar war ich davon noch weit entfernt, aber ich würde üben, so oft es mir möglich war. Denn ich ahnte, dass die nächste Zeit alles andere als ein Zuckerschlecken für mich werden würde. Ich musste sie mit einem klaren Kopf durchstehen. Der Albtraum war noch nicht vorbei.

Ich setzte mich an den PC und gab alle Einzelheiten der Entführung ein – angefangen beim zweiundzwanzigsten September. Nachdem ich die Blätter ausgedruckt hatte, rief ich meinen Vater an, fragte ihn, ob er Zeit habe, sich mit mir zu treffen, und skizzierte ihm kurz, worum es ging. Er schlug vor, uns an der Talstation der Kampenwandbahn zu treffen und dann auf den Berg zu fahren –

vorausgesetzt, es mache mir nichts aus, in eine enge Gondel zu steigen. Ich dachte darüber nach und entschied dann, es zu wagen. Eine Stunde später trafen wir uns dort.

»Warum ausgerechnet hier?«, fragte ich ihn, als wir in eine der Gondeln stiegen.

»Weil man aus größerer Entfernung hin und wieder besser sieht. Ein wenig Abstand zu den Dingen kann ganz hilfreich sein.«

Ronin, der sich zwischen unseren Füßen zusammengerollt hatte, blinzelte nur hin und wieder. Im Gegensatz zu mir schien er völlig entspannt zu sein. Zum ersten Mal hatte ich das Gefühl, in einer Gondel eingeschlossen zu sein. Ich öffnete beide Fenster und atmete tief die Luft ein. Um mich abzulenken, zeigte mein Vater auf das Feenhaus, das von hier aus gut zu sehen war. Aber ich hatte keinen Blick dafür. Ich konzentrierte mich ausschließlich auf das Gelände unter uns. Kurz hinter dem ersten Pfeiler hatte Laurenz das Lösegeld abgeworfen. Auf dem Feldweg, der sich unter uns Richtung Schlechtenberg durch den Wald schlängelte, hatte der Mann seinen »Lohn« für fünf Tage Arbeit eingesammelt. Natürlich hatte es ihn auch Zeit gekostet, mich als Opfer auszuspionieren, trotzdem war sein Tagessatz immer noch beachtlich. In einem hatte die Kripo recht: Warum sollte er so etwas in der nächsten Notlage nicht wieder tun? Es war leicht verdientes Geld.

Bereits beim Einstieg in die Gondel hatte ich meinem Vater die Zusammenfassung der Geschehnisse zum Lesen gegeben. Er hatte sich während der gesamten Fahrt in die Lektüre vertieft, ohne auch nur den kleinsten Kommentar dazu abzugeben. Oben angekommen, marschierte er drauflos und war auch jetzt nicht bereit, sich dazu zu äußern. Erst als wir nach einem fünfzehnminütigen Fußmarsch, in dessen Verlauf mein Vater immer wieder verschnaufen musste, die Bank in der Nähe vom Kreuz am Hirschenstein erreichten, setzte er sich und gab mir ein Zeichen, es ihm gleichzutun.

Ich ließ Ronin von der Leine, damit er in Ruhe herumschnuppern konnte. Er war noch nicht einmal eine Woche bei uns, hatte sich mir aber bereits so eng angeschlossen, dass ich keine Sorge hatte, er würde fortlaufen. Ronin war selig, ein neues Zuhause gefunden zu haben.

»So, Emma«, sagte mein Vater ein wenig kurzatmig. »Was möchtest du von mir wissen?«

Nur kurz warf ich einen Blick auf Bernau und den sich dahinter ausbreitenden Chiemsee. »Ich möchte von dir wissen, was du davon hältst. Wo du einen Ansatzpunkt in dieser Geschichte siehst.«

»Einen Ansatzpunkt wofür?«

»Herauszufinden, was dahintersteckt.«

Er sah mich ernst an. »Das ist nicht deine Aufgabe, Emma, und ich rate dir auch ganz entschieden davon ab. Im Krimi mag es angehen, dass ein Opfer sich auf die Suche nach einem Täter macht. Im wirklichen Leben ist das viel zu gefährlich. Zwar sehe ich ein, dass dein Vertrauen in die Kriminalpolizei gelitten hat, aber …«

»Es hat nicht nur gelitten!«

Seinen Gesichtsausdruck kannte ich nur zu gut. Er hatte diesen bevorzugt dann aufgesetzt, wenn ich früher eine Aufgabe nicht richtig gelöst hatte, er aber davon überzeugt gewesen war, dass ich mit ein wenig Nachdenken zur richtigen Lösung hätte gelangen können. »Versetz dich einmal in die Lage dieser Leute. Sie kennen dich nicht, sie können dich nicht einschätzen, wissen nicht, dass ihre Verdächtigung absurd ist. Sie haben nur deine Aussage und die des Zeugen in Düsseldorf. Damit steht Aussage gegen Aussage. Ihnen bleibt gar nichts anderes übrig, als auch in dieser Richtung zu ermitteln. Sie würden einen ganz miserablen Job machen, wenn sie allein dir glaubten und die Zeugenaussage des Sixt-Mitarbeiters missachteten. Sie müssen dem nachgehen. Zumal du dich in ihren Augen wahrscheinlich auch durch das Verbrennen deiner Kleidung verdächtig gemacht hast.«

Ich sah ihn vorwurfsvoll an.

»Du hast mich gefragt, also bekommst du eine ehrliche Antwort. Schließlich hast du mich angerufen, weil ich ein so unbestechlicher Kopf bin.« Er sagte es ohne jede Koketterie. »Wenn du …«

»Das ist das Stichwort!«, unterbrach ich ihn. »Ist deinem unbestechlichen Kopf in dieser Geschichte irgendetwas aufgefallen, etwas, das …?«

»Emma, ich kann dir längst nichts mehr verbieten, aber ich bitte dich, lass die Finger davon!«

»Ich werde mich ganz bestimmt nicht in Gefahr bringen, Papa, das verspreche ich dir!« Dabei versuchte ich, die Erinnerung an meinen Besuch bei dem Mann von Valerie Schwarz auszublenden. »Ich möchte nur gedanklich damit zurechtkommen. Kannst du das nicht verstehen? Ich werde entführt, der Entführer erpresst Lösegeld von Laurenz, schickt seine Freundin mit meinen Papieren und dem Geld nach Düsseldorf. Und ein Mann bezeugt, dass …«

»Das weißt du nicht«, hakte er ein, »du vermutest nur, dass die Frau das Geld dabeihatte.«

»Wozu sonst hätte sie mit meinen Papieren dorthin fliegen sollen? Für einen Einkaufsbummel auf der Königsallee war die Zeit zu knapp.«

»Auch das weißt du nicht. Hätte sie etwas ganz Bestimmtes im Auge gehabt und gewusst, wo sie es bekommt, hätten die eineinhalb Stunden gereicht.«

»Ich denke, diese Möglichkeit können wir getrost vergessen.«

»Emma, mach deinen Kopf frei! Wenn du etwas herausfinden willst und gleich zu Anfang Möglichkeiten ausschließt – und seien sie noch so unwahrscheinlich –, machst du einen Fehler. Natürlich kann ich nachvollziehen, dass du gerade diese Vorstellung ablehnst. Sie erscheint dir im Augenblick als die menschenverachtendste Variante. Du sitzt gefesselt in einer Hütte, und eine andere, die dir ähnlich sieht, reist mit deinen Papieren zu einem Einkaufsbummel. Damit nicht genug, wirst du verdächtigt, deine Entführung nur vorgetäuscht zu haben. Lass diese Variante trotzdem als Möglichkeit stehen. Ohne sie zu werten wohlgemerkt. Geh nur mal davon aus, dass sie etwas in Düsseldorf zu erledigen hatte, was auch immer das war. Darüber weißt du bis jetzt noch nichts. Aber du weißt etwas über die Frau. Etwas über ihr Äußeres.« Sein Blick forderte mich auf, seinen Gedanken weiterzuspinnen.

»Sie trug ein Kopftuch«, begann ich. »Der Frau auf dem Nachbarsitz im Flugzeug ist sie deshalb aufgefallen. Sie hat dieses Kopftuch mit dem Verlust der Haare gleichgesetzt.«

»Und du?«, fragte er. »Womit setzt du es gleich?«

Ich dachte nach. »Mit kürzeren Haaren. Ihre Haarfarbe hätte sie ändern und meiner angleichen können. Längere Haare hätte sie schneiden lassen können. Aber wenn sie kürzere Haare hat als ich, dann hätten ihr nur eine Perücke oder ein Kopftuch geholfen. Und ein Kopftuch ist sehr viel billiger.«

»Allerdings auch auffälliger, wie die Aussage dieser Zeugin zeigt. Daran hat deine Doppelgängerin nicht gedacht.«

»Außer sie wollte auffallen.«

»Auch eine Möglichkeit.« Mein Vater streckte die Hand nach Ronin aus und streichelte ihn gedankenverloren.

»Was weiß ich noch?«

Er überflog die Blätter, die ich ihm gegeben hatte, und hielt dann inne. »Du weißt, wie lange die Bewusstlosigkeit durch Chloroform dauert. Zehn bis fünfzehn Minuten, hat dir Doktor Neuner erklärt. Du weißt, wo du überfallen wurdest – unterhalb der Abendmahlkapelle. Wenn du …« Er bremste sich selbst aus und sah mich streng an. »Emma, das sind nur Gedanken, sie sind nicht dazu gedacht, dich in irgendeiner Weise aktiv werden zu lassen. Ich will dir damit nur aufzeigen, dass du nicht ganz hilflos bist. Verstehst du das?«

»Klar!« Ich nickte ungeduldig. »Mach bitte weiter.«

Sein Blick war skeptisch. Nur zögerlich fuhr er fort: »Wenn du ausgehend von der Abendmahlkapelle mit dem Auto in einem unauffälligen Tempo – das heißt etwas über der erlaubten Geschwindigkeit – fünfzehn Minuten lang in die entgegengesetzte Richtung fährst, dir diesen Punkt, an dem du dann ankommst, auch markierst und dann einen Zirkel zu Hilfe nimmst, dann hast du den Radius, innerhalb dessen sich die Hütte befinden muss. Zumindest den ersten Radius«, schickte er leise hinterher.

»Wie meinst du das?«

»Wenn er deinen Tod nicht riskieren wollte, dann hat er es bei dieser ersten Dosis Chloroform belassen. Wenn er dir davon nachgegeben hat, was wir nicht wissen, dann …«

Ich wollte diesen Gedanken nicht weiterspinnen, nicht in die Richtung, die mein Vater ganz offensichtlich eingeschlagen hatte. »Dann muss ich den Radius weiter ziehen. Was noch?«

»Lass mich nachdenken …« Er ließ seinen Blick in die Ferne schweifen. »Deinen Gedanken, dass der Mann irgendwo am Rande eures Umfeldes zu finden ist, dass er euch kennt, zumindest aber Details über euch weiß, finde ich gar nicht abwegig. Ich würde allerdings noch einen zweiten anschließen. Kennst du irgendeine Frau, die dir ähnlich sieht?«

»Nein«, sagte ich spontan. Gleich darauf tauchte allerdings eine Erinnerung auf. »Doch … warte mal. Es muss da eine Frau geben. Der Handwerker, der Anfang August unseren Kachelofen im Wohnzimmer eingebaut hat, hat mir von ihr erzählt. Er meinte, sie sehe mir ähnlich.«

14

Noch am selben Tag rief ich den Handwerker an und bat ihn um den Namen der Frau. Ich hatte mich darauf eingestellt, ihm eine Lügengeschichte zu erzählen, falls er nach dem Grund meines Interesses fragen sollte. Aber das tat er mit keinem Wort. Stattdessen gab er mir bereitwillig die Informationen, die ich brauchte: Die Frau heiße Nikola Schwendy und bewohne in Nussdorf – nur rund dreißig Kilometer von Aschau entfernt – ein kleines Einfamilienhaus, das sie von ihren Eltern geerbt hatte.

Am liebsten hätte ich ihn gefragt, ob er ihr auch von mir erzählt hatte, aber ich wollte ihn nicht misstrauisch machen. Die Sache sollte in seinen Augen kein Gewicht bekommen – jedenfalls keines, das ihn veranlassen könnte, sie anzurufen. Ich wollte sie überrumpeln, so wie ich den Mann von Valerie Schwarz überrumpelt hatte.

Ich dachte an das, was Kristin Mayer gesagt hatte: *Gehen Sie bei Ihren Überlegungen ausschließlich von den Fakten aus. Wenn er Lösegeld gefordert hat, dann brauchte er Geld. Das ist die einzige Tatsache, derer Sie sich bedienen können.* Aber Tatsache war auch, dass die Freundin des Entführers mit meinen Papieren nach Düsseldorf geflogen war. Um das tun zu können, musste sie mir ähnlich sehen. Andernfalls wäre sie möglicherweise aufgefallen. Außerdem gab es einen Zeugen, der diese Ähnlichkeit bestätigte.

Ich saß da und zerbrach mir den Kopf. Es gab einen Haken, ich spürte ihn förmlich, aber er war nicht gleich greifbar. Ich nahm die Zusammenfassung der Ereignisse, die ich meinem Vater zu lesen gegeben hatte, und ging jeden einzelnen Punkt noch einmal durch. Bis ich glaubte, den Haken gefunden zu haben. Die Ähnlichkeit zwischen der Freundin des Entführers und mir konnte nur unter Zeitdruck und der Notwendigkeit, ein Flugzeug zu benutzen, eine Rolle gespielt haben. Hätte die Zeit gereicht, um das Geld mit dem Auto nach Düsseldorf zu bringen, hätten sie irgendwen entführen können. Aber sie hatten meine Papiere gebraucht.

Hatte der Entführer sehr kurzfristig ein Ultimatum gesetzt bekommen, um das unterschlagene Geld zurückzuzahlen? In Gedanken spielte ich das Szenario durch. Hätte es sich beispielsweise um eine zweiwöchige Frist gehandelt, dann wären ihm nur wenige Tage geblieben, um sein potenzielles Opfer auszuspionieren. War eine Woche realistisch, um das Nötigste über meinen Tagesablauf, meine täglichen Routen und meine Kontakte herauszufinden? Vielleicht. Aber wieso hatten die beiden so sicher sein können, dass es zum Ablauf der Frist hin eng werden würde und einer von beiden die Strecke nach Düsseldorf mit dem Flugzeug würde zurücklegen müssen?

Meiner Meinung nach hatten sie das nicht so genau vorausplanen können. Also gab es nur zwei Möglichkeiten: Entweder sprach irgendetwas, das sich meiner Vorstellung entzog, von vornherein für einen Flug nach Düsseldorf, oder aber die beiden waren Perfektionisten, die nichts dem Zufall überließen – denen die Ähnlichkeit zwischen der Frau und mir einen Joker in die Hände gespielt hatte, den sie schließlich auch gezogen hatten.

Alles in mir drängte danach, die Ähnlichkeit dieser Frau mit eigenen Augen zu sehen. Zumindest aus der Ferne, denn allein würde ich keinesfalls vor ihre Tür treten und klingeln. Und Anton konnte ich nicht noch einmal bitten. Er würde alles daran setzen, mich von meinem Plan abzuhalten. Sollte aber die Ähnlichkeit tatsächlich so frappierend sein, wie der Handwerker sie mir geschildert hatte, hätte ich etwas in der Hand, um Franziska Stangl und Kristin Mayer zu überzeugen.

Die genaue Adresse in Nussdorf herauszufinden war ein Kinderspiel gewesen. Schwieriger war die Überlegung, wie ich Nikola Schwendy zu Gesicht bekommen sollte. In einem Ort wie Nussdorf würde es auffallen, wenn jemand über längere Zeit im Auto sitzen blieb und ein Haus beobachtete. Außerdem war nicht auszuschließen, dass sie mit dem Entführer zusammenlebte. Was, wenn er gerade die Straße entlanglief und mich erkannte? Ich würde noch nicht einmal wissen, dass er es war.

Wann würde die Frau mit großer Wahrscheinlichkeit zu Hause sein? Der Mann hatte gesagt, der Firma seiner Freundin habe die Insolvenz gedroht. Angenommen, sie betrieb diese Firma nicht von ihrem Wohnhaus aus, dann musste ich versuchen, sie entweder frühmorgens oder abends zu erwischen. Ich beschloss, es noch an diesem Abend zu versuchen.

Es war erst halb sieben, und ich war zum Umfallen müde. Gleichzeitig fühlte ich mich überdreht. Für sich genommen war an keiner dieser Empfindungen etwas Schlimmes, zur gleichen Zeit waren sie allerdings unangenehm. Als würde ein Motor gleichzeitig starten und bremsen. Für einen Moment legte ich mich auf die Chaiselongue im Wohnzimmer, schloss die Augen und versuchte, mich zu entspannen. Ohne irgendeine Vorwarnung befand ich mich von einer Sekunde auf die andere im Unterholz bei der Abendmahlkapelle und wehrte mich gegen die Watte auf Mund und Nase. Ich krallte meine Nägel in die Hand und … spürte, wie Ronin vorsichtig über mein tränennasses Gesicht schnupperte. Ich strich über sein Fell und beruhigte mich langsam. Wie lange würde ich diese Achterbahnfahrten noch aushalten müssen?

Immer noch erschöpft zog ich mir eine Jacke über, griff nach der Leine und verließ mit dem Hund das Haus. Voller Wehmut dachte ich an die Zeit, als ich die Haustür einfach hinter mir zugeschlagen hatte. Diese Zeit war vorbei. Zweimal prüfte ich, ob die Tür auch wirklich abgeschlossen war.

Während Ronin jeden Busch, jedes Mäuerchen und jeden Zaun genauestens inspizierte, dachte ich nach. Konnte ich irgendein Wort von dem glauben, was der Mann behauptet hatte? Er hatte gelogen, was Laurenz und die Lösegeldübergabe betraf. Er hatte gelogen, als er behauptete, ich sei ein Zufallsopfer, als er behauptete, seine Freundin wisse nichts von der Entführung. Hatte er irgendwann einmal die Wahrheit gesagt? Ich erinnerte mich daran, wie überzeugend er mir geschildert hatte, warum er das Geld brauchte. War auch das gelogen gewesen? Die relativ geringe Lösegeldsumme passte zu der Geschichte und zu seiner Behauptung, er sei nicht raffgierig. Wirklich wissen würde ich all das jedoch erst, wenn er gefasst war. Würde es jemals so weit kommen?

Zurück beim Feenhaus holte ich mein Auto aus der Garage und fuhr mit Ronin nach Nussdorf. Die Straße, in der Nikola Schwendy wohnte, war nicht schwer zu finden.

Als ich an ihrem Haus vorbeifuhr, sah ich, dass in drei Zimmern Licht brannte. Ich atmete auf. Keine fünf Minuten später stand ich in einer Telefonzelle und bestellte ein Taxi für Nikola Schwendy.

Zurück in ihrer Straße postierte ich mich in ausreichendem Abstand vor dem Haus. Dabei mied ich wohlweislich den Schein der Straßenlaterne und hoffte, dass ich keinem der Nachbarn auffiel. Kurz darauf fuhr das Taxi vor. Der Fahrer stieg aus und klingelte. Es dauerte nicht einmal eine halbe Minute, da schaltete sich das Außenlicht ein und die Tür öffnete sich.

Als die Frau ins Licht trat und mit dem Taxifahrer sprach, hielt ich die Luft an und versuchte, jede Einzelheit ihrer Erscheinung bewusst wahrzunehmen: ihre Gesichtszüge, die meinen tatsächlich stark ähnelten, und ihre Haare, die dunkler und länger als meine waren. Hatte sie deshalb ein Kopftuch getragen – um sie nicht kürzen und farblich verändern zu müssen? Eine solche Veränderung wäre ihrem Umfeld aufgefallen. Ich hörte die Stimme meines Vaters, die sich in diesem Moment zu meiner inneren gesellte: *Du bist zu voreilig, Emma! Du weißt nicht, ob die Frau wirklich diejenige ist, nach der du suchst.*

Ich versuchte, beide Stimmen zu überhören – ich wollte, dass sie es war. Ich wollte, dass das Suchen ein Ende hatte. Ich wollte Klarheit. Und ich wollte Beweise. Ich brauchte Beweise. Wie sollte ich die Kripobeamtinnen sonst davon überzeugen, dass ich meine Entführung nicht selbst inszeniert hatte? Dass nicht ich es gewesen war, die in dem Flugzeug nach Düsseldorf gesessen hatte?

Als zwischen der Frau und dem Taxifahrer ein lautstarkes Wortgefecht entbrannte, beschloss ich zu verschwinden, bevor doch noch ein Nachbar auf mich aufmerksam würde. Ich hatte genug gesehen. Aber hatte ich auch die Stirn gesehen, hinter der ein so gemeiner Plan entstanden war?

Die Fahrt nach Nussdorf hatte mir – genauso wie der Besuch bei dem Mann von Valerie Schwarz – geholfen, mich nicht völlig ausgeliefert zu fühlen. Zwar wachte ich auch in dieser Nacht schweißgebadet aus Albträumen auf, aber immerhin schlief ich dazwischen endlich einmal für ein paar Stunden.

Gleich um acht Uhr rief ich Kristin Mayer an und erzählte ihr von meinem Verdacht gegenüber Nikola Schwendy. Ich bat sie inständig, diesen Verdacht nicht als unsinnig abzutun, sondern die Frau zu vernehmen. Natürlich ließ sie sich nicht festnageln, aber sie versprach, die Sache zu überprüfen.

Bis zu meinem Termin mit Juliane Wolfinger blieb mir noch jede Menge Zeit. Nachdem ich gefrühstückt hatte, machte ich mit Ronin einen ausgiebigen Spaziergang. Unterwegs fragte ich mich, ob der Radius, in dem die Hütte liegen musste, zu berechnen war, ohne an den Tatort zurückzukehren. Da ich zum Leidwesen meines Vaters in Mathematik stets eine Niete gewesen war, beschloss ich, Mirjam zu fragen. Rechtzeitig zur großen Pause stand ich vor ihrem Gymnasium in Prien und ließ meinen Blick über die Jugendlichen auf dem Schulhof schweifen. Als ich Verenas Tochter endlich entdeckte, rief ich sie vom Zaun aus zu mir. Mit freudiger Miene kam sie mir entgegen. Ronin erinnerte sich offenbar an sie, denn er begrüßte sie stürmisch. Es schien eine kleine Ewigkeit zu dauern, bis Mirjam sich mir zuwandte und mich mit großen fragenden Augen ansah.

»Kannst du mit einem Zirkel umgehen?«

»Logo!«, antwortete sie. »Was hast du vor?«

Ich beschrieb ihr die Aufgabe, die sie für mich lösen sollte, und bat sie gleichzeitig, niemandem davon zu erzählen.

»Meinst du mit niemandem vielleicht Anton?«

»Zum Beispiel.«

»Verstehe«, sagte sie. »Er hält nicht viel von deinen Detektivspielchen. Er meint, du seiest …«

»Naiv, ich weiß.«

»Ja.« Sie lächelte, als habe sie mir eine frohe Botschaft überbracht. »Aber keine Sorge, ich helfe dir gerne. Ich find's cool. Bin gleich zurück.«

Während sie davonlief, um Zirkel, Stift und Papier zu holen, fragte ich mich, ob ich Mirjam mit meiner Bitte irgendeiner Gefahr aussetzte. Aber ich konnte beim besten Willen keine erkennen. Sie würde lediglich eine harmlose Berechnung für mich anstellen. Mehr nicht. Als ich sie wieder auf mich zukommen sah, zog ich eine Landkarte der Gegend um die Abendmahlkapelle aus der Tasche.

Zurück am Zaun ging Mirjam in die Knie, legte einen Block darauf und begann zu rechnen. Dabei murmelte sie etwas von durchschnittlicher Geschwindigkeit pro Stunde und möglichen Zeitverzögerungen vor sich hin. Schließlich sagte sie: »Gib mal her!« Dann zog sie die Karte durch den Zaun, setzte den Zirkel an und zeichnete den Radius ein. »So«, sagte sie, als sie damit fertig war, »das ist ziemlich genau der Bereich, den du suchst. Soll ich dir erklären, wie du so etwas berechnest?«

»Besser nicht«, wehrte ich ab. »Mein Kopf ist im Augenblick viel zu voll.« Ich lächelte sie dankbar an. »Du hast mir sehr geholfen, Mirjam.«

»Was machst du jetzt damit?«

Ich starrte auf die Karte. »Darüber muss ich erst nachdenken.«

Mittags war es so warm, dass ich mich mit meinen Unterlagen im Garten niederließ – an einer Stelle, die von der Straße aus nicht einzusehen war. Einen wunderbaren Moment lang schloss ich die Augen und hielt mein Gesicht in die Sonne. Dann schlug ich die Karte auf und betrachtete das Gebiet, das Mirjam mit ihrem Zirkel eingezeichnet hatte. Irgendwo in diesem Bereich lag möglicherweise die Hütte. Nur wie sollte ich sie finden?

Ich rief beim zuständigen Forstbetrieb an und fragte dort nach Hütten, die in dem in Frage kommenden Radius zu mieten waren. Wie ich erfuhr, gab es fünf, wovon eine nicht mehr bewohnbar und zwei von Dauermietern belegt waren. Blieben zwei. Ich gab vor, mich für eine von beiden zu interessieren, und bat darum, sie mir ansehen zu dürfen. Aber wie sich herausstellte, wurden die Hütten ausschließlich an Angehörige des Forstbetriebs vergeben.

Dass der Mann, der mich entführt hatte, zum Forstbetrieb gehörte, schloss ich aus. Damit hätte er eine dilettantische Spur hinterlassen, was nicht zu ihm passte. Während ich die Frau am anderen Ende der Leitung hinhielt, dachte ich angestrengt nach. Wäre es möglich, sich den Schlüssel zu einer dieser Hütten unter Vortäuschung falscher Tatsachen zu besorgen? Als ich sie danach fragte, wehrte sie ab und erklärte mir, dass es die Schlüssel zu den Hütten nur beim zuständigen Revierleiter gebe. Außerdem erfolge die Rechnungsstellung über die Adressen der Forstmitarbeiter. Zwei Hürden, die in ihren Augen sicherstellten, dass sich niemand einschmuggelte. Zwar hielt ich es nicht für unmöglich, Name und Adresse eines Forstmitarbeiters herauszufinden und sich für ihn auszugeben, aber es hätte Zeit gekostet, und die hatte der Mann allem Anschein nach nicht gehabt.

Die Frau am anderen Ende der Leitung spürte meine Enttäuschung und wollte mir weiterhelfen. Warum ich es nicht bei einem der umliegenden Bauern versuche, fragte sie. Einige von ihnen hätten Jagdhütten, die sie auch an Urlauber vermieteten. Meine Hoffnung, sie könne mir eine Liste dieser Bauern geben, zerschlug sich gleich darauf. Sie wisse nur von einem, von Severin Huber. Erst kürzlich habe sie jemanden an ihn vermittelt. Zufällig wisse sie, dass er eine ganz passable Hütte habe. Am besten solle ich dort einmal nachfragen. Bereitwillig gab sie mir Anschrift und Telefonnummer.

Als ich aufgelegt hatte, wurde mir bewusst, dass ich die Nadel im Heuhaufen suchte. Severin Huber würde nicht der einzige Bauer sein, der im Umkreis der Abendmahlkapelle eine Jagdhütte besaß. Wie sollte ich die anderen finden? Niedergeschlagen betrachtete ich den Zettel. Dann stand ich auf und ging zu Ronin, der sich auf dem Rasen in der Sonne aalte.

»Was soll ich nur tun, mein kleiner Samurai?«

Wohlig drehte er sich auf den Rücken und ließ sich von mir den Bauch kraulen.

»Du würdest kämpfen, habe ich recht?« Entschlossen stand ich auf. »Und genau das werde ich auch tun!«

Ronin, der das Ganze für ein Spiel hielt, sprang aufgeregt um mich herum. Erst als ich mich nach seinem Ball bückte und ihn einige Meter weit warf, schien er zufrieden zu sein. Ich lief in die Küche, griff nach dem Telefon und wählte die Nummer von Severin Huber. Nach mehrmaligem Klingeln bekam ich seine Frau an den Apparat, die mir bestätigte, was ich beim Forstbetrieb erfahren hatte: Die Hubers besaßen eine Jagdhütte, die sie an Urlauber vermieteten.

»Sie ist vor einer Woche erst wieder frei geworden«, erklärte sie mir.

»Können Sie mir die Hütte beschreiben?«

»Hm … da gibt es nicht viel zu beschreiben, es ist halt eine Jagdhütte.«

»Wie viele Räume hat sie?«

»Zwei.«

»Und gibt es Strom?«

»Also wenn Sie Komfort brauchen, dann …«

»Nein, nein«, unterbrach ich sie, »den brauche ich überhaupt nicht, ich möchte mir die Hütte nur vorstellen können.«

Einen Moment herrschte Stille in der Leitung. Dann sagte sie. »Nein, Strom gibt es dort nicht, aber unsere Mieter waren immer zufrieden.«

»An wen war sie denn zuletzt vermietet?«, fragte ich.

Wenn Frau Huber sich über meine Frage wunderte, so zeigte sie es nicht. »Eine Frau aus Aschau, die ein paar Tage lang Ruhe zum Arbeiten brauchte«, sagte sie redselig. »Ich meine, sie wollte malen … Bücher bemalen oder so etwas Ähnliches … für Kinder, glaube ich.« Im Hintergrund war Geschirrgeklapper zu hören. »Für jemanden, der seine Ruhe haben will, ist die Hütte genau das Richtige. Sie ist so abgelegen, da stört einen niemand.« Einen Moment lang stockte sie. »Vielleicht liegt sie Ihnen aber auch zu einsam … Frauen ist es meist ein bisschen unheimlich, wenn weit und breit niemand ist. Aber passiert ist noch nie was. Wollen Sie sich die Hütte nicht einmal ansehen?«

Ich schluckte und brachte sekundenlang keinen Ton heraus. Mein Kopf schien zu bersten. Halt suchend lehnte ich mich an die Wand.

»Sind Sie noch dran?«, fragte sie.

»Ja … ja. Ich denke nur gerade nach. Vielleicht kenne ich die Frau sogar, die die Hütte von Ihnen gemietet hat. Ich komme ebenfalls aus Aschau.«

»Warten Sie … wie hieß sie jetzt gleich noch? Mhm … ich hab's: Elisabeth Thaler.«

»Ganz sicher?«

»Es war etwas mit E und mit T, das weiß ich noch. Mein Sohn meinte nämlich gleich, sie habe die Buchstaben von E.T., diesem Außerirdischen.«

»Hieß sie vielleicht Emma Thalmann?« Meine Kopfschmerzen waren kaum noch auszuhalten. Ich presste eine Hand gegen die Schläfe.

»Ja«, antwortete sie freudig, »Emma, so hieß sie. Emma Thalmann. Kennen Sie sie?«

Es kam mir vor, als wollte das Zittern niemals aufhören. Unfähig, mich zu rühren, stand ich da und starrte ins Leere. Frau Hubers Worte hallten mir in den Ohren: *Emma Thalmann. Kennen Sie sie?*

Als ich mich endlich aus dieser Starre gelöst hatte, lief ich mit bleischweren Beinen hinaus, rief Ronin zu mir und lud ihn ins Auto. Ich hatte nur noch einen Gedanken: Verena musste mir helfen! Damit Anton nichts davon mitbekam, fing ich sie in ihrem Gymnastikstudio ab. Sie hatte ihr Vormittagsprogramm gerade beendet und war auf dem Sprung zum Einkaufen. Nur widerwillig ließ sie sich dazu überreden, mit mir nach Bucha zum Hof von Severin Huber zu fahren.

»Emma, meinst du nicht, es ist besser, das der Polizei zu überlassen?«, fragte sie bereits zum zweiten Mal.

»Nein!«, wiederholte ich meine Antwort. »Wenn die Polizei erfährt, dass eine Emma Thalmann diese Jagdhütte gemietet hat – wie lange, glaubst du, laufe ich dann noch frei herum? Sie werden diese Tatsache nur gegen mich verwenden.«

»Es ist absurd zu glauben, du hättest deine Entführung selbst inszeniert. Das muss denen doch auch einleuchten. Es gibt gar keinen Grund, warum du das hättest tun sollen.«

»Aber es gibt einen Grund, warum der Entführer und diese Nikola Schwendy die Ähnlichkeit mit mir ausgenutzt haben. Ich habe mir schon den Kopf darüber zerbrochen, aber ich komme zu keinem Ergebnis. Das Einzige, was ich mit Sicherheit weiß, ist, dass es um Geld ging.«

»Wenn du mich fragst, dann kannst du froh sein, dass du noch lebst. Es sind schon Leute für sehr viel weniger Geld umgebracht worden.«

»Das, was die mit mir gemacht haben, werde ich mein Leben lang nicht vergessen. Die haben mir mein Gefühl von Sicherheit genommen. Ich weiß nicht, ob du dir das überhaupt vorstellen kannst, aber …«

»Entschuldige.« Verena legte ihre Hand auf meinen Arm. »Manchmal sollte ich ein bisschen länger nachdenken, bevor ich rede. Verziehen?«

Ich nickte und hielt den Wagen auf der Hauptstraße zwischen Aschau und Bernau unterhalb der kleinen Ansiedlung Bucha an. Nachdem ich ihr die Fragen, die sie

Frau Huber stellen sollte, eingeimpft und ihr Geld mitgegeben hatte, um die Hütte für vier Wochen auf ihren Namen zu mieten, stieg Verena aus.

Möglicherweise gab es in der Hütte noch Spuren des Entführers. Mehr als alles andere brauchte ich Beweise für seine Existenz. Würden die Hubers die Hütte an jemand anderen weitervermieten, bestände die Gefahr, dass diese Beweise vernichtet wurden. In meinem Kopf ging alles durcheinander. War es richtig, was ich tat? Ich wusste es nicht.

Voller Ungeduld und Anspannung sah ich auf die Uhr. Wie lange würde es dauern, bis Verena wiederkam? Meine Nerven waren zum Zerreißen gespannt. Als meine Gedanken zu Nikola Schwendy wanderten, erfasste mich von einer Sekunde auf die andere eine ungeheure Wut. Ob sie auch nur einen einzigen Gedanken an mich verschwendete und über das nachdachte, was sie mir angetan hatte?

Ich hatte nicht bemerkt, dass Verena zum Auto zurückgekommen war. Als sie ans Fenster klopfte, schrak ich zusammen. Dann öffnete ich ihr schnell die Tür. Ihrem Gesicht war anzusehen, dass das, was sie erfahren hatte, nicht angenehm für mich sein würde.

»Hat sie etwas über die Frau gesagt?«, fragte ich überflüssigerweise.

Verena versuchte erst gar nicht, meinem Blick auszuweichen. »Kinderbuchillustratorin aus Aschau, die endlich mal ungestört arbeiten wollte. Sie hat im Voraus und bar bezahlt.«

»War sie mit dem Auto hier? Erinnert sich Frau Huber vielleicht an ein Autokennzeichen?«

»Sie ist mit einem Mountainbike gekommen. Marke Radon … Farbe weiß. Daran erinnert sich der Sohn von

Frau Huber. Scheint ein kleiner Fachmann auf diesem Gebiet zu sein.«

»O mein Gott«, flüsterte ich. »Die von der Kripo werden mir nie im Leben glauben, dass ich das nicht war.«

»Die Frau trug angeblich einen Helm, unter dem ihre Haare verborgen waren. Hübsch sei sie gewesen und sehr nett. Tut mir leid, Emma.« Sie hielt mir den Schlüssel und einen gefalteten Bogen Papier hin. »Hier … der Schlüssel zur Hütte und eine Wegbeschreibung.«

15

Verena hatte darauf bestanden, dass ich an diesem Abend mit ihr und Anton essen ging. Ich hatte die beiden abgeholt und war gemeinsam mit ihnen in unseren Lieblingsgasthof Gut Apfelkam in Rohrdorf gefahren. Wir hatten uns gerade erst an den schön gedeckten Tisch gesetzt, als ich merkte, dass ich mir zu viel vorgenommen hatte. Meine innere Unruhe hinderte mich daran, mich zu entspannen und an etwas anderes als die Entführung und ihre Folgen zu denken. Ohne wirklichen Appetit griff ich nach der Karte und schaute blicklos hinein.

Verena, die zu verstehen schien, schlug Steinbutt auf Amalfi-Zitronenpüree vor. »Das isst du doch so gerne«, sagte sie und bestellte auf mein Nicken hin für mich mit. Kaum war die Gastwirtin Richtung Küche verschwunden, fragte Verena: »War heute Nachmittag nicht dein Termin bei Juliane Wolfinger?«

»Ich habe ihn abgesagt, dieses Mal endgültig. Ich habe ihr erklärt, warum ich den Auftrag nicht annehmen kann.«

»O nein, Emma, das ist nicht dein Ernst. Du hast so lange darum gekämpft. Hättest du nicht …?«

»Nein, Vreni, es geht einfach nicht. Das habe ich heute eingesehen. Ich könnte mich gar nicht darauf konzentrieren. Es war mir sehr unangenehm abzusagen, aber ich weiß, dass es besser so ist. Juliane Wolfinger wird noch mehr Bücher schreiben, und wenn ich Glück habe, hat sie Verständnis für meine Situation und trägt mir meine Absage nicht nach.«

»Es ist trotzdem schade«, meinte sie.

Anton legte seine Hand auf Verenas und sah mich an. »Ich glaube, das war eine kluge Entscheidung, Emma, komm erst mal zur Ruhe. Dann kannst du weitersehen.«

Verzweifelt sah ich ihn an. »Diese Geschichte macht mich krank.«

»Kein Wunder, die ist auch starker Tobak! Und gerade deshalb solltest du mit der Kripo kooperieren. Diese Hütte …«

Mit einem Ruck drehte ich den Kopf zu Verena. Der Blick, den ich ihr zuwarf, sprach Bände.

»Ich habe Anton davon erzählt«, sagte sie in einem Tonfall, der um Entschuldigung bat. »Er …«

»Und du solltest den Kripobeamtinnen davon erzählen, damit die Hütte auf Spuren untersucht wird«, unterbrach er sie.

»Und wenn sie nichts finden? Wenn er die Hütte perfekt saubergemacht hat? Dann habe ich mich selbst ans Messer geliefert, indem ich ihnen den Hinweis geliefert habe. Nein, Anton …« Mit Nachdruck schüttelte ich den Kopf. »Bevor sie diese Nikola Schwendy nicht vernommen haben und ich nicht weiß, was dabei herausgekommen ist, werde ich der Kripo keinesfalls von der Hütte erzählen.«

»Wenn der Mann, der dich entführt hat, ihr Liebhaber ist, dann werden sie das herausfinden. Und dann hat dieser Albtraum bald ein Ende.«

»Er hat gesagt, er werde mir nichts tun, sofern ich mich kooperativ verhielte. Ich war so erleichtert darüber.« Mein

Lachen klang hart. »Der war nett zu mir. Versteht ihr? Nett! Jedenfalls habe ich es dort in der Hütte so empfunden. Dabei hat er mich einfach nur für seine Zwecke missbraucht. Vom ersten Moment an. Der hatte kein Mitgefühl mit mir. Der hatte nur Mitgefühl mit sich selbst und dieser Nikola Schwendy. Und ich war so dumm. Ich war so unfassbar dumm. Und dann hat er mich mit seiner rührseligen Geschichte eingelullt, hat sich vor sich selbst reingewaschen und versucht, bei mir sein Gewissen zu erleichtern.«

Anton sah mich lange an. »Ich glaube, du hast das Beste aus der Situation gemacht. Wer weiß, was passiert wäre, wenn du dich gegen ihn aufgelehnt hättest. Ich kann nur wiederholen, was ich bereits während unseres *Ausflugs* gesagt habe: Der Mann ist kriminell und gewalttätig.«

Verenas gedankenverlorenes Nicken bezog sich nicht auf das, was Anton gesagt hatte, sondern auf das, was ihr durch den Kopf ging. »Mir kommt da gerade ein Gedanke«, sagte sie. »Diese unterschlagenen einhunderttausend Euro, die der Mann an seinen Kunden zurückzahlen musste ... die werden doch sicher nicht in einem heimischen Safe gelandet sein. Der Kunde wird sie bei einer Bank eingezahlt haben. So etwas fällt doch auf, oder?« Sie sprach mehr zu sich selbst als zu uns. »Und auch die Freundin dieses Typen ...«

»Nikola Schwendy!«, warf ich ein.

»Sie kann nicht einfach hunderttausend Euro in ihre schwächelnde Firma stecken, ohne dass es jemand merkt. Es gibt schließlich Finanzämter. Die sind mehr als interessiert an solchen Geldspritzen. Sie wird nachweisen müssen, woher das Geld stammt. Ich könnte mein Konto nicht mal eben um hunderttausend Euro aufstocken, ohne dass es auffällt. Wenn der Mann aber, wie er dir gegenüber behauptet hat, tatsächlich mit dem Geld seines Kunden an der Börse spekuliert hat, dann muss er entweder Banker oder Vermögensverwalter sein. In jedem Fall wäre er dann in diesem Metier zu Hause und würde die Fallen kennen. Irgendetwas passt da nicht zusammen.«

»Vielleicht ist es ganz einfach«, sagte ich. »Vielleicht hat er seine Geldnot vor mir nur schönreden wollen. Um jemanden manipulieren zu können, musst du ein gutes Gespür für Menschen haben. Du musst wissen, worauf sie anspringen. Ich bin auf Gefühle angesprungen, auf das magische Wort Liebe. Vielleicht ist er einfach nur abgebrannt und brauchte Geld.«

Anton schüttelte den Kopf. »Warum dann nur hunderttausend Euro? Warum nicht gleich mehr? Laurenz hätte ihm das Fünffache bezahlt.«

»Bescheidenheit?«

Verenas Kopfschütteln hatte etwas Ungläubiges. »Emma, nimmst du ihn etwa immer noch in Schutz? Bescheidenheit – dass ich nicht lache. Wäre er bescheiden, dann stünden ihm die üblichen Wege offen: Arbeitslosengeld oder Sozialhilfe. Nein, in der Hinsicht klingt seine Geschichte plausibel. Sie ist nur in sich nicht stimmig. Irgendetwas hat er ausgelassen.«

»Oder alles ist gelogen«, gab ich resigniert zu bedenken.

»Dann müssen wir eben noch einmal ganz von vorne anfangen nachzudenken.« Verenas Lächeln hatte Kraft, aber nicht genug, um mich aus dem Loch zu zerren, in das ich gefallen war.

»Aber für heute ist erst einmal Schluss!«, sagte Anton und hielt seinen Blick zur Küche gerichtet, aus der die

Wirtin gerade unser Essen brachte. »Jetzt wird gegessen und das Thema gewechselt.«

Der Entführer hatte gesagt, ich sei das Opfer eines Zufalls geworden. Was hatte er damit gemeint? Dass der Handwerker Nikola Schwendy zufällig von mir erzählt hatte und so der Plan für ein perfektes Verbrechen entstanden war? Eines, das ich nicht würde nachweisen können? Eines, das man mir anlasten würde? Hatten die beiden es womöglich von Anfang an darauf abgesehen, mich als Verdächtige ins Visier der Kripo zu katapultieren? War es gar nicht um Zeitnot gegangen, sondern darum, für das Verbrechen, das sie begangen hatten, nicht verfolgt zu werden? Vielleicht hatten sie damit gerechnet und sogar darauf gehofft, dass meine Kreditkartenzahlungen überprüft wurden, dass herauskam, dass ich nach Düsseldorf geflogen war. Zu einem Zeitpunkt, zu dem ich angeblich in einer Hütte festgehalten wurde.

Als ich in unsere Einfahrt bog, sah ich, dass im Haus Licht brannte. Einen erschreckenden Augenblick lang hatte ich Angst, der Entführer würde dort auf mich warten. Dann sah ich Laurenz' Auto und atmete auf. Fast gleichzeitig öffnete sich die Haustür.

Laurenz kam mir im Laufschritt entgegen. »Alles in Ordnung bei dir?«, fragte er. »Ich habe mir Sorgen um dich gemacht, Emma. Warum hast du mich nicht zurückgerufen?«

Der Anrufbeantworter! Ich hatte ihn nicht einmal abgehört. »Entschuldige. Vor meiner Verabredung mit Vreni und Anton war dein Apparat ständig besetzt, ich hätte dich jetzt gleich angerufen.«

Im Flur nahm er mich in die Arme und hielt mich fest.

»Seit das passiert ist, gehen bei mir jedes Mal die Alarmlampen an, wenn ich dich nicht erreiche.« Nach einer Weile löste er seine Arme von mir. »Heute sind meine Sekretärin und ihr Mann von der Kripo vernommen worden. Frau Schwarz war nicht gerade begeistert.«

»Da haben wir ja tatsächlich mal etwas gemeinsam.«

»Weißt du, warum die beiden vernommen wurden?«

»Wegen seiner Spielsucht. Schließlich steckt er ständig in Geldnot.«

»Haben die Beamtinnen das gesagt?«

»Ich habe es ihnen gesagt«, gab ich ehrlich zu.

»Emma, sag, dass das ein schlechter Scherz ist.« Seine Empörung war kurz davor, in Wut umzuschlagen.

»Es ist kein Scherz! Verstehst du das nicht? Bis auf die Sache mit dem Geld und die Tatsache, dass der Entführer einiges über uns wusste, gab es bis vor kurzem kaum Anhaltspunkte. Glaubst du, ich würde Valerie Schwarz und ihren Mann aussparen, nur weil sie deine Sekretärin ist und einen guten Job macht? Einen guten Job haben der Entführer und seine feine Freundin auch gemacht.«

»Herr Schwarz hat an den in Frage kommenden Tagen mit Verdacht auf Herzinfarkt im Klinikum Rechts der Isar gelegen. Sein Alibi ist hieb- und stichfest.«

Ich unterließ es wohlweislich, ihm von meiner Begegnung mit diesem Mann zu erzählen. Stattdessen berichtete ich ihm von Nikola Schwendy.

»Und du meinst, diese Frau könnte etwas mit deiner Entführung zu tun haben?«, fragte er skeptisch.

»So viele Frauen, die mir ähnlich sehen, wird es nicht geben. Noch dazu in meiner Nähe.« Ich dachte an die Frau, die im Licht der Hauslampe mit dem Taxifahrer gestritten hatte. »Ich wünsche ihr die Pest an den Hals«, sagte ich aus tiefstem Herzen. »Ich wünsche ihr, dass sie irgendwann einmal eine Vorstellung davon bekommt, was sie mir angetan hat und immer noch tut. Dass sie dafür büßen muss.«

»Du weißt doch noch gar nicht, ob sie es wirklich ist.«

»Glaubst du etwa, es gibt noch eine Frau, die mir so ähnlich sieht?«

»Frag deinen Vater. Er wird dir bestätigen, dass es nicht unmöglich ist.«

Nicht einmal zwölf Stunden später sollte ich mich an diesem Satz festhalten, sollte ihn sogar selbst voller Überzeugung vertreten.

Es war halb elf am Freitagvormittag. Während ich Franziska Stangl und Kristin Mayer ungeduldig ansah, hielt ich den Schlüssel zur Hütte in meiner Hand verborgen. Je nachdem, was sie mir zu berichten hatten, würde ich ihnen diesen Schlüssel aushändigen oder ihn wieder in meiner Hosentasche verschwinden lassen.

»Haben Sie mit dieser Frau Schwendy gesprochen?«, fragte ich ungeduldig, kaum dass wir uns um den Wohnzimmertisch gesetzt hatten.

»Ja«, antwortete die ältere Beamtin. »Das haben wir.«

»Und?«

»Zugegeben – Frau Schwendy sieht Ihnen ähnlich, aber sie kann nicht die Frau gewesen sein, die am sechsundzwanzigsten September von München nach Düsseldorf und wieder zurück geflogen ist.«

Ich ballte die Hände zu Fäusten und hatte Mühe, ruhig sitzen zu bleiben. »Lassen Sie sich von ihren Haaren nicht täuschen. Denken Sie an das Kopftuch! Sie trug ein Kopftuch.«

»Sie hat ein Alibi, Frau Thalmann«, sagte Kristin Mayer mit einem bedauernden Unterton.

Ich sprang auf und lief aufgeregt vor dem Tisch hin und her. »Glauben Sie ihr nicht. Wer auch immer ihr dieses Alibi gegeben hat, lügt!«

»Siebenundzwanzig Grundschulkinder haben ihr dieses Alibi gegeben. Nikola Schwendy ist Lehrerin. Sie hat an dem besagten Montag unterrichtet.«

Mit einem Stöhnen ließ ich mich auf den Stuhl sinken. »Grundschulkinder«, sagte ich um eine ruhige Stimme bemüht, »haben manchmal bereits um zehn Uhr Schulschluss. Das weiß ich von Freundinnen. Es ist das Problem aller berufstätigen Mütter: Sie können sich nie darauf verlassen, dass die Kinder wirklich bis um zwölf oder wann auch immer die Schule mittags endet ...« Ich verhaspelte mich und setzte neu an. »Um fünf nach zwölf ging die Maschine nach Düsseldorf. Wenn Nikola Schwendy vielleicht an dem Morgen nur die ersten beiden Stunden unterrichtet hat, könnte sie es rechtzeitig zum Flughafen geschafft haben.«

Die Blicke der beiden Frauen hätten unterschiedlicher nicht sein können. Die junge Beamtin schien Mitleid mit mir zu haben. Für Franziska Stangl hingegen war ich eher ein Studienobjekt, das sie interessiert beobachtete, um zu sehen, wie weit *es* zu gehen bereit war.

»Was wissen Sie, was ich nicht weiß?«, fragte ich schwach.

Franziska Stangl faltete die Hände und spannte mich noch einen Moment lang auf die Folter. Schließlich sagte sie: »Wir wissen, dass Nikola Schwendy am Montag, dem sechsundzwanzigsten September bis kurz vor halb eins unterrichtet hat. Im Anschluss daran hatte sie noch ein Elterngespräch.«

Fassungslos starrte ich sie an. Meine Schultern sackten nach vorne. Alle Kraft schien mich verlassen zu haben. Ich hatte meine Hoffnung in Nikola Schwendy gesetzt. Und nun? Was sollte jetzt werden? Plötzlich bekam ich Angst. Würden sie mich jetzt mitnehmen? In einen kleinen Raum sperren? Mir Handschellen umlegen? Ich verbarg meine Arme hinter dem Rücken. Wie so oft in den letzten Tagen stupste Ronin mich sanft an. In einem unaufhaltsamen Strom liefen Tränen über mein Gesicht.

»Frau Thalmann«, sagte Franziska Stangl in einem gemessenen Tonfall, »ich will ganz ehrlich zu Ihnen sein. Wir befinden uns hier in einem Dilemma. Wenn ich Sie mir anschaue, dann sehe ich Qual und Angst. Ich sehe, dass Sie leiden. Ich weiß nur nicht, aus welchem Grund. Ist es, weil Sie all das, was Sie uns erzählt haben, tatsächlich erlebt haben oder weil Sie befürchten müssen, dass wir Sie erwischt haben? Weil der Großteil der Fakten gegen Sie spricht?«

Ich war erschöpft und wollte nur noch Ruhe. Zum ersten Mal konnte ich mir vorstellen, dass jemand ein Verbrechen zugab, nur um diese heiß ersehnte Ruhe zu bekommen. Hätte sie mich in diesem Augenblick aufgefordert zu gestehen – ich weiß nicht, was ich getan hätte. Zum Glück ging dieser Augenblick vorüber.

»Frau Thalmann ...« Kristin Mayer holte mich mit sanfter Stimme aus meinen Gedanken. »Könnte es sein, dass sich jemand an Ihnen rächen will und deshalb versucht, Ihnen all das in die Schuhe zu schieben?«

»Was sollte ich getan haben, das einen solchen Rachefeldzug rechtfertigt? Falls so etwas überhaupt zu rechtfertigen wäre, was ich stark bezweifle.«

»Haben Sie vielleicht einer anderen Frau den Mann ausgespannt?«

»Sie meinen, das würde reichen?«, fragte ich erschüttert.

»Hass und Eifersucht sind starke Motive.«

Sekundenlang schloss ich die Augen, dann schüttelte ich den Kopf. »Ich habe niemandem den Mann ausgespannt, jedenfalls nicht wissentlich. Selbst wenn mein Mann mit einer anderen zusammen gewesen wäre, als wir uns kennenlernten, dann liegt das neun Jahre zurück.«

»Stehen Sie heute vielleicht einer anderen im Weg? Gibt es eine Frau, die großes Interesse an Ihrem Mann hat?«

Ich dachte an Valerie Schwarz, verwarf diesen Gedanken jedoch wieder und zuckte die Schultern. »Keine Ahnung.«

»Überlegen Sie bitte in Ruhe – hat Ihr Mann einmal etwas Derartiges erwähnt?«

»Nein! Und bevor Sie in diese Richtung weiter spekulieren – mein Mann steckt keinesfalls hinter dieser Inszenierung. Würde er mich wegen einer anderen loswerden wollen, müsste er es nur sagen. Ich würde ihn nicht zwingen, bei mir zu bleiben.«

Franziska Stangl sah mich ungläubig an. »Sie würden einer anderen Frau kampflos das Feld überlassen? Einfach so?«

Mein Lächeln fiel eher schwach aus. »Zumindest wünsche ich mir, dass ich fähig wäre, so zu handeln. Aber fragen Sie mich das noch einmal, sollte es eines Tages tatsächlich so weit kommen. Vielleicht zeige ich dann Zähne und Krallen und wende alle weiblichen Tricks an, um die andere auszustechen und meinen Mann zu halten.«

»Hm …« Ihr war anzusehen, dass sie ihre nächste Frage

im Geiste vorformulierte, wieder verwarf, um schließlich einen neuen Vorstoß zu wagen. »Haben Sie möglicherweise solche ›weiblichen Tricks‹ angewendet, um Ihrem Mann einen Liebhaber zu verheimlichen?«

»Nein!«

»Jetzt wäre ein günstiger Moment, um es zuzugeben, Frau Thalmann. Sollten Sie in Form eines Geständnisses mit uns kooperieren, könnte sich das mildernd auf Ihr Strafmaß auswirken.«

Meine Erschöpfung war mittlerweile so groß, dass mich ihre Worte und die Haltung, die dahinter zum Vorschein kam, nicht einmal mehr aufregten. Kraftlos schüttelte ich den Kopf.

Ratloses Schweigen machte sich am Tisch breit. Franziska Stangl goss sich Wasser in ein Glas, während ihre Kollegin mit gefurchter Stirn in ihren Unterlagen blätterte.

»Ich weiß, dass alles gegen mich spricht«, sagte ich, »trotzdem bitte ich Sie, weiter nach dem Entführer und dieser Frau zu suchen. Es gibt sie! Und sie haben ein ganz perfides Spiel mit mir getrieben. Ich kann nicht sagen, warum sie das getan haben, warum es ihnen nicht gereicht hat, mich zu entführen und mit dem Lösegeld zu verschwinden. Warum sie mich in Verdacht bringen mussten. Aber es wird eine Erklärung dafür geben. Vielleicht wollten sie das perfekte Verbrechen begehen. Durch meine Ähnlichkeit mit dieser Frau ist es ihnen gelungen, dass Sie mich verfolgen und nicht die wirklichen Täter. Die beiden sind fein raus. Wahrscheinlich sitzen sie irgendwo und reiben sich in krankhaftem Vergnügen die Hände.« Tränen der Wut sammelten sich in meinen Augenwinkeln. Ich wischte sie fort. »Im Augenblick wünsche ich mir nichts sehnlicher, als dass Sie sich durch diese falschen Spuren nicht irritieren lassen, dass Sie den beiden trotz alledem auf die Spur kommen und sie fassen.«

Beide sahen mich eindringlich an. Es schien eine Botschaft in diesen Blicken zu liegen, aber ich konnte sie nicht entschlüsseln. Franziska Stangl faltete die Hände und besah sie sich in einer Weise, als seien sie ein Quell der Inspiration. Dann schaute sie zu mir. »Gibt es noch Informationen, die uns dabei helfen könnten, eine Spur des Entführers oder seiner Freundin zu finden?«

Mein Herz setzte einen Schlag lang aus. Den darauffolgenden spürte ich wie einen kleinen Stromschlag. Hatte sie von der Hütte erfahren? Ich hoffte inständig, dass sich der Schreck, den mir diese Vorstellung verursachte, nicht in meinem Gesicht zeigte. Ich konzentrierte mich darauf, gleichmäßig und tief zu atmen. Gleichzeitig wog ich meine Möglichkeiten ab. Franziska Stangl hatte gesagt, sie befänden sich in einem Dilemma. Sollten sie mir glauben oder nicht? So vieles sprach bereits gegen mich. Würden sie von der Hütte erfahren, dann konnte das Dilemma ganz schnell in eine vermeintliche Eindeutigkeit umschlagen. Langsam und mit Bedacht schüttelte ich den Kopf. »Nein, es gibt keine weiteren Informationen«, sagte ich fest.

Bald werden Sie Ihr Leben wiederhaben und alles wird wie vorher sein, hatte er zu mir gesagt. *Sie werden lediglich um einhunderttausend Euro ärmer sein. Irgendwann werden Sie das Loch auf Ihrem Sparkonto ausgeglichen haben, und diese Episode hier wird Ihnen wie ein schlechter Traum vorkommen.*

Während ich mit Ronin zu meinen Eltern zum Mittagessen fuhr, verfolgten mich diese Worte des Entführers. Ich empfand sie als zutiefst zynisch. Er hatte genau gewusst, was er mir antat. Er hatte abschätzen können, welche Nachwirkungen seine Inszenierungen auf mein Leben haben würden. Er hatte davon ausgehen können, dass mir nicht nur ein schlechter Traum bleiben würde, sondern dass ich in erhebliche Schwierigkeiten geraten würde. Trotzdem hatte er seine Schuld vor mir als Lappalie dargestellt. Die Vorstellung hatte ihm eine perverse Freude bereitet – da war ich mir inzwischen sicher.

Der Versuch, diese Gedanken an der Haustür meiner Eltern abzulegen, war illusorisch und zum Scheitern verurteilt. So bestimmte dieses Thema unser Gespräch während des Essens. Was ich den Kripobeamtinnen verschwiegen hatte, breitete ich hier aus – die Sache mit der Hütte.

Meiner Mutter war anzusehen, wie sehr sie die angeblichen Beweise gegen mich belasteten. Es war einer jener seltenen Momente, in denen sie ratlos war. In denen ihre Suche nach einer Lösung zu keinem Ergebnis führte. Mein Vater hingegen schien das Ganze als eine mathematische Aufgabe zu betrachten, die seiner Meinung nach allein deshalb noch nicht gelöst worden war, weil unsere Annäherung an das Problem fehlerhaft war.

»Wir müssen die Fakten von den Vermutungen trennen!«

»Er brauchte Geld«, begann ich meine Aufzählung, »er …«

»Nein, stopp mal. Da geht es schon los mit den Fehlern. Wir nehmen nur an, dass er Geld brauchte.«

»Wozu sonst sollte jemand Lösegeld erpressen?« Im Ton meiner Mutter schwang ein leichter Tadel mit. »Aus dem Grund macht man schließlich eine Entführung.«

Er schüttelte den Kopf. »Mit einer Entführung will man etwas erpressen, das muss jedoch nicht immer Geld sein.« Er schloss kurz die Augen. »Nein, auch wieder falsch«, korrigierte er sich selbst. »Mit einer Entführung will man etwas erreichen. Punkt.«

»Nur was?«, fragte ich.

»Wenn wir das wüssten, dann hätten wir wahrscheinlich schon die Antwort. Also, halten wir fest: Der Mann hat dich entführt und Geld für dich erpresst, um etwas ganz Bestimmtes zu erreichen. Was, wissen wir nicht. Weiter! Er war bereit, für eine vergleichsweise geringe Summe ein Kapitalverbrechen zu begehen. Das legt die Vermutung nahe, dass er noch einen weiteren Gewinn aus diesem Verbrechen gezogen hat. Dass es nicht allein um das Geld ging.«

»Es sind schon Menschen für fünf Euro umgebracht worden«, warf meine Mutter ein. »Warum also nicht jemanden für einhunderttausend Euro entführen?«

Von *umbringen* wollte ich nichts hören. »Wenn es stimmt, was er mir erzählt hat, dann besteht dieser zusätzliche Gewinn darin, dass er seiner Freundin aus der Klemme geholfen hat. Er hat gesagt, sie sei seine große Liebe.«

»Nein, nein, nein«, wetterte mein Vater ungeduldig. »lass mal all das beiseite, was er zu dir gesagt hat. Geh ausschließlich von dem aus, was er getan hat. Seine Taten sind entscheidend, nicht seine Worte.«

»Dann weiß ich nicht, welchen Gewinn er noch aus meiner Entführung gezogen haben könnte.«

»Gut so!«

Was sollte gut daran sein? Ich sah meinen Vater verständnislos an.

»Wenn du es nicht weißt«, erklärte er mir seinen Gedanken, »dann denkst du darüber nach und nimmst nicht eine Erklärung als gegeben hin, die auch nur eine Hypothese ist. Überlege dir genau, welchen Gewinn er aus deiner Entführung gezogen haben könnte. Ich bin mir sicher, da gibt es nicht nur einen.« Er knetete seine Finger. »Aber vorher lass uns abschließend das zusammentragen, was wir mit Sicherheit wissen.«

»Eine Frau, die mir ähnlich sieht und von der wir annehmen, dass sie seine Freundin ist, hat meine Papiere benutzt und ist damit von München nach Düsseldorf und wieder zurück geflogen. Aus welchem Grund sie das getan hat, wissen wir nicht«, kam ich meinem Vater zuvor. »Die Beamtinnen haben gefragt, ob sich jemand an mir rächen will. Aber mir fällt beim besten Willen niemand ein.«

»Rache ist eine der Möglichkeiten. Es kann aber auch nur der Versuch gewesen sein, die Spuren, die auf sie weisen könnten, zu verwischen. Vielleicht haben wir es hier mit dem dreisten Versuch zu tun, dich für etwas bluten zu lassen, was sie zu verschulden haben. Vielleicht sind die beiden nicht rachsüchtig, sondern clever.«

»Auf diesen Gedanken bin ich auch schon gekommen.«

Er nickte. »Gut … kommen wir zu der Hütte.«

»Ich habe darüber nachgedacht«, sagte ich. »dort wird nichts zu finden sein, höchstens Spuren von mir. Er hat während der gesamten Zeit Wollmaske, Blaumann und Handschuhe getragen. Selbst wenn von diesen Sachen Fasern zurückgeblieben sind, hilft mir das nicht. Er wird diese Sachen ganz bestimmt nicht aufgehoben haben.«

Das Kopfschütteln meines Vaters bedeutete, dass ich

wieder etwas übersehen hatte oder zu weit vorgeprescht war.

»Nun sag schon!«, forderte ich ihn auf.

»Er hat die Sachen getragen, wenn er in dem Raum war, in dem er dich festgehalten hat. Aber die Hütte hat zwei Räume. Und ich könnte mir vorstellen, dass er sich in diesem zweiten Raum zumindest von Wollmaske und Handschuhen befreit hat. Also gibt es vielleicht Spuren. Haare, Hautpartikel, was weiß ich. Schließlich haben auch Perfektionisten mal eine schwache Stunde. Deshalb fände ich es angebracht, du würdest die Kripo einweihen. Gib dir die Chance, dass sie etwas finden.«

»Und wenn sie nichts finden und mich festnehmen?«

»Dann wird dich ein guter Anwalt innerhalb kürzester Zeit wieder freibekommen. Du bist völlig unbescholten. Und vor allem: Du hast kein Motiv!«

16

Sollte ich der Kripo tatsächlich von der Hütte erzählen? Diese Frage beschäftigte mich während des gesamten Wochenendes. Laurenz hatte sich der Überzeugung meines Vaters angeschlossen und bearbeitete mich in dieser Richtung. Er meinte, es würde kein gutes Licht auf mich werfen, sollte die Sache ohne mein Zutun herauskommen.

Ich war hin und her gerissen. Das einzige Argument, das in meinen Augen dafür sprach, die Beamtinnen einzuweihen, war die winzige Chance, dass der Entführer beim Reinigen der Hütte etwas übersehen hatte. Wenn dem so war, konnte ich von einer Spurensicherung nur profitieren. Aber das Risiko war hoch; niemand konnte mir garantieren, dass die Sache zu meinen Gunsten ausging.

Meine Gedanken an die Hütte verselbständigten sich und warfen eine andere Frage auf: Die Freundin des Entführers hatte die Hütte der Hubers unter dem Namen Emma Thalmann gemietet. Was wäre gewesen, wenn die Polizei ihre Vermisstenmeldung publik gemacht oder Laurenz wegen der Entführung die Kripo eingeschaltet hätte? Die Antwort lag auf der Hand: Die Hubers hätten sich aller Wahrscheinlichkeit nach bei der Polizei gemeldet. Beamten wären zu der Hütte hinausgefahren und hätten mich gefunden.

Wie sicher hatte der Entführer sein können, dass weder

eine Vermisstenmeldung veröffentlicht wurde noch dass Laurenz sich an die Kripo wandte? Auch diese Antwort lag auf der Hand: gar nicht! Er hatte lediglich darauf hoffen können. Ein so großes Risiko einzugehen passte jedoch nicht zu ihm. Und nicht zu seiner Planung, wie sie sich mir im Nachhinein darstellte.

Der Gedanke ließ mich nicht los. Irgendetwas stimmte da nicht, griff nicht reibungslos ineinander. Ich zerbrach mir den Kopf auf der Suche nach einer zufriedenstellenden Antwort. Nacheinander ging ich alle Möglichkeiten durch, bis nur eine blieb. Konnte es sein, dass die Hütte der Hubers bloß eine Finte war? Eine falsche Fährte? War ich gar nicht in dieser Hütte festgehalten worden? Dazu würde die Tatsache passen, dass der Mann mir nichts Warmes zu essen oder zu trinken gemacht und die Hütte nicht geheizt hatte. Da sie offiziell vermietet war, hätte aufsteigender Rauch eigentlich kein Problem darstellen dürfen.

»Laurenz, wir fahren zu dieser Hütte«, sagte ich entschlossen.

»Willst du dir das wirklich zumuten? Ich glaube nicht, dass das derzeit gut für dich ist. Wer weiß, was es bei dir auslöst, wenn du wieder in dieser Hütte stehst? Überlass das der Kripo.«

»Nein! Wenn ich mich nicht täusche, haben die beiden mit der Hütte der Hubers eine falsche Spur gelegt. Und ob ich dort festgehalten wurde oder nicht, kann die Kripo nur anhand von Spuren beurteilen. Sollten sie dort keine finden – wovon ich fast ausgehe –, würde sie das nur in ihrer Annahme bestärken, dass es nie einen Entführer gegeben hat. Bitte, Laurenz, begleite mich dorthin. Ich muss die Hütte mit eigenen Augen sehen. Ich möchte der Kripo nicht immer weiter in die Hände spielen und ihnen noch mehr Details liefern, die sie nur gegen mich verwenden können. Sonst stehen sie irgendwann vor unserer Tür und nehmen mich fest.« Wie immer, wenn ich über diese Möglichkeit nachdachte, lief mir ein Schauer über den Rücken.

»So einfach bekommen sie gar keinen Haftbefehl für dich, Emma. Ich habe mich mit einem Strafrechtsanwalt unterhalten, und er sagt, dass für einen Haftbefehl zwei Punkte erfüllt sein müssen …«

»Ich weiß«, winkte ich ab, »Motiv und Gelegenheit. In den Augen der Beamtinnen hatte ich die Gelegenheit, sie rätseln nur noch über das Motiv.«

Er schüttelte den Kopf. »Selbst wenn sie das Motiv hätten, würde ihnen deswegen kein Richter den Haftbefehl ausstellen. Um den zu bekommen, muss es einen dringenden Tatverdacht und dazu noch einen Haftgrund geben. Der Anwalt sagt, dass in deinem Fall höchstens ein Anfangsverdacht besteht. Das heißt, dass gegen dich ermittelt wird. Als mögliche Haftgründe gelten zum Beispiel Flucht-, Verdunkelungs- oder Wiederholungsgefahr. Keiner davon trifft auf dich zu. Also fehlen schon mal die beiden ganz wesentlichen Voraussetzungen für einen Haftbefehl. Außerdem meint er, das Delikt sei zu gering. Für die Vortäuschung einer Straftat würden bis zu drei Jahre Gefängnis oder aber eine Geldstrafe verhängt.«

»Was meint er mit zu gering?«, fragte ich.

»Zu gering, als dass die Kripo ihre gesamten Möglichkeiten dafür einsetzen würde, um es dir nachzuweisen. Es wird dich niemand beschatten oder unser Telefon abhören, um der Sache auf den Grund zu gehen. Zu gering aber auch in dem Sinne, dass nicht zu erwarten ist, dass du wegen der Strafe, die dir drohen würde, fliehst.«

Ich konnte es nicht fassen. Einen Moment lang versagte mir die Stimme. »Drei Jahre Gefängnis sollen als mögliche Strafe zu gering sein, um mich zu schrecken? Mich würde schon eine Woche schrecken.«

»Aber du würdest nicht fliehen, oder?« Laurenz' Blick war so liebevoll, dass mir warm ums Herz wurde.

Ich schlang meine Arme um seinen Hals und küsste ihn. Dann sah ich ihn eindringlich an. »Das erste Mal in meinem Leben, dass ich wirklich vor etwas fliehen wollte, war in dieser Hütte. Ich muss dorthin, Laurenz, bitte!«

Selbst mit der Wegbeschreibung der Hubers war es nicht einfach gewesen, die Hütte zu finden. Sie lag keine zehn Minuten entfernt von der Stelle, an der der Mann mich überfallen hatte. Je näher wir dieser Stelle kamen, desto stärker bedrängten mich die Bilder. Ich legte meine Hand auf Laurenz' Bein, um zu spüren, dass ich mich im Hier und Jetzt befand und der zweiundzwanzigste September der Vergangenheit angehörte.

Laurenz spürte meine Anspannung und strich zärtlich über meine Hand. »Keine Sorge«, sagte er leise, »ich mache einen Bogen um die Abendmahlkapelle.« Dann drückte er den Knopf des CD-Players und ließ die Stimme von Anna Netrebko erklingen.

Ich lehnte mich in meinem Sitz zurück und versuchte, mich innerlich zu wappnen. Was, wenn ich mich irrte? Wenn die Hütte der Hubers keine falsche Spur war, sondern der Ort, an dem ich fünf Tage lang festgehalten worden war? Dann bin ich nicht allein, sagte ich mir. Laurenz und Ronin sind bei mir. Es kann mir nichts passieren. Damit sich die Angst gar nicht erst in mir festsetzte, schloss ich die Augen und betrat für ein paar erlösende Momente meinen geschützten Garten.

»Wir sind da, Emma«, hörte ich Laurenz behutsam sagen.

Sekundenlang kniff ich die Augen zusammen, bis ich mich endlich traute, sie zu öffnen. Ich atmete tief durch, versuchte, Ruhe zu bewahren und wirklich zu erfassen, was ich sah. Frau Huber hatte nicht zu viel versprochen. Für jemanden, der Ruhe suchte, lag die Hütte ideal. Aber auch jemand, der ein Entführungsopfer verstecken wollte, würde sich für diese abgelegene Hütte entscheiden. Hier würde nur selten jemand zufällig vorbeikommen.

Langsam stieg ich aus. Während Laurenz die Heckklappe öffnete, um Ronin herauszulassen, horchte ich auf die Geräusche. Außer dem Wind in den Bäumen und ein paar entfernten Vogelrufen war nichts zu hören. Mein Herz klopfte heftig, und ich musste mich anstrengen, um mich von meiner Angst nicht überschwemmen zu lassen. Je länger ich hier draußen herumstand, desto schlimmer würde es werden. Während ich auf die Hütte zuging, zog ich den Schlüssel aus der Hosentasche und steuerte auf das Schloss zu. Laurenz war dicht hinter mir. Er strich mir beruhigend über den Rücken. Immer noch zögerlich schloss ich die Tür auf. Was würde mich dahinter erwarten?

»Du kannst immer noch zurück, Emma!«

Ich schüttelte den Kopf und gab der Tür einen Stoß, so dass sie aufflog. Licht fiel durch die Tür in den Raum. Es war kein Flur, sondern einer der beiden Räume. Die Möbel darin – Bett, Esstisch und Stühle sowie Geschirr- und Kleiderschrank – waren allesamt aus Holz. Die Möbel hätte man austauschen können, aber der Raum, in dem ich festgehalten worden war, war sehr viel kleiner gewesen. Ich starrte auf die Tür, die in den zweiten Raum führte. Sie war nur angelehnt. Langsam ging ich darauf zu, stockte und versetzte schließlich auch ihr einen Stoß.

Meine Augen gewöhnten sich nur langsam an die Dunkelheit. Erst war alles schwarz, dann jedoch schälten sich einzelne Konturen heraus. In diesem Raum gab es ein Bett, einen Nachttisch und einen Bauernschrank. Mein Frösteln hatte nichts mit der Raumtemperatur zu tun. Ich spürte die Handschellen an meinem Handgelenk, schmeckte den Orangensaft auf der Zunge. Ich zitterte.

Nur langsam drang das Licht, das durch die beiden Fenster fiel, zu mir durch. Laurenz hatte die Fensterläden geöffnet und sah mich besorgt an. Ronin, der uns in die Hütte gefolgt war, drängte sich an mich. Während ich ihn streichelte, beruhigten sich allmählich mein Puls und meine Atmung. Endlich konnte ich wieder tief Luft holen. Es war jedoch nicht nur der Anwesenheit von Laurenz und Ronin zu verdanken, dass meine Angst sich verflüchtigte. Da war noch etwas anderes.

Erst dachte ich, es sei nur der Geruch, der ganz anders war als in der Hütte, in die mich der Entführer verschleppt hatte. Dann wurde mir bewusst, dass Licht durch zwei Fenster fiel. Und zwar durch zwei Fenster an zwei Wänden.

»Das ist nicht der Raum«, sagte ich. »Er kann es gar nicht sein.« Ich zeigte auf die beiden Fenster. »In der Hütte, in der ich war, in dem Raum, da gab es nur ein Fenster.«

»Sicher?«, fragte Laurenz.

Ich nickte. »Ganz sicher.« Vorsichtig setzte ich mich auf das Bett und wippte auf der Matratze. »Hier ist alles anders. Ich hatte recht mit meiner Vermutung: Diese Hütte hier ist bloß eine Finte. Wäre es bekannt geworden, dass ich vermisst werde oder entführt wurde, hätten die Hubers die Polizei hierher geführt. Und hätten erzählt, dass ich die Mieterin sei.«

Laurenz lehnte sich gegen das Fenster mir gegenüber. »Langsam wird mir die ganze Geschichte unheimlich. Sie ist so gut geplant und vorbereitet. Von wegen *tagelang durch den Wald gefahren und nach einem geeigneten Opfer gesucht*. Die wollten dich, Emma, und ich frage mich die ganze Zeit, warum.« Ganz offensichtlich war ihm unbehaglich zumute. Immer wieder ließ er seinen Blick durch den Raum schweifen. »Welch ein Hohn zu behaupten, du seiest ein Zufallsopfer.«

»Ich habe mir den Kopf darüber zerbrochen, ob es doch möglicherweise jemanden gibt, der einen Grund haben könnte, sich an mir zu rächen oder mir zu schaden. Aber mir fällt beim besten Willen niemand ein. Ich habe niemandem den Job weggenommen – jedenfalls nichts wissentlich. Ich habe dich keiner anderen ausgespannt.« Ich sah ihn forschend an. »Oder gibt es eine Frau, der ich im Weg stehe?«

Laurenz' Blick war Antwort genug.

»Bist du sicher?«, hakte ich trotzdem nach.

»Natürlich bin ich sicher«, entgegnete er leicht ungehalten. »Schon allein deswegen, weil ich ganz bestimmt kein Verhältnis mit einer Kriminellen eingehen würde.«

Ich hob die Augenbrauen.

Von einer Sekunde auf die andere hellte sich seine Miene auf. »Okay, okay – ich würde natürlich gar kein Verhältnis eingehen. Weder mit einer Kriminellen noch mit irgendeiner anderen Frau. Zufrieden?«

Nach dem Besuch der Hütte lag meine Entscheidung klar auf der Hand: Ich würde den Kripobeamtinnen nichts davon erzählen. Stattdessen würde ich weiter nach der richtigen Hütte suchen. Gleich am Montagmorgen rief ich beim Forstbetrieb an und ließ mir die Nummer des zuständigen Revierleiters geben. Wenn jemand wusste, wo in seinem Gebiet eine Waldhütte stand, dann würde er es sein. Und richtig: Außer der Hütte der Hubers konnte er mir noch drei weitere nennen, die hiesigen Bauern gehörten. Ich schrieb mir die Namen der Besitzer auf und fragte ihn dann nach den Hütten des Forstbetriebs. Dabei zählte ich ihm auf, was ich bereits wusste: dass es fünf gab, wovon eine nicht mehr bewohnbar und zwei dauerhaft vermietet waren. Als ich ihn gerade fragen wollte, was mit den beiden übrigen war, unterbrach er mich.

»Plötzlich interessiert sich jeder für die Hütten. Was ist denn nur los?«, fragte er neugierig.

»Wer interessiert sich denn noch dafür?«

»Die Kriminalpolizei hat vor ein paar Tagen bei mir angerufen«, antwortete er. »Gehören Sie etwa auch dazu?«

»Nein.« In knappen Worten erzählte ich ihm von meiner Entführung. Dann bat ich ihn um weitere Informationen über die Hütten.

Ihm wollte jedoch nicht in den Kopf, dass ich mich als Opfer auf Spurensuche begab, wo doch die Kripo das für mich bereits täte. Wie es schien, vermutete er viel eher, dass ich der Presse angehörte. Wie ich es auch drehte und wendete – ich konnte ihn nicht vom Gegenteil überzeugen. Und natürlich schlug er mir die Bitte ab, mir die Hütten einmal ansehen zu dürfen.

»Wenn die Leute von der Kripo die Hütten sehen wollen, können die sich an mich wenden.« Es klang unumstößlich.

»Das heißt, die haben sich die Hütten noch nicht angesehen?«

»Nein.«

»Aber Sie haben denen gesagt, wer in einem bestimmten Zeitraum die Mieter waren, oder?«

»Selbstverständlich.«

Gut, dachte ich, wenigstens das. Sie würden die Mieter überprüfen, hoffte ich. Bei dem Gedanken bekam ich einen Schreck: Wenn sie die Mieter der Hütten des Forstbetriebs überprüften, dann würden sie vermutlich das Gleiche mit den Hütten der Bauern machen. Dann war es nur eine Frage der Zeit, bis sie auf die Hubers und *Emma Thalmann* stießen. Ich musste die richtige Hütte finden. Nur dann hatte ich eine Chance zu beweisen, dass ich tatsächlich entführt worden war.

Nachdem ich mich bei dem Revierleiter bedankt und aufgelegt hatte, rief ich die drei Bauern an, die laut seiner Information Hütten in dem Gebiet um die Abendmahlkapelle besaßen. Allen dreien erzählte ich die gleiche Geschichte: Um den zweiundzwanzigsten September herum hätte ich auf einem Spaziergang im Wald einen Mann getroffen und mich in ihn verguckt. Er habe erzählt, dass er Urlaub in der Gegend mache und bei einem Bauern eine Waldhütte gemietet habe. Er habe mir zwar seine Telefonnummer zu Hause gegeben, aber den Zettel hätte ich leider verloren. Vielleicht hätte ich Glück und sie könnten mir seinen Namen und seinen Wohnort sagen. Bei allen dreien stieß ich auf ehrliches Bedauern. Die eine Hütte war zu dem Zeitpunkt an ein älteres Ehepaar vermietet, die zweite an ein junges mit zwei kleinen Kindern, einem Zwillingspärchen – herzallerliebst, wie ich erfuhr – und die dritte an zwei schwedische Studenten.

Niedergeschlagen legte ich auf. Es gab diese Hütte – wer wusste das besser als ich? Wie aber sollte ich sie finden? Beim Forstbetrieb kam ich nicht weiter. Die beiden dauerhaft vermieteten Hütten konnte ich ausschließen. Ebenso diejenige, die nicht mehr bewohnbar war. Die Hütte, in der ich fünf Tage lang festgehalten wurde, war in einem guten Zustand gewesen. Blieben die beiden anderen Hütten, die sporadisch vermietet wurden. Da ich niemanden beim Forstbetrieb kannte, der mir unter der Hand mit Namen von Mietern weiterhelfen würde, musste ich nach einem anderen Weg suchen. Abzuwarten und darauf zu hoffen, dass die Kripo diese Namen herausfinden würde, erschien mir zu riskant. Sobald eine der beiden Beamtinnen erfuhr, dass eine Emma Thalmann die Hütte der Hubers gemietet hatte, würden sie aufhören weiter zu suchen. Sie würden genau das glauben, was der Entführer bezweckt hatte. Und damit würde er mich ein zweites Mal überwältigen. Der Gedanke tat mir nicht gut. Er war der Nährboden für eine hilflose Wut, die mir Tränen in die Augen trieb.

Wie gehetzt lief ich vors Haus, wohin Ronin mir schwanzwedelnd folgte. Es war kalt an diesem Tag. Fröstelnd zog ich die Schultern hoch und steuerte den Holzklotz neben der Garage an. Ich griff nach der Axt, zog sie heraus und begann, Holz zu hacken. Es war nicht viel, was ich nach einer Viertelstunde geschafft hatte, und die Holzscheite hatten bizarre Formen, aber ich fühlte mich deutlich besser.

Als ich gerade zurück ins Haus gehen wollte, rief mir

vom Tor her die Paketbotin etwas zu und winkte. Zögernd lief ich zu ihr.

»Hallo, Frau Thalmann«, begrüßte sie mich. »Könnten Sie für Ihre Nachbarn ein Paket annehmen? Es scheint niemand zu Hause zu sein.« Mit dem Kopf wies sie nach nebenan.

»Natürlich, geben Sie her.«

Sie reichte es mir. Während sie meinen Namen in ihr Lesegerät tippte und es mir dann zur Unterschrift hinhielt, murmelte sie etwas von einem Glücksstern. Ich hatte nicht richtig hingehört und fragte deshalb nach.

»Na, wir beide sind doch Glückssterne diese Woche.« Mein irritierter Gesichtsausdruck ließ sie fröhlich lachen. »Lesen Sie denn nicht Ihr Horoskop?«

Ich schüttelte den Kopf.

»Na, dann will ich Ihnen mal verraten, was Sie in dieser Woche erwartet: Was Sie anpacken, wird Ihnen gelingen.« Sie zwinkerte mir zu. »Wenn das keine Aussichten sind!«

»Woher wollen Sie wissen, welches Horoskop auf mich zutrifft?«

»Weil wir beide am gleichen Tag Geburtstag haben. Es geht doch nichts über Löwinnen.« Sie verstaute ihr Lesegerät und machte Anstalten, zu ihrem Lieferwagen zurückzugehen.

»Moment! Woher wissen Sie, an welchem Tag ich Geburtstag habe?« Meine Worte klangen wie ein Befehl. Das Zittern, das darin mitschwang, war einem Anflug diffuser Angst zuzuschreiben.

»Ihre Nachbarin hat's Ihnen nicht erzählt, hab ich recht?« Sie las die Antwort in meinem Gesicht ab. »Am dreißigsten Juli – das ist doch Ihr Geburtstag, oder?«

Da ich nicht vorhatte, ihr darauf eine Antwort zu geben, sah ich sie nur unverwandt an.

»Na ja, ist ja auch nicht so wichtig. Ich hab's nur deshalb behalten, weil ich an dem Tag auch Geburtstag habe. Jetzt schauen Sie nicht so böse, Frau Thalmann. Ihrer Nachbarin ist das nur so herausgerutscht. Ich hatte drei Pakete für Sie an dem Tag. Und Sie waren nicht zu Hause. Da hat sie sie angenommen und gesagt, die seien bestimmt alle zu Ihrem Geburtstag. Und ich hätte sie beinahe noch der anderen in die Hand gedrückt. Nicht auszudenken. Wenn das rausgekommen wäre, hätte ich die längste Zeit meinen Job bei DHL gehabt. Das können Sie mir glauben. Da verstehen die keinen Spaß.« Sie lachte. »Na ja, eigentlich haben sie ja recht. Ich hätt's auch nicht gern, wenn mein Paket bei einer anderen landet. Aber die Ähnlichkeit war schon frappierend. Die hätten Sie sehen müssen.«

»Ich verstehe kein Wort. Wen hätte ich sehen müssen?«

»Na, die Frau, die Ihnen so ähnlich sah. Die, der ich beinahe die Pakete für Sie in die Hand gedrückt hätte.«

Nikola Schwendy, schoss es mir durch den Kopf.

»Ich bin ihr auf dem Platz vor der *Residenz* begegnet.«

»Die Frau kommt aus Nussdorf«, sagte ich.

»Darüber hat sie nichts gesagt. Aber dass sie nicht von hier ist, habe ich mir dann natürlich gedacht. Sonst wäre sie mir ja irgendwann schon einmal über den Weg gelaufen. In jedem Fall war sie genauso erstaunt wie Sie jetzt.« Wieder lachte sie. »Man erfährt ja auch nicht jeden Tag, dass man eine Doppelgängerin hat.«

Ich sah Nikola Schwendy vor mir, wie sie mit dem Taxifahrer diskutierte. »Ihre Haare sind länger als meine.«

»Die konnte ich nicht sehen, sie hatte eine Kapuze auf.

Es hat ja geregnet an dem Tag. Zum Glück ist sie aber eine ehrliche Haut. Sie hätte Ihre Pakete ja auch einfach nehmen können. Das hätte was gegeben – gar nicht auszudenken! So haben wir beide Glück gehabt an unserem Geburtstag. Sie mit den Paketen, ich mit meinem Job.«

»Ja«, pflichtete ich ihr gedankenverloren bei. Ich musste an Nikola Schwendy denken und an die Zufälle, die in unserem Fall ohne Bedeutung waren. Wenn ihre Schüler am Montag, dem sechsundzwanzigsten September, keiner Täuschung erlegen waren, dann konnte sie nicht die Frau sein, nach der ich suchte.

17

Zwei Wochen war es her, dass der Entführer mich freigelassen hatte. Manchmal erschien mir die Zeit, die seitdem vergangen war, nur wie ein Augenblick. Dann wieder wurde mir bewusst, wie viel seitdem geschehen war. Und wie wenig. Je länger sich die Ermittlungen der Kripo erfolglos hinzogen, desto sicherer würde er sich fühlen. Oder hatte er sich nie unsicher gefühlt? Nie bedroht? Nie in Sorge, dass er und seine Freundin gefasst würden? Schlief er gut, während ich schlaflose oder von Albträumen durchwirkte Nächte hatte? Verließ er sein Haus, ohne sich zu vergewissern, dass ihm niemand auflauerte? Verlief sein Leben in unveränderten Bahnen? War allein meines aus der Spur geraten? Noch vor zwei Wochen hatte ich mir nicht vorstellen können, wie sehr ich mir einmal wünschen würde, dass er gefasst werde. Er und seine Freundin. Er und seine große Liebe. Er, der mir nicht nur für fünf Tage die Freiheit geraubt hatte. Ich wollte, dass er dafür büßte. Ich wollte, dass er auch etwas verlor. Dass er nicht vergaß!

Und das galt auch für sie, für diese Frau, die unter meinem Namen nach Düsseldorf geflogen war und sich dort einen Mietwagen genommen hatte. Die Spur, die sie dabei hinterlassen hatte, bekam ich Schwarz auf Weiß zu sehen, als ich an diesem Morgen den Umschlag mit der Abrechnung meiner Kreditkarte öffnete. Die Wut kam so plötzlich, dass ich das Blatt Papier beinahe zerrissen hätte. In diesem Moment wollte ich nur zerstören, ungeschehen machen. Der Impuls ging vorüber, und ich hielt den Bogen immer noch in der Hand.

Als ich endlich fähig war, darüber nachzudenken, beschloss ich, beim Kreditkartenunternehmen Einspruch gegen die beiden Positionen auf der Rechnung einzulegen. Es war mir egal, wie lange ich würde kämpfen müssen, um mein Anliegen durchzusetzen, aber als symbolischer Akt war es mir wichtig. Ich würde weder für die Flüge noch für das Auto bezahlen.

Es klingelte. Mit der Abrechnung in der Hand ging ich zur Tür, um zu öffnen. Während Ronin laut anschlug, schaute ich durch den Spion. Es war Verena.

»Jetzt soll ich auch noch dafür zahlen«, sagte ich an Stelle einer Begrüßung. »Ist das nicht absurd?« Ich hielt ihr das Blatt hin.

Sie griff danach und las mit gerunzelter Stirn.

»Aber ich werde Einspruch einlegen. Und wenn ich damit bis zum Bundesgerichtshof gehen muss. Ich werde das nicht bezahlen!«

Verena schob mich in die Küche, zog ihre Jacke aus und setzte sich. »Beruhig dich erst einmal. Vielleicht …«

»Ich habe nicht vor, mich zu beruhigen. Mich fesselt der Typ ans Bett, und seine Freundin hat nichts Besseres zu tun, als auf meine Kosten durch die Gegend zu fliegen. Ich kann das nicht bezahlen. Verstehst du das nicht?«

Sie schien hin und her gerissen zu sein. »So ein Einspruch kann eine mühsame Angelegenheit werden«, gab sie zu bedenken. »Du wirst nachweisen müssen, dass du weder die Flüge gebucht noch in Düsseldorf bei Sixt am Schalter gestanden und ein Auto gemietet hast. Du wirst beweisen müssen, dass diese Frau deine Unterschrift gefälscht hat.«

»Das wird sich nachweisen lassen. Dafür gibt es Sachverständige.«

»Emma«, versuchte sie, mich zu beschwichtigen, »hast du mal darüber nachgedacht, was das für dich bedeutet? Du ...«

»Genau weil ich darüber nachgedacht habe, ist es mir so wichtig. Diese Schweine dürfen nicht damit durchkommen.«

»Sie sind bereits damit durchgekommen. Und wenn du dir diese Einspruchsgeschichte aufhalst, tun sie dir vielleicht noch viel mehr an. Du wirst ständig wieder damit konfrontiert, anstatt Abstand zu gewinnen.«

»Wie soll ich denn Abstand gewinnen? Hast du dich das mal gefragt? Es ist noch längst nicht vorbei. Mir kommt es vor, als hätten die beiden lauter Zeitbomben gelegt, die nach und nach explodieren. Die Sache mit der Hütte der Hubers ...«

»Deshalb bin ich hier«, unterbrach sie mich und zog dabei am Ärmel meines Pullis, so dass ich auf dem Stuhl neben ihr zum Sitzen kam.

»Was ist damit?«, fragte ich unwirsch.

»Frau Huber hat mich vor einer halben Stunde angerufen. Sie glaubt ja, ich hätte ihre Hütte gemietet.« Sie machte eine Pause und sah mich besorgt an. »Die Kripo ist wohl bei ihren Ermittlungen auch auf diese Hütte gestoßen.«

Ich atmete hörbar aus. »Na toll! Dann kann es ja nicht mehr lange dauern, bis sie hier auftauchen.«

»Sie wollen sich die Hütte genau anschauen. Deshalb hat Frau Huber mich überhaupt angerufen. Mich als *Mie-*

terin muss sie schließlich vorwarnen. Sie weiß ja nichts von der Verbindung zwischen uns beiden.«

»Ob die Kripo davon weiß?«

»Natürlich! Laurenz hat denen erzählt, dass Anton bis zur Lösegeldübergabe immer auf Abruf war. Sie waren bei uns zu Hause und haben mit ihm gesprochen.«

»Mit dir auch?«

Sie wich meinem Blick aus.

»Vreni?«

»Lass uns überlegen, was jetzt weiter geschehen soll, ich meine wegen der Hütte.«

»Verena, was ist los? Irgendetwas stimmt nicht, das merke ich. Hat die Kripo auch mit dir gesprochen? Ist es das?«

»Natürlich haben die auch mit mir gesprochen«, platzte es aus ihr heraus. »Immerhin bin ich deine älteste Freundin.«

»Aber was hättest du ihnen über meine Entführung sagen können? Das verstehe ich nicht.«

Sie schüttelte abwehrend den Kopf, stand dann auf und holte sich ein Glas Wasser.

»Sie wollten gar nichts über die Entführung wissen«, schloss ich, »sie wollten etwas über mich wissen, über meine Ehe. Stimmt's?«

»Ja.«

»Und warum traust du dich nicht, mir davon zu erzählen? Sie hätten sich keine Bessere dafür auswählen können. Du erzählst keinen Mist, du dichtest nichts hinzu und du kannst den Zustand unserer Ehe sehr wohl einschätzen.«

»Ich dachte, du regst dich auf, wenn du davon erfährst.«

»Natürlich rege ich mich auf, aber nicht über dich. Du kannst nichts dafür, dass die sich auf so verquere Theorien versteifen. Sie glauben nach wie vor, ich hätte alle getäuscht und meine Entführung inszeniert, um mir einen ›Freiraum‹ zu schaffen.«

Verena setzte sich wieder zu mir. »Spätestens seit dem Anruf bei den Hubers werden sie ihre Meinung geändert haben. Zumindest werden sie nicht mehr annehmen, du hättest *alle* getäuscht. Jetzt werden sie davon ausgehen, dass wir beide gemeinsame Sache gemacht haben.«

»Es ist doch gar nicht gesagt, dass Frau Huber deinen Namen genannt hat. Sie wird vielleicht nur gesagt haben, dass die Hütte jetzt wieder vermietet ist und sie die Mieterin informieren muss, dass die Kripo vorbeikommt.«

»Und was, glaubst du, passiert, wenn die sich die Hütte ansehen? Dann werden sie feststellen, dass sie zwar vermietet, aber nicht bewohnt ist. Sie werden sich fragen, wozu jemand eine Hütte für vier Wochen mietet und sie dann nicht benutzt.«

Ich zuckte die Achseln. »Es gibt bestimmt jede Menge Münchener, die so eine Hütte mieten und dann nur am Wochenende herfahren. Das werden die Frauen von der Kripo auch wissen. Mach dir bitte keine Sorgen, Vreni!«

»Meinetwegen mache ich mir keine Sorgen. Ich möchte nur nicht, dass die immer weiter einer falschen Spur folgen. Ich will, dass sie den Kerl fassen, der dich entführt hat. Und das werden sie nicht, wenn sie sich ausschließlich in die Vorstellung verrennen, du hättest dir einen Freiraum geschaffen. Das ist so lächerlich.«

Ich war Verena dankbar für ihren Beistand, und das sagte ich ihr auch.

»Na ja«, meinte sie mit einem schiefen Lächeln, »immerhin ermitteln sie überhaupt. Die Tatsache, dass sie die Hütten abklappern, beweist es.«

»Fragt sich nur, welche Schlüsse sie daraus ziehen.«

Den ganzen Tag über hatte ich damit gerechnet, dass Kristin Mayer und Franziska Stangl vor der Tür stehen würden, aber nichts war geschehen. Sie hatten sich weder gemeldet, noch waren sie vorbeigekommen. Diese Ruhe empfand ich als bedrohlich. Zwar erinnerte ich mich genau an jedes von Laurenz' Worten über die Voraussetzungen für einen Haftbefehl. Trotzdem war ich in Sorge. Was, wenn sie die Indizien, die gegen mich sprachen, so interpretierten, dass aus einem Anfangsverdacht ein dringender Tatverdacht wurde? Was, wenn sie annahmen, ich würde fliehen?

Mehr als alles andere hoffte ich auf ihre Phantasie. Dass sie sich nicht nur von ihren Erfahrungen und Statistiken leiten ließen, sondern auch scheinbar Unmögliches für möglich hielten. Wenigstens eine von ihnen. Ich würde es schon kaum ertragen, wenn sie den Entführer und seine Freundin nicht fanden. Viel schlimmer würde es jedoch sein, wenn sie mich der Vortäuschung einer Entführung anklagten.

Umso wichtiger erschien es mir, Einspruch bei dem Kreditkartenunternehmen einzulegen. Verena hatte sicher recht, dass ich dadurch immer wieder mit der Entführung konfrontiert werden würde. Aber das wurde ich ohnehin.

Als Laurenz am Abend überraschend nach Hause kam, lief ich fast über vor Freude. »Ich könnte mich daran gewöhnen«, sagte ich, als wir nach Mitternacht endlich im Bett lagen. Wir hatten stundenlang in der Küche gesessen und geredet.

Er zog mich an sich und hielt mich fest umschlungen. »Du bist diejenige, die mich immer wieder fortschickt. Ginge es nach mir, würde ich jeden Abend hier sein. Wem willst du beweisen, dass du eine Heldin bist?«

»Es geht nicht darum, dass jemand da ist, Laurenz. Diese Angst sitzt in mir, unabhängig davon, ob ich gerade alleine oder in Gesellschaft bin. Sie ist auch da, wenn du bei mir bist. Und ich will nichts beweisen, ich will sie nur loswerden, ich will, dass es wieder so wird wie vor der Entführung.«

»Das wird es vielleicht nie wieder, Emma. Diese Erfahrung hat jeden von uns geprägt. Glaubst du, ich werde so ohne weiteres meine Ruhe bewahren können, wenn du irgendwann wieder aufs Rad steigst und alleine durch die Gegend fährst?«

»Im Moment kann ich mir gar nicht vorstellen, jemals wieder aufs Rad zu steigen.«

»Ich kenne dich, du wirst keine Ruhe geben. Genauso, wie du versuchst, die Nächte alleine durchzustehen, wirst du irgendwann versuchen, deinen Radius wieder auszuweiten. Und wenn es nur ist, damit dieser Mann nicht über dich triumphiert.«

»So, wie du es sagst, kommt es mir vor, als wäre es ein Fehler, so zu denken.« Ich löste mich aus seinen Armen, setzte mich auf und sah ihn an. »Als ginge es dabei um Verlieren und Gewinnen. Aber das ist es nicht. Wenn ich nicht will, dass er am Ende triumphiert, dann weil er mich hilflos gemacht hat, weil er mir meine Selbstbestimmung geraubt hat. All das, was sich seit der Entführung für mich geändert hat, ist auf seinen Einfluss zurückzuführen. Das war nichts, was ich freiwillig geändert habe. Er hat es erzwungen. Kannst du das nicht verstehen?«

»Doch, das kann ich. Natürlich kann ich das.«

»Es waren nicht nur fünf Tage.«

»Ich weiß.« Zärtlich strich er mir über die Wange. »Ich habe noch nie zuvor solche Angst gehabt. Und noch nie zuvor ist mir so sehr bewusst gewesen, wie viel du mir bedeutest. Wie schön du mein Leben machst. Ich hatte solche Angst, du kommst nicht zurück, du könntest …«

»Scht.« Ich küsste ihn, kroch wieder zu ihm und begann, ihn zu streicheln. Ich wollte nicht daran denken, was hätte passieren können. Nicht in diesem Augenblick.

Die Sache mit der Hütte der Hubers schwang wie ein Damoklesschwert über mir. Sie machte mich ruhelos. In aller Herrgottsfrühe wachte ich auf und starrte zur Decke. Laurenz schlief tief und fest. Ich war ihm dankbar, dass er sich mit keinem Wort darüber beschwerte, bei Licht schlafen zu müssen. Die Vorstellung, im Dunkeln aufzuwachen, war mir immer noch unerträglich. Leise stand ich auf, löschte das Licht und ging hinunter. Ronin folgte mir dicht auf den Fersen.

Draußen war es noch dunkel. Nach einem kurzen Blick durchs Fenster zog ich die Gardine wieder zu. Nachdem ich Teewasser aufgesetzt hatte, gab ich Ronin eine Handvoll Trockenfutter in seinen Napf. Er schnupperte kurz daran und legte sich wieder hin.

»Ich kann dich gut verstehen«, sagte ich und strich ihm über den Kopf. »Mir wäre das auch zu langweilig. Lass mich mal überlegen …« Ich besah mir die Reste vom Abendessen. Dass Ronin Nudeln liebte, hatte ich schon herausgefunden. Also füllte ich sie in seinen Napf und reicherte sie mit Broccoli und ein wenig Olivenöl an. Ronin stand bereits schnüffelnd neben mir. Als ich an die warnenden Worte meines Vaters dachte, musste ich lächeln: *Fang gar nicht erst damit an, für ihn zu kochen! Wenn der Hund den Geschmack erst einmal entdeckt hat, wird er nichts anderes mehr wollen. Gib ihm Trockenfutter, das ist viel bequemer.*

Mein Vater hatte bei seinen Überlegungen nur vergessen, dass für ihn die Bequemlichkeit beim Essen auch nicht oberstes Gebot war. Ich stellte Ronin den Napf auf den Boden und sah zu, wie er sich darüber hermachte. Dann goss ich mir einen Tee auf und setzte mich an den Tisch. Nur das leise Ticken der Wanduhr und Ronins Schmatzen durchbrachen die morgendliche Stille. Ich schaltete das Radio ein.

Inzwischen hatte ich herausgefunden, dass die Bilder der Entführung mich gerade dann überfielen, wenn ich begann, mich zu entspannen. Ein fataler Mechanismus. Ich brauchte Entspannung, und gleichzeitig richtete sie sich gegen mich. Konzentriert betrat ich meinen geschützten Garten und hielt mich eine Weile darin auf. Danach versuchte ich, mich abzulenken, um nicht gleich wieder ins Grübeln zu verfallen. Ich holte mir ein Buch aus dem Regal im Wohnzimmer und begann zu lesen. Aber was ich dort las, kam mir belanglos vor. Es erreichte mich nicht.

Ich war dabei, in Selbstmitleid zu versinken und an meiner Wut zu ersticken. Im Geiste zählte ich mir auf, was ich alles nicht mehr konnte, wobei ich Schwierigkeiten und wovor ich Angst hatte. Die Liste war niederschmetternd. Ich saß da und starrte vor mich hin, bis Ronin mich abwechselnd anstupste und fiepte.

Automatisch setzte sich meine Hand in Bewegung und streichelte ihn. »Was würde ich ohne dich machen, mein kleiner Samurai?«, flüsterte ich nach einer Weile und stand auf. »Wie wär's mit einer kleinen Runde durch den Garten?«

Schwanzwedelnd lief er zur Tür, und ich folgte ihm. Bevor ich die Haustür öffnete, sah ich durch den Spion. Dann erst ließ ich Ronin hinaus. Fröstelnd blieb ich im Türrahmen stehen und folgte ihm mit meinem Blick, bis er um die Hausecke verschwand. Als ich hinter mir ein Geräusch auf der Treppe hörte, drehte ich mich erschreckt um.

»Keine Sorge, ich bin es nur.« Laurenz legte von hinten die Arme um mich. »Na, hast du deine Schluckspechte begrüßt?«

Erstaunt sah ich nach links und nach rechts. Ich hatte sie vergessen.

Er deutete meine Blicke als Bestätigung. »Siehst du«, sagte er in einem Ton, der mich beruhigen sollte, »nicht alles hat sich geändert.« Zärtlich strich er meine Haare zur Seite und küsste mich in den Nacken. Dann lehnte er seinen warmen Körper gegen mich und hielt mich fest.

»Was hältst du von einem Frühstück?«, fragte ich mit belegter Stimme.

»Nur, wenn du auch etwas isst.« Er strich über meine Hüftknochen. »Sonst wirst du noch dünner.«

Ich pfiff nach Ronin, der sofort angelaufen kam und Laurenz begrüßte. »Wann musst du los?«, fragte ich.

»In einer dreiviertel Stunde.«

Im Laufe des Vormittags wurden meine Kopfschmerzen immer schlimmer. Ich suchte in unserer Hausapotheke nach Paracetamol, fand jedoch nur noch eine leere Packung. Als meine Mutter anrief, um mich mittags zum Essen zu ihnen einzuladen, bot sie mir ihre Tabletten an – wenn ich es so lange aushielte.

Ich hielt es nicht aus und beschloss, den Spaziergang mit Ronin zu nutzen und zur Apotheke zu gehen. Die Luft tat mir gut und ließ die Schmerzen etwas in den Hintergrund treten. Sie pochten nicht mehr ganz so stark. Trotzdem steuerte ich die Apotheke an, die erst vor kurzem in die Hände eines neuen Besitzers übergegangen war. Seit dem Wechsel war ich noch nicht wieder dort gewesen.

Ronin am Eingang anzubinden und ohne ihn hineinzugehen, wagte ich nicht. Diese Übung war noch viel zu früh für ihn. Also blieb ich am Eingang stehen und bat den Apotheker um eine Packung Paracetamol. Einen Moment lang starrte er mich wortlos und abweisend an, um schließlich die Pappschachtel aus einem Regal zu holen. Seine Reaktion kam mir seltsam vor. Er tat gerade so, als hätte ich ihm etwas getan. Sein Vorgänger war stets zuvorkommend und hilfsbereit gewesen. Ich nahm mir vor, beim nächsten Mal die Apotheke zu wechseln.

Als er mir, ohne ein Wort zu sagen, die Tabletten brachte, hielt er größtmöglichen Abstand zu mir, wich aber dieses Mal meinem Blick aus. Ich reichte ihm das Geld und beobachtete, wie er das Wechselgeld holte. Irritiert registrierte ich, wie er wieder versuchte, mir nicht zu nahe zu kommen. Er streckte die Hand aus, um mir das Geld zu geben. Da er währenddessen jedoch wegschaute, landete nur ein Teil des Geldes in meiner Hand. Der Rest fiel zu Boden. Fast gleichzeitig bückten wir uns. Was er bisher erfolgreich vermieden hatte, geschah jetzt unweigerlich: Er kam mir näher, als ihm lieb war.

Und ich erstarrte. Der Duft seines Aftershaves war mir

in die Nase gezogen. Von einer Sekunde auf die andere war ich wieder in der Hütte, und der Entführer ... Ronins Bellen riss mich aus der Erstarrung. Ich war mir ganz sicher: Es war der gleiche Duft. Das gleiche Aftershave. Wie von Furien gehetzt zerrte ich Ronin hinter mir her und rannte die Straße hinunter. Ich wagte es nicht, mich umzusehen. Erst zweihundert Meter weiter hielt ich außer Atem an und drehte mich vorsichtig um, konnte den Mann jedoch nirgends entdecken.

Fieberhaft dachte ich nach. Aufgrund meiner Reaktion in der Apotheke musste ihm klar sein, dass ich ihn erkannt hatte. Was würde er jetzt tun? Mich am Feenhaus abfangen? Ein Zittern lief durch meinen Körper. Ich lehnte mich gegen einen Zaun und versuchte, wieder zu Atem zu kommen. Mein bester Schutz würde sein, unter Menschen zu bleiben. Ich konnte keinesfalls nach Hause gehen. Er wusste, wo ich wohnte.

Mein Blick fiel auf die Telefonzelle auf der anderen Straßenseite. Aus meiner Tasche zog ich die Visitenkarte von Kristin Mayer und wählte ihre Nummer. Dabei betete ich, dass sie abnehmen würde. Nach dem sechsten Klingeln hatte ich Glück und sprudelte los.

»Sie müssen sofort hierherkommen, Frau Mayer. Ich habe ihn gefunden. Es ist der neue Apotheker, er benutzt dieses Aftershave, das auch der Entführer benutzt hat. Er ist es, glauben Sie mir!«

»Frau Thalmann, sind Sie das?«

»Ja ... bitte, kommen Sie. Ich habe Angst.«

»Wie kommen Sie darauf, dass es sich um den Mann handelt?«, fragte sie ruhig.

»Das Aftershave, es ist das Aftershave.« Mein Herz schlug wie ein Hammer gegen meinen Brustkorb.

»Frau Thalmann, dieses Aftershave wird ganz sicher von vielen Männern benutzt. Das heißt noch lange nicht, dass …«

»Doch … bitte, glauben Sie mir! Er hat sich erschreckt, als er mich gesehen hat, er wollte mich möglichst schnell wieder loswerden. Er hat so gut wie kein Wort mit mir geredet, damit ich seine Stimme nicht erkenne. Und er hat großen Abstand zu mir gehalten. Er ist Apotheker, verstehen Sie nicht, Frau Mayer?! Apotheker! Er konnte problemlos an das Chloroform kommen und auch an dieses andere Mittel. Ich weiß nicht mehr, wie es heißt.«

»GHB.«

»Ja, dieses GHB, das bekommt ein Apotheker doch bestimmt auch ohne weiteres.« Während ich gegen meine Angst anschluckte, beobachtete ich die Straße. »Er ist neu hier, Frau Mayer. Er hat die Apotheke erst vor kurzem gekauft. Vielleicht ist gar nicht seine Freundin in finanzielle Schwierigkeiten geraten, vielleicht hat er sich mit der Apotheke übernommen und brauchte dafür die einhunderttausend Euro.«

Sekundenlang war es still in der Leitung. Dann waren im Hintergrund ganz schwach Stimmen zu hören, zu verstehen war nichts.

Kristin Mayer war meine einzige Hoffnung. Was sollte ich tun, wenn sie mir nicht glaubte und mich hier stehenließ? Mich ihm überließ? Ich sah mich hektisch um. Und dann spürte ich ein Aufbegehren in mir. Ich war nicht allein, ich würde mir Hilfe holen. Laurenz war zu weit weg, aber Anton und Verena waren in der Nähe, und meine Eltern. Einer von ihnen würde mich hier abholen. Der Mann würde mich nicht bekommen, nicht noch einmal. Jetzt wusste ich, wer er war. Ich wusste, wo er war. Ich würde ihn anzeigen, dann musste die Kripo etwas tun.

»Frau Thalmann, hören Sie mich?«

»Ja. Werden Sie kommen?«

»Sagen Sie mir bitte genau, wo Sie stehen und um welche Apotheke es sich handelt.«

Erleichtert atmete ich auf und erklärte ihr beides.

»Bleiben Sie, wo Sie sind. Ich werde zwei Beamten von der Dienststelle in Prien zu Ihnen schicken. Die sind ganz schnell bei Ihnen und werden Sie nach Hause bringen.«

»Aber ich kann nicht nach Hause, er wird mich dort abfangen. Er weiß, wo ich wohne.«

»Keine Sorge, Frau Thalmann, meine Kollegin und ich werden direkt zu ihm fahren und mit ihm reden. Danach werden wir bei Ihnen vorbeikommen.«

»Reden reicht nicht, Sie müssen ihn mitnehmen. Verstehen Sie nicht? Ich bin die Einzige, die ihn identifizieren kann. Solange er frei herumläuft, werde ich keine ruhige Minute mehr haben.«

18

Meine Eltern waren gekommen und hatten das Essen mitgebracht. Alarmiert von meiner Erzählung über den Apotheker hatten sie sich sofort ins Auto gesetzt. Sie versprachen, so lange bei mir zu bleiben, bis die Beamtinnen kamen und Entwarnung gaben.

»Wenn ich Pech habe, gibt es so schnell keine Entwarnung«, sagte ich. »Laurenz hat sich erkundigt, unter welchen Umständen ein Haftbefehl ausgestellt wird. Je nachdem, wie sie die Sache beurteilen, ermitteln sie vielleicht erst einmal in aller Ruhe gegen ihn, bevor sie ihn festsetzen.«

»Dann fährst du so lange fort, Emma«, meinte meine Mutter pragmatisch.

»Wie sicher bist du dir, dass er es ist?«, fragte mein Vater.

»Ganz sicher.« Ich erzählte, was ich auch Kristin Mayer am Telefon berichtet hatte.

Mein Vater wirkte skeptisch. Er ordnete das Essen auf seinem Teller, als ordne er damit seine Gedanken. Alles wurde fein säuberlich getrennt. »Nach allem, was du bisher über den Mann erzählt hast, kam er mir sehr bedacht vor. Als habe er jedes erdenkliche Risiko im Vorhinein ausgeschaltet oder zumindest minimiert.«

Sein zweifelnder Ton machte mich wütend. »Was willst du damit sagen? Dass ich mich irre? Dass ich Wahrnehmungsstörungen habe und einen Unschuldigen verdächtige?« Nicht gerade leise legte ich das Besteck zur Seite. »Ich habe ihn gerochen, er war es!«

Mein Vater ließ sich durch meinen Ausbruch nicht aus der Ruhe bringen. »Mir will nur nicht in den Kopf, dass sich jemand hier am Ort als Apotheker niederlässt, eine Ortsansässige entführt und riskiert, dass sie eines Tages in seine Apotheke spaziert und ihn erkennt. Da hätte er sich doch besser ein Opfer gesucht, das mindestens drei Orte weiter weg lebt. Sei mir nicht böse, Emma, aber das passt nicht in das Bild, das du bisher von ihm gezeichnet hast.«

»Wer sagt dir denn, dass alles immer genau ins Bild passen muss?«

»In diesem Fall die Logik. Warum sollte er einerseits alles tun, um nicht gefasst zu werden, und dann einen so groben Schnitzer machen, der noch dazu leicht zu vermeiden gewesen wäre?«

»Dann hat er halt einen Fehler gemacht«, sagte meine Mutter, »umso besser, der wird ihm das Genick brechen.«

Mein Vater war nicht einverstanden mit der These vom Fehler. »Ihr unterschätzt ihn, alle beide. Mag sein, er hat tatsächlich Fehler gemacht. Wenn, dann sind sie jedoch noch nicht ans Licht gekommen.« Voll tiefer Überzeugung schüttelte er den Kopf. »Ich glaube nicht, dass dieser Apotheker der Mann ist, der dich entführt hat, Emma.«

Warum glaubte er mir nicht? Warum konnte er nicht *einmal* für möglich halten, dass etwas außerhalb seiner verdammten Logik lag, sich ihr nicht unterwarf? Einen Moment lang kam er mir vor wie Franziska Stangl, die nur an ihre Erfahrungen und Statistiken glaubte. »Vielleicht gibt es nicht die eine allumfassende Logik«, sagte ich verletzt, »vielleicht hat jeder Mensch seine eigene Logik, so wie dieser Mann auch.«

»Das ist sogar ganz bestimmt so, er wird seine eigene Logik haben. Und wenn du sie nach dem beurteilst, was du bisher über diesen Mann herausgefunden hast, dann passt der Apotheker als Täter nicht ins Bild.«

»Warum kannst du mir nicht einfach glauben?«, fragte ich schluchzend. Ich wollte nur noch eines: dass der Mann im Gefängnis landete und ich sicher sein konnte, ihm nicht irgendwo über den Weg zu laufen. »Vielleicht ist er ein Spieler, den die Vorstellung reizt, mir immer wieder begegnen zu können, ohne dass ich es merke.« Ich dachte an die Worte des Entführers. »Kurz bevor er mich freigelassen hat, sagte er: *Eigentlich schade, dass sich unsere Wege trennen werden.* Er hat mit mir geflirtet. Vielleicht wusste er da bereits, dass wir uns wiedersehen würden, dass es zumindest im Bereich des Möglichen liegt.«

Liebevoll strich mein Vater über meine Hand. »Emma, du verrennst dich. Wäre er tatsächlich ein Spieler, würde er es genießen, dir wieder über den Weg zu laufen – vorausgesetzt, nur er würde dich erkennen, aber nicht umgekehrt.«

Ich zog meine Hand zurück. »Aber ich habe ihn erkannt und er hat sich erschreckt. Wie erklärst du dir das?«

»Vielleicht hast du ihn an jemanden erinnert oder ...«

»Oder vielleicht hat er mich auch verwechselt. Zum Beispiel mit einer Nikola Schwendy?« Mein Ton war beißend.

»Ich weiß es nicht. Wenn die Beamtinnen später kommen, wissen wir hoffentlich mehr.«

Hilfesuchend sah ich zu meiner Mutter. »Meinst du

auch, dass ich mich verrenne? Dass ich verrückt werde und Unschuldige verdächtige?«

»Niemand redet davon, dass du verrückt wirst«, antwortete sie in beschwichtigendem Ton.

»Aber?«

»Kein Aber. Sollte dein Vater richtig liegen, bedeutet das nicht, dass du deinen Sinnen nicht mehr trauen kannst. Selbst wenn der Apotheker nicht der sein sollte, der dich entführt hat, hast du etwas an ihm wahrgenommen, das dich stark an diesen anderen Mann erinnert hat.«

»Die Größe, seine Figur, sein Alter – alles kommt hin. Seine Reaktion … ihr hättet ihn sehen sollen.« Erschöpft vergrub ich das Gesicht in den Händen.

»Außerdem besteht immer noch die Möglichkeit, dass er es tatsächlich ist«, sagte sie. »Dann ist es bald vorbei.«

Ich hob den Kopf und sah sie an. »Und wenn nicht?«

»Dann geht die Suche weiter.« Mein Vater schob seinen Teller in die Mitte des Tisches und legte einen Packen mit Zeitungen darauf. »Das sind die Ausgaben der Rheinischen Post vom fünfzehnten bis zum dreißigsten September. Ich möchte sie gemeinsam mit dir durchsehen. Möglicherweise finden wir darin den Grund, warum die Frau nach Düsseldorf geflogen ist.«

Für einen erlösenden Moment kam mein Humor an die Oberfläche. »Wollen wir uns den Veranstaltungskalender anschauen?«

»Ich dachte, wir sehen uns alles an.«

»Was versprichst du dir davon?«

»Vielleicht einen Hinweis …«

Um kurz nach drei klingelten die Beamtinnen. Voller Hoffnung lief ich zur Tür, um sie hereinzulassen.

»Haben Sie ihn festgenommen?«, fragte ich.

Franziska Stangl musterte mich sekundenlang. Zu welchem Ergebnis sie dabei kam, gab ihre Miene nicht preis. »Ich schlage vor, dass wir das in Ruhe besprechen, Frau Thalmann. Können wir uns irgendwo setzen?«

Ich blieb im Flur stehen. Wozu sollten wir uns noch setzen? Ihrer Reaktion entnahm ich, dass der Apotheker weiterhin hinter seinem Tresen stand. Ich kam mir vor wie ein Boot, dem man den Wind aus den Segeln genommen hatte und das nun manövrierunfähig den Wellen ausgesetzt war. In einer langsamen, aber nachdrücklichen Bewegung schüttelte ich den Kopf. »Wozu?« Ich sah Franziska Stangl und ihre Kollegin abwechselnd an.

»Wir müssen mit Ihnen reden«, antwortete die Ältere. »Wenn es Ihnen lieber ist, können wir es auch hier im Flur tun.«

»Gehen wir ins Wohnzimmer«, schlug ich widerstrebend vor und ging den beiden voraus.

Nachdem sie meine Eltern begrüßt hatten, setzten sie sich. In einem stummen Zwiegespräch entschieden sie, wer von beiden den Anfang machte. Die Wahl fiel auf Kristin Mayer. »Geht es Ihnen jetzt besser, Frau Thalmann?«, begann sie, nachdem sie das Aufnahmegerät auf den Tisch gestellt und es eingeschaltet hatte.

Irritiert nickte ich. Was wollten sie noch mit dem Aufnahmegerät?

Kristin Mayer schien sich ihre nächsten Worte gut zu überlegen. Ihrem Gesichtsausdruck nach zu urteilen, fielen sie ihr nicht leicht. »Wir halten es nach wie vor für möglich, dass Sie Ihre Entführung vorgetäuscht haben. Wir vernehmen Sie deshalb hier immer noch als Beschuldigte.«

Hörte dieser Albtraum denn nie auf? »Haben Sie mit dem Apotheker gesprochen? Haben Sie ihn vernommen?«

»So, wie es aussieht, kann er nichts mit Ihrer Entführung zu tun haben. Er …«

»Er lügt! Sie dürfen ihm nicht glauben. Er wird Ihnen alles erzählen, nur damit Sie ihn nicht überführen.«

»Ist es das, was *Sie* tun, Frau Thalmann?« Franziska Stangl hatte mit leiser, ruhiger Stimme gesprochen. Sie brauchte keine Lautstärke, um ihren Worten Schärfe zu geben.

Es dauerte nur Sekunden, bis ich begriff, was sie meinte. Die Erkenntnis haute mich fast um. Sie fühlte sich an wie ein kräftiger Schlag ins Gesicht. »Ich weiß nicht, was ich tun kann, damit Sie mir glauben.«

»Sie könnten uns die Wahrheit sagen.«

Meine Mutter reagierte mit einem Protestlaut, während mein Vater den Kopf schüttelte. Beide hätten ganz offensichtlich nur zu gern eingegriffen, hielten sich aber zurück.

»Ich habe Ihnen die Wahrheit gesagt!«

»Wie verträgt sich diese Behauptung damit, dass Sie bei der Familie Huber aus Bucha für die Zeit Ihrer Entführung eine Hütte gemietet haben?«

Sekundenlang schloss ich die Augen und suchte in meinem Inneren nach der Kraft, die ich für dieses Gespräch brauchen würde. »Nicht ich habe die Hütte gemietet, sondern diese Frau, die mir allem Anschein nach sehr ähnlich sieht.«

»Aber Sie wissen davon?«

»Ja.«

»Woher?«

»Weil ich versucht habe, die Hütte zu finden, in der ich festgehalten wurde. Bei dieser Suche bin ich auf die Hütte der Hubers gestoßen.«

»Wieso ausgerechnet die Hütte der Hubers? Erklären Sie uns das bitte.«

Ich suchte die Blicke meiner Eltern. Die Unterstützung und der Rückhalt, die ich darin fand, taten gut. »Ich denke, dass ich auf dem gleichen Weg auf die Hubers gestoßen bin wie Sie. Wenn man zunächst davon ausgeht, dass der Entführer mir nur einmal Chloroform verabreicht hat, dann war ich zehn bis fünfzehn Minuten bewusstlos. Aus dieser Zeit ergibt sich ganz grob die Entfernung zwischen der Stelle, an der er mich überfallen hat, und der Hütte. Also habe ich mir die Hütten herausgesucht, die in diesem Radius liegen. Erst habe ich mich an den zuständigen Forstbetrieb gewandt. Dort habe ich erfahren, dass die Hütten des Forsts nur an Forstmitarbeiter vermietet werden. Es gibt fünf in dem Radius.« Ich sah zwischen den Beamtinnen hin und her. Kristin Mayer hatte ein anerkennendes Lächeln auf den Lippen, während der Blick ihrer Kollegin nicht zu deuten war. »Beim Forstbetrieb habe ich aber auch erfahren, dass die Hubers eine Hütte für Feriengäste haben. Also habe ich dort angerufen. Frau Huber hat mir dann im Laufe des Telefonats von einer Kinderbuchillustratorin aus Aschau erzählt, die sich vor kurzem in die Hütte zurückgezogen habe, um dort in Ruhe arbeiten zu können. Sie erinnerte sich sogar noch an deren Namen: Emma Thalmann. Also habe ich meine Freundin gebeten, die Hütte unter ihrem Namen zu mieten.«

»Aus welchem Grund haben Sie das getan?«, fragte Franziska Stangl.

»Ich wollte verhindern, dass die Hütte womöglich an

jemand anderen vermietet wird und dadurch Spuren des Entführers vernichtet werden.«

»Warum haben Sie die Hütte nicht selbst gemietet? Hatten Sie Sorge, die Hubers würden Sie wiedererkennen?«

Ich gab mir alle Mühe, mich zu beherrschen und dieser Frau nicht all meinen Groll ins Gesicht zu schreien. Betont ruhig antwortete ich: »Diese Sorge ist berechtigt, wie ich finde. Nachdem der Mitarbeiter von Sixt mich mit dieser Frau verwechselt hat, liegt es nahe, dass sie mir tatsächlich sehr ähnlich sieht. Auch Frau Huber hätte auf die Idee kommen können, wir wären ein und dieselbe Person.«

»Ist es nicht viel eher so, dass Sie die Begegnung mit Frau Huber scheuten?«

»Warum hätte ich sie dann anrufen sollen? Warum hätte ich ihre Hütte mieten sollen, ich meine, jetzt im Nachhinein? Das ergibt gar keinen Sinn.«

»Vielleicht haben Sie etwas in der Hütte vergessen. Vielleicht ist Ihnen erst später bewusst geworden, dass Sie nicht alle Spuren beseitigt haben. Es gibt mehrere Gründe, warum Sie das hätten tun können. Einleuchtende Gründe, Frau Thalmann.«

Im Augenwinkel nahm ich wahr, dass meine Eltern unruhig auf ihren Stühlen hin und her rutschten. Es musste sie große Mühe kosten, nicht einzugreifen. Ich versuchte, mich zu konzentrieren. »Kommt es Ihnen nicht merkwürdig vor, dass diese Frau, wann immer sie nachweislich als Emma Thalmann aufgetreten ist, etwas auf dem Kopf trug, das ihre Haare verbarg?«

»An diesem Fall kommt mir einiges merkwürdig vor«, entgegnete Franziska Stangl. »Das mit den Kopfbedeckungen erscheint mir dabei am wenigsten merkwürdig.

Häufig ist es so, dass Kopfbedeckungen ein Gesicht verändern und Zeugen die Identifizierung erschweren.«

»Haare verändern ein Gesicht auch!«, begehrte ich auf. »Ich bin mir ganz sicher, dass die Frau eine völlig andere Frisur, vielleicht auch eine ganz andere Haarfarbe hat. Es könnte doch sein, dass sich unsere Gesichter gerade dann ähneln, wenn die Haare nicht zu sehen sind.«

»Nikola Schwendy, die Sie im Verdacht hatten, ähnelt Ihnen auch ohne Kopfbedeckung.«

Das musste ich zugeben. »Dass dieser Zufall völlig ohne Bedeutung sein soll, will mir immer noch nicht in den Kopf«, sagte ich mehr zu mir selbst.

»Welchen Zufall meinen Sie?«, fragte Kristin Mayer.

»Ich bin gleich von zwei Leuten auf die Ähnlichkeit mit ihr angesprochen worden. Von dem Kaminbauer und von der Paketbotin, die uns einmal verwechselt hat. Ob der Kaminbauer ihr auch davon erzählt hat, weiß ich nicht. Aber die Paketbotin hat sie angesprochen. Sie wollte ihr meine Geburtstagspakete in die Hand drücken.«

»Wann war das?«, hakte sie nach.

»An meinem Geburtstag, am dreißigsten Juli.« Ich überlegte. »Und Sie sind sich ganz sicher, dass diese Frau mit meiner Entführung nichts zu tun hat?«

»Ganz sicher«, bestätigte sie meine Befürchtung.

Resigniert zuckte ich die Schultern. »Ich weiß, dass das alles gegen mich spricht. Dass es höchst unwahrscheinlich ist, dass noch eine Frau hier herumläuft, die mir ähnlich sieht, die ...«

»Die auch zufälligerweise noch die gleiche Fahrradmarke fährt wie Sie?« Franziska Stangl glaubte, ihren Finger in eine offene Wunde zu legen.

»Das wird kein Zufall gewesen sein«, erwiderte ich fest. »Ich denke, das war Absicht.«

»Warum?«

»Warum? Damit der Verdacht auf mich fällt, was ja auch geschehen ist. Damit Sie mir nicht glauben. Damit diese Frau fein raus ist. Damit die beiden ungeschoren davonkommen. Ist das so schwer zu verstehen? Oder passt es nicht zu Ihren Erfahrungen und in Ihre Statistik? Haben Sie schon einmal über Ihren Tellerrand hinausgedacht?«

»Auch das haben wir getan – jedoch ohne Ergebnis«, antwortete sie gelassen.

»Die haben sich bereichert und wollen mich dafür bluten lassen.«

Franziska Stangl schüttelte kaum merklich den Kopf. »Jemand, der angeblich so strategisch an diese *Entführung* gegangen ist, soll sich mit einhunderttausend Euro zufriedengegeben haben? Wenn es stimmt, was Sie behaupten, und Sie tatsächlich entführt wurden, dann erscheint diese Summe für ein derartiges Kapitalverbrechen viel zu gering.«

»Sind nicht Menschen schon für fünf Euro …?«

»Das ist richtig. Aber diese Verbrechen waren nicht in dieser Weise geplant. Es waren keine Täter, die strategisch vorgegangen sind.«

»Wie passen dieses Kapitalverbrechen und die einhunderttausend Euro denn dann für Sie zusammen?«

»Gar nicht«, antwortete sie. »Jedenfalls nicht, wenn Sie die Entführung nicht vorgetäuscht haben. Mit Ihnen als Täterin würde sich die Summe schon eher erklären.«

»Wie meinen Sie das?«

»Eine Möglichkeit: Sie wollten Ihrem Mann so wenig

wie möglich schaden. Die andere: Ihnen war bewusst, dass Sie das Geld ohnehin nur sehr, sehr langsam würden ausgeben können.«

»Denken Sie über andere mögliche Täter eigentlich auch so variantenreich nach? Zum Beispiel über den Apotheker? Haben Sie mal überprüft, ob er verschuldet ist und das Geld dringend brauchte?«

»Diese Überprüfung ist überflüssig, nachdem wir einige wichtige Eckpunkte abgeklärt haben. Der Entscheidende ist, dass er während der Zeit Ihrer Entführung nachweislich im Krankenhaus gelegen hat.«

»Das scheint eine Epidemie zu sein. Hat der Mann von Valerie Schwarz nicht auch im Krankenhaus gelegen?« Sie musste sich irren oder hatte es erst gar nicht überprüft, weil sie so fest an meine Schuld glaubte. »Er war es.«

»Frau Thalmann, ich weise Sie darauf hin, dass auch eine falsche Verdächtigung strafbar ist. Sie sollten sich gut überlegen, wie weit Sie damit gehen.«

Mit meiner Beherrschung war es endgültig vorbei. »Schade nur, dass schlechte Arbeit nicht strafbar ist«, schrie ich sie an. »Dann würden Sie sich vielleicht auch einmal überlegen, wie weit Sie damit gehen. Was haben Sie getan, um meinen Verdacht zu entkräften? Ein nettes Gespräch mit dem Apotheker geführt und ihm auf Anhieb geglaubt? Weil er in Verhältnissen lebt, die nach außen hin geordneter erscheinen als meine? Hätten Sie mir auch dann unterstellt, meine Entführung nur vorgetäuscht zu haben, wenn mein Mann und ich an einem Ort lebten?«

»Ja.«

»Ich glaube Ihnen nicht, Frau Stangl.«

»Frau Thalmann«, ergriff Kristin Mayer das Wort, »wir haben den Krankenhausaufenthalt des Apothekers überprüft. Er war dort. Vom achtzehnten bis zum sechsundzwanzigsten September.«

Es wollte mir nicht in den Kopf. Wenn er mich vorher noch nie gesehen hatte, warum dann der Schreck in seinen Augen? »Ich verstehe das nicht. Sein Aftershave … es war dieser Duft … und auch sonst hat alles gestimmt. Sie hätten ihn sehen sollen. Der Schreck stand ihm ins Gesicht geschrieben. Und er hat so gut wie kein Wort mit mir geredet. Wie erklären Sie sich das?«

»Er hat es uns erklärt«, sagte sie in einem Ton, dem zu entnehmen war, dass sie mir gerne etwas anderes gesagt hätte. »Am achtzehnten September ist er auf einer Wandertour von einem stromernden Hund angefallen worden. Dieser Hund muss Ihrem Ronin ähnlich gesehen haben. Als Sie mit ihm dann in der Apotheke auftauchten, sei er, so sagt er, wie paralysiert gewesen. Er wollte Sie nur so schnell wie möglich wieder loswerden.«

Es war um Ronin gegangen und gar nicht um mich? Vor ihm hatte er sich erschreckt? »Ich hätte schwören können, dass er es war«, stammelte ich.

»Denken Sie bitte einmal ganz genau nach, Frau Thalmann: Wann genau sind Sie darauf gekommen, dass es sich bei dem Apotheker um den Entführer handeln könnte?«

Ich brauchte nicht darüber nachzudenken, ich wusste es. »Als ich sein Aftershave gerochen habe.«

»Das heißt, das Aftershave war der Auslöser. Und in Kombination mit seinem offensichtlichen Erschrecken haben Sie geschlossen, dass …«

»Ich bin gar nicht auf die Idee gekommen, dass es um Ronin gehen könnte. Weil der Mann mich nicht ansah, dachte ich, er weiche meinem Blick aus.« Einen Moment lang schwieg ich. »Haben Sie ihn nach seinem Aftershave gefragt?«

»Ja, das haben wir. Es ist *L'Eau d'Issey* von Issey Miyake.«

»Ich weiß nicht, ob Sie mir überhaupt noch etwas glauben, aber mit dem Aftershave irre ich mich nicht. Ich habe es gerochen, und es war, als stünde der Entführer neben mir. Es war wie ein Mechanismus, den ich gar nicht beeinflussen konnte.« Nur leider hatte er etwas in Gang gesetzt, das meiner Glaubwürdigkeit nicht gerade zuträglich war.

»Frau Thalmann«, ergriff Franziska Stangl wieder das Wort, »ich möchte noch einmal auf die Hütte der Familie Huber zurückkommen. Wir haben sie von unserer Spurensicherung untersuchen lassen und …«

»Haben nichts gefunden«, vollendete ich ihren Satz. »Ich weiß. Das ist auch kein Wunder, denn ich wurde nicht in dieser Hütte festgehalten. Diese Hütte ist eine Finte.«

»Wie erklären Sie sich dann, dass wir in der Hütte zwei Haare von Ihnen sichergestellt haben?«

»Vergangenen Sonntag bin ich mit meinem Mann dorthin gefahren, um mir die Hütte anzusehen.«

»Wie lange haben Sie sich dort aufgehalten und was haben Sie gemacht?«

»Fünf … maximal zehn Minuten. Ich habe ziemlich schnell gemerkt, dass es nicht die Hütte gewesen sein konnte. Der Schnitt des Raumes, in dem ich festgehalten wurde, war ein anderer. Und die Anzahl der Fenster hat nicht gestimmt.«

»Haben Sie irgendetwas angefasst?«

Ich schüttelte den Kopf. »Nein. Ich habe nur in die beiden Räume geschaut.«

»Sind Sie sicher?«

Ich versuchte, mich zu erinnern, und ging dafür gedanklich zurück in diese Hütte. »Laurenz hat die Fensterläden geöffnet, und ich habe mich einen Moment auf das Bett gesetzt ... auf das in dem zweiten Raum. Warum ist das wichtig?«

Franziska Stangl schien mich mit ihrem Blick durchbohren zu wollen. Sie ließ sich Zeit mit ihrer Antwort. Schließlich sagte sie: »Die beiden Haare, die eindeutig Ihnen zuzuordnen sind, wurden im Kleiderschrank im ersten Raum gefunden.«

Der Mann hatte ganze Arbeit geleistet. Die Erkenntnis raubte mir den Atem. Ich sah ihn vor mir, wie er eiskalt eine Spur nach der anderen legte, um mich ans Messer zu liefern. Was hatte ich ihm getan? Oder ging es um sie? Hatte ich ihr unwissentlich etwas getan? Was konnte so schlimm sein, dass sie dafür versuchten, mein Leben zu zerstören?

»Frau Thalmann, haben Sie mich verstanden?«

»Ja.« Meine Stimme war nur noch ein Krächzen. Ich räusperte mich. »Ja, ich habe Sie verstanden.«

»Und haben Sie etwas dazu zu sagen?«

»Einer von den beiden hat meine Haare dort absichtlich deponiert.«

»So kommen wir nicht weiter. Wollen Sie nicht endlich mit diesem Spiel aufhören? Je weiter Sie es treiben, desto schlimmer wird es für Sie. Wenn Sie jetzt einhalten und gestehen, dann ...«

»Dann erspare ich Ihnen viel Arbeit? Wollten Sie das sagen? Ich werde Ihnen diese Arbeit nicht ersparen, Frau Stangl, denn ich habe nichts zu gestehen. Am zweiundzwanzigsten September bin ich entführt worden, und ich erwarte von Ihnen, dass Sie herausfinden, von wem.«

»Erwarten Sie dabei auch, dass ich alle Hinweise übersehe, die auf Sie deuten?«

»Sie sollen gar nichts übersehen. Schon gar nicht die Möglichkeit, dass diese Hinweise fingiert sein könnten.«

»Warum? Nennen Sie mir einen Grund, aus dem sich dieser angebliche Entführer eine solche Mühe gegeben haben sollte. Die einhunderttausend Euro, die er erbeutet hat, reichen mir nicht als Grund. Sie stehen in einem absoluten Missverhältnis zu seinem Einsatz.«

»Glauben Sie nicht, dass ich mir darüber bereits mein Hirn zermartert habe? Wenn ich einen Grund wüsste, ginge es mir weit besser. Es gibt niemanden, der sich auf diese Weise an mir rächen wollte. Es gibt niemanden, der versuchen würde, mich auf diese Weise aus dem Weg zu schaffen.«

»Und da sind Sie sich ganz sicher?«

»Wenn Sie bei dieser Frage meinen Mann im Blick haben, dann kann ich nur immer wieder sagen: Vergessen Sie's! Und wenn Sie mir nicht glauben, dann überprüfen Sie sein Umfeld, unsere Vermögensverhältnisse … was auch immer Sie davon überzeugen kann, dass Sie sich mit dieser Vermutung auf dem Holzweg befinden. Und glauben Sie mir verdammt noch mal endlich, dass, sollte mein Mann sich von mir trennen wollen, ich ihm keine Hindernisse in den Weg legen würde, die den Einsatz solcher Mittel herausfordern würden.« Ich sah mich zu meinen Eltern um. Mein Vater zwinkerte mir aufmunternd zu, während meine Mutter den Beamtinnen entrüstete Blicke zuwarf. »Wenn Sie auf die Hütte der Hubers gestoßen sind, dann müssten Sie eigentlich auch auf die anderen

Hütten im Umkreis der Abendmahlkapelle gestoßen sein. Haben Sie die Besitzer und Mieter all dieser Hütten überprüft?« Meine Frage galt Kristin Mayer.

»Ja, das haben wir.«

»Auch die Mieter der Hütten des Forstbetriebs?«

»Ja, auch die. Bei keinem der Mieter hat sich auch nur das leiseste Verdachtsmoment ergeben. Tut mir leid, Frau Thalmann. Selbst die Hütte, die nicht mehr bewohnbar ist, kommt nicht in Frage. Wie Sie uns sagten, war der Raum, in dem Sie festgehalten wurden, einwandfrei in Schuss.«

Ich gab mich geschlagen und verfiel in resigniertes Schweigen, bis das Räuspern meines Vaters mich aufblicken ließ.

»Mir ist bewusst, dass dies eine Vernehmung ist«, begann er, »trotzdem möchte ich Ihnen eine Frage stellen, Frau Mayer. Ich nehme mal an, dass Sie den Radius, in dem Sie die Hütte vermuten, in ähnlicher Weise berechnet haben wie meine Tochter.«

»Wir haben ihn sogar noch großzügiger angesetzt.«

»Gab es unter den in Frage kommenden Hütten eine, die während der besagten fünf Tage nicht vermietet war?«

»Worauf wollen Sie hinaus?«, mischte Franziska Stangl sich ein.

»Jemand, der etwas davon versteht, hätte ohne weiteres in eine leerstehende Hütte einbrechen können. Eine solch illegale Nutzung könnte auch erklären, warum meine Tochter weder etwas Warmes zu essen noch zu trinken bekommen hat. Geschweige denn, dass die Hütte geheizt wurde. Mit aufsteigendem Rauch hätte der Entführer die Aufmerksamkeit auf die Hütte gezogen. Das legt meiner

Meinung nach den Schluss nahe, dass der Entführer kein regulärer Mieter war. Was meinen Sie?«

Einen Moment lang herrschte Stille im Raum. Franziska Stangl runzelte die Stirn, während ihre junge Kollegin dem Gedanken meines Vaters gegenüber aufgeschlossen schien.

»Es klingt plausibel, was Sie sagen«, meinte Kristin Mayer, »das macht die Sache jedoch nicht einfacher. Denn leergestanden hat ausschließlich die baufällige Hütte.«

19

Zwei Tage lang vergrub ich mich, tauchte ab und verspürte kein Bedürfnis, jemals wieder aufzutauchen. Wäre Ronin nicht gewesen, hätte ich nicht einmal das Bett verlassen. Ich beantwortete nur Laurenz' und Verenas Anrufe und die meiner Eltern, damit sich keiner von ihnen Sorgen machte und im Feenhaus erschien. Ich wollte alleine sein, wollte mich in meinen geschützten Garten verkriechen und in die Ruhe eintauchen, die dort herrschte.

Dass der Mangel an Ablenkung und die Entspannung, nach der ich mich sehnte, auch die Erinnerung an die Entführung intensiver werden ließ, konnte ich nicht verhindern. Gerade in Momenten, in denen ich mich zurücklehnte, die Augen schloss und versuchte loszulassen, überfielen mich die Bilder aus dem Wald und aus der Hütte. In meinen Träumen war es immer wieder der Moment, als sich mir die Hand mit der Watte auf Mund und Nase legte, als ich glaubte zu ersticken. Und als ich den Lauf der Waffe an meiner Wange spürte.

Ich hatte in mein altes Leben zurückkehren wollen, hatte angenommen, die vertrauten Rituale würden mir dabei helfen, und hatte doch feststellen müssen, dass alles anders war. Vor dem zweiundzwanzigsten September hatte es mich frühmorgens hinausgezogen, ich hatte die Schluckspechte gegossen und die Feen begrüßt, hatte die Zeitung geholt und mich bei einer Tasse Tee in die neuesten Nachrichten vertieft. Jetzt nahm ich irgendwann am Tag Post und Zeitung aus dem Briefkasten und legte alles auf die Truhe im Flur. Der einzige Brief, auf den ich wartete, war der vom Kreditkartenunternehmen.

Je länger ich darüber nachdachte, desto widersinniger erschien mir die Hoffnung, dass man mir die beiden Positionen auf der Abrechnung erlassen würde. Sie waren mit meiner Kreditkarte bezahlt worden, und ich hatte sie nicht einmal als gestohlen gemeldet. Trotzdem hoffte ich darauf, dass die angezeigte Entführung wenigstens dort Überzeugungskraft besaß.

Als Laurenz am Freitagabend nach Hause kam, war ich so in mich gekehrt, dass ich kaum ein Wort sprach. Erst als er mich zum vierten Mal fragte, was ich an diesem Tag gegessen hätte, antwortete ich ihm.

»Irgendetwas?«, hakte er nach. »Das klingt nicht, als wäre es sehr viel gewesen. Was hältst du von Saltimbocca? Ich habe alle Zutaten eingekauft.« Er sah mich aufmerksam an. »Okay, habe verstanden, es ist dir egal. Dann warte ab, bis du den ersten Bissen probiert hast. Spätestens dann wird es dir nicht mehr egal sein.« Ohne meine Reaktion abzuwarten, öffnete er den Kühlschrank, holte Kalbfleisch, Schinken und Weißwein heraus und begann zu kochen. Während er das Fleisch mit Schinken und frischem Salbei belegte, warf er mir immer wieder Seitenblicke zu. »Emma, was ist geschehen?«, fragte er schließlich.

»Ich habe einen völlig unschuldigen Mann verdächtigt und ihm die Polizei auf den Hals gehetzt. Und ich habe nichts in der Hand, was die Kripo davon überzeugen könnte, dass ich tatsächlich entführt wurde. Woran immer ich rühre … dieses Schwein war schneller.« Ich erzählte ihm von den Haaren, die in der Hütte gefunden worden waren. »Und was das Schlimmste ist: Es ist keine Hütte übrig. Sie haben alle Mieter überprüft, und angeblich ist kein einziger verdächtig.«

»Vielleicht hast du den Radius nicht weit genug gezogen. Er müsste dir das Chloroform nur noch einmal verabreicht haben, und schon ist der Radius größer.«

»Die Kripo hat ihn bereits sehr viel größer gezogen.« Ich biss mir auf die Unterlippe und starrte vor mich hin. »Sollte er mir tatsächlich mehr von dem Chloroform gegeben haben, dann ist er noch skrupelloser, als ich angenommen habe. Dann hätte er meinen Tod in Kauf genommen. Einfach so. Er hätte sich von dir das Geld bringen lassen, hätte meine Leiche irgendwo vergraben, wo sie vielleicht nie gefunden worden wäre, und …«

Laurenz kam zu mir, nahm mich in die Arme und hielt mich fest. »Dein Schutzengel hat gute Arbeit geleistet, Emma. Denk nicht darüber nach, was hätte sein können. Ich finde, es reicht, was tatsächlich geschehen ist. Damit zurechtzukommen fordert dir schon genug ab. Und mir auch.«

Ich löste mich aus seinen Armen. »Wenn ich wenigstens wüsste, was tatsächlich geschehen ist.« Ich zählte an den Fingern ab: »Wo hat er mich versteckt? Warum hat er nur einhunderttausend Euro verlangt? Was hat seine Freundin in Düsseldorf gemacht? Und warum hat er alles so fingiert, als habe ich meine Entführung nur vorgetäuscht?«

»Alles nicht«, korrigierte Laurenz mich. »Denk nur an seine Anrufe bei mir.«

»Was hätte er getan, wenn du die Polizei über die Entführung informiert hättest?«

»Dieser Gedanke bringt nichts. Er führt zu nichts.«

»Was bringt denn überhaupt etwas?«, brauste ich auf. »Hast du da vielleicht eine zündende Idee?«

»Wir müssen die Hütte finden, in der du festgehalten worden bist.«

»Das ist aussichtslos, Laurenz. Die einzige Hütte, die während meiner Entführung leerstand, ist nicht mehr bewohnbar.«

»*Nicht mehr bewohnbar* ist ein dehnbarer Begriff. Das kann alles Mögliche bedeuten. Vielleicht ist einfach nur der Ofen kaputt. Hast du nicht gesagt, dass es kalt in der Hütte war und du nichts Warmes zu trinken bekommen hast?«

Anfangs war mein Nicken noch zögerlich, doch dann konzentrierte sich all meine Hoffnung darauf.

Am Montagmorgen rief ich als Erstes beim Forstbetrieb an und fragte nach der Hütte. Wenn sich die Mitarbeiterin am anderen Ende der Leitung über meine häufigen Anrufe wunderte, dann sagte sie es nicht. Geduldig gab sie mir Auskunft: Was genau mit der Hütte los sei, könne ich beim zuständigen Revierleiter erfahren. Sie wisse nur, dass die Hütte wegen irgendwelcher Schäden derzeit nicht zu vermieten sei.

Innerlich stöhnte ich auf. Der Revierleiter war schon bei meinem letzten Telefonat sehr misstrauisch gewesen und hatte es abgelehnt, mir nähere Informationen über die Hütten zu geben. Sein Vertrauen in die Arbeit der Kripo war weit größer als meines. Also blieb mir nichts anderes übrig, als die Mitarbeiterin des Forstbetriebs so lange zu löchern, bis sie mir die genaue Lage der Hütte verriet. Sie lag nicht weit von der Hütte der Hubers entfernt.

Nachdem ich aufgelegt hatte, saß ich da und fragte

mich, was ich jetzt mit dieser Information anfangen sollte. Die Kripo würde sich nicht weiter dafür interessieren. Und um alleine dorthin zu fahren, war meine Angst viel zu groß. Vielleicht konnte ich Anton überreden mitzukommen.

Eine Stunde später stand ich mit Ronin vor seiner und Verenas Tür und ließ mich zu einem späten Frühstück überreden.

»Du hast doch etwas auf dem Herzen«, sagte er, nachdem wir die Neuigkeiten über Mirjam ausgetauscht hatten.

»Ich habe eine Bitte an dich.«

»Schieß los! Aber nur, wenn es nicht wieder darum geht, mögliche Entführer an ihrer Haustür zu überraschen. Dafür bin ich nämlich der Falsche.«

»In der Nähe der Abendmahlkapelle gibt es eine Hütte, die ich mir gerne ansehen würde. Alleine traue ich mich jedoch nicht. Und bis Laurenz am Wochenende zurück ist, will ich nicht warten.«

»Hat die Hütte etwas mit deiner Entführung zu tun?«

»Möglich.«

Während er nachdachte, bestrich er sich eine Brötchenhälfte mit Butter und Pflaumenmus. Dann biss er hinein und kaute in Ruhe. »Ich kann aber erst morgen. Bis heute Abend muss ich einen Artikel abliefern.«

»Sag mir, wann es dir passt.«

»Am frühen Nachmittag.«

»Ich hole dich ab!«

Die Zeitungen, die mein Vater mitgebracht hatte, lagen immer noch unangetastet auf dem Küchentisch. Ich hatte mir vorgenommen, sie am Nachmittag durchzusehen. Viel versprach ich mir nicht davon. Es würde wohl kaum etwas darüber drinstehen, dass Frau X, die einer Emma Thalmann zum Verwechseln ähnlich sah, mit einhunderttausend Euro im Gepäck angereist war, um dieses Geld bei dem Gläubiger ihres Liebhabers abzuliefern. Immer wieder musste ich an das denken, was mein Vater gesagt hatte: *Du vermutest nur, dass die Frau das Geld dabeihatte*. Und wenn ich es ganz genau nahm, dann vermutete ich auch nur, dass die rührselige Geschichte, die der Entführer mir erzählt hatte, der Wahrheit entsprach. Was aber, wenn überhaupt nichts von dem, was er gesagt hatte, stimmte? Dann wusste ich nur, dass er Geld gebraucht und es von Laurenz bekommen hatte.

Durch meine Kreditkartenabrechnung, die Zeugenaussage des Sixt-Mitarbeiters und die Schilderungen der Kripobeamtinnen wusste ich darüber hinaus, dass die Freundin des Entführers am sechsundzwanzigsten September eineinhalb Stunden lang irgendetwas mit einem Auto in Düsseldorf erledigt hatte. Ich starrte auf den Berg Zeitungen und überlegte, wie groß die Chance wohl war, dass darüber berichtet worden war. Ich gab mir gleich selbst die Antwort: minimal. Und wie gering würde die Chance erst sein, dass es mir auffiel, wenn ich es las? Wenn es nicht darum gegangen war, das Geld abzuliefern, dann konnte sie aus allen möglichen Gründen nach Düsseldorf geflogen sein. Solange ich nicht mehr über sie wusste, konnte sich die Lösung vor meinen Augen ausbreiten und ich würde sie nicht erkennen.

Ich schob den Zeitungsberg in die Mitte des Tisches und starrte vor mich hin. Wenn ich wenigstens wüsste, ob sie das Geld dabeigehabt hatte oder nicht. Einer Eingebung folgend rief ich Kristin Mayer an.

»Hat der Sixt-Mitarbeiter etwas über das Gepäck der Frau gesagt, die sich für mich ausgegeben hat?«, fragte ich gespannt.

»Es geht um das Geld, nicht wahr?«

»Ja. Wenn sie es dabeihatte, muss es in einem Gepäckstück gewesen sein, das größer ist als eine normale Handtasche. Einhunderttausend Euro brauchen Platz.«

»Leider kann der Mann sich nicht erinnern, ob die Frau Gepäck dabeihatte. Darauf hat er nicht geachtet. Aufgegeben hat sie zumindest keines, das haben wir überprüft.«

Ich ließ mir Zeit, diese Information zu verarbeiten. »Es gibt so wenig Konkretes«, sagte ich schließlich enttäuscht. »Ich suche immer noch nach dem einen Punkt, von dem aus sich endlich mal ein weiterer ergibt. Aber ich finde nichts. Außer es sind Spuren, die auf mich deuten.«

»Gibt es noch mehr?«, fragte sie. Ihre Wachsamkeit war unüberhörbar.

»Nein! Und wenn, dann würde ich Ihnen das ganz bestimmt nicht auf die Nase binden. Glauben Sie, ich will mir mein eigenes Grab schaufeln?«

»Frau Thalmann, tun Sie sich und uns einen Gefallen und suchen Sie gar nicht erst weiter. Überlassen Sie uns das.«

»Das würde ich gerne, Frau Mayer, wenn ich darauf vertrauen könnte, dass Sie nicht allein mich im Visier haben.«

»Darauf gebe ich Ihnen mein Wort.«

»Haben Sie denn zum Beispiel im Umkreis der Hütte der Hubers herumgefragt, ob dort in dem fraglichen Zeitraum jemand beobachtet wurde?«

»Selbstverständlich haben wir das.«

»Und was ist dabei herausgekommen?«

»Ein einziges Mal wurde ein Mountainbiker dort gesehen.«

»Das wird der Entführer gewesen sein.«

»Das wissen wir nicht, das …«

»Ich weiß, ich weiß: *Das können wir nur vermuten*. Können Sie sich überhaupt vorstellen, wie sehr mir all diese Vermutungen, die zu nichts führen, inzwischen aus dem Hals hängen?« Ich ließ ihr keine Zeit, etwas darauf zu sagen. »Gibt es wenigstens etwas Konkretes darüber, wie der Schlüssel der Hütte zu den Hubers zurückgekommen ist?«

»Er lag am siebenundzwanzigsten September morgens im Briefkasten der Familie Huber.«

»Das war der Dienstag, an dem ich freigelassen wurde.«

»Ihrer Aussage zufolge sind Sie um Viertel nach zehn auf der Bank in Stocka aufgewacht. Frau Huber hat den Schlüssel aber bereits um kurz vor sechs in der Früh im Briefkasten gefunden, als sie die Zeitung herausnahm.«

»Beweist das nicht, dass ich nicht in dieser Hütte festgehalten worden sein kann? Ich meine, er wird nicht mit mir die Hütte verlassen und mich dann mehr als vier Stunden im Auto herumgefahren haben.«

»Das ist relativ unwahrscheinlich, da gebe ich Ihnen recht.«

»Andererseits kann ich mir auch nicht vorstellen, dass er mich gleich nach dem Schlüsseleinwurf bei den Hubers auf der Bank in Stocka abgelegt hat. Dann hätte ich stundenlang dort gelegen, und das wäre bestimmt jemandem aufgefallen. Haben Sie sich bei den Leuten in Stocka mal umgehört?«

»Ja, haben wir. Das Einzige, was wir erfahren haben, ist,

dass jemand an dem Dienstagmorgen einen Geländewagen auf dem kleinen Feldweg beobachtet hat, der zu der Bank führt, auf der Sie aufgewacht sind.«

»Und das fand dieser Jemand nicht merkwürdig?«

»Der Wagen sei dunkelgrün gewesen und habe ausgesehen wie ein Wagen vom Forst. Das ist nichts Ungewöhnliches.«

»Und haben Sie beim Forst nachgefragt?«

»Das haben wir. Fehlanzeige! Vom Forst war es niemand.«

»Ist das etwa kein Beweis?«

»Es tut mir leid, wenn ich das sagen muss, Frau Thalmann, aber auch das ist kein Beweis. Im Gesamtzusammenhang könnte es lediglich ein Indiz sein.«

»Suchen Sie überhaupt noch nach Fakten, die mich entlasten könnten? Ich meine, wenn es stimmt, was mein Mann herausgefunden hat, dann handelt es sich bei dem Vortäuschen einer Entführung um ein Delikt, das vergleichsweise gering bestraft wird und deswegen auch nicht gerade den gesamten Polizeiapparat mobilisiert.«

Sie lächelte durchs Telefon, jedenfalls hörte es sich so an. »In der Tendenz ist das richtig. Aber wir ermitteln nicht nur zur Vortäuschung einer Straftat, sondern auch zu erpresserischem Menschenraub. Und das ist ein Kapitalverbrechen.«

Während des restlichen Nachmittags versuchte ich, abzuschalten und nicht an die Entführung zu denken. Zum ersten Mal seit Tagen öffnete ich meine E-Mails und beantwortete zumindest die wichtigsten. Zwei Anfragen für Illustrationen sagte ich schweren Herzens ab. Mein Kopf war nicht frei dafür. Als ich meine Antwortmails gerade abgeschickt hatte, klingelte es unten. Ronin rannte mir laut bellend voraus.

Das Gesicht, das mir durch den Spion entgegensah und nur durch die Haustür von meinem getrennt war, ließ mich zurückschrecken. Mit klopfendem Herzen lehnte ich mich gegen die Wand. Ronin winselte, weil er es nicht erwarten konnte, dass die Tür aufging. Ich strich ihm über den Kopf, obwohl viel eher ich es war, die Beruhigung brauchte.

Es klingelte erneut. »Frau Thalmann«, drang ihre Stimme durch die Tür. »Entschuldigen Sie diesen Überfall, aber …«

Ich sah wieder durch den Spion. Sie war ein Stück zurückgetreten und sah suchend an der Hauswand hinauf. Dann ging sie wieder auf die Tür zu.

»Mein Name ist Nikola Schwendy, können Sie mir bitte öffnen?«

»Was wollen Sie?«, fragte ich durch die Tür.

»Ich möchte mit Ihnen reden.«

Neben meiner Angst existierte noch etwas: eine große Verlockung. Einerseits fürchtete ich mich vor dieser Frau, die mir so ähnlich sah und gegen die ich wider jede Vernunft immer noch einen Verdacht hegte. Andererseits wünschte ich mir nichts sehnlicher, als endlich ein Stück weiter zu kommen. Und sei es nur durch die Erkenntnis, dass sie tatsächlich nichts mit meiner Entführung zu tun hatte. »Unten an der Straße liegt das Café König. Warten Sie dort auf mich.«

Bevor sie sich umwandte, konnte ich gerade noch ihren leicht verärgerten Blick erkennen. Dann ging sie zu ihrem Auto, das in der Auffahrt stand. Ich rannte nach oben, damit ich von dort aus beobachten konnte, ob sie tatsächlich in die Straße einbog und Richtung Café fuhr. Erst als ich es mit eigenen Augen gesehen hatte, zog ich Jacke und Schuhe an, legte Ronin das Halsband um und folgte Nikola Schwendy zu Fuß ins Café.

Einen Moment lang hatte ich darüber nachgedacht, zur Sicherheit Laurenz zu informieren, mit wem ich mich traf. Doch dann wurde mir bewusst, dass ich das früher auch nicht getan hatte. Und ich wollte dieses Früher – wenn schon nicht ganz, dann zumindest teilweise.

Ronin war ein guter Begleiter, er blieb dicht neben mir, als wir das Cafe betraten. Es war nicht viel los an diesem Nachmittag – ich entdeckte sie sofort und ging mit leichtem Unbehagen auf sie zu. Mir wäre wohler gewesen, wenn ich gewusst hätte, was mich erwartete. Nachdem ich mich gesetzt hatte, musterten wir uns gegenseitig.

Sie ergriff als Erste das Wort. »Er hat recht, wir sehen uns tatsächlich ähnlich.«

»Von wem sprechen Sie?«, fragte ich.

»Von dem Kaminbauer. Von ihm habe ich Ihren Namen und Ihre Adresse. Und die Information, dass er ähnlich vertrauensselig war, was meine Daten anbelangt. Es schien ihm großes Vergnügen zu bereiten. Er meinte, er habe sich eine Flasche Sekt verdient, sollte sich zwischen uns eine Freundschaft anbahnen und er dafür verantwortlich sein.« Wieder erkundete ihr Blick jeden Winkel meines Gesichts. »Sind Sie diejenige, wegen der die Polizei mich aufgesucht hat?« Wenn ich ihren Ton richtig deutete, dann war sie alles andere als erfreut.

»Ja.«

»Und haben Sie den Hinweis gegeben, dem man dann bei mir nachgegangen ist?«

»Ja.«

»Können Sie sich vorstellen, wie schnell sich das herumgesprochen hat? Wie ein Lauffeuer. Haben Sie auch nur einen Augenblick darüber nachgedacht, was Sie mir damit antun, wenn die Polizei in meinem Leben herumschnüffelt?«

»Sind Sie deshalb hier? Um mich das zu fragen?«

»Ja.« Wenn ihre Empörung gespielt war, dann hatte sie den Beruf verfehlt.

Meine Antwort musste warten, denn die Kellnerin kam und fragte nach unseren Wünschen. Da ich Nervennahrung brauchte, bestellte ich mir frische Waffeln mit Kirschen. Mein Gegenüber begnügte sich mit einem Espresso.

»Was hat die Polizei Ihnen gesagt?«, fragte ich, sobald die Kellnerin fort war.

»Dass es um die Ermittlung in einem Entführungsfall gehe und um den Ausschluss einer möglichen Verwechslung. Sie haben mein Alibi für den sechsundzwanzigsten September überprüft, waren aber nicht bereit, mir zu verraten, was ich an dem Tag eigentlich angestellt haben sollte. Können Sie sich vorstellen, wie ich mich da gefühlt habe? Von mir wird Offenheit erwartet, und im Gegenzug bekomme ich nur ausweichende Antworten.«

»Wenn Sie nur ausweichende Antworten bekommen haben, dann wird die Kripo Ihnen wohl kaum meinen Namen verraten haben. Wie sind Sie auf mich gekommen?«

»Sie haben immer wieder Andeutungen gemacht über meine Ähnlichkeit mit einer anderen Frau. Da habe ich mich an ein Gespräch mit unserem Kaminbauer erinnert. Er konnte sich damals gar nicht einkriegen wegen unserer Ähnlichkeit und schwelgte in Phantasien, wir hätten garantiert einen gemeinsamen Vater, wüssten nur noch nichts davon.«

So etwas in der Art hatte er mir damals auch erzählt, ich hatte jedoch nur mit einem Ohr hingehört und es gleich wieder vergessen.

»Nachdem die Polizei bei mir war, habe ich mich wieder daran erinnert und ihn angerufen.«

»Warum wollten Sie mich sprechen?«

»Ich wollte ein Gesicht zu dieser Geschichte haben. Und eine Erklärung, die über das Dürftige hinausgeht, mit dem die Leute von der Kripo mich abgespeist haben.«

»Jetzt haben Sie ein Gesicht«, meinte ich zurückhaltend. »Ändert das etwas für Sie?« Während ich mit ihr sprach, versuchte ich zu ergründen, ob sie die Wahrheit sagte. Mein Gefühl sagte mir ja. Aber nicht nur mein Gefühl bestärkte mich darin, ihr zu glauben, sondern auch die Logik, die mein Vater so gerne propagierte. Wenn sie auch nur im Entferntesten etwas mit meiner Entführung zu tun hätte, wäre es idiotisch, zu mir zu kommen und in der Sache herumzurühren. Nur: Warum erwähnte sie die Paketbotin mit keinem Wort? Kurz hintereinander erfuhr sie von zwei Leuten, dass irgendwo in ihrer Nähe eine Doppelgängerin existierte. Und das war ihr keine Erwähnung wert? Diese Tatsache ließ mich sowohl an meiner Menschenkenntnis als auch an der Logik zweifeln.

»Was haben Sie gesagt?« Einen Moment lang hatte ich ihr nicht zugehört.

»Ich habe gefragt, was es mit dieser Entführung auf sich hat. Stehen Sie in Verdacht und haben mich ins Spiel gebracht, um von sich abzulenken?«

»Ich wurde entführt.«

Diese Information schien sie zu überraschen. Während

sie darüber nachdachte, blickte sie aus dem Fenster. »Dann verstehe ich aber die Fragen der Kripo nicht. Ich meine, wenn Sie entführt wurden und dabei eine Verwechslung eine Rolle gespielt haben soll, warum überprüft man dann mein Alibi?«

Da ich ihr immer noch nicht ganz traute, blieb ich stumm. Ich wollte herausfinden, in welche Richtung sich ihre Gedanken bewegten.

»Wenn zwei Frauen sich so ähnlich sehen und eine von ihnen entführt wird, dann stellt sich doch höchstens die Frage, welche von beiden tatsächlich entführt werden sollte.« Sie hatte mehr zu sich selbst als zu mir gesprochen, sah mich jetzt aber wieder an. »Warum dann aber die Frage nach meinem Alibi? Können Sie mir das beantworten?«

»Weil eine Frau, die mir ähnlich sieht, am sechsundzwanzigsten September – zu einem Zeitpunkt, als ich bereits entführt war – mit meinen Papieren von München nach Düsseldorf und zurück geflogen ist. Meine Papiere hatte der Entführer mir abgenommen.« Ich beobachtete jede ihrer Regungen. Die Einzige, die ich zweifelsfrei erkennen konnte, war Erstaunen.

Sie rührte Zucker in ihren Espresso, der inzwischen sicher längst abgekühlt war. »Ich verstehe nicht ganz …« Doch dann schien sie zu begreifen. »Und jetzt meinen Sie, ich hätte … wäre …?« Sie verhaspelte sich. »Ich soll an Ihrer Stelle nach Düsseldorf geflogen sein?«

Ich nickte.

»Deshalb all diese Fragen, vor allem die nach meinem Alibi. Jetzt verstehe ich. Und Sie haben angenommen, ich steckte mit Ihrem Entführer unter einer Decke? Nur weil ich Ihnen ähnlich sehe? Meinen Sie nicht, dass es für eine

Entführung etwas mehr braucht als nur Ähnlichkeit? Zum Beispiel kriminelle Energie und Skrupellosigkeit?«

»Ich werde verdächtigt, meine Entführung nur vorgetäuscht zu haben.«

Sie sah mich lange an. »Und da fiel Ihnen ein, dass Sie in Nussdorf eine Doppelgängerin sitzen haben. Und Sie kamen auf die Idee, auf diese Weise von sich selbst abzulenken.« Ihre Empörung gewann wieder die Oberhand.

»Glauben Sie allen Ernstes, ich wäre so dumm, mit meinen eigenen Papieren irgendwohin zu fliegen, während ich angeblich entführt bin?«

»Das heißt doch aber«, sagte sie nach einem Moment des Schweigens, »dass, sollten Sie unschuldig sein, noch eine zweite Person herumläuft, die Ihnen ähnlich sieht. Oder mir.« Sie nahm einen Schluck von ihrem Espresso.

»Was haben Sie am sechsundzwanzigsten September gemacht?«

»Bis halb eins habe ich unterrichtet. Danach hatte ich ein Elterngespräch. Und dann bin ich nach Hause gefahren und habe meiner Familie etwas zu essen gemacht. Zufrieden?«

»Wenn das stimmt, warum haben Sie mir dann nichts von der Paketbotin erzählt?«

20

Dienstagvormittag rief Verena an. Bevor ich mit Anton hinaus zu der Hütte fuhr, sollte ich mit ihnen essen. Dankbar nahm ich ihre Einladung an. Die Stunden bis zu unserer Verabredung ließ ich mich treiben. Ich hätte so vieles zu tun gehabt, aber mir fehlte der Antrieb. Das Einzige, was mich im Moment interessierte und wofür ich die Kraft aufbrachte, war die Aufklärung meiner Entführung. Zwei Einladungen waren gekommen – ein vierzigster Geburtstag und eine Hochzeit standen an – aber ich konnte mich nicht aufraffen zuzusagen. Ereignisse, auf die ich mich früher gefreut hätte, ließen mich jetzt unberührt. Meine Kontakte beschränkten sich auf meinen engsten Kreis. Mehr war mir nicht möglich. Auch das verdankte ich dem Entführer.

Mirjam öffnete mir die Tür. Sie lächelte mich an. »Komm rein!«

»Hey«, sagte ich voller Freude, »wie schön, dass du auch da bist.«

Sie schlang ihre Arme um mich und hielt mich einen Moment lang fest. Dann beugte sie sich zu Ronin. »Die letzte Stunde hab ich geschwänzt. Ich hatte keinen Bock auf Religion.«

»Lass das bloß deine Großmutter nicht hören. Sonst macht sie sich noch Sorgen um dein Seelenheil.«

»Dann muss sie noch öfter in die Kirche rennen und für

mich beten.« Sie grinste. »Das wird Opa freuen, dann hat er wenigstens Ruhe vor ihr.«

»Mirjam, du sollst nicht so respektlos über deine Großmutter reden«, ertönte Verenas Stimme aus der Küche. Sie klang alles andere als streng.

Als ich mit ihrer Tochter um die Ecke bog, deckte sie gerade den Tisch, während Anton am Herd hantierte. Nachdem ich beide begrüßt hatte, lehnte ich mich gegen das alte Küchenbuffet und betrachtete Verenas Familienleben. Es hatte eine Zeit gegeben, da hatte ich sie sehr um ihre Tochter beneidet. Mittlerweile hatte sich dieses Gefühl fast völlig verflüchtigt, und ich konnte mich einfach an ihrem harmonischen Miteinander freuen. Zwar würden Laurenz und ich nie eine Mirjam haben, aber Verenas Tochter würde immer ein wichtiger Mensch in unserer Nähe sein.

Anton hatte wie immer ausgiebig gekocht. Es gab einen Linseneintopf, dazu Salat und als Nachtisch Apfelkompott.

»Erzähle«, forderte Verena mich auf, kaum dass wir um den Tisch saßen. »Gibt es etwas Neues?«

»Gestern habe ich Nikola Schwendy kennengelernt, die Frau, die mir so ähnlich sieht. Die Ähnlichkeit ist wirklich verblüffend.«

»Cool«, meinte Mirjam, »eine Doppelgängerin. So was hätte ich auch gerne. Stellt euch nur vor: Sie könnte für mich zur Schule gehen, meine Arbeiten schreiben …«

»Und was hätte sie davon?«, fragte Anton.

Mirjam zuckte gleichgültig die Schultern. »Ist doch egal. Hauptsache, jeder würde denken, ich sei in der Schule. Stellt euch nur mal vor, was ich in der Zeit alles machen könnte. Ich …«

»Jaa?«, fragte Verena gedehnt. »Da bin ich jetzt wirklich gespannt.«

»Nicht, was du schon wieder denkst!«

»Was denke ich denn?«

»Dass ich mich mit Pit treffen würde.« Mirjams Klassenkamerad durfte Verenas und Antons Haus nicht mehr betreten, seitdem sie ihn an Verenas Portemonnaie erwischt hatten. »Aber den treffe ich auch so«, meinte sie trotzig. »Was hätte er denn damals machen sollen? Er war in einer Zwangslage. Er brauchte ganz dringend Geld, um seine Handyrechnung bezahlen zu können.«

»Er hätte mich fragen können«, erwiderte ihre Mutter.

»Sag bloß, du hättest ihm das Geld gegeben.«

»Ich hätte ihm Anregungen gegeben, wie er seine Rechnungen in Zukunft niedrig halten kann.«

»Siehst du!« Mirjam schob beleidigt die Unterlippe vor und verschränkte die Arme vor der Brust.

Anton klatschte in die Hände. »So – bevor das jetzt in eine der üblichen Diskussionen ausartet, schlage ich vor, dass wir zu dem eigentlichen Thema zurückkehren.« Er sah mich auffordernd an. »Emma, du warst gerade dabei, uns von deiner Begegnung mit dieser Frau zu erzählen.«

Mit einem entschuldigenden Seitenblick zu Mirjam nahm ich den Ball auf, den Anton mir zugeworfen hatte. »Ich habe mich fast zwei Stunden lang mit dieser Nikola Schwendy unterhalten, und ich kann mir inzwischen beim besten Willen nicht mehr vorstellen, dass sie etwas mit meiner Entführung zu tun hat.«

»Warum ist sie überhaupt bei dir aufgetaucht?«, fragte Anton.

»Sie war verärgert. Das kann ich sogar verstehen. Die Kripo hat nach ihrem Alibi gefragt, ohne ihr groß zu erklären, worum es eigentlich geht. Sie wollte von mir wissen, was dahintersteckt.«

»Dann kann sie tatsächlich nichts damit zu tun haben«, warf Verena ein.

»Wisst ihr, was seltsam ist?« Ich erzählte von der Paketbotin und davon, dass Nikola Schwendy diese Begegnung mit keinem Wort erwähnt hatte. »Ich habe sie danach gefragt, und sie war völlig überrascht. Sie sagte, zu dieser Begegnung sei es nie gekommen. Ich habe immer wieder nachgehakt, weil ich das einfach nicht glauben konnte. Aber sie hat mich davon überzeugt, dass es eine andere Frau gewesen sein müsse, die die Paketbotin mit mir verwechselt hat. Erst dachte ich, sie lügt und dass sie doch irgendetwas vor mir verbergen will. Aber dann kam mir das idiotisch vor. Warum sollte sie die Sache mit dem Kaminbauer zugeben, die mit der Paketbotin aber abstreiten? Das ergibt keinen Sinn.«

Anton nahm sich einen Nachschlag von dem Linseneintopf. »Also läuft noch eine Frau herum, die dir ähnlich sieht.«

»Dabei hast du gar kein Allerweltsgesicht«, sagte Mirjam, die inzwischen wieder aufgetaut war.

»Danke!« Ich schickte ihr einen Luftkuss und wandte mich dann Anton zu. »Ja, genau das denke ich auch. Es gibt noch eine Doppelgängerin. Nur macht das die Sache nicht einfacher. Nikola Schwendy konnte ich relativ problemlos finden. Aber wie soll ich dieser Frau auf die Spur kommen? Die Paketbotin hat sie auf der Straße getroffen.«

»Wo genau ist sie ihr denn begegnet?«, fragte Anton.

»Auf dem Platz vor der *Residenz*.«

»Vielleicht hat sie dort gewohnt. Ich meine, aus Aschau

wird sie nicht kommen, sonst wärst du ihr sicher schon mal über den Weg gelaufen.« Er legte seine Stirn in Falten. »An deinem Geburtstag haben wir doch bis in die Puppen bei euch im Garten gefeiert. War das nicht ein Samstag?«

Ich nickte.

»Vielleicht hat diese Frau das Wochenende in der *Residenz* verbracht.«

»Wenn, dann werden die mir ganz bestimmt nicht ihre Gästeliste zeigen.«

»Aber der Kripo müssen sie sie zeigen.«

»Glaubst du allen Ernstes, dass die jede Frau, die an dem fraglichen Wochenende dort residiert hat, auf eine Ähnlichkeit mit mir hin überprüfen werden?« Ich schüttelte den Kopf. »Die werden mich höchstens mitleidig ansehen.«

Verena war anderer Meinung. »Wenn sie deine Entführung aufklären wollen, müssen sie auch dem kleinsten Hinweis nachgehen. Und so viel Arbeit wird das auch nicht sein. Heutzutage musst du dich in fast jedem Hotel eintragen – auch mit deinem Geburtsdatum. Sie müssen also nur die Frauen heraussuchen, die in einem ähnlichen Alter sind wie du.«

»Aber bei all dem bleibt die Frage der Plausibilität«, wandte Anton ein. »Sollte diese Frau tatsächlich etwas mit der Entführung zu tun haben, dann hätten sie und ihr Freund sich knapp zwei Monate Zeit genommen, um dich zu entführen. Warum haben sie so viel Zeit vergehen lassen? Ich meine, dich auszuspionieren braucht nur ein paar Tage. Dann kennt ein aufmerksamer Beobachter deinen Tagesablauf und deinen Bewegungsradius.«

»Die beiden müssen zu dem Zeitpunkt doch noch gar nicht auf die Idee gekommen sein«, sagte ich. »Die Frau hätte sich jederzeit später an die Begegnung mit der Paketbotin erinnern können.«

»An die Begegnung schon, aber nicht an deinen Namen – das halte ich für unwahrscheinlich. Überleg mal: Du wirst auf der Straße von jemandem angesprochen, der dich verwechselt. Du hörst ein-, bestenfalls zweimal den Namen der Person, mit der du verwechselt wirst – einen dir bis dahin völlig fremden Namen. Und daran willst du dich dann knapp zwei Monate später erinnern?«

»Da gebe ich dir recht, das ist unwahrscheinlich. Nehmen wir also an, sie ist bereits an meinem Geburtstag auf die Idee gekommen, in dem Moment, als die Paketbotin uns beide verwechselte. Dann stellt sich wirklich die Frage, warum es fast acht Wochen gedauert hat, bis der Mann mich entführt hat.«

»Weil vielleicht der sechsundzwanzigste September eine ganz bestimmte Bedeutung für die beiden hatte«, sagte Mirjam. »War das nicht der Tag, an dem die Frau nach Düsseldorf geflogen ist?«

Als ich später mit Anton im Auto saß, ließ ich mir unser Gespräch noch einmal durch den Kopf gehen. Einer der drei hatte etwas gesagt, was in mir nachgeklungen war. Aber ich bekam es nicht zu fassen. Wieder und wieder rekonstruierte ich unsere Unterhaltung – ohne Erfolg.

»Anton?«, fragte ich schließlich. »Vorhin hast du angedeutet, dass zwei Monate eine lange Zeit wären, um meine Entführung vorzubereiten. Ich habe darüber nachgedacht: Bei so etwas geht es nicht nur darum, den Tagesablauf des Entführungsopfers auszuspionieren. Du brauchst auch eine gute Gelegenheit für den Überfall.«

»Die hat sich bei dir dreimal in der Woche geboten. Jedes Mal, wenn du auf dein Rad gestiegen bist.«

»Ja, aber im August und auch noch weit in den September hinein sind viel zu viele Wanderer unterwegs. Da wäre die Gelegenheit gar nicht gut gewesen. Und noch eines: Der Mann hat mich fünf Tage lang festgehalten. Wenn er irgendwo arbeitet, dann musste er sich Urlaub für die Entführung nehmen.« Diese Vorstellung hatte etwas erschreckend Alltägliches.

Anton schwieg und hing seinen Gedanken nach.

»Was für einen Grund könnte es noch geben, sich fast zwei Monate Zeit zu lassen?«, fragte ich.

»Den, den Mirjam nannte: Dass der sechsundzwanzigste September eine besondere Bedeutung hatte. Und natürlich, dass sie es besonders gut machen und nichts dem Zufall überlassen wollten. Was meiner Meinung nach nicht zu der Lösegeldsumme passt. Eine lange und ausgiebige Vorbereitung würde ich eher bei jemandem vermuten, der den ganz großen Coup landen will. Dafür sind einhunderttausend Euro zu wenig.«

»Kommt darauf an, von welcher Warte aus du das betrachtest. Wenn du keinen Cent in der Tasche und nur Schulden hast, dann können einhunderttausend Euro eine ganze Menge sein.«

»Würdest du dann nicht gleich zwei- oder dreihunderttausend verlangen? Je länger ich darüber nachdenke, desto seltsamer erscheint mir diese Summe. Sie passt nicht zu dem Mann, den du beschrieben hast.«

»Du glaubst mir nicht?«

»Dir glaube ich jedes Wort. Ich frage mich nur, ob es nicht ein Fehler ist, das allzu Offensichtliche zu glauben. Was wäre denn, wenn die Sache mit dem Geld nur vorgeschoben war? Wenn deine Entführung einen ganz anderen Grund hatte?«

»Vielleicht den, mich von meiner Verabredung mit Juliane Wolfinger abzuhalten?« Ich musste lachen. »Weißt du, was die Kripobeamtinnen mit mir machen, wenn ich denen ausmale, dass möglicherweise eine Konkurrentin von mir so heiß darauf war, den Kinderkrimi zu illustrieren, dass sie mich hat entführen lassen? Die lassen ein Gutachten über meinen Geisteszustand erstellen.«

Während wir in den holprigen Weg bogen, der zu der Hütte des Forstbetriebs führte, stimmte Anton in mein Lachen ein. »Es ist schön, dich mal wieder fröhlich zu erleben«, meinte er. Und mit Blick auf den Zustand des Weges: »Ich glaube, es ist besser, hier auszusteigen und zu Fuß weiterzugehen. Dein Wagen ist nicht gerade geländegängig.«

Ich hielt am Rand, nahm Ronin an die Leine und folgte Anton, der bereits ein paar Schritte vorausgelaufen war. Als ich ihn erreichte, blieb er stehen und sah sich um. Ich tat es ihm gleich und versuchte dabei, in mich hineinzuhören. Gab es hier Geräusche, irgendetwas, das einen Nachhall in mir auslöste? Ich schloss die Augen und hörte das Rauschen des Windes. Sonst nichts. Als mir unbehaglich wurde, riss ich die Augen auf und versicherte mich der Anwesenheit von Anton und Ronin.

Anton kannte mich gut genug, um zu erkennen, was mit mir los war. Er sah mich prüfend an. »Bist du dir sicher, dass das gut für dich ist, was wir hier tun? Sollte es tatsächlich die Hütte sein, in der du festgehalten worden bist, dann …«

»Dann werde ich froh sein«, vollendete ich seinen Satz.

Ich hatte ihn nicht ganz überzeugen können, trotzdem

setzte er seinen Weg fort, bis wir keine fünfzig Meter weiter vor der Hütte stehen blieben. Überrascht stellten wir fest, dass sie aussah wie jede andere Hütte auch.

»Ideal für Leute, die Ruhe suchen«, sagte er, »und für solche, die nicht entdeckt werden wollen. Hierher wird sich so schnell niemand verirren. Die Hütte liegt viel zu weit entfernt von den Wanderwegen.«

»Ich frage mich, warum sie nicht bewohnbar sein soll. Eigentlich sieht sie ganz intakt aus.«

»Vielleicht ist das Dach durchlässig. Komm, lass uns mal drumherum gehen.«

Ich ließ Ronin von der Leine und folgte Anton. Wieder horchte ich in mich hinein. Müsste ich es nicht spüren, wenn es die Hütte war? Anton rüttelte an der Tür. Sie war verschlossen. Als wir zur Rückseite der Hütte kamen, zog er aus seinem Rucksack eine kleine Videokamera und richtete sie auf einen der Fensterläden.

»Was machst du da?«, fragte ich ihn.

»Uns absichern. Sieh mal!« Er zeigte auf abgesplittertes Holz an dem Laden. »Für mich sieht das so aus, als sei der aufgebrochen worden.« Er bückte sich, griff nach einem Stock und reichte mir die Kamera. »Halt du jetzt mal drauf!« Kaum hielt ich das Gerät in der Hand, öffnete er mit Hilfe des Stocks den Laden.

Das Fenster dahinter war nur angelehnt, eine der Scheiben fehlte. Ich ging näher heran und schaute in den Raum. Weder seine Abmessung noch seine Möblierung kamen mir irgendwie bekannt vor. Enttäuscht und erleichtert zugleich zog ich meinen Kopf zurück.

»Anton, könntest du vielleicht hineinklettern und von innen die Läden des anderen Raumes öffnen?« Dass es einen weiteren gab, war von außen erkennbar.

»Lass uns lieber der Kripo Bescheid geben. Sollte es dort drinnen Spuren geben, ist es besser, wenn ich sie nicht kaputttrete.«

»Aber es ist überhaupt nicht gesagt, dass es die Hütte ist. Noch einen falschen Alarm kann ich mir bei denen nicht leisten. Die Sache mit dem Apotheker war schon schlimm genug.«

»Emma, irgendjemand ist hier eingebrochen.«

Ich winkte ihn heran. »Komm und schau. Nirgends liegen Glasscherben herum. Vielleicht sind der kaputte Laden und das Fenster der Grund, dass die Hütte nicht bewohnbar ist.«

»Vielleicht hat der Entführer aber auch nur richtig gut saubergemacht.«

»Wenn keine Spuren mehr da sind, kannst du auch keine zerstören. Bitte, Anton.«

Kopfschüttelnd sah er erst zu mir und dann zum Fenster. Dann stützte er sich in den Rahmen und kletterte hinein. Von drinnen wies er mich an, ihm die Kamera zu geben. Nachdem er durch eine Tür im Inneren der Hütte verschwunden war, pfiff ich Ronin zu mir und ging zur östlichen Seite der Hütte. Vor dem geschlossenen Laden blieb ich stehen. Ronin spürte meine Anspannung und spitzte wachsam die Ohren.

Mit einem Knarren ging der Laden auf, und Anton beugte sich heraus. »Jetzt weiß ich, warum die Hütte nicht mehr vermietet wird. Es gibt einen kleinen Flur und genau darüber ist das Dach undicht.« Er trat ein paar Schritte zurück. »Magst du mal hereinschauen?«

Zögernd steckte ich meinen Kopf durch Fenster. Mein Blick hatte den Raum noch nicht ganz erfasst, als ich erstarrte. Von einem Moment auf den anderen stand ich nicht mehr draußen vor der Hütte, sondern befand mich auf dem Bett – mit einer Hand an das Gestell gefesselt. Zitternd trat ich ein paar Schritte zurück und lehnte mich mit dem Rücken an einen Baum.

Anton sah mich besorgt an. »Also ist es diese Hütte. Ich mache hier jetzt alles wieder zu, und dann bringe ich dich nach Hause. Von dort rufen wir gemeinsam die Kripo in Rosenheim an. Einverstanden?«

Mit Mühe stieß ich mich von dem Baum ab. »Warte bitte«, sagte ich mit rauher Stimme. »Ich möchte erst noch einmal in den Raum sehen.«

»Du hast ihn wiedererkannt. Reicht das nicht?«

»Ich möchte nicht mein Leben lang vor ihm davonlaufen.« Während ich auf die Hütte zuging, war mir, als hätte ich bleierne Beine und müsste gegen einen starken Widerstand ankämpfen. Meine Zähne taten weh, weil ich sie so fest aufeinanderbiss.

Es kann mir nichts passieren, beruhigte ich mich selbst. Der Mann ist fort. Es gibt nur noch die Hütte. Und sie kann mir nichts anhaben. Ich stellte mich an den Fensterrahmen und sah hinein. Ronin, der nichts sehen konnte, stellte sich auf die Hinterbeine und legte seine Pfoten in den Rahmen.

Bewusst langsam ließ ich meinen Blick durch den Raum schweifen und streichelte dabei das Fell des Hundes. Ich sah das Bett an, den Bauernschrank, der jetzt links vom Fenster stand, den Tisch und den Stuhl. Sogar die Gaslampe stand noch dort, wo ich sie zuletzt gesehen hatte. Nur den Plastikeimer konnte ich nirgends entdecken. Und noch etwas fehlte.

»Er hat die Matratze mitgenommen«, sagte ich mit tonloser Stimme.

Skepsis und Zurückhaltung erfüllten den Raum, in dem Anton und ich den beiden Kripobeamtinnen gegenübersaßen. Von der Hütte aus waren wir direkt nach Rosenheim gefahren und hatten darauf bestanden, zumindest eine der beiden Frauen sprechen zu können.

Anton hatte darum gebeten, die Filmsequenz, die er von der Hütte aufgenommen hatte, vorführen zu dürfen. Kaum war der Fernseher ausgeschaltet, drückte Franziska Stangl die Starttaste des Aufnahmegeräts.

»Und Sie sind sich sicher, Frau Thalmann, dass Sie in dieser Hütte festgehalten wurden?«

»Ja«, antwortete ich. »Ganz sicher. Ich habe jeden einzelnen Gegenstand wiedererkannt.«

»Verwechslung ausgeschlossen?«

»Ja.«

»Und wenn ich Ihnen nun sage, dass jede Hütte des Forstbetriebs in der Weise ausgestattet ist, wie Sie es beschreiben?«

»Dann würde ich sagen, dass Sie sich irren müssen. Der erste Raum der Hütte, der mit der eingeschlagenen Fensterscheibe, sah völlig anders aus, Abmessung und Möblierung waren anders.«

»Woher wissen Sie, dass die Fensterscheibe eingeschlagen wurde? Auf dem Video sieht man nur, dass sie fehlt.«

»Irgendwie muss der Entführer in die Hütte gelangt sein. Da die Eingangstür verschlossen ist und die Spuren an dem Fensterladen so aussehen, als wäre er aufgebrochen worden, liegt die Vermutung nahe, finden Sie nicht?«

Sie ging nicht auf meine Frage ein, sondern sah mich abwartend an.

»Da ich nicht annehme, dass er einen Schlüssel zu der

Hütte besitzt, muss er durch das Fenster eingedrungen sein. Er muss den Laden noch nicht einmal selbst aufgebrochen haben. Vielleicht war das jemand anderes vor ihm. Vielleicht Jugendliche, die sich dort heimlich getroffen haben.« Während ich diesen Gedanken aussprach, verwarf ich ihn wieder. »Nein, das mit den Jugendlichen wäre viel zu riskant gewesen. Hätte der Mann festgestellt, dass die Hütte heimlich genutzt wird, hätte er damit rechnen müssen, dort überrascht zu werden.«

Anton schaltete sich ein. »Um sein Risiko zu minimieren, muss er aber auch gewusst haben, dass die Hütte nicht mehr vermietet wird.« Er sah die beiden Beamtinnen der Reihe nach an. »Vielleicht lohnt sich eine Nachfrage beim Forstbetrieb. Möglicherweise erinnert sich dort jemand an eine entsprechende Nachfrage.«

Den Mienen der beiden war nicht zu entnehmen, ob sie Antons Anregung aufgreifen würden. Franziska Stangl ließ ein paar Sekunden verstreichen, bevor sie mit ihrer Befragung fortfuhr.

»Wenn die Tür verschlossen ist, wie Sie sagen, und das Fenster als Einstieg diente – wie soll der Mann Sie hinein- und wieder herausgebracht haben?« Auf der Suche nach einer bestimmten Information blätterte sie in ihren Notizen. »Sie haben ausgesagt, der Entführer sei ungefähr eins achtzig groß, schlank und sportlich gewesen. Sie selbst sind nur zehn Zentimeter kleiner als er.«

Mir war klar, worauf sie hinauswollte. Über diese Frage hatte ich mir bereits selbst Gedanken gemacht. »Wenn sie zu zweit waren und seine Freundin ihm geholfen hat, dann könnte es möglich gewesen sein.«

Wieder meldete Anton sich zu Wort. »Ich habe mir den Fensterrahmen genau angesehen. Da gibt es an der Innen-

und Außenseite identische Beschädigungen. Wissen Sie, was ich glaube? Der Mann hat Emma mit Hilfe eines langen Bretts hineingeschafft.« Er zeichnete auf ein Blatt Papier, was er meinte, und erklärte es dann im Detail. »Er hat das Brett in den Rahmen gelehnt, Emma darauf festgebunden, das Brett dann hineingeschoben und drinnen hinunterkippen lassen.«

»Das vermuten Sie«, korrigierte Franziska Stangl ihn.

»Ja, das vermute ich. Aber Ihrer Spurensicherung müsste es möglich sein, genaueren Aufschluss darüber zu geben.« Wenn Anton es darauf anlegte, konnte er sehr arrogant wirken. »Ebenso, was das Bettgestell betrifft. Die Abriebspuren der Handschellen sollten sich nachweisen lassen.«

»Handschellen werden nicht nur bei Entführungen benutzt«, entgegnete Franziska Stangl.

Mir platzte der Kragen, und ich ließ meine Faust auf die Tischplatte sausen. »Sagt Ihnen das Ihre Statistik, Frau Stangl? Wenn Sie versuchen, auf Sexspiele abzustellen, für die ich mir einen Freiraum gesucht habe, dann ist es wohl eher Ihre Phantasie, die die Oberhand gewonnen hat. Ich hätte mir gewünscht, Sie hätten Ihre Phantasie schon eher eingesetzt. Dann wären Sie vielleicht endlich ein Stück weiter.«

Sie sah mich ungerührt an. »Bleiben Sie bitte sachlich, Frau Thalmann.«

»Dann lassen Sie Ihre verdammten Unterstellungen! Ein für alle Mal: Ich bin am zweiundzwanzigsten September entführt und fünf Tage lang festgehalten worden. Von wem – das herauszufinden ist Ihre Sache. Aber Sie haben ja noch nicht einmal diese Hütte gefunden, obwohl Ihnen weit mehr Möglichkeiten zur Verfügung stehen als mir. Es stimmt mich nicht gerade zuversichtlich, wie Sie Ihre Arbeit machen. Wenn Ihnen so viel an der Statistik liegt, dann sollten Sie sich vielleicht mal darum kümmern, wie Sie die Statistik Ihrer ungelösten Fälle verbessern.«

Kristin Mayer lächelte kaum merklich in sich hinein. Vielleicht entsprang dieser Eindruck aber auch nur meinem Wunschdenken, wenigstens eine der beiden möge sich auf meiner Seite befinden. Meinen sehnsüchtigen Blick in ihre Richtung schien sie als Aufforderung zu verstehen.

»Frau Thalmann«, begann sie, »was glauben Sie, warum die Matratze fortgeschafft wurde?«

»Ich kann mir nur einen Grund vorstellen: wegen der Urinspuren. Einmal habe ich so fest geschlafen, dass ich während des Schlafs …« Wie sollte ich das ausdrücken? Dass ich in die Hose gemacht hatte? Bei der Vorstellung schämte ich mich immer noch. »Meine Blase hat sich entleert. Deshalb war die Matratze feucht.«

Sie nickte verstehend. »Das wäre ein sehr eindeutiger Beweis für Ihre Anwesenheit gewesen.«

»Und noch etwas: Der Entführer hat mir das Essen auf einem Tablett gebracht. Einmal habe ich den Orangensaft mit dem Schlafmittel darauf verschüttet. Wir haben nicht nachgesehen, aber möglicherweise ist dieses Tablett noch in der Hütte.« Bei der Umsicht des Entführers war es unwahrscheinlich, aber ich wollte nichts unversucht lassen, um meine Anwesenheit dort zu beweisen.

Franziska Stangl schien sich zu ihrem nächsten Satz durchringen zu müssen. »Wir werden die Spurensicherung dorthin schicken und sehen, was dabei herauskommt.«

21

Erst auf der Heimfahrt war mir eingefallen, dass ich den Beamtinnen nichts von meiner zweiten Doppelgängerin erzählt hatte. Ich nahm mir vor, Kristin Mayer am nächsten Tag noch einmal anzurufen und ihr von der Begegnung der Paketbotin zu berichten.

Nachdem ich an diesem Abend fast eine Stunde lang mit Laurenz telefoniert hatte, fiel ich noch vor zehn Uhr in einen bleiernen Schlaf. Es war die erste Nacht seit der Entführung, in der ich keine Albträume hatte. Zwar wachte ich bereits um fünf Uhr wieder auf, aber ich fühlte mich erholt. Als ich aufstand, um nach unten zu gehen, erhob Ronin sich mit einem ausgiebigen Gähnen von seinem Lager. Ohne Elan folgte er mir in die Küche und ließ sich dort mit einem Plumps wieder fallen.

Einmal mehr betrachtete ich den Zeitungsberg auf dem Tisch. Mirjams Vermutung, der sechsundzwanzigste September habe eine ganz besondere Bedeutung für den Entführer und seine Freundin, ließ mir keine Ruhe. Natürlich standen die Zeichen nicht gerade gut, dass ich in der Rheinischen Post einen Hinweis darauf finden würde, aber versuchen konnte ich es.

Ich begann die Lektüre mit dem Tag meiner Entführung und nahm mir von jeder Ausgabe den Regionalteil vor. Da ich nicht wusste, wonach ich überhaupt suchen sollte, musste ich alles lesen. Fünf Ausgaben schaffte ich, dann schwirrte mir der Kopf. Ich begann zu zweifeln, ob es überhaupt sinnvoll war, was ich da tat. Nach unzähligen größeren und kleineren Berichten sowie kurzen Notizen war ich kein bisschen schlauer. Woher sollte ich wissen, was davon dem Entführer und seiner Freundin wichtig gewesen sein könnte?

Mit Blick auf Ronin, der an diesem Morgen noch nicht draußen gewesen war, beschloss ich, erst einmal meinen Kopf auszulüften, bevor ich weitermachte. An unserer Toreinfahrt wandte ich mich sekundenlang in die Waldrichtung. Würde ich es je wieder schaffen, allein in den Wald zu gehen? In mir existierte eine Sperre, die mir unüberwindlich erschien und mich traurig machte. Es fühlte sich an, als hätte ich etwas Elementares verloren. Und dieses Gefühl trog nicht.

Als ich den leichten Nieselregen auf meinem Gesicht spürte, wurde mir bewusst, dass ich nicht nur verloren hatte, sondern gerade dabei war, etwas wiederzugewinnen. Meine Wahrnehmung war nicht mehr ausschließlich auf meine Entführung gerichtet. Ich hätte nicht sagen können, welches Wetter in den vergangenen drei Wochen geherrscht hatte. An diesem Morgen jedoch konnte ich es ganz genau beschreiben: scheußliches, kaltes Schmuddelwetter. Auf eine seltsame Weise freute ich mich darüber.

Nachdem ich mit Ronin eine ausgiebige Runde durch den Regen gedreht hatte, kamen wir verschwitzt und durchnässt zu Hause an. Ich rubbelte ihn vor dem Haus gerade mit einem Handtuch ab, als in meinem Rücken die Haustür aufging. Vor Schreck machte ich einen Satz und schrie auf. Bevor ich überhaupt begriffen hatte, wer da in der geöffneten Tür stand, war Ronin laut bellend losgestürmt und hielt die Person in Schach.

Zum Glück war meine Mutter nervenstark. Sie blieb bewegungslos stehen. Nur ihre Augenbrauen zuckten in einer Art Hilfegesuch in die Höhe.

Ich ging zu Ronin und legte ihm beruhigend die Hand auf den Kopf. »Ist gut! Fein gemacht! Und jetzt ab!« Augenblicklich verstummte er und sah zu mir auf. Ich streichelte ihn.

»Na, da bin ich aber froh, dass du einen so guten Wachhund hast«, meinte meine Mutter trocken. Die Bewegung kehrte in ihren Körper zurück. »Mit ihm an deiner Seite passiert dir so schnell nichts.« Bevor sie auf mich zuging, um mich zu umarmen, warf sie einen Blick auf Ronin. »Ich hoffe nur, du kennst alle Befehle, um ihn zu bremsen.«

»Keine Sorge, die hat Papa mir alle beigebracht.«

»Dein Vater«, sagte sie in einer seltsamen Betonung.

Ich gab ihr ein Zeichen, mit mir hineinzugehen. »Habt ihr Streit?«, fragte ich im Flur.

»Zieh dir erst einmal etwas Trockenes an, ich mache uns derweil Frühstück.«

Als ich fünf Minuten später wieder unten war und mich an den liebevoll gedeckten Tisch setzte, schenkte meine Mutter uns beiden Tee ein. »Also, erzähle«, forderte ich sie auf, nachdem sie sich zu mir gesetzt hatte.

»Ach, es gibt gar nichts Besonderes zu erzählen, das Übliche halt.«

»Ihr hattet Krach wegen deiner Ausbildung?«

»Eigentlich geht es nicht um die Ausbildung, sondern um die gemeinsame Zeit, die uns dadurch verlorengeht. Dein Vater meint, all das könne ich auch noch nach seinem Tod machen. Ich habe ihm vorgehalten, dass sich sein Leben bis dahin noch eine ganze Weile hinziehen könnte.

Und ob er von mir verlange, seinen Tod herbeizusehnen, nur um meine Ausbildung machen zu können.«

»Das hast du gesagt?«

»Er hat es herausgefordert.«

»Vielleicht fühlt er sich nicht gut und glaubt deshalb, dass ihm nicht mehr so viel Zeit mit dir bleibt.«

»Wigand fühlt sich blendend. Er hat mich nur gern in seiner Nähe.« Über ihre Teetasse hinweg sah sie mich lächelnd an. »Ihr habt es richtig gemacht, Emma, ihr habt euch rechtzeitig eure Freiräume geschaffen.«

»Ich wünschte, diese Franziska Stangl von der Kripo würde das auch so sehen. Sie glaubt immer noch, ich habe mir mit einer vorgetäuschten Entführung einen Freiraum geschaffen.«

»Sie kennt dich nicht, Emma. Möglicherweise gibt es Frauen, die so handeln würden. Das weißt du nicht. Würde sie das, ohne dich beurteilen zu können, von vornherein bei dir ausschließen, dann wäre sie unprofessionell.«

»So betrachtet, könnte ich es ja noch einsehen, aber ich habe nicht das Gefühl, dass sie große Anstrengungen unternimmt, den Entführer zu finden.«

Meine Mutter warf einen Blick auf die Zeitungen, die sich am Rand des Tisches stapelten. »Hast du die schon durchgesehen?«

»Nur zum Teil. Fünf Ausgaben habe ich geschafft, dann hat mir der Kopf geschwirrt. Das Problem ist, dass ich gar nicht weiß, wonach ich suchen soll. Wie soll ich wissen, ob eine Ausstellungseröffnung von Bedeutung ist oder eine Messe oder der Umzug einer Bankfiliale?«

»Wenn du mich fragst: Ich würde nach Verbrechen suchen.«

»Wieso ausgerechnet nach Verbrechen?«

»Weil die Leute, die dich entführt haben, Verbrecher sind. Ganz einfach.« Sie ließ sich durch meinen zweifelnden Blick nicht beirren. »Dass dieser Mann aus Liebe gehandelt haben will – wenn das überhaupt stimmt –, macht ihn nicht zu einem Heiligen. Er hat sich an dir versündigt. Dafür gibt es keine Entschuldigung. Hast du dich mal gefragt, was dazu gehört, einen anderen Menschen zu überfallen, ihn zu entführen, an ein Bett zu fesseln und tagelang festzuhalten? Ich kann es dir sagen: Kaltblütigkeit, Skrupellosigkeit und ein Mangel an Einfühlungsvermögen. Und noch etwas: So jemand soll sich, wenn ihm alle Chancen offenstehen, mit einhunderttausend Euro begnügen?«

»Vielleicht hat er darauf spekuliert, mit einer milderen Strafe davonzukommen, sollte er gefasst werden.«

»Ich glaube nicht, dass der Mann an Strafe gedacht hat. Der hat sich vielmehr sehr überlegen gefühlt, als er alles so eingerichtet hat, als seiest du die Verbrecherin und er ein Phantom, das deiner Phantasie entsprungen ist. Bevor wir uns gestritten haben, sind dein Vater und ich die ganze Sache noch einmal durchgegangen. Dein Vater mit dem Kopf, ich mit meinem Bauchgefühl.«

»Was hat gewonnen – Kopf oder Bauch?«, fragte ich mit einem Schmunzeln.

»Der Kopf ist auf eine ganz interessante Idee gekommen, und mein Bauch sagt mir, dass da etwas dran sein könnte. Also ... du weißt, wie dein Vater tickt: Er stellt immer erst einmal alles in Frage, er ...«

»Ich weiß«, unterbrach ich sie, »ob die Geschichte mit der großen Liebe überhaupt stimmt, ob die Frau wirklich nach Düsseldorf geflogen ist, um das Geld dort abzuliefern und nicht doch vielleicht aus einem anderen Grund.«

Mit einer knappen Handbewegung gebot sie mir Einhalt. »Stopp mal, da bist du schon viel zu weit. Dein Vater hat aufs Neue die Frage in den Raum gestellt, ob der Entführer überhaupt Geld brauchte.«

»Natürlich brauchte er Geld. Was für einen Sinn sollte die Entführung sonst gehabt haben? Die Theorie von einem Racheakt entbehrt jeder Grundlage. Es gibt niemanden, der Grund hätte, sich an mir zu rächen. Oder mich aus dem Weg zu räumen.« Irgendwo in meinem Unterbewusstsein rumorte ein Gedanke, der an die Oberfläche wollte. Aber es war, als würde mir der Schlüssel fehlen, um ihn heraufzuholen. »Diese junge Beamtin, Kristin Mayer, hat zu mir gesagt: *Gehen Sie bei Ihren Überlegungen ausschließlich von den Fakten aus. Wenn er Lösegeld gefordert hat, dann brauchte er Geld. Das ist die einzige Tatsache, derer Sie sich bedienen können.* Und jetzt kommt Papa und will selbst diese Tatsache aushebeln?«

»Weil es möglicherweise gar keine Tatsache ist. Vielleicht sollen wir alle genau das glauben: dass er Geld brauchte. Vielleicht war es aber ganz anders und er …«

Ich hob meine Hand, um sie zu stoppen. Der Gedanke, der seit gestern in mir herumspukte, kam endlich ans Licht. »Ich hab's«, flüsterte ich und wiederholte meiner Mutter, was Mirjam gesagt hatte: *»Hauptsache, jeder würde denken, ich sei in der Schule. Stellt euch nur mal vor, was ich in der Zeit alles machen könnte.«*

Meine Mutter nickte aufgeregt. »Deine Ähnlichkeit mit einer anderen Frau könnte ausschlaggebend gewesen sein, nicht das Geld. Das Geld könnte nur so eine Art Alibifunktion abgegeben haben.«

Bei dem Wort Alibi brach sich etwas Bahn in meinem Kopf. »Und ich könnte dieser anderen ein Alibi verschafft haben. Sie ist unter meinem Namen nach Düsseldorf geflogen. Das heißt, niemand kann ihr nachweisen, dass eigentlich sie im Flugzeug saß.« Vor Aufregung wurde mir heiß. Ich stellte mir das Gesicht von Franziska Stangl vor, wenn ich ihr mit dieser Theorie kam. Wahrscheinlich würde sie glauben, jetzt sei ich endgültig durchgedreht. Um Gehör bei ihr zu finden, würde ich ihr etwas mehr liefern müssen als nur eine Theorie. Ich dachte nach. »Als ich den Entführer fragte, wie er ausgerechnet auf mich gekommen sei, hat er geantwortet: *Zufall*. Nur dieses eine Wort. Jetzt verstehe ich, glaube ich, was er damit gemeint hat. Als diese Frau, meine zweite Doppelgängerin, von der Paketbotin mit mir verwechselt wurde, ist den beiden die Idee gekommen, mich zu entführen. Was auch immer sie vorhatten – in mir haben sie plötzlich die Lösung ihres Problems gesehen.«

»Die Frage ist nur, was so bedeutsam ist, dass man dafür eine Entführung wagt.«

Die Antwort lag meiner Meinung nach auf der Hand: »Ich denke, es geht um Geld, um weit mehr als einhunderttausend Euro.«

Je länger ich darüber nachdachte, desto überzeugter war ich davon, dass es genauso gewesen sein musste. Meine Mutter war noch nicht ganz zur Tür hinaus, als ich bereits wieder über den Zeitungen saß und sie Seite für Seite durchforstete. Selbst nach einer so unwahrscheinlichen Variante wie Bankraub hielt ich Ausschau. Und das, obwohl ich mir kaum vorstellen konnte, dass die Freundin des Entführers nach Düsseldorf geflogen war, um dort eine Bank zu überfallen. Zumal die Banken gar nicht mehr so viel Geld vorrätig hatten, dass es sich gelohnt hätte.

Vermutlich war bei meiner Entführung mehr Geld herausgekommen als bei einem normalen Bankraub. Aber ich hatte dazugelernt: Ich wollte keine Möglichkeit von vornherein ausschließen.

So suchte ich nach Berichten über Bankraub, Kunstdiebstähle und Überfälle auf Juweliere und Diamantenhändler. Die Ausbeute war mehr als mager. Am sechsundzwanzigsten September hatte es lediglich einen Überfall auf eine kleine Düsseldorfer Sparkassenfiliale gegeben, bei dem gerade mal zwölftausend Euro erbeutet worden waren. Und der Einbruch in eine Galerie hatte nachweislich erst am Abend stattgefunden, konnte also mit meiner Doppelgängerin nichts zu tun haben.

Enttäuscht schlug ich die letzte Zeitung zu. Für kurze Zeit hatte ich große Hoffnung geschöpft, der Aufklärung meiner Entführung endlich einen Schritt näher zu kommen. Doch trotz der mageren Ausbeute ließ mich das Gefühl nicht los, dass die eingeschlagene Richtung die richtige war. Nur hatte ich irgendetwas nicht bedacht.

Als Laurenz am Abend überraschend nach Hause kam, erzählte ich ihm von der neuen Theorie. Während des Essens ließ er sie sich durch den Kopf gehen.

Schließlich meinte er: »Wenn es tatsächlich so gewesen sein sollte, muss es aber um sehr viel Geld gegangen sein. Bei dem Einsatz.«

»Nur leider habe ich in der Zeitung nichts gefunden, was auch nur annähernd in Frage käme.«

»Was hältst du davon, wenn ich auch einmal hineinschaue?«

Ich suchte die Ausgaben heraus, die über Vorkommnisse am sechsundzwanzigsten September berichteten, und schob sie ihm zu. Dann begann ich, den Tisch abzuräumen. Nachdem ich jedem von uns einen Espresso gemacht hatte, stellte ich mich hinter Laurenz und sah ihm über die Schulter.

»Schrecklich«, sagte ich und zeigte auf die Meldung über eine Sechzehnjährige, die auf dem Nachhauseweg vergewaltigt worden war. »Das arme Mädchen!«

»Wenigstens hat er sie am Leben gelassen. Diese Frau hier hatte weniger Glück.« Er deutete auf das Foto einer auffallend attraktiven Frau. »Wobei Glück in dem Zusammenhang natürlich ein eher zweifelhafter Begriff ist.« Er las den kurzen Bericht mit dem Titel *Mord an Unternehmerwitwe*, den ich auch bereits überflogen hatte. »Sie war gerade mal einundvierzig, als man sie umgebracht hat. Ich möchte mir gar nicht vorstellen, was ihre Familie durchgemacht hat und noch durchmacht.«

Von hinten schlang ich meine Arme um ihn und legte mein Gesicht an seines. Für einen kurzen Moment schloss ich die Augen und spürte die Wärme seiner Wange.

Laurenz umfasste meine Hände und hielt sie ganz fest. »Diese Angst um dich hat sich mir eingebrannt. Wenn ich solche Artikel lese, lese ich sie inzwischen mit anderen Augen.« Seiner Stimme war anzuhören, wie sehr auch ihn die Erinnerung an die fünf Tage immer noch marterte. »Du hast so großes Glück gehabt, Emma, wir beide haben Glück gehabt.« Er stand auf und nahm mich in die Arme. »Als du fort warst und ich nicht wusste, ob sie dich am Leben lassen würden, habe ich zum ersten Mal ganz deutlich gespürt, wie zerbrechlich so ein Glück ist. Wie schnell und unwiderruflich es zerstört werden kann.«

Wortlos lehnte ich mich gegen ihn und spürte seinen Herzschlag. Einmal mehr wurde mir bewusst, dass nicht nur ich mein Gefühl von Sicherheit verloren hatte.

Minutenlang hatten wir uns nur gespürt und festgehalten. Dann hatte Laurenz den Kachelofen im Wohnzimmer geheizt und sich dicht neben mich auf die Chaiselongue gelegt. Wir sprachen über Gott und die Welt und das Glück, einander zu haben. Bis wir irgendwann wieder auf die Entführung zurückkamen.

»Emma, je länger ich über diese Geld-Theorie nachdenke, desto wahrscheinlicher erscheint es mir, dass es etwas gewesen sein muss, was die Polizei sofort mit dieser Frau in Verbindung gebracht hätte.«

»Das verstehe ich nicht.«

»Die Vorstellung, dass diese Frau rein prophylaktisch unter deinem Namen nach Düsseldorf geflogen sein soll, um dort ein Verbrechen zu begehen, halte ich für wenig wahrscheinlich. Außer es handelt sich bei ihr um eine Sicherheitsfanatikerin mit krankhaften Zügen, die jede mögliche Eventualität ausschalten will. Stell dir nur einmal vor, jeder Kriminelle, der ein Verbrechen plant, würde sich auf die Suche nach einem Doppelgänger machen und ihn entführen, um sich selbst ein Alibi zu verschaffen.«

»Das ist unwahrscheinlich, da gebe ich dir recht. Aber was bedeutet das?«

»Meiner Meinung bedeutet das entweder, dass diese Frau einschlägig vorbestraft ist und das Verbrechen ihre Handschrift trug, oder dass sie bei diesem Verbrechen unweigerlich in Verdacht geraten würde.«

»Woran denkst du da?«

»Zum Beispiel an Wirtschaftsspionage. Es könnte doch sein, dass sie Wissen, zu dem sie nachweislich Zugang hat, an die Konkurrenz verkauft hat.«

»Und du hältst es für möglich, dass da solche Summen fließen?«

»Ich kenne mich in dem Metier nicht aus, aber vorstellen kann ich es mir schon.«

»Aber auch über einen solchen Fall stand nichts in der Zeitung.«

»Was nicht bedeutet, dass so etwas nicht geschehen sein könnte. Möglicherweise ist es nur vor der Presse geheim gehalten worden.«

Je länger ich darüber nachdachte, desto plausibler erschien mir Laurenz' Überlegung. Genau so könnte es gewesen sein: Sie war mit Informationen, die einem Konkurrenzunternehmen viel Geld wert waren, nach Düsseldorf geflogen, hatte sie irgendwo im dortigen Stadtgebiet ihrer Kontaktperson übergeben und war wieder zurückgeflogen. Man konnte ihr jedoch weder etwas nachweisen noch anhaben. Um Hin- und Rückweg München/Düsseldorf sowie die Übergabe in einem so engen Zeitfenster zu schaffen, hatte sie ein Flugzeug nehmen müssen. Sie hätte es weder mit dem Zug noch mit dem Auto geschafft. Jedoch erschien sie auf keiner Passagierliste. Sie hatte ein perfektes Alibi – denn geflogen war schließlich Emma Thalmann.

Gleich am nächsten Morgen rief ich Kristin Mayer an und bat sie um ein Gespräch unter vier Augen. Ich überredete sie dazu, sich mit mir im Café Elisabeth zu treffen, das nur einen Katzensprung entfernt war von der Polizeiinspektion.

Ich war früher als verabredet dort und musste fast eine halbe Stunde auf sie warten. Als sie endlich eintraf, musste ich mich zusammennehmen, um sie nicht mit meinen Erkenntnissen, die nichts weiter waren als Vermutungen, zu überfallen.

»Was haben Sie auf dem Herzen?«, fragte sie, nachdem sie sich einen frischen Minztee bestellt hatte.

Ihr offener Blick machte es mir leicht. So erzählte ich ihr ausführlich von meiner zweiten Doppelgängerin und der Theorie, dass es bei meiner Entführung gar nicht um die einhunderttausend Euro gegangen war, sondern darum, der Freundin des Entführers ein Alibi zu verschaffen. Ich wiederholte ihr Laurenz' Worte: »Das bedeutet entweder, dass diese Frau einschlägig vorbestraft ist und das Verbrechen ihre Handschrift trug, oder dass sie bei diesem Verbrechen unweigerlich in Verdacht geraten würde.«

Sie hatte mir zugehört, ohne mich ein einziges Mal zu unterbrechen. Als ich geendet hatte und sie erwartungsvoll ansah, schwieg sie zunächst. »Interessanter Ansatz«, meinte sie schließlich.

»Aus meiner Perspektive ist es der wahrscheinlichste. Natürlich ist mir bewusst, dass Sie von mehreren Möglichkeiten ausgehen müssen, da Sie mein Wort nicht als Wahrheit nehmen können. Aber ich weiß, dass ich nicht in diesen beiden Flugzeugen gesessen habe. Also ist eine andere unter meinem Namen geflogen. Und sie muss einen Grund dafür gehabt haben.«

»Für manche Menschen ist die Gelegenheit schon Grund genug.«

»Sie und Ihre Kollegin haben aber selbst gesagt, dass Ihnen die vergleichsweise geringe Lösegeldsumme von einhunderttausend Euro zu denken gibt. Das sind doch nicht alles Zufälle – denken Sie nur an die Begegnung mit der Paketbotin. Wenn Sie all diese Einzelteile nehmen und versuchen, ein Bild daraus zu entwickeln, dann müssten Sie mir eigentlich zustimmen und meinen Ansatz wenigstens in Betracht ziehen. Gibt es nicht die Möglichkeit, ein

Foto von mir durch Ihren Computer zu schicken und abzugleichen, ob es eine Frau gibt, die mir ähnlich sieht und vorbestraft ist? Und könnten Sie nicht Ihre Kollegen in Düsseldorf kontaktieren und fragen, ob es dort um den fraglichen Zeitpunkt herum Fälle von Wirtschaftskriminalität gegeben hat?«

In welche Richtung ihr Lächeln tendierte, konnte ich nicht ermessen. Aber es war immerhin ein Lächeln.

»Vermutlich bin ich in Ihren Augen eine Nervensäge, die Sie wertvolle Zeit kostet. In den Augen Ihrer Kollegin bin ich ganz sicher eine Täterin, die alles tut, um den Verdacht von sich abzulenken. In meinen Augen ist das eine große Ungerechtigkeit. Und ich wünsche mir, dass ich Sie irgendwann davon überzeugen kann, Opfer einer Entführung geworden zu sein. Ich will, dass Sie die beiden fassen. Sie dürfen nicht ungeschoren davonkommen.«

»Sie tun meiner Kollegin unrecht, wenn Sie annehmen, sie hätte sich auf Sie als Täterin eingeschossen. Wir ermitteln tatsächlich in alle Richtungen.«

»Könnten Sie dann *bitte* auch in die Richtung ermitteln, in die sich meine Vermutung bewegt?« Mir kam noch eine Idee. »Wie wäre es, wenn Sie sich die Gästeliste der *Residenz Heinz Winkler* von dem Wochenende dreißigster/einunddreißigster Juli besorgten und die vom Alter her in Frage kommenden Frauen mit den Daten der Vorbestraften in Ihrem Computer verglichen? Oder mit Frauen, die mit einem Verbrechen am sechsundzwanzigsten September in Düsseldorf in Zusammenhang stehen?«

»Frau Thalmann, dass die Paketbotin Ihrer Doppelgängerin auf dem Platz vor der *Residenz* über den Weg gelaufen ist, bedeutet noch nicht, dass die Frau auch dort gewohnt haben muss. Sie könnte dort lediglich eine Verabredung gehabt oder in einem anderen Hotel gewohnt haben und nur gerade dort vorbeigegangen sein.«

»Könnte ... könnte! Natürlich könnte das alles ganz anders gewesen sein. Aber irgendwo müssen Sie schließlich anfangen. Ich würde es ja selbst machen, aber ich glaube kaum, dass man mir in der *Residenz* die Gästeliste aushändigen würde.«

»Bei Ihren Überredungskünsten und Ihrer Hartnäckigkeit würde ich das nicht ausschließen«, entgegnete sie trocken.

»Das heißt, Sie werden es tun?«

»Ich werde sehen, was ich tun kann.«

22

Wie lange würde es dauern, bis sie die ersten Ergebnisse hatte? Ein paar Tage, eine Woche? Und würde sie meine Anregungen überhaupt aufgreifen? Nach dem Treffen mit ihr hatte ich mehrere Portraitfotos von mir ausgewählt und sie ihr zugeschickt. Blieb zu hoffen, dass sie meinen Vorschlag beherzigte und einen Abgleich meiner Fotos mit ihrer Verbrecherdatei machte.

Dazusitzen und zu warten hatte mir noch nie gelegen. So fuhr ich – getrieben von innerer Unruhe – am späten Nachmittag bei unseren Freunden vorbei. Verena hatte gerade einen Kurs, das wusste ich. Aber ich wollte ohnehin mit Anton sprechen. Kaum hatte er mir die Tür geöffnet, überfiel ich ihn auch schon mit meiner Bitte.

»Hast du nicht eventuell Journalistenkollegen, über die du in Erfahrung bringen könntest, was am sechsundzwanzigsten September in Düsseldorf an geldträchtigen Verbrechen geschehen ist?«

»Ich denke, du hast die Rheinische Post durchgeackert. Dann müsstest du eigentlich bestens informiert sein.«

»Laurenz meint, es könne auch Verbrechen geben, die so brisant sind, dass Informationen darüber zurückgehalten werden und gar nicht erst in der Zeitung erscheinen.«

»Dann müsste schon jemand sehr Mächtiger den Finger draufhalten.«

»Wenn es stimmt, was ich inzwischen glaube, dann ist

es um sehr viel Geld gegangen. Und viel Geld ist häufig auch mit großer Macht verbunden.«

Er sah zur Decke und dachte nach. »Ich werde sehen, was ich tun kann«, meinte er schließlich.

»Diesen Satz habe ich heute schon einmal gehört.«

»Dann war es doch ein erfolgreicher Tag für dich, oder?« Sein Grinsen hatte etwas Ansteckendes.

Um nicht in jeder Minute des Tages möglichen Rechercheergebnissen von Anton oder der Kripo entgegenzufiebern, beschloss ich, einen Arbeitsversuch zu wagen. Ich nahm einen Illustrationsauftrag, der zwei Tage in Anspruch nehmen würde, an, musste jedoch ziemlich schnell feststellen, dass es mit meiner Konzentrationsfähigkeit nicht weit her war. Immer wieder schweiften meine Gedanken ab. So nahm der Auftrag nicht zwei Tage, sondern dreieinhalb in Anspruch. Zu Laurenz' und Ronins Leidwesen arbeitete ich das gesamte Wochenende durch, nur um fristgerecht am Montagvormittag abgeben zu können. Als ich fertig war, fühlte ich mich ausgelaugt, gleichzeitig aber auch zufrieden.

Ich hatte die Unterlagen gerade abgeschickt, als Kristin Mayer anrief, um mir die Ergebnisse der Spurensicherung in der Hütte des Forstbetriebs mitzuteilen. Am Kopfteil des Bettes waren Spuren gefunden worden, die meine Version mit den Handschellen als glaubhaft erscheinen ließen. Außerdem eine Vielzahl von Fingerabdrücken, was bedeutete, dass niemand herumgegangen war und sie abgewischt hatte. Es sei anzunehmen, dass der Entführer konsequent Handschuhe getragen habe. Lediglich am Bettgestell sei kein einziger Fingerabdruck sichergestellt worden. Das Tablett hätten die Kollegen leider nicht finden können, dafür aber Spuren, die die Vermutung von Anton bestätigten, auf welchem Wege ich in die Hütte gelangt sein könnte. Sogar das stabile Brett hatte die Kripo entdeckt. Außerdem seien Haare von mehreren Personen gefunden worden.

Als ich meine Erleichterung zum Ausdruck brachte, verpasste Kristin Mayer mir sogleich einen Dämpfer. Diese Spuren seien lediglich Indizien, mit denen sich meine Geschichte erhärten ließe. Sie reichten jedoch nicht aus, um zu beweisen, dass tatsächlich eine Entführung stattgefunden habe.

Auf meine Frage, ob sie meiner Vermutung mit meiner Doppelgängerin bereits nachgegangen sei, hielt sie sich sehr bedeckt: Ich solle ihr ein wenig Zeit geben.

Ich raufte mir die Haare. Zeit. Vier Wochen waren seit meiner Entführung vergangen, und die Kripo war den Tätern kein Stück näher gekommen. Ich musste an die Worte des Entführers denken, als ich zu ihm gesagt hatte, man begegne sich immer zweimal im Leben. Er hatte mir geantwortet: *Wenn das stimmt, dann wünsche ich mir, dass die Umstände beim zweiten Mal besser sein werden.* Ich hatte seine Worte noch so genau im Kopf, als stünde er neben mir und würde sie mir laut wiederholen.

»Ich wünsche mir auch, dass sie günstiger sein werden«, murmelte ich, »für mich!«

Ronin spitzte die Ohren, sah mich einen Moment lang fragend an und verfiel schließlich wieder in einen Dämmerschlaf. Ich beneidete ihn um seine Ruhe. Um mir selbst ein wenig davon zu gönnen, verzog ich mich in meinen geschützten Garten. Und erst als ich wieder daraus hervorkam, wurde mir bewusst, dass ich meinen imaginären Garten seit Tagen nicht aufgesucht hatte. Noch wagte ich längst nicht zu glauben, dass sich meine Angst dauerhaft abgeschwächt hatte. Aber es war ein Anfang.

Am Dienstagmittag kam endlich der ersehnte Anruf von Anton. Er habe etwas erfahren, was interessant für mich sein könne. Anstatt jedoch sofort damit herauszurücken, erzählte er mir von dem Käsekuchen, den Verena gerade gebacken habe. Ich müsse am Nachmittag unbedingt vorbeikommen und ihn probieren. Dann werde er mir die Neuigkeiten berichten.

Anstatt um vier, wie verabredet, ging ich bereits eine Stunde früher hinüber. Mirjam öffnete auf mein Klingeln, drückte mir einen Kuss auf die Wange, strich Ronin über den Kopf und deutete mit dem Daumen hinter sich.

»Die beiden streiten gerade deinetwegen«, sagte sie im Flüsterton.

»Wieso?«

»Mama will nicht, dass Anton dir erzählt, was er herausgefunden hat. Sie meint, du würdest mit diesen Infos ganz bestimmt nicht brav zu Hause sitzen bleiben, sondern losstürmen und dich vielleicht in Gefahr bringen.«

»Und was meint Anton?« Ich flüsterte ebenfalls.

»Er meint, du seiest erwachsen.«

Ich lächelte sie an. »Danke, du bist ein Schatz!«

»Aber verrate mich nicht, ja?«

Ich hob die Hand zum Schwur und wartete, bis sie sich auf ihr Rad gesetzt hatte und losfuhr. Dann folgte ich den Stimmen ihrer Eltern in die Küche. Kaum stand ich im Türrahmen, verstummten sie.

»Du kommst wie gerufen«, sagte Verena und warf Anton einen warnenden Blick zu. »Um vier Uhr muss ich nämlich schon fort. Jetzt können wir wenigstens zusammen meinen Kuchen probieren.«

Aufmerksam sah ich zwischen beiden hin und her. Als Verena sich umwandte, um den Tisch zu decken, zwinkerte Anton mir beruhigend zu. Jetzt hatte ich die Wahl: Ich konnte die Stunde aussitzen und warten, bis Verena das Haus verließ. Oder aber den Stier bei den Hörnern packen. Die Entscheidung fiel mir nicht schwer.

»Und, was hast du herausgefunden?«, fragte ich Anton, kaum dass wir uns am Tisch niedergelassen hatten.

Verena, die gerade den Kuchen anschnitt, hielt in ihrer Bewegung inne und starrte ihren Lebensgefährten an, als könne sie ihn damit an einer Antwort hindern.

Anton hielt diesem Blick in einem stummen Zwiegespräch stand, um sich Sekunden später mir zuzuwenden. »Also …«, begann er, als er sofort von Verena unterbrochen wurde.

»Was willst du damit anfangen?«, fragte sie mich.

»Das weiß ich noch nicht«, antwortete ich ehrlich, »es kommt darauf an, was es ist.«

Sie schüttelte den Kopf. »Emma, du bist gerade mal so weit, dass du nicht mehr bei jedem Geräusch zusammenschreckst, du siehst nicht mehr ganz so aus wie eine wandelnde Leiche, und da willst du gleich schon wieder losstürmen und dich möglicherweise in Gefahr bringen?«

»Als ich am zweiundzwanzigsten September mit meinem Mountainbike losgefahren bin, wusste ich nicht, dass ich mich damit in Gefahr bringen würde!«

»Nein, das wusstest du nicht. Aber wenn du jetzt losstürmst, dann weißt du es. Ich mache mir Sorgen um dich. Ist nicht bereits genug passiert?«

»Ja, wenn du auf die Entführung anspielst, nein, wenn es um die Aufklärung geht.«

»Aber die Aufklärung ist Sache der Polizei.«

»Da stimme ich dir zu.«

»Warum sollte Anton sich dann umhören?«

»Weil ich eine Vermutung habe, die die Kripo vielleicht zu abwegig findet, um ihr nachzugehen.«

»Siehst du«, sagte sie zu Anton. »Ich habe es dir gesagt. Sie will der Sache selbst nachgehen.«

»Ich möchte die Sache zuallererst einmal verstehen, Vreni.«

»Aber vielleicht gibt es da gar nicht mehr zu verstehen, als du bisher weißt. Es war eine Entführung, bei der einhunderttausend Euro erpresst wurden. Punkt!«

»Das glaubst du doch selbst nicht!«

»Was der Mann dir angetan hat, ist sehr schlimm. Ich will nicht, dass er dir noch mehr antut.«

Ich beugte mich zu Ronin hinunter und streichelte ihn. »Mit diesem kleinen Samurai an meiner Seite wird er es sich gut überlegen, ob er sich noch einmal in meine Nähe traut.«

Verena schien nicht überzeugt, enthielt sich jedoch eines Kommentars. Ihre Gedanken standen ihr allerdings ins Gesicht geschrieben.

»Ich weiß«, sagte ich, »dass ich mich mit einem Hund nur sicher *fühle*. Aber das ist für mich derzeit schon eine ganze Menge.«

Sie griff über den Tisch und nahm meine Hand in ihre. »Versprich mir, dass du nichts Unüberlegtes tust!«

»Das verspreche ich dir. Aber jetzt möchte ich wissen, was Anton herausgefunden hat.« Ich konnte es kaum noch erwarten und bewegte mich unruhig auf meinem Stuhl.

»Also«, begann Anton, »am sechsundzwanzigsten September sind in Düsseldorf zwei Verbrechen geschehen, die bisher nicht aufgeklärt werden konnten. Beide um die Mittagszeit beziehungsweise am frühen Nachmittag. Das eine ist der Mord an einer Unternehmerwitwe. Das andere der Diebstahl eines sehr wertvollen Gemäldes von Picasso.«

Ich beugte mich weiter über den Tisch, als könne ich Anton allein dadurch noch mehr Informationen entlocken. »Wo hat der Diebstahl stattgefunden? In einer Galerie?«

»Nein, bei einem privaten Sammler. Er hat an dem Tag seinen siebzigsten Geburtstag gefeiert und mittags zu einem großen Empfang eingeladen. Als er gegen sechzehn Uhr einem Gast das Bild zeigen wollte, war es fort.«

»Einfach so? Ich meine, wenn es so wertvoll ist, dann wird er es doch ganz bestimmt gesichert haben. Oder hängt so etwas einfach nur an der Wand?«

»Es hing in seinem Schlafzimmer im ersten Stock der Villa. Jemand ist hinaufgegangen, hat es abgenommen und damit das Haus verlassen.«

»Gibt es in dem Fall eine Frau, die in Verdacht steht?«

Anton verzog seinen Mund zu einem schiefen Lächeln. »Es gibt ganz exakt einhundertvierzehn Leute, die es gewesen sein könnten. Offiziell.«

»Was bedeutet das?«

»So wie dieser Empfang abgelaufen ist, kann nicht ausgeschlossen werden, dass sich einfach jemand von außen eingeschmuggelt hat.«

»Jemand, der von dem Bild gewusst hat«, schloss ich. »Wie hat der Mann es geschafft, das aus der Presse herauszuhalten?«

»Er hat die richtigen Verbindungen. Bei der Kripo wird

vermutet, dass der Diebstahl eine gezielte Auftragsarbeit von Profis war.«

»So, wie es aussieht, hast du auch die richtigen Verbindungen. Oder hast du das durch einen Anruf bei der Düsseldorfer Kripo herausgefunden?«

»Wohl kaum. Deshalb muss ich dich auch bitten, mich als Quelle nicht zu nennen.«

»Du kannst dich auf mich verlassen!« Ich dachte über das Gehörte nach. »Wenn meine Doppelgängerin tatsächlich mit dieser Sache etwas zu tun haben sollte, dann ist sie vielleicht der Profi, der diese Auftragsarbeit ausgeführt hat. Vielleicht ist sie einschlägig vorbestraft und konnte es deshalb nicht riskieren, unter ihrem eigenen Namen zu fliegen. Das hieße, dass sie irgendwo im Polizeicomputer zu finden sein müsste.« Bei dem Gedanken daran ging es mir deutlich besser.

»Das ist möglich. An deiner Stelle würde ich aber auch diese andere Sache nicht ganz außer Acht lassen.«

»Wie hoch wird der Wert des Picassos geschätzt?«, fragte ich.

»So um die drei Millionen Euro.«

»Dann vergiss den Mord an der Unternehmerwitwe! Drei Millionen Euro … Habe ich es nicht gesagt? Es ging um sehr viel mehr Geld als nur die einhunderttausend, die der Mann von Laurenz erpresst hat.« Meine Aufregung hatte sich so weit gelegt, dass ich endlich Verenas Käsekuchen probieren konnte. Er schmeckte so köstlich, dass ich bereits auf ein zweites Stück spekulierte. »Hmm, Vreni, du hast dich selbst übertroffen!«

»Stimmt«, sagte Anton und nahm sich ebenfalls ein zweites Stück.

»Anton …« Ich wusste nicht recht, wie ich es angehen

sollte. Es hing so viel von seiner Zustimmung ab, dass ich es nicht verpatzen wollte.

Nicht nur Antons Augenbrauen hoben sich. Er und Verena kannten mich gut genug, um zu wissen, dass jetzt etwas Heikles kam.

»Hast du zurzeit genügend Kapazitäten frei, um einen Auftrag anzunehmen, der dich schätzungsweise zwei Tage lang in Anspruch nehmen würde?«

»Worum handelt es sich?«, fragten beide gleichzeitig – Anton mit Interesse, Verena mit einem warnenden Unterton.

»Ich würde dich gerne beauftragen, mit diesem Düsseldorfer Privatsammler einen Interviewtermin zu vereinbaren. Es wird dir sicher nicht schwerfallen, dir ein Thema aus den Fingern zu saugen. Zu diesem Termin würde ich dich dann gerne begleiten.«

Verena schnappte hörbar nach Luft.

»Vreni, ich bitte dich, was soll daran gefährlich sein, mit diesem Mann zu sprechen? Ich möchte nur, dass er mich sieht. Wenn er meine Doppelgängerin kennt oder wenn er sie auf seinem Empfang gesehen hat, dann hätte ich endlich einen Beweis in der Hand.«

»Einen Beweis wofür? Dass es sie gibt? Das weißt du längst.« Keine von uns beiden neigte zum schnellen Einlenken.

Anton verschaffte sich mit einem Räuspern Gehör. »Interessant fände ich deinen Auftrag schon. Vor allem wäre er mal etwas anderes. Aber wir benötigen keine zwei Tage für diesen Termin. Wir fliegen morgens hin und abends wieder zurück.«

»Das geht nicht. Ronin muss mit. Wir müssen mit dem Auto fahren.«

»Glaubst du, ich kann dich nicht ausreichend beschützen?«

»Das ist es nicht«, entgegnete ich ernst. »Ich will noch eine Weile damit warten, bis ich ihn daran gewöhne, auch mal allein oder bei jemand anderem zu bleiben. Er soll sich erst ganz sicher bei uns fühlen.«

»Verstehe. Dann hänge ich mich nachher gleich ans Telefon und sehe zu, dass wir kurzfristig einen Termin bei dem Sammler bekommen.«

Ich hatte damit gerechnet, dass es dauern würde, bis Anton mit einer Erfolgsmeldung kam. Aber nicht einmal vierundzwanzig Stunden später rief er mich an, um mir zu sagen, ich solle ihn am nächsten Tag um sieben Uhr morgens abholen. Um sechzehn Uhr hätten wir eine Verabredung mit Leander Bartzsch, dem Eigentümer des gestohlenen Picassos.

Jetzt musste ich Laurenz noch von meinem Plan berichten. Ich war mir ziemlich sicher, dass er eher Verenas Meinung vertreten und versuchen würde, mich davon abzubringen. Aber ich nahm ihm den Wind aus den Segeln, indem ich von vornherein alle denkbaren Argumente entkräftete. Begeistert war er nicht. Sein einziger Trost bestand darin, dass Anton mich begleitete. Anton, der im Gegensatz zu mir ein Handy besaß und auch bereit war, es zu benutzen.

Um Verenas Mann um sieben Uhr abholen zu können, stand ich in aller Herrgottsfrühe auf und lief eine Stunde mit Ronin durch den Ort, damit er die lange Fahrt besser überstand. Zum Frühstücken war ich zu aufgeregt. Das holte ich zwei Stunden später an einer Autobahnraststätte nach.

»Wie hast du diesen Herrn Bartzsch eigentlich dazu bekommen, dir ein Interview zu geben?«, fragte ich, nachdem ich ein belegtes Brötchen gegessen hatte.

»Indem ich das Thema so formuliert habe, dass er anbeißen *musste*. Er ist nicht nur Sammler millionenschwerer Kunst, er hat auch vor kurzem eine Stiftung ins Leben gerufen, die sich um den künstlerischen Nachwuchs kümmert. Da das nicht gerade ein Thema ist, das die Medien heiß laufen lässt, hat er sich über meine Interviewanfrage gefreut. Diese Stiftung liegt ihm nämlich sehr am Herzen.«

Bei Antons Worten bekam ich augenblicklich ein schlechtes Gewissen. Der Mann machte sich Hoffnungen auf eine Berichterstattung, und wir besuchten ihn einzig und allein, um seine Reaktion auf meinen Anblick zu testen.

»Keine Sorge«, sagte Anton, der ganz offensichtlich in meinem Gesicht lesen konnte wie in einem Buch. »Ich werde dieses Interview tatsächlich machen und versuchen, es unterzubringen. Seine Stiftung hat ein gutes Konzept. Und nur weil ein Thema ausgelutscht ist, heißt das noch lange nicht, dass es sich nicht spannend rüberbringen ließe.«

»Hat dich der Ehrgeiz gepackt?«

»Und ehrliches Interesse.«

Mein schlechtes Gewissen hatte sich so schnell verflüchtigt, wie es gekommen war. Den Rest der Fahrt sah ich der Begegnung mit Leander Bartzsch voller Hoffnung entgegen. Wenn er glaubte, mich wiederzuerkennen, dann hatte ich endlich mehr in der Hand. Dann gab es einen ganz konkreten Fall, den ich den Rosenheimer Beamtinnen nennen konnte.

Zwei Stunden vor unserem Termin kamen wir in Düsseldorf an. In der Nähe des Hauses von Leander Bartzsch im Stadtteil Oberkassel stellten wir das Auto ab, gingen hinunter zum Rhein und ließen Ronin laufen. Es wehte ein scharfer Wind. Die dunklen Regenwolken sahen bedrohlich aus, hielten ihr Versprechen jedoch nicht. Ronin, der die lange Fahrt ohne einen Mucks mitgemacht hatte, tollte herum wie ein junger Hund. Eine halbe Stunde später suchten wir uns ein kleines Restaurant, um dort zu Mittag zu essen.

Nachdem wir bestellt hatten und ich Ronin unter dem Tisch gefüttert hatte, machte ich Anton einen Vorschlag. »Dieses Interview wird nicht ewig dauern. Könntest du dir vorstellen, danach noch einen kleinen Abstecher zum Flughafen zu machen?«

Er wusste sofort, worauf ich hinauswollte. »Vorstellen kann ich mir vieles, aber davon rate ich dir ganz entschieden ab. Es könnte als Versuch gewertet werden, einen Zeugen zu beeinflussen. Und das macht sich nicht so gut.«

»Ich will ihn ja gar nicht beeinflussen, ich möchte nur sehen, ob er mich erkennt.«

»Glaubst du allen Ernstes, dass Sixt am Flughafenschalter nur einen einzigen Mitarbeiter beschäftigt? Die Chance, dass ausgerechnet er gerade Dienst hat, wenn du dort auftauchst, ist eher gering. Aber davon einmal abgesehen – du würdest dir mit einer solchen Aktion nur schaden. Sie würde dir unter Garantie negativ ausgelegt. Lass uns lieber den Weg mit Leander Bartzsch verfolgen.«

Wie gerne wäre ich in diesem Moment mit dem Kopf durch die Wand gestürmt. Aber ich sah ein, dass Anton recht hatte.

Das Haus war imposant und lag direkt am Rhein. Um den unverbauten Blick aufs Wasser würden Leander Bartzsch viele Menschen beneiden. An der Hausfassade war der Melder einer Alarmanlage angebracht. Sie hatte ihm nichts genützt, überlegte ich. Als sich die Tür öffnete, erwartete ich, einer Hausangestellten gegenüberzustehen. Wer auf so vielen Quadratmetern lebte, musste umgeben sein von Personal. Es war jedoch Leander Bartzsch selbst, der uns öffnete.

Auf den ersten Blick konnte ich es kaum glauben. Hatte Anton nicht erzählt, dieser Mann habe gerade seinen siebzigsten Geburtstag gefeiert? Ich hätte ihn glatt zehn Jahre jünger geschätzt. Und das lag nicht nur an seinem jugendlichen Gesicht. Er bewegte sich mit einer für sein Alter ungewöhnlichen Behendigkeit.

Während er mir die Hand schüttelte, mich willkommen hieß und sich dann Anton zuwandte, ließ ich ihn keine Sekunde lang aus den Augen. Selbst die kleinste Regung wollte ich registrieren. Aber da war kein Erkennen, nichts, was auch nur im Entferntesten darauf schließen ließ, dass er einer Frau, die aussah wie ich, schon jemals zuvor begegnet war.

Auf der sechsstündigen Fahrt nach Düsseldorf hatte sich meine Hoffnung in Gewissheit gewandelt. Es passte alles. Der Ort, die Zeit, das Verbrechen, bei dem es um sehr viel Geld ging. Der Diebstahl bei Leander Bartzsch musste etwas mit meiner Entführung zu tun haben.

»Kennen wir uns nicht?«, versuchte ich ihm auf die Sprünge zu helfen und erntete einen warnenden Seitenblick von Anton. Ich spürte ihn mehr, als dass ich ihn sah.

Der Blick unseres Gegenübers zeigte jedoch lediglich

charmantes Bedauern. »Ich habe ein sehr gutes Gedächtnis, wenn es um Gesichter geht. Ihres ist mir neu. Aber kommen Sie doch bitte erst einmal herein.«

»Darf Ronin mit hinein?« Ich war stehen geblieben und hielt ihn an der kurzen Leine.

»Ronin … was für ein schöner Name. So hießen die herrenlosen Samurai, wenn ich mich recht entsinne.«

»Stimmt.«

Mit einer einladenden Geste ging er uns voraus. »Kommen Sie! Ich würde es nicht wagen, einem Samurai den Zutritt zu verwehren. Noch dazu einem so prachtvollen.«

Während wir ihm durch eine große Halle folgten, in der auf großformatigen Leinwänden einiges vertreten war, was sich in der Gegenwartskunst einen Namen gemacht hatte, überlegte ich, wie ich ihn dazu bewegen konnte, über den Diebstahl zu sprechen. Anton hatte gedroht, mir die Freundschaft zu kündigen, sollte ich auch nur im Entferntesten durchblicken lassen, von dem Diebstahl gehört zu haben.

Also wurde ich erst einmal der Aufgabe gerecht, die Anton mir offiziell zugewiesen hatte, und bediente das Aufnahmegerät. Zusätzlich machte ich mir Notizen, damit alles möglichst echt aussah. Leander Bartzsch, der sich Mühe gab, uneitel zu wirken, erzählte voller Enthusiasmus von seiner Stiftung, in die er nicht nur viel Geld, sondern auch Zeit investierte. Geduldig ging er mit Anton jedes Detail durch.

Nachdem die letzte Frage beantwortet war, wagte ich mich vor. »Herr Bartzsch, würden Sie sagen, dass es ein junger Künstler geschafft hat, wenn er sich einen Platz in Ihrer Halle erobert hat?«

»Das ist durchaus möglich.« Aus seinem Lachen war eine gehörige Portion Stolz herauszuhören.

»Sind Sie Sammler aus Leidenschaft oder …?«

»Nur aus Leidenschaft. Andere Motive interessieren mich nicht.«

»Darf ich Sie etwas Persönliches fragen?«

Bei diesem Stichwort legte er seine Jovialität wie einen Mantel ab. Darunter kam eine Mischung aus Vorsicht und Abwehr zum Vorschein.

Ich fuhr fort, bevor sein Nein allzu deutlich im Raum schwebte. »Haben Sie Ihren Besitz schon jemals als Einengung empfunden?«

»Worauf wollen Sie hinaus?«

Das würde ich ihm ganz bestimmt nicht sagen. Schon gar nicht im Beisein von Anton, dessen Anspannung ich sehr deutlich spürte. »Na ja …« Ich machte eine ausladende Handbewegung. »Besitz will geschützt werden. Das bedeutet Sicherheitsmaßnahmen, zu deren Sklaven man leicht wird, wenn …«

Er winkte ab. »Wenn Sie die Alarmanlage meinen – daran gewöhnt man sich. Die Bilder sind meine Leidenschaft. Und ich habe nicht vor, mir diese Leidenschaft durch die Sorge, sie könnten mir genommen werden, beeinträchtigen zu lassen.« Er hielt kurz inne. »Meine Bilder sind mir ausschließlich ein Quell der Freude.«

23

Den Abend verbrachten wir auf Düsseldorfs anderer Rheinseite in einem kleinen, gemütlichen Restaurant im Stadtteil Pempelfort. Antons Informationsquelle hatte ihm das *Fame Fatale* als Adresse für kreative Küche und herzerwärmende Atmosphäre empfohlen. Nachdem wir uns auf den hohen Holzhockern niedergelassen hatten, bekam Ronin sofort eine Schüssel mit Wasser. Seinem Blick nach zu urteilen, hätte er es lieber gesehen, wenn die Schüssel mit etwas Essbarem gefüllt gewesen wäre.

Nachdem wir in aller Ruhe die Karte studiert und schließlich bestellt hatten, gingen wir noch einmal das Gespräch mit Leander Bartzsch durch.

»Hast du ihm das abgenommen?«, fragte ich. »Die Sache mit dem *ausschließlichen Quell der Freude?*«

Anton grinste auf eine Art, die Antwort genug war.

Immer noch ungläubig schüttelte ich den Kopf. »Ich meine, da wird diesem Mann ein Picasso im Wert von mehreren Millionen Euro gestohlen, und er behauptet, sich seine Leidenschaft für die Bilder nicht durch die Sorge, sie könnten ihm genommen werden, beeinträchtigen lassen zu wollen. Wenn du Leidenschaft für etwas empfindest, dann hängst du auch daran. Den muss der Verlust des Picassos zutiefst schmerzen. Aber er lässt es sich nicht anmerken. Verstehst du das?«

»Es gibt Menschen, die einem Fremden nie ihre Gefühle offenbaren würden.«

»Der Mann ist mir ein Rätsel.«

Unser Essen wurde gebracht und lenkte uns für den Moment ab. Anton, der großen Hunger hatte, versenkte seine Gabel augenblicklich in den halbrohen Thunfisch, der auf Sepia-Spaghetti ruhte. Ich war noch viel zu aufgedreht, um zu essen.

»Die Alarmanlage hat ihm bei seinem Empfang nichts genützt – außer er hatte jedes Bild an der Wand einzeln gesichert«, überlegte ich laut. »Aber das kann nicht sein, sonst hätte er etwas bemerken müssen. Das muss richtig weh tun, Anton. Würde mich mal interessieren, wie das versicherungstechnisch gelöst wird.«

»Das sollte nicht unsere Sorge sein. Ich hatte den Eindruck, dass für Leander Bartzsch drei Millionen Euro in etwa so viel bedeuten wie für uns dreißigtausend.«

»Dass Geld ihm wenig bedeutet, nehme ich ihm sogar ab. Aber der Picasso hat ihm ganz sicher etwas bedeutet.«

»Worauf willst du eigentlich hinaus, Emma?«

»Ihm war bei dem vorsichtig angedeuteten Thema Diebstahl von Bildern nicht die leiseste Regung anzumerken. Lediglich beim Stichwort Persönliches war seine Abwehr ganz deutlich zu spüren.«

»Ja und?«

»Und wenn er meine Doppelgängerin nun doch in mir erkannt hat und sich nur einfach nichts hat anmerken lassen?«

»Nimm es mir bitte nicht übel, aber das ist eine völlig unsinnige Konstruktion. Ich verstehe deinen Wunsch, das Rätsel um deine Entführung endlich lösen zu können. Aber überleg mal: Dieser Leander Bartzsch öffnet die Tür und steht einer Frau gegenüber, die er möglicherweise schon einmal gesehen hat. Das Natürlichste von der Welt wäre, das zuzugeben.«

»Nicht, wenn er diese Frau mit dem Diebstahl in Verbindung bringt.«

»Er weiß nicht, wer den Picasso gestohlen hat.«

»Das behauptet er. Muss es deshalb stimmen?«

»Gut. Spielen wir es durch: Er hat deine Doppelgängerin in Verdacht, sieht sich an seiner eigenen Haustür mit dir konfrontiert und soll nicht einmal mit der Wimper zucken? Unwahrscheinlich, wenn du mich fragst. Wir hatten das Überraschungsmoment auf unserer Seite. So gut hat sich niemand in der Hand. Und noch etwas: Deine Doppelgängerin, wenn sie denn etwas mit dem Diebstahl des Picassos zu tun hätte, wäre sicher niemals an den Tatort zurückgekehrt. Das kann sich auch Leander Bartzsch ausrechnen.«

»Du meinst, wir sind auf der falschen Fährte?« Meine Enttäuschung tat fast körperlich weh.

»Ja, das meine ich. Und jetzt iss endlich etwas!«

In der Nacht ließ mich ein Albtraum schweißgebadet aufschrecken. Wieder hatte ich auf dem Waldboden gelegen, wieder hatte der Mann die Watte auf mein Gesicht gedrückt. Ich sah in das Licht der Nachttischlampe in meinem Hotelzimmer. Würde das ewig so weitergehen? Die Träume, die die Erinnerung wachhielten? Das Licht, ohne das ich nicht schlafen konnte?

Ich wusste, die Nacht war nicht die beste Zeit, um nach Antworten zu suchen. Trotzdem konnte ich nicht von den Fragen ablassen. Würden sie den Entführer und meine Doppelgängerin jemals finden? Und wenn sie sie fanden, würde mir das helfen? Würde es überhaupt etwas ändern?

Als ich bis zum Morgengrauen immer noch nicht wieder eingeschlafen war, erwog ich einen Moment lang, mit Ronin einen Spaziergang zu machen. Aber dann traute ich mich nicht. Ich war fremd in dieser Stadt. Ich wusste nicht, ob es gefährlich war, im Morgengrauen umherzuwandern. Anton aufzuwecken und ihn zu bitten, mich zu begleiten, erschien mir mehr als unfair. Also schaltete ich den Fernseher ein und hing meinen Gedanken nach, bis es endlich draußen dämmerte.

Nachdem ich mit Ronin sämtliche Bäume in der Straße abgeklappert hatte, traf ich mich mit Anton im Frühstücksraum. Ihm war anzusehen, dass er weit besser geschlafen hatte als ich. Über seine Zeitung hinweg lächelte er mir entgegen.

»Guten Morgen«, begrüßte ich ihn und setzte mich zu ihm an den Tisch.

»Du schaust nicht aus, als sei es ein guter Morgen für dich. Was ist los, Emma?«

»Ich weiß nicht weiter. Ich hatte so sehr gehofft ...« Das Ende des Satzes blieb in der Luft hängen. »Alles schien so gut zu passen. Zum ersten Mal hatte ich wirklich das Gefühl, die entscheidenden Puzzleteile in der Hand zu halten. Meinst du nicht, es könnte sein, dass Leander Bartzsch uns etwas vorgespielt hat?«

»Das hat er sogar ganz bestimmt getan. Er ist einer von diesen Typen, denen das zur zweiten Natur geworden ist, wenn du mich fragst. Aber kein Mensch ist völlig immun gegen Überraschungen. Und du wärst garantiert eine gewesen, wenn er geglaubt hätte, in dir eine Besucherin seines Empfangs wiederzuerkennen.«

Ich ließ seine Worte in mir nachklingen und musste ihm einmal mehr recht geben. »Es ist nur so schwer, sich davon zu lösen.«

»Wer sagt denn eigentlich, dass man immer gleich beim ersten Wurf einen Treffer landen muss?«

»Wir hatten nur diesen Wurf.« Ich sah auf die Uhr. Es war kurz vor halb neun. »Wenn wir bald aufbrechen, kannst du zum Kaffee wieder zu Hause sein.«

»Das werden wir nicht schaffen. Um halb elf habe ich noch einen Interviewtermin in Mettmann. Das liegt nur ein paar Kilometer hinter Düsseldorf. Da wir nun schon einmal hier sind, kann ich bei den Leuten auch vorbeifahren. Ich müsste das Gespräch mit ihnen sonst am Telefon führen. So ist es viel besser.«

»Dann werde ich in der Zeit mit Ronin spazieren gehen.«

»Lass uns das vorher gemeinsam machen. Erstens kann mir ein wenig Bewegung auch nicht schaden, und zweitens hätte ich dich bei dem Gespräch gerne dabei. Es ist ein wenig heikel, und da ist es gar nicht schlecht, in Begleitung einer Zeugin zu sein.«

»Worum geht es?«, fragte ich lahm.

»Mir wäre es lieber, du gingst völlig unvoreingenommen mit und verschafftest dir selbst einen Eindruck.«

Die zwei Stunden waren wie im Fluge vergangen. Auf unserem Spaziergang durch den Stadtwald hatten wir uns in der Zeit verschätzt und kamen deshalb zehn Minuten zu spät in Mettmann an. Dem freistehenden Einfamilienhaus, vor dem wir schließlich standen, sah man auf den ersten Blick die liebevolle Pflege an. Ich wusste aus eigener Erfahrung, wie viel Arbeit es machte, einen Garten in diesem

Zustand zu halten. Wer immer hier wohnte, verbrachte viel Zeit mit seinen Gewächsen oder beschäftigte einen Gärtner.

Anton drückte den Klingelknopf, neben dem *Berthold und Maria Vehlen* geschrieben stand. Es dauerte nicht einmal eine halbe Minute, bis die Tür geöffnet wurde und ein Mann um die siebzig uns öffnete. Er hatte schütteres Haar und wirkte hager, fast asketisch.

»Herr Blaschke?« Der kurzsichtige Blick des Mannes ruhte auf Anton.

»Guten Tag, Herr Vehlen.« Anton streckte die Hand aus. »Entschuldigen Sie bitte die Verspätung. Frau Thalmann und ich ...«

»Kommen Sie doch bitte erst einmal herein.« Er ging uns voraus durch einen dämmrigen Flur in ein kaum helleres Wohnzimmer und bat uns, Platz zu nehmen. »Ich hole nur schnell meine Frau. Sie ist in der Küche und unterzieht dort meine Brille einer Grundreinigung«, meinte er mit einem entschuldigenden Lächeln und eilte hinaus.

Noch vor ein paar Wochen wäre mir bei den zugezogenen Gardinen unbehaglich zumute gewesen. Inzwischen tendierte ich selbst dazu, mich hinter Gardinen vor unerwünschten Blicken zu schützen. Anton und ich ließen uns mit dem Rücken zur Tür in zwei nebeneinanderstehenden Sesseln nieder. Ronin machte zwischen uns Platz und beschnüffelte interessiert den Perserteppich.

»Mögen Sie lieber Kaffee oder Tee?«, hörten wir Berthold Vehlen rufen.

»Da richten wir uns ganz nach Ihnen«, rief Anton zurück und ließ seinen Blick durch den Raum schweifen.

Ich tat es ihm gleich und versuchte, die Atmosphäre aufzunehmen. Es war ein Zimmer, in dem gelebt wurde.

An den abgewetzten Stellen auf dem Samtsofa und den Sesseln war zu sehen, wo die Vehlens gewöhnlich saßen. Auf einem kleinen Beistelltisch standen Fotos, die eine Frau in den Dreißigern, vermutlich ihre Tochter, zeigten. Für einen kurzen Augenblick glaubte ich, ihr Gesicht schon einmal irgendwo gesehen zu haben.

Schritte näherten sich, begleitet von leisem Geschirrklappern. Mit einem Tablett in Händen kam Maria Vehlen zum Tisch. Sie war fast ebenso hager wie ihr Mann. Ihr immer noch schönes Gesicht unter dem weißen Pagenkopf war von unzähligen feinen Fältchen durchzogen. Bevor sie das Tablett abstellte, richtete sich ihr Blick auf uns und blieb an mir hängen.

»Michaela«, sagte sie freudig überrascht, um mich gleich darauf in einer Weise zu mustern, als könne sie ihrer eigenen Wahrnehmung nicht trauen. Das Tablett in ihren Händen schien vergessen, es geriet gefährlich ins Schwanken. »Nein ... Sie sind nicht Michaela. Entschuldigen Sie bitte. Es ist das Licht hier im Wohnzimmer. Das spielt einem manchmal Streiche.«

Neben ihr tauchte ihr Mann auf, der jetzt seine Brille auf der Nase trug. Seine Mimik war fast die exakte Kopie der seiner Frau. »Verblüffend«, murmelte er, nahm seiner Frau das Tablett ab und stellte es auf den Tisch. Dann legte er ihr den Arm um die Schultern und bedeutete ihr, sich zu setzen.

»Wer sind Sie?«, fragte Maria Vehlen.

»Emma Thalmann. Ich bin eine Freundin von Herrn Blaschke. Er hat mich gebeten, ihn zu diesem Termin zu begleiten.«

Nachdem er Kaffee eingeschenkt hatte, setzte Berthold Vehlen sich neben seine Frau und nahm ihre Hand in seine. »Sie müssen unsere seltsame Begrüßung entschuldigen, aber Sie sehen jemandem, den wir kennen, sehr ähnlich. Zumindest auf den ersten Blick.« Er öffnete eine Keksdose, schob sie in unsere Richtung und bedeutete uns zuzugreifen. Ganz kurz verharrte sein Blick bei mir, um sich dann mit einem kaum wahrnehmbaren Kopfschütteln auf Anton zu richten.

Ich war wie betäubt von der kleinen Szene und kam erst allmählich zu mir. Als ich gerade den Mund öffnen und die Frage stellen wollte, die mir auf der Seele brannte, legte Anton mir, ohne mich anzusehen, die Hand auf den Arm. Der Druck seiner Finger war beredt. Er bat mich, zu schweigen und unserem Gastgeber den Vortritt zu lassen. Es kostete mich große Anstrengung, meine Ungeduld zu zügeln.

»Herr Blaschke«, begann Berthold Vehlen mit leiser Stimme, »bevor wir auf die Details zu sprechen kommen, ist es meiner Frau und mir sehr wichtig, Ihnen unseren Standpunkt zu verdeutlichen. Nehmen Sie es bitte nicht persönlich, aber normalerweise hätten wir uns nie zu einem Gespräch mit einem Journalisten bereit erklärt. Nur in Anbetracht der besonderen Umstände haben wir uns dazu durchgerungen. Der Mörder unserer Tochter konnte bisher nicht gefasst werden, und wie wir von der Kriminalpolizei wissen, gibt es keine Spur. Vielleicht kann Ihr Artikel dazu beitragen, etwas Licht in das Dunkel zu bringen. Und sei es nur ein winziger Funke. Wir möchten, dass der Tod unserer Tochter aufgeklärt wird.« Sein Blick wanderte zu den Fotos auf dem Beistelltisch. »Sie war noch so jung.«

Ronin, der meine Unruhe spürte, stellte sich neben mich. Ich gab ihm den Befehl, sich wieder hinzulegen, und streichelte ihn, während ich mir die Fotos genauer besah. Am liebsten wäre ich aufgestanden und zu dem kleinen Tisch gegangen, aber das wagte ich nicht. Ich war mir inzwischen ganz sicher, dass ich das Gesicht der Frau schon gesehen hatte. Und ich glaubte auch zu wissen, wo.

»Erzählen Sie mir von ihr?«, bat Anton die beiden.

Maria Vehlen schien es kaum abwarten zu können. Sie rutschte auf die Sofakante und rang ihre Hände. »Sie war unser Ein und Alles. Schon als Kind hat sie mit großen staunenden Augen in die Welt gesehen. Sie war neugierig, hat sich für alles interessiert. Das führte manchmal dazu, dass sie zu vieles gleichzeitig anfing und es dann nicht zu Ende führte. Wie das Cellospielen.« Während sie erzählte, leuchteten ihre Augen. »Sie war so begabt, aus ihr hätte eine gute Musikerin werden können.«

Ihr Mann legte seine Hand auf ihre. »Beatrice hatte mehr als eine Begabung. Ihr ging es wie vielen, die die Wahl haben: Sie konnte sich nicht entscheiden, hat mal dies und mal jenes gemacht. Bis sie Friedrich Lohkamp traf. Er hat ihrem Leben Struktur gegeben.« Berthold Vehlen sah zwischen uns beiden hin und her. Es schien ihm daran gelegen, dass wir seine Tochter im richtigen Licht sahen. »Natürlich waren wir zunächst unglücklich darüber, dass er in unserem Alter war und nicht in ihrem. Dreißig Jahre Unterschied … ich habe das nie verstanden. Er hätte ihr Vater sein können.«

»Wir haben sie damals angefleht, sich diesen Schritt gut zu überlegen. Wir haben ihr ausgemalt, dass sie die Blüte ihrer Jahre an der Seite eines alten Mannes verbringen würde, aber …« Maria Vehlen ließ das Ende des Satzes offen.

»Es hat uns überrascht, dass die beiden allem Anschein

nach wirklich eine gute Ehe führten.« Berthold Vehlen suchte den Blick seiner Frau, um sich deren Zustimmung zu versichern. »Beatrice war neunundzwanzig, als sie ihn heiratete. Zehn Jahre später war sie Witwe. Friedrich ist mit neunundsechzig an einem Herzinfarkt gestorben. Unsere Tochter hat ihn nur um zwei Jahre überlebt. Sie hatte sich gerade erst wieder gefangen. Fing wieder an auszugehen. Da …« Er schluckte hart.

»Was ist ihr zugestoßen?«, fragte ich, obwohl ich es bereits ahnte. Wenn mich nicht alles täuschte, dann war Beatrice Lohkamp die Frau, über die ich in der Zeitung gelesen hatte. Ich hatte die Schlagzeile noch vor Augen: *Mord an Unternehmerwitwe*.

»Am Montag, dem sechsundzwanzigsten September, wurde sie in ihrem Haus ermordet«, antwortete er. Es fiel ihm schwer, diese Worte auszusprechen.

»Ich kann mir vorstellen, wie schmerzhaft der Tod Ihrer Tochter für Sie ist«, hob ich behutsam an. »Wenn es Ihnen jetzt zu viel ist, darüber zu sprechen, dann …«

Maria Vehlen wischte sich über die Augen und schneuzte sich. Das Gespräch mit uns musste sie eine ungeheure Kraft kosten. Hin und her gerissen, ob es vertretbar war, was wir hier machten, sah ich ihren Mann fragend an.

»Stellen Sie Ihre Fragen«, sagte er. »Wenn auch nur eine unserer Antworten dazu beitragen kann, Beatrices Tod aufzuklären, dann wären wir froh. Wir beide.« Zärtlich streichelte er die Hand seiner Frau.

»Wie wurde Ihre Tochter umgebracht?«, fragte ich.

Für Maria Vehlen war es zu viel. Sie entschuldigte sich mit brechender Stimme und verließ das Zimmer. Ihr Mann wartete mit seiner Antwort, bis sie außer Hörweite war. »Ihr wurde mit einer zweiundzwanzig Zentimeter hohen und drei Komma drei Kilogramm schweren Bronzestatue der Schädel eingeschlagen.« Er war kurz davor, seine Fassung zu verlieren. »Beatrice wurde von hinten angegriffen. Der Schlag muss für sie vollkommen überraschend gekommen sein. Sie hat sich nicht gewehrt.«

Anton und ich schwiegen mit einem Gefühl großer Beklommenheit.

»Einige Schubladen und Schränke im Haus waren durchsucht und der gesamte Schmuck unserer Tochter gestohlen worden.« Er schwieg so lange, bis er sich wieder einigermaßen gefangen hatte. »Es will mir einfach nicht in den Kopf. Beatrice war ein sehr vorsichtiger Mensch. Sie fürchtete sich vor Einbrechern. Niemals hätte sie einem Fremden die Tür geöffnet. Niemals! Es gab jedoch keinerlei Einbruchspuren.«

»Vielleicht hat sie ihren Mörder gekannt«, sagte ich.

»Diese Vermutung liegt nahe«, meinte er, »aber sie hat die Kriminalpolizei nicht weitergebracht.«

»Gibt es jemanden, der vom Tod Ihrer Tochter profitiert?«, fragte Anton.

Gedankenversunken schüttelte er den Kopf. Gerade als er zu einer Antwort ansetzen wollte, kehrte seine Frau ins Zimmer zurück.

»Michaela profitiert von Beatrices Tod«, sagte sie. »Nur sie, niemand sonst. Das ist ja das Fatale. Die Kriminalpolizei hat einfach keine Spur. Denn Michaela kann es nicht gewesen sein. Außerdem hätte sie Beatrice nie im Leben etwas angetan. Die beiden waren befreundet.«

»Wer ist Michaela?« Einen Moment lang kam es mir so vor, als würde Strom durch meine Venen fließen.

»Sie ist Friedrich Lohkamps Tochter aus erster Ehe. Mit ihr habe ich Sie vorhin verwechselt.«

»Erzählen Sie mir von ihr?«

In Maria Vehlens Züge verirrte sich der Hauch eines Lächelns. »Sie ist eine nette junge Frau. Fünf Jahre jünger und ein ganz anderer Typ, als unsere Tochter es war. Beatrice war kontaktfreudiger, Michaela ist ein wenig verschlossen und spröde, wenn man sie nicht kennt. Aber die beiden haben sich gut verstanden. Beatrice war froh darüber, mit Friedrichs Tochter ein gutes Verhältnis zu haben.«

»Na ja, sie hat ja auch einiges dafür getan«, meinte ihr Mann trocken.

Ich sah ihn fragend an.

»Michaela kann nicht besonders gut mit Geld umgehen«, kam Maria Vehlen ihm zuvor. »Da hat Beatrice ihr immer ein wenig ausgeholfen.«

Er bedachte seine Frau mit einem gutmütigen Blick. »So kann man es auch ausdrücken.« Und an mich gewandt: »Michaela lebt häufig über ihre Verhältnisse. Das war ihrem Vater, der sich jeden Cent seines Vermögens selbst erarbeitet hat, ein Dorn im Auge. Er wollte, dass sie lernt, ihren Lebensunterhalt mit dem zu bestreiten, was sie verdient. Sollte sie mehr Geld benötigen, sollte sie härter arbeiten, anstatt sich an ihn zu wenden. Deshalb hat er ihr vor ein paar Jahren den Geldhahn zugedreht.«

»Ich fand das sehr hart«, sagte Maria Vehlen. »Und ich konnte Beatrice verstehen, dass sie Michaela heimlich unterstützt hat.« Ihr leicht trotziger Ton in Richtung ihres Mannes ließ darauf schließen, dass die Vehlens bei diesem Thema unterschiedlicher Meinung waren.

»Eines verstehe ich nicht«, wandte ich ein. »Sie sagten, nur diese Michaela profitiere vom Tod Ihrer Tochter. In welcher Hinsicht hat sie davon profitiert?«

Berthold Vehlen gab seiner Frau mit einer kleinen Geste zu verstehen, dass er diese Frage beantworten wollte. »Friedrich und Beatrice hatten ein gemeinsames Testament. Es besagte, dass Beatrice Friedrichs Alleinerbin und Michaela Schlusserbin war. Michaela hätte natürlich nach Friedrichs Tod ihren Pflichtteil geltend machen können. In diesem Fall wäre sie allerdings vom übrigen Vermögen ausgeschlossen worden. Es wäre nach Beatrices Tod an eine gemeinnützige Organisation gegangen.« Er atmete hörbar aus. »Ich denke, Friedrich wollte Michaela mit diesem Testament disziplinieren. Sie sollte sich endlich dem Ernst des Lebens stellen. In ihrer Tätigkeit als freiberufliche Inneneinrichterin sah er eher eine Art Freizeitbeschäftigung, der sie nur dann nachging, wenn es sich nicht vermeiden ließ. Für ihn muss es unerträglich gewesen sein, zuzusehen, wie seine Tochter über ihre Verhältnisse lebte. Umgekehrt muss für Michaela dieses Testament ein großer Schock gewesen sein.«

»Hat sie den Pflichtteil geltend gemacht?«, fragte Anton.

»Nein, das hat sie nicht.«

»Das brauchte sie auch nicht«, ging Maria Vehlen dazwischen, als müsse sie Friedrich Lohkamps Tochter verteidigen. »Beatrice hat sie regelmäßig unterstützt.«

Sekundenlang legte sich Schweigen über den Raum. Anton brach es mit einer weiteren Frage. »Und jetzt erbt diese Michaela alles?«

»Ja«, antworteten beide gleichzeitig.

»Haben Sie eine Vorstellung davon, um wie viel Geld es dabei geht?«

Berthold Vehlens Nicken hatte etwas Bedächtiges. »Es geht um knapp fünfzehn Millionen Euro.«

Anton und ich sahen uns überrascht an. In meinem Kopf war eine Geschichte im Entstehen, deren Fortgang kaum noch aufzuhalten war.

Maria Vehlen schüttelte aufgeregt den Kopf. »Nein, nein! Ich sehe schon, was da gerade in Ihnen vorgeht. Aber Michaela war es nicht. Sie hätte Beatrice nie etwas angetan. Warum auch? Unsere Tochter war sehr großzügig. Ganz besonders nach Friedrichs Tod. Vorher musste sie Michaela das Geld immer heimlich zukommen lassen. Aber in den vergangenen zwei Jahren …« Sie schluckte. »Wenn Beatrice kleinlich gewesen wäre und ihr nichts abgegeben hätte, ja, aber so?« Wieder schüttelte sie den Kopf. »Nein, Michaela hat mit dem Tod unserer Tochter nichts zu tun. Dafür lege ich meine Hand ins Feuer. Außerdem kann sie es gar nicht gewesen sein. Sie hat für den sechsundzwanzigsten September ein Alibi.«

24

Ich ließ mir alles, was ich bisher gehört hatte, durch den Kopf gehen. Die Schlussfolgerung schien auf der Hand zu liegen. »Wegen des Inhalts des Testaments musste Friedrich Lohkamps Tochter damit rechnen, sofort ins Visier der Polizei zu geraten, sollte Ihrer Beatrice etwas zustoßen«, sprach ich meine Gedanken laut aus.

»Das ist sie dann auch natürlich«, sagte Berthold Vehlen. »Aber – wie meine Frau bereits sagte – sie hat ein Alibi. Sie hat es uns selbst versichert, und die Beamten von der Kriminalpolizei haben es bestätigt. Am Morgen des Sechsundzwanzigsten wurde sie gegen zehn Uhr von einer Nachbarin gesehen, als sie den Müll herausbrachte. Mittags hat sie nachweislich auf ihrem Handy telefoniert. Wie die Beamten sagten, im Münchener Stadtgebiet, also mehr als sechshundert Kilometer von Düsseldorf entfernt. Und abends um neunzehn Uhr dreißig war sie mit einer Kundin zum Essen verabredet. Die Kundin hat das bestätigt.«

»Wenn man von dem Handyanruf einmal absieht, hätte sie es schaffen können«, gab ich zu bedenken. »Zwischen zehn und neunzehn Uhr dreißig liegen immerhin neuneinhalb Stunden.«

Maria Vehlen schien verärgert über den Verdacht, den meine Worte nahelegten. »Aber in neuneinhalb Stunden ist es weder mit dem Zug noch mit dem Auto von München nach Düsseldorf und wieder zurück zu schaffen. Schlagen Sie sich das aus dem Kopf. Wir möchten nicht, dass Sie Michaela verdächtigen.« Sie wandte sich an ihren Mann. »Wir hätten diesem Gespräch nie zustimmen dürfen, Berthold!«

»Sie hätte fliegen können«, sagte Anton behutsam. »Dann wäre es zu schaffen gewesen.«

In Maria Vehlens Zügen machte sich Erleichterung breit. Sie schien froh über dieses Stichwort zu sein. »Geflogen ist sie nicht. Sie ist auf keiner einzigen Passagierliste einer Verkehrsmaschine registriert. Und die Kriminalpolizei hat auch die Routen und Fluggäste sämtlicher Privatmaschinen an diesem Tag überprüft.« In ihrem Blick lag der Wunsch, uns zu überzeugen. »Michaela war es nicht. Sie kann es nicht gewesen sein.«

Ich hatte so lange auf diesen Moment gewartet. Manchmal hatte ich mir vorgestellt, er würde sich anfühlen, als stünde ich inmitten eines Feuerwerks. Als sich die Worte jetzt aus meinem Mund lösten, fühlte ich nichts. Ich war wie betäubt, als ich sagte: »Sie könnte unter dem Namen Emma Thalmann geflogen sein.«

Während ich den beiden in knappen Worten von meiner Entführung erzählte, sahen sie mich zunächst ungläubig und dann in einer Mischung aus Entsetzen und Nicht-Glauben-Wollen an. Kaum hatte ich geendet, ging Berthold Vehlen zu einem Schrank, um sich dort Cognac in ein Glas zu füllen. Minutenlang hielt er das Glas in Händen, bevor er einen kleinen Schluck trank. Dann stellte er es wortlos ab, setzte sich wieder neben seine Frau und nahm ihre Hand in seine.

Sie sah zwischen Anton und mir hin und her. In ihrer Miene lag ein unverhohlener Vorwurf. »Sie haben uns getäuscht, haben gesagt, Sie wollten einen Artikel über unsere Tochter schreiben. Um vielleicht dazu beizutragen, ihren Mord aufzuklären. Alles Lüge.«

»Hätten Sie uns die Tür für ein Gespräch geöffnet, wenn ich Ihnen die Wahrheit gesagt hätte?«, fragte Anton.

»Wohl kaum!«

»Um welche Uhrzeit wurde Ihre Tochter eigentlich getötet?«, wandte ich mich an ihren Mann.

»Als ihre Haushälterin um dreizehn Uhr das Haus verließ, da lebte sie noch. Aber als gegen sechzehn Uhr ihre Freundin, mit der sie verabredet war, vergeblich bei ihr klingelte, war sie bereits tot. Dieser Freundin war es seltsam vorgekommen, dass Beatrice nicht öffnete. Sie hat die Polizei gerufen.«

»Also ist der Mord irgendwann zwischen dreizehn und sechzehn Uhr geschehen«, fasste ich das Offensichtliche in Worte. »Die Frau, die unter meinem Namen nach Düsseldorf geflogen ist, hat sich gegen halb zwei ein Auto am Sixt-Schalter im Flughafen gemietet und dieses Auto um fünfzehn Uhr dort wieder abgegeben. Sie hatte also eineinhalb Stunden, um …« Ich stockte. Der Kummer in den Gesichtern der Vehlens war schon groß genug. »Sie hatte Zeit genug«, sagte ich deshalb nur, um gleich darauf auf eine andere Frage zu sprechen zu kommen. »Wissen Sie, ob Friedrich Lohkamps Tochter einen Freund oder einen Lebensgefährten hat?«

»Zurzeit hat sie niemanden«, antwortete Maria Vehlen. »Sie glauben doch nicht etwa, dass ein Freund von Michaela Sie entführt haben könnte?«

»Ich weiß nicht, was ich glauben soll.«

»Michaela war es nicht«, sagte sie unglücklich. »Sie

können uns vertrauen. So sehr würden wir uns nicht in einem Menschen täuschen.«

»Möglicherweise hat die Frau, die unter meinem Namen geflogen ist, schon Wochen davor eine Spur hinterlassen. Am dreißigsten Juli wurde in Aschau eine Frau gesehen, die mir sehr ähnlich sieht. Wir wurden miteinander verwechselt«, sagte ich leise.

»Aschau … das ist doch …« Wieder sah sie zu ihrem Mann.

»In der Nähe von München.« Was seinen Worten nicht gelang, versuchte er mit einem Blick – sie zu beruhigen.

»Wo lebt Michaela?«, fragte ich.

»In München-Bogenhausen.«

»Heißt sie eigentlich auch Lohkamp?«

»Ja, sie war bisher nicht verheiratet.«

Das Schweigen, das sich im Raum breitmachte, lastete schwer. Es war erfüllt von den gegensätzlichsten Emotionen.

»Was werden Sie jetzt tun?«, fragte Maria Vehlen mit einem besorgten Unterton.

»Sobald wir zurück im Chiemgau sind, werde ich die Kripo in Rosenheim darüber informieren, was wir von Ihnen erfahren haben.« Ich hatte den zweifelnden Gesichtsausdruck von Franziska Stangl bereits vor Augen. Den Mord an Beatrice Lohkamp mit in ihre Überlegungen einzubeziehen, würde ihr ganz sicher widerstreben. Was, wenn sie sich weigerte, in diese Richtung zu ermitteln? Würde dann alles im Sande verlaufen? »Es könnte allerdings hilfreich sein, wenn Sie auch die Beamten in Düsseldorf informierten«, wagte ich einen Vorstoß und hielt die Luft an.

»Das können Sie nicht von uns verlangen.« Maria Vehlen schien entsetzt über mein Ansinnen. »Wir wünschen uns nichts sehnlicher, als dass der Mord an unserer Tochter endlich aufgeklärt wird. Aber nicht um jeden Preis. Schon gar nicht um den Preis, Michaela zu verdächtigen oder gar zu beschuldigen.«

»Haben Sie eigentlich noch Kontakt zu ihr?«

»Natürlich«, antwortete sie. »Michaela ruft uns regelmäßig an und fragt, wie es uns geht.«

»Wäre es zu viel von Ihnen verlangt, wenn ich Sie bäte, ihr nichts von unserem Gespräch zu erzählen?«

»Keine Sorge. Das würden wir ohnehin nicht tun. Sie soll nicht das Gefühl bekommen, dass wir sie verdächtigen.«

Beruhigt atmete ich auf. »Eine letzte Frage habe ich noch: Können Sie mir Michaela Lohkamp beschreiben?«

Anstatt zu antworten, stand Maria Vehlen auf und ging zu einer Kommode, deren oberste Schublade sie aufzog. Sie schien schnell gefunden zu haben, wonach sie suchte. Als sie zurückkam, reichte sie mir ein Foto. »Das ist Michaela.«

Ich sah in das Gesicht einer lächelnden Fremden, die mir auf erschreckende Weise zum Verwechseln ähnlich sah. Benommen reichte ich das Foto an Anton weiter.

»Wirklich verblüffend«, sagte er nach ein paar Sekunden. »Bis auf ihr kurzes Haar und die Nase, die ganz anders gebogen ist als deine ... ja, und die Augenfarbe natürlich.«

Maria Vehlen machte diese Ähnlichkeit ebenfalls zu schaffen. Sie versuchte, sie abzuschwächen. »Sie beide ähneln sich nur auf den ersten Blick. Sobald man mit Ihnen spricht, verliert sich dieser Eindruck jedoch.«

Das Foto immer noch in Händen haltend, fragte Anton:

»Ist der gestohlene Schmuck Ihrer Tochter eigentlich irgendwo aufgetaucht?«

»Nein«, antwortete Berthold Vehlen. »Aber die Beamten sagten uns, dass solche Schmuckstücke häufig direkt nach dem Diebstahl zerlegt und dann verkauft werden. Es ist unwahrscheinlich, dass sie noch in ihrem Ursprungszustand irgendwo herumliegen. Der Mörder wird sie längst zu Geld gemacht haben.«

Wenn es tatsächlich um das Geld gegangen war, das sich aus dem Schmuckverkauf erzielen ließ. Aber das glaubte ich nicht. Wenn Michaela Lohkamp die Mörderin war, würde sie den Schmuck beseitigt haben. Das Risiko, ihn zu behalten, war er wohl kaum wert. An die fünfzehn Millionen Euro würde er nicht heranreichen.

Ich nahm Anton das Foto aus der Hand und sah noch einmal in dieses Gesicht. Sah so eine Mörderin aus? Eine Frau, die eine Entführung in Auftrag gegeben hatte? Nichts von dem, was ich in ihrem Gesicht vermutet hätte, fand ich dort – nichts Hinterhältiges, Rücksichtsloses oder Skrupelloses. Keine augenscheinliche Kälte. Zweifel überschwemmten mich. Was tat ich hier? Ich verstörte diese beiden Menschen, die bereits am Tod ihrer Tochter schwer zu tragen hatten. Trotzdem gab es eine Stimme in mir, die nicht lockerließ, nicht lockerlassen konnte. Ich sah Maria Vehlen an. »Darf ich das Foto mitnehmen?«

»Nein!« Ihr Kopfschütteln hatte fast etwas Panisches. »Auf keinen Fall.«

Auf der Rückfahrt hatte ich mehrfach versucht, Kristin Mayer oder Franziska Stangl zu erreichen. Erst hieß es, sie seien in einer Stunde zurück im Büro. Dann, sie seien aufgehalten worden. Als ich die jüngere Beamtin schließlich auf ihrem Handy erreichte, vertröstete sie mich auf Montag. Um zehn Uhr hätten sie und ihre Kollegin eine halbe Stunde Zeit. Wenn möglich, solle ich pünktlich sein, da für halb elf eine Vernehmung angesetzt sei. Sie hatte noch nicht einmal gefragt, worum es ging. Kein Wunder: Für sie war mein Fall einer unter vielen. In meinem Kopf hingegen hatte nichts anderes Platz.

Ich dachte über Friedrich Lohkamp nach. Sein Testament ähnelte einem Schneeball, der sich zu einer Lawine mit verheerenden Folgen entwickelt hatte. Vermutlich! Ich versuchte, meine Gedanken zu zügeln.

»Alles hängt an diesem Testament«, sagte ich zu Anton. »Versuch mal, dich in diese Michaela Lohkamp hineinzuversetzen. Die Frau ihres Vaters, nach deren Tod sie sein Vermögen erben soll, ist nur fünf Jahre älter als sie. Da hätte er sie auch gleich enterben können. Wie hat er sich das überhaupt vorgestellt? Sollte seine Tochter erben, wenn sie achtzig ist? Und vor allem: Wie viel wäre dann überhaupt von dem Geld übrig geblieben?«

»Emma, vergiss nicht: Sie hätte ihren Pflichtteil geltend machen können. Als einzige Tochter hätte sie Anspruch auf ein Viertel seines Vermögens gehabt. Das sind drei Komma sieben fünf Millionen Euro. Und da hakt die Sache meiner Meinung nach auch. Ich verstehe nicht, warum sie dieses Geld nicht eingefordert hat. Das wäre ohnehin klüger gewesen, als zu warten. Egal, wie groß der Altersunterschied zwischen ihr und Beatrice Lohkamp war. Als Alleinerbin hätte die Tochter der Vehlens das gesamte Vermögen durchbringen können. Und am Ende wäre für Michaela Lohkamp als Schlusserbin nichts übrig geblieben. Der Pflichtteil stand ihr zu. Er wäre weitaus besser als nichts gewesen.«

»Aber schlechter als fünfzehn Millionen.«

»Ja, wenn man den Hals nicht vollbekommen kann.«

»Vielleicht ist sie solch ein Mensch. Du hast gehört, was die Vehlens gesagt haben: Sie lebt ständig über ihre Verhältnisse.«

»Nicht jeder, der über seine Verhältnisse lebt, bringt gleich einen anderen Menschen um. Manchmal sind die Verhältnisse nur einfach so, dass du gar nicht anders kannst, als über sie hinauszuleben.«

Ich wusste, dass er aus eigener Erfahrung sprach. Die Zeit seiner Arbeitslosigkeit lag noch nicht lange zurück. Ich wechselte zu einem anderen Aspekt. »Am Mittag des sechsundzwanzigsten soll diese Michaela mit ihrem Handy im Münchener Stadtgebiet telefoniert haben. Lässt sich das denn tatsächlich so genau bestimmen? Hätte sie das nicht irgendwie manipulieren können?«

»Niemand wird genau sagen können, in welcher Straße sie sich befand, als sie telefonierte. Aber das Gebiet – genauer: die geographische Zelle – lässt sich anhand des sogenannten *Zellentracking* ziemlich genau eingrenzen. Es lässt sich allerdings nicht manipulieren.«

»Aber wer sagt denn, dass tatsächlich sie das Handy am Ohr hatte? Sie muss es nur jemandem gegeben haben, den sie damit beauftragt hat, zu einer bestimmten Zeit in der Münchener Gegend damit zu telefonieren.« Ich ließ mir diese Möglichkeit durch den Kopf gehen. »Dann müsste allerdings auch die Person, die angerufen wurde, mitgespielt haben. Das wird die Kripo sicher nachgeprüft haben«, überlegte ich laut und versuchte dann, mich in Michaela Lohkamp hineinzuversetzen.

Ich stellte mir vor, einen Mord zu planen, ohne dafür belangt werden zu können. Die Idee mit meiner Entführung war clever gewesen. Durch mich hatte sie ein Alibi. Aber sie hatte es noch wasserdichter gestalten wollen. Deshalb die Sache mit dem Handy. Wie hätte ich es gemacht? Ich war mir ziemlich sicher, dass es sich bei der Person, die in Michaela Lohkamps Auftrag um die Mittagszeit mit ihrem Handy telefoniert hatte, um den Entführer gehandelt haben musste. Aber es fehlte noch eine dritte Person, jemand, der angerufen worden war und diesen Anruf auch bezeugen würde. Mir kam eine Idee. »Wenn nun bei diesem Handytelefonat jemand angerufen wurde, der einen Anrufbeantworter hat und ganz sicher nicht zu Hause war? Dann hätte sie ihre Nachricht vorher nur auf ein Diktaphon aufnehmen und von ihrem Komplizen abspielen lassen müssen.«

»Wenn sie es war«, mahnte Anton zur Vorsicht. »Bisher können wir das nur vermuten.«

Ich verstand ihn. Natürlich bestand immer noch die Möglichkeit, dass alles ganz anders gewesen war und wir einer gedanklichen Täuschung aufsaßen. Aber mein Gefühl sagte mir, dass ich von der Vollendung des Puzzles nur noch wenige Schritte entfernt war. Ich betete, dass dieses Gefühl mich nicht trog.

Im Nachhinein bewunderte ich Anton, der die Rückfahrt mit mir so gelassen durchstand. An einem Freitagnachmittag von Düsseldorf nach Aschau aufzubrechen erforderte Geduld. Wir gerieten von einem Stau in den nächsten und brauchten schließlich fast neun Stunden. Noch größere Geduld musste es ihn aber gekostet haben, immer wieder mit mir alle möglichen Konstellationen des Falls durchzugehen.

Um kurz vor Mitternacht setzte ich ihn vor seinem Haus ab. »Wenn du nicht diesen Termin bei den Vehlens gemacht hättest, würde ich immer noch im Dunkeln tappen. Ich weiß nicht, wie ich dir danken soll, Anton.«

Sein zufriedenes Grinsen war von Müdigkeit überschattet. Zum Abschied drückte er mir einen Kuss auf die Wange und strich Ronin über den Kopf. Dann schlug er die Wagentür hinter sich zu.

Genau wie Anton war ich zum Umfallen müde. Gleichzeitig fühlte ich mich überdreht. Ich sehnte mich nach Laurenz und hoffte, dass er noch wach war. Als ich in unsere Auffahrt bog, sah ich in der Küche und im Wohnzimmer Licht brennen. Ich hatte den Motor noch nicht ausgeschaltet, als Laurenz bereits in der offenen Tür stand. Er hatte auf uns gewartet.

Ronin veranstaltete im Heck des Wagens einen Freudentanz, als er Laurenz erkannte. Ich ging nach hinten und öffnete die Klappe.

»Allem Anschein nach bin ich nicht die Einzige, die dich vermisst hat.« Staunend sah ich dabei zu, wie Ronin unablässig an Laurenz hochsprang und versuchte, dessen Kinn abzulecken.

Laurenz verzog das Gesicht und reckte dabei sein Kinn in die Höhe. »Deine Küsse sind mir eindeutig lieber.«

Behutsam, aber bestimmt drängte ich Ronin beiseite und legte Laurenz die Arme um den Hals. »Wenn ich dir zur Belohnung ein paar in Aussicht stelle, würdest du dann mit Ronin und mir noch mal kurz eine Runde drehen?«

»Kann er nicht im Garten pinkeln?«

Ich schüttelte den Kopf. »Er war jetzt fast neun Stunden im Auto. Wir haben ihn nur drei Mal kurz an einer Raststätte hinausgelassen. Bitte …«

»Okay, okay, ich hole nur schnell meine Jacke.«

Kaum war Laurenz im Haus verschwunden, fühlte ich mich schutzlos der Dunkelheit ausgeliefert. Ich sah Ronin hinterher, der zu den Büschen lief, die die Auffahrt säumten. Eine Gänsehaut kroch meine Arme hinauf. In meinem Nacken kribbelte es. Während ich mich nach allen Seiten umsah, bewegte ich mich aufs Haus zu und hoffte, dass Laurenz sich beeilte. Als er endlich im Türrahmen auftauchte, atmete ich erleichtert auf.

Er erkannte die Anspannung in meinem Blick und legte den Arm um mich. »Komm, lass uns gehen.«

Langsam folgten wir Ronin die Auffahrt hinunter. »Ob diese Angst je verschwinden wird?«

»Verschwinden vielleicht nicht, aber ich nehme an, dass sie mit der Zeit besser wird.«

Ich beneidete ihn um seine Zuversicht und versuchte, mich davon anstecken zu lassen. »Wenn die beiden nur schon hinter Gittern wären. Ich kann den Termin bei der Kripo kaum abwarten.« Mit Antons Handy hatte ich Laurenz von unterwegs angerufen und ihm von unserem Besuch bei den Vehlens erzählt.

»Das kann ich gut verstehen. Trotzdem solltest du versuchen, nur die Fakten wiederzugeben und dich vor Spekulationen zu hüten.«

»Welche Fakten meinst du?«

»In Düsseldorf wurde am sechsundzwanzigsten September eine Frau ermordet. Ihre Stieftochter, die in Verdacht geraten ist, aber ein Alibi hat, sieht dir – laut Bekunden des Ehepaars Vehlen – ähnlich. Die Schlüsse, die sich daraus ziehen lassen, solltest du der Kripo überlassen.«

Ich blieb abrupt stehen und schnappte nach Luft.

»Diese Ähnlichkeit ist nicht einfach nur ein unbedeutender Zufall, Laurenz! Meine Entführung hatte nur den einen Grund – dieser Michaela Lohkamp ein Alibi zu verschaffen.«

»Zu dieser Überzeugung tendiere ich inzwischen auch. Ich möchte dich nur vor einer unüberlegten Reaktion bewahren.«

»Was meinst du damit?«

»Wenn du dieser Frau offiziell unterstellst, für deine Entführung und den Mord an der Tochter der Vehlens verantwortlich zu sein, kann sie dich wegen falscher Verdächtigung verklagen.«

»Na und? Soll sie doch!«

»Emma, es wird Zeit, dass wieder Ruhe eintritt in deinem Leben.«

»Du meinst in unserem Leben. In deinem.«

Im Licht der Straßenlaterne sah ich seine Kiefer mahlen. »Was du mir da unterstellst, ist unfair, und das weißt du.«

»Es ist überhaupt nicht unfair. Was heißt denn hier *Ruhe?* Meine Ruhe habe ich verloren, als dieser Mann mich überfallen und entführt hat. Während er und seine Freundin wahrscheinlich achtzig Kilometer von hier in München sitzen und Pläne schmieden, wie sie das Geld von Friedrich Lohkamp ausgeben können, habe ich Angst im Dunkeln. Stille setzt mir immer noch genauso zu, wie unerwartete Geräusche mich erschrecken. Ich träume von dem Überfall. Und du kannst mir glauben: Wenn es einen Schalter gäbe, den ich umlegen könnte und alles wäre wie früher, ich würde ihn betätigen.« Meine Stimme hatte sich überschlagen. Ich schwieg einen Moment, um dann leiser fortzufahren: »Das mit der Ruhe ist so eine Sache. Sie lässt sich nicht erzwingen – auch wenn ich es mir noch so sehr wünsche.«

Laurenz blieb stehen und hielt mich fest. »Aber vielleicht kann man ihr den Boden bereiten.«

»Wie denn? Sag es mir: wie?«

»Indem du versuchst, deinen Gedanken eine Richtung zu geben. Sie abzulenken, wenn sie sich nur noch um die Entführung ranken. Damit auch wieder etwas anderes Platz darin findet.«

»Hast du das Gefühl, dass du zu kurz kommst darin? Bist du eifersüchtig auf den Raum, den diese Entführung in meinen Gedanken einnimmt?« Ich konnte den Ton meiner eigenen Stimme nicht leiden. Aber der Drang, Laurenz weh zu tun, war in diesem Augenblick stärker. »Fühlst du dich vernachlässigt? Zu wenig umhegt? Ich dachte, du wärst anders. Aber Rollenbilder sitzen wohl doch tiefer. Es tut mir sehr leid, wenn es dir an der nötigen Aufmerksamkeit mangelt. Vielleicht ...«

»Emma, hör auf!« Er war ein paar Schritte von mir zurückgetreten und sah mich mit einer Mischung aus Erstaunen und Betroffenheit an.

»Wenn du jetzt sagst, *so kenne ich dich gar nicht,* dann schreie ich.«

Laurenz reagierte scheinbar ruhig. Wie sehr ich ihn getroffen hatte, konnte ich allein daran erkennen, dass er seine Hände in den Jackentaschen vergrub. Ich hätte schwören können, dass sie zu Fäusten geballt waren. »Meinst du nicht, dass auch du gerade von den Rollenbildern eingeholt wirst, die du sonst so weit von dir schiebst?«

Ich stellte mich ihm in den Weg und zwang ihn anzuhalten. »Und? Welchem Bild entspreche ich dann?«

»Dem einer Zicke!«

Zu Hause hatte ich weiter versucht, Laurenz zu provozieren. Aber er hatte sein Bettzeug genommen und auf der Chaiselongue im Wohnzimmer geschlafen. Im Gegensatz zu ihm hatte ich die halbe Nacht wach gelegen. Ich war verletzt, wütend und unnachgiebig. Als Laurenz am Morgen mit einem leisen Hallo die Küche betrat, mied ich seinen Blick und schwieg. Der Vorwurf, den ich ihm machte, erfüllte den Raum.

»Das halte ich nicht aus«, sagte er schließlich, stellte seinen Kaffeebecher geräuschvoll auf den Tisch und stand auf. »Wenn du dich wie eine Erwachsene mit mir auseinandersetzen möchtest, ruf mich an. Ich fahre zurück nach München.«

»Wenn's schwierig wird, kneifst du!«

In jeder anderen Situation hätte sein trauriger Blick mir ins Herz geschnitten. »Ich habe noch nie gekniffen, und das weißt du. Aber ich hatte eine anstrengende Woche, und die nächste wird nicht besser. Ich brauche diese beiden Tage Ruhe.«

»Hast du dich mal gefragt, was ich brauche?«

»Ich weiß, was du brauchst, Emma. Du brauchst sehr viel Verständnis und ebenfalls Ruhe. Womit wir wieder am Anfang unserer Diskussion angekommen sind.«

Dies wäre der Moment gewesen, um einzulenken, aber ich ließ ihn verstreichen. Anstatt Laurenz davon abzuhalten, nach München aufzubrechen, legte ich Ronin das Halsband um und ging mit ihm spazieren. Als ich eine Stunde später zurückkehrte, war Laurenz bereits abgefahren.

In Gedanken schickte ich ihm wahre Schimpfkanonaden hinterher, die jeweils mit dem Versprechen endeten, dass ich ihn ganz bestimmt nicht anrufen würde. Was auch immer da in mir wütete – es fand seinen Ausdruck in dem unwiderstehlichen Drang, nicht nur ein Ventil, sondern auch ein Opfer für meine Wut zu finden.

Als würde der Streit mit meinem Mann nicht reichen, legte ich mich am Samstag auch gleich noch mit Verena an, die vorbeigekommen war, um Laurenz und mich an ihrem neuesten Backerfolg teilhaben zu lassen. Ich nahm ihr das Kuchenpaket ab, stellte es auf den Küchentisch und war schon mittendrin im Schimpfen. Sie hörte mir zu, ohne mich zu unterbrechen. Nur an ihren gerunzelten Brauen war zu erkennen, dass sie mir zwar folgen, aber nicht zustimmen konnte. Bevor ich schließlich vollends in dem Gefühl versank, unverstanden zu sein, teilte ich auch ihr noch kräftig aus.

Sie ließ mich mit den Worten zurück: »Wenn wieder normal mit dir zu reden ist, kannst du mich anrufen!«

25

Im Rückblick brach mein Selbstmitleid an diesem Wochenende alle Rekorde. Bis zum Sonntagnachmittag badete ich in dem Gefühl, im Stich gelassen worden zu sein. In Abständen von ein paar Stunden versicherte ich Ronin, dass er der Einzige sei, der zu mir halte. Als Verenas Tochter auf einen Sprung vorbeikam, revidierte ich diese Überzeugung.

»Mama schickt mich, ich soll dir das geben.« Sie hielt mir ein Kuchenpaket entgegen. »Das sei pure Nervennahrung, meint sie.« Mirjam zog eine Grimasse. »Wenn du mich fragst, sind das Kalorien pur. Aber so, wie du aussiehst, kannst du's vertragen.« Sie sah sich suchend in der Küche um. »Ist das Kuchenpaket von gestern übrigens wirklich im Müll gelandet? Mama sagt, sie könnte darauf schwören.«

»Dann wird es wohl stimmen.« Ich musste lachen.

»Ich soll dir ausrichten, dass sie dir für morgen die Daumen drückt.«

»Danke.«

Sie baute sich vor mir auf. »Könntest du dann jetzt noch mal was zu meinem Kopfschmuck sagen?«

Ihre Rastazöpfe waren unter einem kunstvoll gebundenen turbanartigen Gebilde verschwunden, das größer als ihr Kopf war. »Hab ich was verpasst? Ist das gerade modern?« Ich ging einmal um sie herum und besah mir das Ganze.

»Ich will nur wissen, ob mir das Tuch steht? Sehe ich erwachsen damit aus?«

»Wie viele Jahre ist er älter als du?«

Sie verdrehte die Augen und sah zur Decke. Dann sagte sie: »Fünf. Und wenn du jetzt wie Mama fragst, was er macht, dann rede ich nie wieder ein Wort mit dir!«

»Er macht dir Herzklopfen, oder?«

Ihre Augen glänzten.

»Und er? Hat er auch Herzklopfen?«

»Glaub schon«, murmelte sie.

Ich nahm sie an der Hand und zog sie hinter mir her in den Flur. Vor dem Spiegel blieben wir stehen. »Gefällt dir, was du da siehst?«

Sekundenlang sah sie in den Spiegel, dann begann sie, den Turban aufzulösen. Als ihre Haare wieder zum Vorschein kamen, fuhr sie mit den Fingern hindurch. »Mir gefällt's so am besten.«

Ich schlang meine Arme um sie und drückte ihr einen Kuss auf die Wange. »Und wann siehst du ihn wieder?«

»Ich hab gesagt, ich ruf ihn an.«

»Worauf wartest du dann noch?«

Kaum war Mirjam gegangen, hatte ich eine kleine Tasche gepackt, Ronin im Heck des Wagens und Verenas Kuchen auf dem Beifahrersitz verstaut und war Richtung München aufgebrochen. Während der Fahrt hatte ich damit geliebäugelt, einen Abstecher in die Besselstraße in Bogenhausen zu machen, wo Michaela Lohkamp laut Auskunft der Telekom wohnte. Ihre Wohnung lag damit nur etwa zehn Minuten von unserer in der Osterwaldstraße entfernt. Dann hatte jedoch meine Vernunft gesiegt. Bevor ich nicht mit den Kripobeamtinnen gesprochen hatte, würde ich gar nichts unternehmen.

Als ich in die Osterwaldstraße am nördlichen Rand von Schwabing bog, sah ich erleichtert, dass Laurenz' Auto vor dem Haus stand. Wenn er nicht gerade im Englischen Garten joggen war, würde er zu Hause sein. Ich schloss die Tür auf, ließ den Eingang zu seinem Büro links liegen und folgte Ronin, der schwanzwedelnd die Treppe hinauflief. Vor der Wohnungstür blieben wir stehen. Ich gab Ronin den Befehl *Gib Laut*. Im Nu war das Treppenhaus von seinem tiefen Bellen erfüllt. Sekunden später öffnete Laurenz die Tür. Er sah müde aus.

Ohne ein Wort zu sagen, nahm er mir Tasche und Kuchenpaket ab, während der Hund aufgeregt die Wohnung erkundete. Regungslos blieben wir im Flur stehen und sahen uns an.

»Es tut mir leid«, sagte ich leise.

»Mir tut es auch leid!« Er stellte Tasche und Kuchen ab und nahm mich in die Arme. »Und ich bin froh, dass du hier bist.« Sein Mund wanderte von meiner Schläfe zu meinem Hals.

Ich spürte seinen warmen Atem auf der Haut, streifte Jacke und Schuhe ab und zog Laurenz hinter mir her ins Schlafzimmer. Im Augenwinkel sah ich, wie er der Tür mit dem Fuß einen Stoß versetzte, so dass sie ins Schloss fiel. Während wir uns auszogen und auf dem Bett landeten, berührten wir uns mit unseren Blicken. Bis sie – genau wie unsere Körper – für kurze Zeit miteinander verschmolzen.

Laurenz zuliebe hatte ich in der Nacht das Licht im Schlafzimmer ausgeschaltet. Obwohl er dicht neben mir lag, konnte ich es in der Dunkelheit nicht aushalten. Leise stand ich auf, nahm meine Decke und schlich auf Zehenspitzen ins Wohnzimmer. Ronin tapste mir hinterher und ließ sich mit einem Seufzer neben dem Sofa nieder. Ich knipste eine Lampe an und kuschelte mich dann fröstelnd unter die Decke.

Mir war bewusst, dass die Bedrohung, die ich in der Dunkelheit verspürt hatte, lediglich in meinem Kopf existierte und nicht real war. Aber dieses Bewusstsein half mir nicht, die Angst zu verringern. Um zumindest annähernd ein Gefühl von Sicherheit zurückzugewinnen, wanderte ich gedanklich in meinen geschützten Garten. Die beruhigende Wirkung ließ nicht lange auf sich warten.

Als ich das nächste Mal die Augen aufschlug, war es sieben Uhr und für Laurenz Zeit zum Aufstehen. Ich weckte ihn mit einem Kuss und machte uns dann Frühstück.

»Daran könnte ich mich ganz schnell wieder gewöhnen«, meinte er, als er sich eine halbe Stunde später zu mir an den Tresen setzte.

»Kann ich mir vorstellen. Deshalb werde ich nachher auch ganz schnell wieder verschwinden.« Ich schenkte ihm Kaffee ein.

»Emma – versprichst du mir etwas?« Er sah mich eindringlich an. »Tue bitte nichts Unüberlegtes. Es ist Aufgabe der Kripo, sich mit dieser Frau zu befassen. Nicht deine. Du weißt aus eigener Erfahrung, wie gefährlich diese Leute sind. Das Wichtigste ist, dass du in Sicherheit bist. Selbst wenn dein Entführer und diese Frau nie gefasst und überführt werden sollten.«

»Kannst du dir vorstellen, wie das ist – dein Gefühl von Sicherheit verloren zu haben und gleichzeitig befürchten zu müssen, dass diejenigen, die dafür verantwortlich sind, ungeschoren davonkommen? Das ist ein kaum zu ertragendes Ungleichgewicht.«

»Das kann ich mir vorstellen, und ich finde es fast ebenso unerträglich wie du. Aber genauso kann ich mir vorstellen, dass es Menschen gibt, die mit so einem Ungleichgewicht leben müssen.«

»Was soll ich denn deiner Meinung nach tun?«

»Versuchen, die Tür zu dieser Hütte irgendwann hinter dir zuzuschlagen.«

»Gelingt dir das?«

Er überlegte, nickte dann erst zögernd, um schließlich den Kopf zu schütteln. »Wenn ich arbeite ... manchmal. Und dann packt mich ganz plötzlich Unruhe. Dann frage ich mich, ob es dir gut geht, wo du gerade bist. Ob du in Sicherheit bist. Und dann greife ich zum Telefon.«

»Aber du rufst mich nicht an«, stellte ich überrascht fest. Laurenz hatte seine Telefongewohnheiten nicht geändert.

»Nein, nicht in dieser Verfassung. Wenn ich das erst einmal anfange, entsteht ein Teufelskreis. Dann mache ich uns beide verrückt mit meiner Sorge. Denk nur an Freitagabend, als ich dich nicht erreichen konnte.«

Einen Moment lang schwiegen wir beide. Dann sagte ich: »Ich würde gerne sein Gesicht sehen, das Gesicht hinter der Maske.«

Pünktlich um zehn Uhr saß ich in der Polizeidirektion Rosenheim Franziska Stangl und Kristin Mayer gegenüber und erzählte so strukturiert wie möglich, was ich von Berthold und Maria Vehlen erfahren hatte. Dabei wanderte mein Blick ständig zwischen den beiden Beamtinnen hin und her. Es hing so viel davon ab, ob sie mir glaubten oder ob sie die Verbindung zum Tod von Beatrice Lohkamp für zu weit hergeholt hielten. Erst als ich geendet hatte, fiel mir auf, dass sie nicht überrascht zu sein schienen.

»Haben Sie davon gewusst?«, fragte ich.

»Wir haben heute früh, bevor Sie kamen, einen Anruf von einem Düsseldorfer Kollegen erhalten«, antwortete Kristin Mayer. »Berthold Vehlen hat dort noch am Freitagnachmittag vorgesprochen.«

Sekundenlang schloss ich die Augen und dankte diesem Mann im Stillen. Der Gang zur Polizei musste ihm schwergefallen sein. Und ich bezweifelte, dass er darin von seiner Frau unterstützt worden war. »Was sagen Sie dazu?«, fragte ich.

Franziska Stangl stützte das Kinn auf die gefalteten Hände. Wie immer, wenn ich mit einer meiner Theorien kam, sah sie mich skeptisch an. »Haben Sie einmal ausgerechnet, wie viel ein Viertel von knapp fünfzehn Millionen Euro ist?«

»Da gibt es nicht viel zu rechnen. Es sind drei Komma sieben fünf Millionen Euro.«

Sie schaute in ihre Notizen. »Michaela Lohkamp hätte nach dem Tod ihres Vaters diesen Pflichtteil geltend machen können. Sie hat es in den vergangenen zwei Jahren nicht getan. Vermutlich, weil keine Veranlassung dazu bestand. Sie wurde monatlich mit mehreren tausend Euro von Beatrice Lohkamp unterstützt. Und es deutet nichts darauf hin, dass Beatrice Lohkamp vorhatte, dieses Arrangement zu beenden. Laut Zeugenaussagen bestand ein gutes Verhältnis zwischen beiden Frauen.«

»Aber damit war sie abhängig von der Frau ihres Vaters. Finden Sie es nicht seltsam, dass sie noch nicht einmal versucht hat, diesen Pflichtteil zu bekommen?«

»Es ist ungewöhnlich, aber längst kein Indiz für einen Mord.«

»Aber vielleicht ein Indiz für einen von langer Hand geplanten Mord. Ich hatte am Wochenende viel Zeit, darüber nachzudenken. Hätte sie den Pflichtteil geltend gemacht, hätte ihr der Tod von Beatrice Lohkamp nichts genützt. Sie hätte drei Komma sieben fünf Millionen Euro gehabt und wäre vom übrigen Vermögen auf immer ausgeschlossen gewesen. Nur ohne die Geltendmachung des Pflichtteils würde sie die Frau ihres Vaters beerben. Wobei das Warten auf den Tod einer nur fünf Jahre älteren Frau eine zwar nicht gerade aussichtslose, aber sehr nervenzehrende Angelegenheit ist – wenn Geld eine so große Rolle spielt wie bei Michaela Lohkamp. Und so hat sie beschlossen, ihre Stiefmutter zu töten«, spann ich die Geschichte weiter.

»Wir reden hier über fast vier Millionen Euro, Frau Thalmann. Das ist eine Menge Geld. Damit wäre sie eine wohlhabende Frau gewesen.«

»Aber es besteht durchaus die Möglichkeit, dass Michaela Lohkamp das anders sieht. Dass es ihr nicht gereicht hat und sie habgierig war.«

»Das ist reine Spekulation.«

»Aber es ist keine Spekulation, dass sie mir ähnlich sieht. Wir sind sogar fast gleich alt. Sie ist nur zwei Jahre jünger als ich.«

»Nikola Schwendy sieht Ihnen auch ähnlich. Und wie sich herausgestellt hat, hat sie nichts mit Ihrer Entführung zu tun.«

»Rufen Sie in der *Residenz Heinz Winkler* in Aschau an und fragen Sie, ob Michaela Lohkamp dort an dem letzten Wochenende im Juli übernachtet hat. Auch wenn es nur achtzig Kilometer bis München sind, es gibt viele Leute, die nach Festen oder Essen dort über Nacht bleiben.«

»Meine Kollegin hat dort bereits angerufen. Wir warten auf den Rückruf. Aber selbst wenn sich herausstellen sollte, dass Frau Lohkamp das besagte Wochenende in Aschau verbracht hat, dann ist das kein Indiz dafür, dass sie etwas mit Ihrer Entführung zu tun hat.«

»Aber es ist ein Indiz, dass sie etwas damit zu tun haben könnte.«

Zum ersten Mal war der Hauch eines Lächelns in den Mundwinkeln von Franziska Stangl zu sehen. »Da gebe ich Ihnen recht. Sie könnte darin verwickelt sein. Aber entführt wurden Sie nach eigener Aussage von einem Mann. Und solange wir die Verbindung zu diesem Mann nicht herstellen können, nützt uns dieses Indiz wenig.«

»Es kann doch nicht so schwer sein herauszufinden, wer ihr Liebhaber ist. Sie wird wohl kaum einem Fremden den Auftrag gegeben haben, mich zu entführen.«

»Die Beamten, die in der Sache Beatrice Lohkamp ermitteln, haben selbstverständlich die Lebensumstände von Michaela Lohkamp überprüft. So, wie es aussieht, ist sie zurzeit Single.«

»Das wäre ich an ihrer Stelle auch, wenn ich den Mann schützen wollte, der mir dabei hilft, an so viel Geld zu kommen.«

»Auch wenn es Ihnen nicht so vorkommen mag, Frau Thalmann, aber wir verstehen hier etwas von unserer Arbeit. Das Gleiche gilt für die Kollegen, die mit dem Fall Lohkamp befasst sind. Lügen und die Vortäuschung falscher Tatsachen sind unser tägliches Brot.«

»Werden Sie sie verhören?«

»Das werden wir vermutlich tun. Aber Sie werden sich

gedulden müssen. Bis es so weit ist, müssen wir noch mehr Indizien zusammentragen.« Sie sah mich eindringlich an. »Und wenn ich von Geduld spreche, Frau Thalmann, dann meine ich damit auch, dass Sie nicht auf eigene Faust losziehen und sich in Gefahr bringen oder mögliche Ermittlungserfolge im Vorfeld torpedieren. Glauben Sie mir, wir verstehen etwas von unserem Handwerk.«

»Sie haben es auch für möglich gehalten, dass ich meine Entführung selbst inszeniert habe.«

»Genau darin zeigt sich professionelle Ermittlungsarbeit.«

Darüber ließ sich streiten, wie ich fand, aber es gab im Augenblick Wichtigeres. »Wird die mögliche Verbindung zwischen dem Mord und meiner Entführung ausreichen, um Michaela Lohkamps Wohnung zu durchsuchen? Ich meine, vielleicht hat sie wider jede Vernunft den Schmuck von Beatrice Lohkamp dort versteckt.«

»Frau Thalmann«, sagte Franziska Stangl, »ich kann sehr gut verstehen, dass Sie sich nach dieser sehr einschneidenden Erfahrung intensiv mit der Sache auseinandersetzen. Aber Sie sollten versuchen, ein wenig Abstand zu wahren, sich nicht allzu tief hineinzuhängen.«

»Das mit dem Abstand sagt sich sehr leicht, Frau Stangl. Wahren Sie mal Abstand, wenn Sie das erlebt haben, was ich erlebt habe. Wenn Sie entführt und als Krönung mit der Unterstellung konfrontiert werden, alles sei eine einzige Lüge, wird das Vertrauen in diejenigen, die Ihnen eigentlich helfen sollten, sehr brüchig. Es ist schlimm genug, das Opfer zu sein. Wenn Ihnen dann aber noch nicht einmal geglaubt, in Ihnen sogar die Täterin gesehen wird, dann hängen Sie sich automatisch hinein. Was für Sie professionelle Ermittlungsarbeit ist, das ist für mich ein Albtraum. Als ich mich nach der Entführung dazu durchgerungen hatte, mit Ihnen zu sprechen, wäre ich nie im Leben auf die Idee gekommen, selbst in Verdacht zu geraten. Ich habe ganz selbstverständlich auf Ihre Hilfe vertraut, auf Ihr Gespür.«

Sie hatte meine Worte mit einem Nicken begleitet. Weit davon entfernt, sich angegriffen zu fühlen und rechtfertigen zu müssen, setzte sie mir mit ruhiger Stimme ihren Standpunkt auseinander. »Bei allem Gespür darf ich die Fakten nicht außer Acht lassen. Und Tatsache ist, dass unter dem Namen Emma Thalmann zwei Flüge angetreten und ein Mietwagen benutzt wurden.«

»Aber Sie sehen doch jetzt, dass sich eine Erklärung dafür abzeichnet. Dass es nicht nur Ehefrauen gibt, die durch eine vorgetäuschte Entführung versuchen, an das Geld ihres Mannes zu kommen oder sich einen Freiraum für ein Verhältnis zu schaffen. Sie haben mir damals gesagt, dass Sie bei Ihren Unterstellungen auf *gewisse Erfahrungswerte* zurückgreifen. Aber hätte Ihnen Ihre Erfahrung nicht auch sagen müssen, dass selbst der Schein von vermeintlich offensichtlichen Fakten trügen kann?«

»Was Sie da sagen, hat sich auf beide Tatversionen anwenden lassen. Diese vermeintlich offensichtlichen Fakten gab es sowohl für Sie als Opfer als auch für Sie als Täterin.«

»Und Ihr Gespür? Was ist damit?«

Sie atmete hörbar aus, sah auf ihre Hände und dann zu mir. »Ich weiß, was Sie jetzt gerne hören würden. Dass uns unser Gespür hätte sagen müssen, dass Sie keinesfalls die Täterin sind. Aber es wäre ein Kardinalfehler, sich in so einer Situation von Sympathien oder Menschenkenntnis leiten zu lassen. Beides ist nicht zu unterschätzen. Aber wenn ich Fehler vermeiden will, dann halte ich mich an Fakten. Und Fakt ist, dass es Menschen mit großem schauspielerischem Talent gibt und Menschen mit zwei Gesichtern, die so etwas wie Menschenkenntnis problemlos aushebeln.« Ihr Blick ruhte auf mir, war aber gleichzeitig nach innen gerichtet. Nach einer Weile fuhr sie fort: »In einer Hinsicht muss ich Ihnen allerdings recht geben. Meine Phantasie hat nicht ausgereicht für das, was sich da gerade als möglicher Hintergrund Ihrer Entführung abzeichnet. Wir haben uns hier die Köpfe heißgeredet, haben alle Möglichkeiten durchgespielt. Zumindest dachten wir, dass es alle Möglichkeiten waren.«

»Heißt das, meine Entführung hat Ihre *Erfahrungswerte* bereichert? Dann wäre sie ja wenigstens zu etwas gut gewesen.«

Ihr Schmunzeln enthielt eine Wärme, die sie bisher gut verborgen hatte.

»Wird es eine Durchsuchung von Michaela Lohkamps Wohnung geben?«, wiederholte ich meine Frage.

Kristin Mayer, die die ganze Zeit über geschwiegen hatte, meldete sich zu Wort. »Dazu bedarf es eines begründeten Tatverdachts. Ohne den wird uns kein Richter einen Durchsuchungsbeschluss unterschreiben.«

»Ihrem Ton nach zu urteilen, klingt das irgendwie nicht sehr vielversprechend. Reicht die Verbindung von dem Mord mit meiner Entführung etwa nicht als Tatverdacht?«

»Diese Verbindung ist bisher lediglich eine Vermutung, es fehlen die konkreten Anhaltspunkte.«

»Aber da beißt sich doch die Katze in den Schwanz. Wenn der Schmuck bei Michaela Lohkamp gefunden würde, wäre das ein ganz konkreter Anhaltspunkt.«

»Eine Haus- oder Wohnungsdurchsuchung ist ein massiver Eingriff in die Privatsphäre eines Menschen«, gab die junge Beamtin zu bedenken. »Stellen Sie sich vor, wir hätten auf einen vagen Anfangsverdacht hin Ihr Haus nach dem Lösegeld durchsucht.«

»Wie wahrscheinlich ist es denn, dass die notwendigen Voraussetzungen für eine Durchsuchung erfüllt werden?«

»Wenn sich herausstellen sollte, dass Michaela Lohkamp sich nachweislich an dem letzten Juliwochenende in Aschau aufgehalten hat, dann ist das ein Indiz dafür, dass sie durchaus von der Paketbotin mit Ihnen hätte verwechselt werden können. Alles entscheidend ist jedoch der Mann, der Sie entführt hat. Er ist das Verbindungsglied zwischen Ihnen und dieser Frau oder zwischen Ihrer Entführung und dem Mord. Ohne ihn hätte sie nicht an Ihre Papiere und Ihre Kreditkarte kommen können. Und nur damit gerät ihr Alibi ins Wanken.«

»Täusche ich mich, oder klingt das alles nach einem Aber?«

»Wenn sich dieser Mann finden lässt, bedeutet das, dass Michaela Lohkamp die Gelegenheit zu diesem Mord hatte. Aber was ist mit ihrem Motiv? Sie hat Anspruch auf fast vier Millionen Euro. Dafür müsste sie keinen Mord begehen, sondern lediglich einen Anwalt engagieren. Und das könnte sie immer noch. Seit der Testamentseröffnung sind erst zwei Jahre vergangen. Um den Pflichtteil zu beanspruchen, gilt eine Dreijahresfrist.«

»Es gibt Menschen, denen selbst so viel Geld zu wenig ist.«

»Aber auch dafür muss es Anhaltspunkte geben. Pflegt sie beispielsweise einen so luxuriösen Lebensstil oder hat sie so hohe Schulden, dass ihr weder die drei Komma sieben fünf Millionen noch das Geld, das Beatrice Lohkamp ihr monatlich hat zukommen lassen, gereicht hätten?«

»Vielleicht geht es ja gar nicht ausschließlich um das Geld. Vielleicht wollte sie sich auf diese Weise an ihrem Vater und dessen Frau rächen. Vielleicht wollte sie sie dafür bestrafen, dass er ihr den Geldhahn zugedreht hat und Beatrice ihn schließlich nach Belieben auf- oder zudrehen konnte.«

»Möglich. Aber auch dafür brauchen wir Indizien.«

Ich sah auf die Uhr. Es war Viertel nach elf. »Hatten Sie nicht gesagt, Sie hätten um halb elf eine Vernehmung?« Ich stand auf und griff nach Ronins Leine. »Werden Sie mich über das, was Sie herausfinden, auf dem Laufenden halten?«

Franziska Stangl hielt mich zurück. »Frau Thalmann, halten Sie sich bitte von Michaela Lohkamp fern. Spielen Sie nicht Privatdetektivin. Und unterschätzen Sie vor allem nicht die kriminelle Energie dieser Person. Sollte sie tatsächlich die Frau ihres Vaters umgebracht haben, dann hat sie eine Schwelle überschritten, die sie – sollte sie sich in die Enge getrieben fühlen – wieder überschreiten würde. Bringen Sie sich nicht unnötig in Gefahr!«

26

Welche Verbindung bestand zwischen dem Entführer und Michaela Lohkamp? War es tatsächlich eine Liebesbeziehung, wie er gesagt hatte? War sie seine große Liebe? Wenn das stimmte, dann war es eine Liebe, die entweder im Verborgenen oder in seiner Phantasie gelebt wurde. Wie sowohl Maria Vehlen als auch Franziska Stangl gesagt hatten, war Michaela Lohkamp zurzeit Single.

Aber sie hatte den Mord an Beatrice Lohkamp so gut geplant, da würde sie wohl kaum jemanden mit meiner Entführung beauftragen, dem sie nicht hundertprozentig vertraute. Und wem vertraute man so sehr? Engen Familienmitgliedern, ganz alten Freunden und langjährigen Liebespartnern. Irgendwo in ihrem Umfeld musste der Mann zu finden sein, der sich die Millionen ihres Vaters und das Lösegeld mit ihr teilte.

Ich griff zum Telefonhörer und wählte die Nummer der Vehlens. Während das Freizeichen ertönte, hoffte ich darauf, Berthold Vehlen an den Apparat zu bekommen. Er würde auskunftsfreudiger sein als seine Frau. Fast wollte ich schon auflegen, als Maria Vehlen sich meldete. Im Stillen stöhnte ich auf.

»Guten Tag, Frau Vehlen«, begrüßte ich sie, »hier spricht Emma Thalmann.«

Im Gegensatz zu mir stöhnte sie ganz unverhohlen auf. »Ich habe Ihnen nichts mehr zu sagen.«

»Bitte! Warten Sie ... Sie wissen doch noch gar nicht, worum es geht.«

»Es geht um Michaela.«

»Ja, daraus will ich gar keinen Hehl machen. Aber es geht auch um Ihre Tochter, darum, dass ihr Tod vielleicht doch noch aufgeklärt wird.«

»Mein Mann war bei der Kriminalpolizei. Reicht das nicht?«

Wenn ich überhaupt noch eine Chance sah, aus ihr etwas herauszubekommen, dann jetzt. »Wer kennt Michaela Lohkamp gut genug, um mir etwas über frühere Kontakte zu sagen?«

Ich hörte sie am anderen Ende laut atmen. Sie schien Mühe zu haben, ihren Ärger im Zaum zu halten. »Frau Thalmann, haben Sie überhaupt eine Vorstellung davon, welches Leid daraus entsteht, zu Unrecht beschuldigt zu werden?«

»Weil eine Frau, die mir ähnlich sieht, am sechsundzwanzigsten September unter meinem Namen nach Düsseldorf geflogen ist, bin ich in Verdacht geraten, meine Entführung selbst inszeniert zu haben. Ich habe also nicht nur eine Vorstellung davon, was ein falscher Verdacht bedeutet, sondern die Erfahrung. Und ich kann Ihnen versichern, es ist keine schöne Erfahrung.«

»Aber ich soll zulassen, dass Sie das Michaela antun? Nein!«

»Haben Sie noch nicht einmal den leisesten Zweifel an ihrer Unschuld? Und was ist mit Ihrem Mann? Warum ist er zur Kriminalpolizei gegangen? Doch sicher nicht nur, um mir einen Gefallen zu tun. Wäre es nicht auch für Sie erträglicher, diese Zweifel ein für alle Mal loszuwerden?«

Immerhin schwieg sie nur und legte nicht auf. Nach

endlos scheinenden Sekunden räusperte sie sich. Es dauerte noch weitere Sekunden, bis sie endlich sprach: »Setzen Sie sich mit Gertrud Lommen in Verbindung. Bis zu seinem Tod war sie dreißig Jahre lang Friedrichs Sekretärin. Wenn jemand die Familie Lohkamp kennt, dann sie.«

»Haben Sie zufällig Ihre Telefonnummer?«

»Nein, aber die müssten Sie über die Auskunft herausfinden können. Sie wohnt in Düsseldorf.«

Eine geschlagene Stunde dachte ich darüber nach, wie ich Gertrud Lommen dazu bewegen konnte, mir am Telefon etwas über die Tochter ihres verstorbenen Chefs zu erzählen. Ich überlegte mir alle möglichen Geschichten, nur um sie gleich wieder zu verwerfen. Da ich die Frau nicht kannte, konnte ich nicht wissen, auf welches Zauberwort sie reagierte. Wenn ich Pech hatte, würde sie es kategorisch ablehnen, sich mit mir zu unterhalten. Dann konnte ich zwar immer noch Anton bitten, sich unter dem Vorwand, ein Portrait über Friedrich Lohkamp schreiben zu wollen, mit ihr in Verbindung zu setzen. Aber bei all dem würde wertvolle Zeit vergehen.

Schließlich wählte ich die Nummer, die ich von der Auskunft erfahren hatte. Als hätte sie meinen Anruf erwartet, meldete sie sich bereits nach dem zweiten Klingeln. Ihre Stimme klang kühl und distanziert. In dem einen Wort *Lommen* lag die Geschäftsmäßigkeit und Routine einer altgedienten Sekretärin.

»Guten Tag, Frau Lommen«, begann ich, »mein Name ist Emma Thalmann. Ihren Namen hat mir Maria Vehlen, die Mutter von Beatrice Lohkamp, genannt.« Ich schwieg ein paar Sekunden, um ihr Gelegenheit für eine Reaktion zu geben. Aus der Stille in der Leitung schloss ich, dass es nicht leicht sein würde, sie aus der Reserve zu locken. Wie sollte ich ihr in wenigen Worten meine Verbindung zu den Vehlens klarmachen? Intuitiv entschied ich mich für ein paar mehr Worte, erzählte ihr von meiner Entführung, den beiden Flügen, dem Mietwagen und den Fragen, die sich daraus ergeben hatten. Während ich redete, unterbrach sie mich kein einziges Mal. Erst als ich auf den Mord an Beatrice Lohkamp, auf die Ähnlichkeit zwischen Michaela Lohkamp und mir und auf das Testament ihres ehemaligen Chefs zu sprechen kam, entstand Unruhe am anderen Ende der Leitung.

»Und jetzt wollen Sie von mir wissen, ob ich Michaela ein solches Verbrechen zutraue.« Es war keine Frage, sondern eine Feststellung.

Einen Moment lang war ich perplex. »Ja, Ihre Einschätzung interessiert mich tatsächlich«, gab ich schließlich ehrlich zu. »Aber natürlich kann ich mir vorstellen, dass es Ihnen widerstrebt, sich darüber mit einer wildfremden Person zu unterhalten.« Eine Frage drängte sich in mein Bewusstsein: Warum hatte sie sich alles so ruhig und kommentarlos angehört? Warum hatte sie keine einzige Zwischenfrage gestellt? Mein eigentliches Anliegen hatte ihr erst klarwerden können, als ich den Mord an Beatrice Lohkamp und das Testament erwähnte. Ich fragte sie danach.

»Frau Vehlen hat mich vor einer Stunde angerufen«, war ihre Antwort. »Ich hatte also Zeit, mich auf Ihren Anruf vorzubereiten.« Sie zögerte. »Kurzum, Frau Thalmann, ich habe Verständnis für Ihre Situation, aber verstehen Sie bitte auch meine. Friedrich Lohkamp hat sich stets auf meine Loyalität verlassen können. Und das soll auch so bleiben.« In ihrer Stimme schwang ein leiser Anflug von Bedauern mit.

Tat es ihr möglicherweise leid, mir nicht helfen zu können? »Natürlich möchte ich nichts lieber, als dass Sie Ihre Loyalität für ein paar Minuten vergessen und mir durch Ihre Brille einen Blick auf diese Familie gönnen. Aber ich kann auch nachvollziehen, dass Sie alles vermeiden wollen, was Michaela Lohkamp in Schwierigkeiten bringen könnte. Vielleicht ...«

Sie ließ mich nicht ausreden. »Damit Sie keinen falschen Eindruck von mir bekommen: Sollte die Tochter von Friedrich Lohkamp etwas mit dem Mord an dessen Frau zu tun haben, wäre ich die Letzte, die versuchen würde, etwas zu vertuschen. Zumal ich auch gar nicht weiß, ob es überhaupt etwas zu vertuschen gibt. Ich habe der Kriminalpolizei selbstverständlich rückhaltlosen Einblick gewährt. Würde ich Ihre Fragen beantworten, beginge ich allerdings eine Indiskretion. Sie sind eine Privatperson.«

»Aber Sie kennen meine Frage gar nicht. Wie wäre es, wenn Sie sich die wenigstens anhörten? Dann können Sie immer noch nein sagen.«

Sie nahm sich Zeit, darüber nachzudenken. Wieder war es still in der Leitung. Schließlich sagte sie: »Stellen Sie Ihre Frage.«

Ich zögerte keine Sekunde. »Wissen Sie, ob Michaela Lohkamp einmal einen Freund oder Lebensgefährten hatte, der Apotheker oder möglicherweise Arzt war?«

Mit einer solchen Frage schien sie nicht gerechnet zu haben. »Warum interessiert Sie das?«

»Weil der Mann, der mich entführt hat, Zugang zu Chloroform und einem verschreibungspflichtigen Schlafmittel hatte. Natürlich könnte er sich beides illegal beschafft haben. Aber es ist auch denkbar, dass er damit beruflich zu tun hat. Da beide Mittel bei falscher Dosierung tödlich sein können, nehme ich an, dass er wusste, wie damit umzugehen ist.« Andernfalls hatte ich es eher dem Zufall oder meinem Glück zu verdanken, dass ich noch lebte. »Michaela Lohkamp muss zu dem Mann, nach dem ich suche, großes Vertrauen haben.«

»Lassen Sie mich einen Moment darüber nachdenken«, bat sie. »Nein«, sagte sie nach einer Weile, »die Männer, von denen ich weiß, kommen nicht in Frage. Ihre große Liebe hat sich damals für eine andere entschieden. Das war sehr dramatisch. Herr Lohkamp hat sich seinerzeit große Sorgen um seine Tochter gemacht. Und die Freunde, die danach kamen ... nein, unter ihnen war kein Apotheker.«

»Sind Sie ganz sicher?«

»Ja.«

Ich hätte ihr gerne noch weitere Fragen gestellt, aber ich wollte ihr unerwartetes Entgegenkommen nicht über Gebühr strapazieren. Vielleicht würde ich sie irgendwann noch einmal anrufen müssen, und dann sollte die Tür nicht verschlossen sein. »Vielen Dank, Frau Lommen. Ich weiß es sehr zu schätzen, dass Sie sich die Zeit genommen haben.«

»Es tut mir leid, dass ich Ihnen nicht weiterhelfen konnte.«

»Darf ich Sie anrufen, wenn sich weitere Fragen ergeben?«

»Vorausgesetzt ...«

Dieses Mal unterbrach ich sie. »Ich werde Ihre Loyalität nicht untergraben!«

»Dann können Sie sich jederzeit an mich wenden. Aber geben Sie mir am besten auch Ihre Nummer für den Fall, dass mir noch etwas einfällt.« Nachdem sie sich die Nummer notiert hatte, hängte sie mit einem knappen »Danke« ein.

Am Abend kamen meine Eltern zum Abendessen vorbei und gaben sich alle Mühe, mich abzulenken. Wann immer ich auf meine Entführung und den Mord an Beatrice Lohkamp zu sprechen kam, fiel ihnen etwas anderes ein, was sie mir unbedingt erzählen wollten und was keinen Aufschub vertrug. So erfuhr ich von einem verschobenen Zahnarzttermin meines Vaters, einer Yogaübung, die meiner Mutter Schwierigkeiten bereitete, ich erfuhr von ihrem letzten Streit, der sich darum drehte, ob in eine Sauce Bolognese Basilikum oder Oregano hineingehört. Während ich mir diese Geschichten anhörte, wusste ich nicht, ob ich meinem Unmut Luft machen oder einfach nur darüber lachen sollte.

»Hat Laurenz euch bearbeitet?«, fragte ich dazwischen, als meine Mutter gerade mit dieser Litanei fortfahren wollte.

Während mein Vater meinem Blick auswich, blieb der meiner Mutter standhaft. »Da war nichts zu bearbeiten«, sagte sie. »Er hat bei uns offene Türen eingerannt. Schau dich mal an, du siehst aus wie ein Schatten deiner selbst.«

»Und?«, fragte ich unwillig, »gibt es irgendwelche Therapievorschläge? Ich meine solche, die ich noch nicht kenne? Die nicht von Ruhe handeln?«

»Es würde dir guttun, wieder ein wenig Sport zu treiben, dich abzulenken. Warum gehst du nicht mal mit einer deiner Freundinnen einen Kaffee trinken?«

»Weil mir nicht danach ist.«

»Dir ist nicht danach, weil du deine Gedanken nur um ein und dasselbe Thema kreisen lässt. Hast du nicht Lust auf einen kleinen Tapetenwechsel? Wie wäre es denn zum Beispiel mit Berlin? Du könntest deine Freundin Katja besuchen. Oder …«

»Mama, hör bitte auf! Es ist sinnlos.«

»Emma hat recht«, sagte mein Vater. »Solange die Sache nicht geklärt ist, wird sie keine Ruhe finden. Wie soll sie auch.«

Ich schenkte ihm einen dankbaren Blick und begann, das Geschirr abzuräumen. Während ich es in die Spülmaschine räumte, ging mir noch einmal das Gespräch durch den Kopf, das ich mit meinem Vater auf der Kampenwand geführt hatte. »Weißt du noch, als wir uns oben am Berg getroffen und über die Frau gesprochen haben, die unter meinem Namen nach Düsseldorf geflogen ist? Ich war so fest davon überzeugt, dass sie es getan hatte, um das Geld irgendwo abzuliefern. Und du hast gesagt, ich solle nur davon ausgehen, dass sie etwas in Düsseldorf zu erledigen hatte, wofür die eineinhalb Stunden reichten. Wie muss jemand gestrickt sein, der diese kurze Zeitspanne nutzt, um ein solches Verbrechen zu begehen? Ich meine, wenn man die notwendige Zeit am Flughafen und die Fahrt vom Flughafen und zurück abzieht, dann bleibt vielleicht gerade mal eine halbe Stunde für diesen Mord.«

Mein Vater dachte darüber nach, während meine Mutter versuchte, ihn mit einem missbilligenden Kopfschütteln davon abzubringen. »Es fällt mir schwer, mich in solch einen Menschen hineinzuversetzen« sagte er, »aber möglicherweise war es für diese Frau sogar hilfreich, dass sie so wenig Zeit hatte. Damit blieb ihr auch so gut wie keine Zeit, um noch einmal über ihr Vorhaben nachzudenken.«

»Das hätte auch wohl kaum etwas geändert. Immerhin

muss sie schon vor dem dreißigsten Juli, als es zu der Begegnung mit der Paketbotin kam, mit dem Gedanken gespielt haben, die Witwe ihres Vaters umzubringen. Die Idee wird in ihr rumort haben. Wenn die Verwechslung mit mir der Auslöser war, dann hatte sie längst beschlossen, Beatrice Lohkamp umzubringen, und suchte nur noch nach einer Möglichkeit, ungeschoren davonzukommen. Diese Möglichkeit ist ihr mit mir gewissermaßen auf dem Silbertablett präsentiert worden.«

Mein Vater hatte mir mit hochgezogenen Brauen zugehört. »Erstens ist noch nicht bewiesen, dass es tatsächlich diese Michaela Lohkamp war, die an deinem Geburtstag mit dir verwechselt wurde. Und zweitens, Emma: Diese Frau wird weder eine routinierte Mörderin noch eine Psychopathin sein. Also kann sie meiner Meinung nach diesen Mord noch so lange geplant haben – in dem Moment, als es so weit war, werden die ganz natürlichen Hemmungen gegriffen haben. So perfide das klingt – aber der Zeitdruck hat ihr möglicherweise geholfen.«

»Würdest du das mit den *natürlichen Hemmungen* auch von einem Mann behaupten?«, mischte meine Mutter sich ein. »Oder kannst du dir nur nicht vorstellen, dass eine Frau einfach so in ein Haus marschiert und eine andere Frau erschlägt?«

Mein Vater fühlte sich in keiner Weise angegriffen. »Ich glaube, dass die überwiegende Mehrheit der Menschen vor einem Mord zurückschreckt. Mit einem Mord überschreitest du eine Grenze.«

»So etwas Ähnliches hat mir eine der Beamtinnen auch gesagt.« Ich setzte mich wieder an den Tisch. »Die Vehlens mögen diese Frau allem Anschein nach. Sie haben regelmäßig Kontakt zu ihr. Was ich mich frage, ist, ob sie sich nach diesem Mord verändert hat. Könnte es nicht sein, dass es jemandem aufgefallen ist?«

»Das hängt davon ab, wie gut oder schlecht sie sich verstellen kann.«

»Emma, hör auf damit«, sagte meine Mutter. »Die Polizei wird sich ganz bestimmt ausführlich mit solchen Fragen beschäftigen. Da musst du es nicht auch noch tun.«

»Es beschäftigt mich aber.«

»Für meinen Geschmack beschäftigt es dich viel zu sehr!«

»Ist das noch die Mutter, die immer gesagt hat *Komm, Emma, lass uns nach einer Lösung suchen?* Mein Problem ist, dass der Mann, der mich entführt hat, frei herumläuft. Und ...«

»Und du würdest ihn gerne hinter Gittern sehen, damit der Gerechtigkeit Genüge getan ist. Das verstehe ich, aber ...«

»Das allein ist es nicht. Ich möchte, dass er gefasst wird, damit ich sein Gesicht sehen kann. Mir graut es bei der Vorstellung, ich könnte ihm gegenüberstehen und würde es nicht einmal merken.«

»Du würdest seine Stimme erkennen«, sagte mein Vater.

»Und wenn er mir hier irgendwo auf der Straße begegnet, an mir vorbeiläuft, ohne einen Ton zu sagen? Und es auch noch auskostet? Er weiß, wie ich aussehe. Damit bin ich ihm ausgeliefert.«

»Wenn ich mir einer Sache sicher bin, dann, dass er alles tun wird, um dir aus dem Weg zu gehen.«

Im Gegensatz zu meinem Vater war ich mir dessen gar nicht so sicher. Ich hatte die Stimme des Entführers genau im Ohr: *Eigentlich schade, dass sich unsere Wege trennen werden*. Er hatte mit mir geflirtet. Bei der Erinnerung daran ekelte es mich. Gleichzeitig schwemmte ein Satz an die Oberfläche, der mir entfallen war. Er hatte gesagt: *Ich bin in festen Händen. Für einen Moment war ich versucht, das zu vergessen.*

Hatte er gelogen oder die Wahrheit gesprochen? Intuitiv tippte ich auf die Wahrheit. Wenn es stimmte, dann gab Michaela Lohkamp nur vor, Single zu sein. Ich beschloss, am nächsten Tag Gertrud Lommen noch einmal anzurufen.

Das Thermometer war über Nacht um ein paar Grad gefallen. Als ich am Morgen hinausging, um die Zeitung zu holen, atmete ich kühle Herbstluft. Der Himmel versprach einen sonnigen Tag – wie gemacht für eine Radtour. Beim Gedanken daran, dass der Entführer mir nicht nur diesen Sport ausgetrieben, sondern auch meinen Bewegungsfreiraum eingeschränkt hatte, packte mich Wut. Ich fluchte vor mich hin und erntete dafür einen aufmerksamen Blick von Ronin.

Ich hielt inne und betrachtete den Hund, der mir innerhalb kürzester Zeit ans Herz gewachsen war. Ich beugte mich zu ihm und streichelte seine Flanke. »Gut, dass du da bist, mein kleiner Samurai!« Es war seltsam, darüber nachzudenken, dass meine Entführung auch etwas Gutes gehabt hatte. Ohne dieses einschneidende Erlebnis wäre Ronin niemals zu uns gekommen. Inzwischen war er zu einem selbstverständlichen Familienmitglied geworden, das ich keinesfalls missen wollte. Und dieses Gefühl hatte längst nicht nur mit dem Schutz zu tun, den er mir bot.

Als ich gerade die Zeitung aus dem Kasten zog, hörte ich drinnen das Telefon läuten. Zu dieser frühen Stunde konnte es nur Laurenz sein. Ich rannte ins Haus und griff atemlos nach dem Hörer.

»Guten Morgen!«, kam ich ihm zuvor.

»Frau Thalmann?« Es war eine irritiert klingende weibliche Stimme.

Ich hatte sie schon gehört, konnte sie nur in diesem Augenblick nicht einordnen. »Ja«, sagte ich zurückhaltend.

»Hier spricht Gertrud Lommen. Es tut mir leid, dass ich Sie so früh störe, aber ich hatte Ihnen versprochen, mich zu melden, sollte mir noch etwas einfallen.«

Von einer Sekunde auf die andere schlug meine Zurückhaltung in Aufregung um. »Sie stören überhaupt nicht! Was ist Ihnen eingefallen?«

»Diese Sache mit dem Apotheker. Ich bin gestern nicht gleich darauf gekommen. Aber jetzt geht sie mir nicht mehr aus dem Kopf. Und das verunsichert mich. Nicht, dass Sie denken, ich würde Michaela verdächtigen. Es beschäftigt mich nur.«

»Mögen Sie darüber reden?«

»Ich habe Ihnen doch von dem Mann erzählt, der Michaelas große Liebe war.«

»Und der sich dann für eine andere entschieden hat. Ja.«

»Der Vater dieses Mannes ist Apotheker. Ich meine sogar, dass auch sein Sohn ein paar Semester Pharmazie studiert hat. Aber dieses Fach war wohl nicht das Richtige für ihn. Er hat sich später für die Fotografie entschieden. Deshalb habe ich gestern nicht gleich geschaltet, als Sie nach einem Apotheker oder Arzt fragten.«

»Wissen Sie, was aus diesem Mann geworden ist, nachdem er sich von Friedrich Lohkamps Tochter getrennt hat?«

»Nein, das weiß ich leider nicht.«

War er der Mann, nach dem ich suchte und dem Michaela Lohkamp so großes Vertrauen entgegenbrachte? Hatten die beiden sich wiedergefunden? War sie diese große Liebe, von der er mir erzählt hatte? Oder hatte sie ihn mit einem Teil der Millionen ihres Vaters gekauft? Es gab noch eine andere Möglichkeit. »Halten Sie es für möglich, dass er sich ihr gegenüber schuldig fühlte und meinte, sie habe noch etwas bei ihm gut?«, fragte ich.

»Dazu kann ich nichts sagen. Ich habe ihn nie kennengelernt, sondern immer nur Friedrich Lohkamp oder seine Tochter über ihn reden hören. Wobei die beiden in ihren Einschätzungen dieses Mannes sehr weit auseinanderlagen. Michaela ließ nichts auf ihn kommen.«

»Und Ihr Chef?«

Sie zögerte. »Sagen wir es mal so: Seiner Beschreibung nach zu urteilen, zählen Schuldgefühle nicht unbedingt zum Repertoire dieses Mannes.«

»Könnte es sein, dass die beiden wieder zusammen sind?«

»Möglich, aber davon weiß ich nichts.«

Ich fasste mir ein Herz. »Frau Lommen, was für ein Mensch ist Michaela Lohkamp?«

Dieses Mal dauerte ihr Schweigen kaum länger als eine halbe Minute. »Ich denke, sie gehört zu den Menschen, die nie wirklich froh in ihrer Haut werden, die ein wenig zerrissen sind.« Sie sprach in einem warmherzigen Ton von ihr. »Es ist nicht leicht, einen Zugang zu ihr zu finden. Michaela kann durchaus charmant und einnehmend sein. Aber so habe ich sie nur selten erlebt. Meist war sie verschlossen und distanziert. Als hätte sie diese Haltung ihrem Vater abgeschaut. Er hat ihr oft Vorhaltungen gemacht, anstatt …« Was auch immer Gertrud Lommen als den besseren Weg angesehen hätte, sie verriet ihn mir nicht. »Als sie damit begann, fremde Wohnzimmer einzurichten, hat er ihr vorgeworfen, sie würde den Ernst des Lebens nicht erkennen. Und das bei einer jungen Frau, die ohnehin schon so ernst war. Das habe ich nie verstanden.«

»Innenarchitektur ist ein anspruchsvolles Fach. Was hatte er dagegen einzuwenden?«

»Sie hat dieses Fach nicht studiert, sondern sich ausschließlich auf ihren Geschmack verlassen. Und tatsächlich reicht er wohl auch. Wie ich gehört habe, leistet sie gute Arbeit. Sie ist professionell genug, um ihre Grenzen richtig einzuschätzen.«

»Wie ist sie mit der negativen Haltung ihres Vaters umgegangen?«

»Einmal ist sie ins Büro gekommen und hat vor seinen Augen seine Sammlung von Modellautos zerstört. Sie hat jedes Einzelne aus der Vitrine genommen, es auf den Boden geworfen und zertreten. Aber nicht, dass Sie jetzt denken …«

»Nein, Frau Lommen, das denke ich nicht. Ich habe auch schon in einem Anfall von Wut Muscheln zertreten, die meine Mutter gesammelt hat.«

»Ich glaube, Michaela wollte ihn damals aus der Reserve locken. Aber es ist ihr nicht gelungen. Er hat nicht darauf reagiert, sondern sie nur wortlos angesehen. Bis sie diesen Blick nicht mehr aushielt und gegangen ist. Dann hat er mich damit beauftragt, neue Modelle zu besorgen.« Dieses Erlebnis schien immer noch in ihr nachzuwirken. Sie klang unglücklich.

Jetzt war ich diejenige, die schwieg. Ich stellte sie mir vor – diese Frau, die mir so ähnlich sah. Ich versuchte, durch ihre Augen auf ihren Vater zu blicken. »Letztlich ist es ihr dann doch gelungen, ihn aus der Reserve zu locken«, sagte ich. »Denken Sie an das Testament.«

»Michaela stand es offen, ihren Pflichtteil zu fordern. Sie hat es nicht getan.«

»Haben Sie eine Erklärung dafür?«

»Nein, die habe ich nicht. Anfangs habe ich angenommen, sie würde es aus Stolz nicht tun. Immerhin ist es ein bisschen so, als würde man Liebe einfordern. Aber als ich dann hörte, dass Beatrice Lohkamp sie finanziell unterstützte ...«

»Wie konnte Friedrich Lohkamp ein solches Testament überhaupt machen und die Ehefrau der einzigen Tochter so deutlich vorziehen? Wenn er jeder der beiden Frauen die Hälfte hinterlassen hätte – ja. Aber so war dieses Testament vielleicht der Sprengstoff für eine Zeitbombe.«

»Ich glaube, er wollte ihr eine Lektion erteilen. Sie sollte endlich den Ernst des Lebens erkennen, so wie er ihn verstand. Er hat stets betont, dass ihm nichts in den Schoß gefallen sei. Dass er sich alles habe hart erarbeiten müssen.« Ihrem Ton nach zu urteilen, schien sie Friedrich Lohkamps Haltung immer noch zu befremden.

Hatte er seiner Tochter die Früchte dieser harten Arbeit nicht gönnen können? Bei dieser Vorstellung durchlief mich ein Frösteln. Und seine Frau, Beatrice Vehlen? Was war mit ihr? Ich erinnerte mich an das, was ihre Eltern über sie gesagt hatten. Sie habe viele Begabungen gehabt, habe vieles angefangen und nicht zu Ende geführt. Bis sie Friedrich Lohkamp getroffen habe. Er habe ihrem Leben Struktur gegeben. Ich wiederholte Gertrud Lommen diese Worte. »Was ist unter dieser Struktur eigentlich zu verstehen?«

»Ich glaube, das entspringt eher dem Wunschdenken der Vehlens. Beatrice Lohkamp hat auch während ihrer Ehe vieles angefangen und es dann wieder ruhen lassen. Sie war sehr schnell zu begeistern, aber es mangelte ihr an Ehrgeiz und Zielstrebigkeit. Mal hat sie kunstvolle Ketten gefertigt, dann wieder Gegenstände aus Filz. Oder sie hat gemalt. Sie war sehr kreativ. Eigentlich ein Jammer, dass sie so wenig Durchhaltevermögen besaß.«

»Wie ist denn ein so leistungsorientierter Mann wie Friedrich Lohkamp damit umgegangen?«, fragte ich erstaunt.

»Er schien es gar nicht wahrzunehmen. Für Michaela muss es schwer gewesen sein, zu erleben, welch unterschiedliche Maßstäbe ihr Vater anlegte. Wie ungerecht er sie zum Teil behandelte.«

War es eine Art von Missgunst gewesen, die nicht zulassen konnte, dass seine Tochter es leichter hatte als er? Letztlich war es mir genauso unverständlich wie Gertrud Lommen. »Eine Frage habe ich noch, Frau Lommen. Wie heißt dieser Mann, dessen Vater Apotheker ist?«

»Sein Nachname ist Muller, sein Vorname …« Einen Moment lang herrschte Stille in der Leitung. »Tut mir leid, aber da muss ich jetzt leider passen. Ich weiß nur noch, dass er auch mit dem Buchstaben M beginnt, Martin … Markus … nein, ich weiß es nicht. Aber ich erinnere mich, dass er damals in München wohnte.«

»Ich würde gerne wissen …«, sagte ich mit einem kurzen Zögern.

»Ob ich Michaela einen Mord zutraue, nicht wahr?« Sie wartete meine Antwort nicht ab. »Nein, ich traue ihr eine solche Tat nicht zu. Es ist eine Sache, Modellautos zu zerstören. Aber einen Menschen? Nein. Da hört es auf. Außerdem waren Michaela und Beatrice Lohkamp befreundet. Die beiden mochten sich.«

»Und Sie mögen Michaela, nicht wahr?«

»Ja, ich mag sie.« Dieses Bekenntnis schien sie auf seltsame Weise zu erleichtern.

27

Als Laurenz anrief, war ich immer noch tief in Gedanken versunken. Rein faktisch passte alles: Michaela Lohkamp, die mir ähnlich sah und die ein Motiv hatte, die Frau ihres Vaters umzubringen. Ihr früherer Freund, der durch seinen Vater die Möglichkeit hatte, an Chloroform und GHB zu kommen. Der ihr etwas schuldig war, sich hatte kaufen lassen oder sie immer noch liebte.

»Hörst du mir überhaupt zu?«, fragte Laurenz.

»Doch … natürlich.«

»Was habe ich gerade gesagt?«

Ich schwieg.

»Gibt es Neuigkeiten, von denen ich nichts weiß?«

Wenn ich diese Frage ehrlich beantwortete, würde ich nur wieder Verhaltensmaßregeln zu hören bekommen, die alle in dem gutgemeinten Rat endeten, ich solle zur Ruhe kommen und die Finger von weiteren Nachforschungen lassen. Aber ich konnte sie nicht davon lassen. »Die Kripobeamtinnen wollten mich auf dem Laufenden halten, aber sie haben noch nichts von sich hören lassen«, sagte ich.

Meine Antwort schien ihn nicht zu überzeugen. »Mach mir bitte nichts vor, Emma. Irgendetwas bedrückt oder beschäftigt dich. Du willst es mir nur nicht sagen.«

»Keine Sorge, mir geht es gut.«

»Deine Gedanken kreisen um nichts anderes als den

Mord und seine Verbindung zu deiner Entführung. Das verstehe ich. Wenn ich mich nicht ganz bewusst ablenke, geht es mir ähnlich. Was mir aber Sorgen macht, ist, dass du dich nicht nur gedanklich damit beschäftigst. Du hast mit dem Ehepaar Vehlen gesprochen. Was, wenn sie dieser Michaela Lohkamp von dem Gespräch erzählen? Sollte sie tatsächlich hinter all dem stecken, dann …« Er holte tief Luft. »Emma, ich habe Angst, dass sie sich durch dich bedroht fühlt.«

»Ich werde nicht in ihre Nähe kommen, das verspreche ich dir.«

»Vielleicht hast du das gar nicht in der Hand.«

»Sollte mir irgendjemand zu nahe kommen, bekommt er oder sie es mit Ronin zu tun.« Ich legte meine ganze Überzeugungskraft in meine Stimme und versuchte, die Angst zu verscheuchen, die mich bei der Vorstellung ergriff, der Entführer könne unbemerkt in meine Nähe gelangen.

»Verlass dich nicht darauf. Du weißt nicht, wie der Hund in einer bedrohlichen Situation reagieren wird.«

Ich blickte auf Ronin, der dösend unter dem Tisch lag. Mit der Fußspitze strich ich über eine seiner Pfoten. Laurenz hatte recht, ich wusste es nicht. Und ich hoffte, dass ich es nie erfahren würde. »Mag sein, er kann mich im Zweifel nicht beschützen. Aber er gibt mir ein sicheres Gefühl. Und das ist eine ganze Menge.«

»Was hast du heute vor?«, wechselte Laurenz nur vordergründig das Thema.

»Nichts Besonderes. Vielleicht arbeite ich ein bisschen im Garten. Und du?«

»Ich habe zwei Termine auf der Baustelle und danach noch ein Gespräch, in dem es um einen neuen Auftrag geht. Drück mir die Daumen! Wenn ich rechtzeitig fertig bin, komme ich heute Abend nach Hause.«

Im Münchener Telefonbuch gab es mehrere Einträge unter dem Namen Muller. Aber es gab nur einen, bei dem der Vorname mit einem M begann. Marius Muller in der Römerstraße. Ich notierte die Telefonnummer und suchte die Straße auf dem Stadtplan. Sie lag mitten in Schwabing.

Da es ohnehin Zeit für einen Spaziergang mit Ronin war, ging ich mit ihm in den Ort. Die erste Telefonzelle, an der wir vorbeikamen, war besetzt. Die zweite war frei. Ich hatte den Hörer schon in der Hand und wollte die Nummer wählen, als mir Zweifel kamen, ob ich mich nicht doch zu weit vorwagte. Ob ich irgendetwas nicht bedachte, womit ich mich in Gefahr bringen konnte. Ich hatte es wohlweislich vermieden, von zu Hause aus zu telefonieren. Er sollte unsere Rufnummer nicht erkennen. Aber was war mit der Rufnummer der Telefonzelle? Würde sie auch in seinem Display erscheinen? Was, wenn er die Vorwahl von Aschau erkannte?

Das Risiko war zu groß. Unverrichteter Dinge verließ ich die Zelle wieder und schlug den Weg zu Verena und Anton ein. Einer von beiden war hoffentlich zu Hause. Ich wollte schon gehen, als auf mein Klingeln hin nicht gleich jemand öffnete. Dann erschien Anton mit dem Telefonhörer am Ohr im Türrahmen. Er schien in einem wichtigen beruflichen Gespräch zu sein, denn er machte mir Zeichen, dass er jetzt keine Zeit habe.

»Darf ich nur mal ganz kurz dein Handy benutzen?«, fragte ich im Flüsterton.

Er nickte zerstreut und bedeutete mir mit einer knappen Handbewegung, ihm zu folgen. Vor der Küche blieb er stehen, zeigte hinein auf den Tisch und verzog sich in sein Arbeitszimmer.

Mein Gesicht glühte vor Aufregung. Denk nach, Emma! Ich starrte auf das Handy und sah mich dann suchend um, bis ich einen Zettel fand. In Windeseile schrieb ich darauf: *Wird deine Rufnummer unterdrückt?* Dann folgte ich Anton in sein Arbeitszimmer und schob ihm den Zettel in sein Gesichtsfeld.

Er nickte, nicht ohne mir gleichzeitig einen argwöhnischen Blick zuzuwerfen. Zum Glück war er gleich darauf wieder in sein Gespräch vertieft.

Zurück in der Küche, fasste ich mir ein Herz und wählte die Nummer. Was sollte jetzt noch schiefgehen? Marius Muller würde nicht erkennen können, wer ihn da anrief. Aber ich würde an seiner Stimme erkennen, ob er der Entführer war – gleichgültig, ob er selbst den Hörer abnahm oder den Anruf von einem Apparat beantworten ließ. Womit ich nicht gerechnet hatte, war die Kunststimme, die nach dem vierten Klingeln verkündete, dass Marius Muller im Augenblick nicht zu Hause sei. Rechtzeitig vor dem Piepton unterbrach ich die Verbindung.

»Mist!«, fluchte ich leise, ging zurück ins Arbeitszimmer, flüsterte Anton ein »Danke« zu und verschwand, bevor er sein Gespräch beenden und mich fragen konnte, was es mit meinem Besuch auf sich hatte.

Auf dem Rückweg kämpfte ich mit meiner Enttäuschung. Ich hatte alles bedacht, damit dieser Mann meinen Anruf nicht zurückverfolgen konnte. Nur mit dieser Kunststimme hatte ich nicht gerechnet. Zurück zu Hause, zerbrach ich mir den Kopf, was ich tun konnte. Alle paar

Stunden zu Anton oder Verena zu laufen und eines ihrer Handys zu benutzen schied als Möglichkeit aus.

Das Klingeln des Telefons riss mich aus meinen Gedanken. Anton war in der Leitung und wollte wissen, was hinter meiner Handyaktion steckte.

»Ich wollte nur etwas ausprobieren«, antwortete ich.

»Was?«

»Das kann ich dir jetzt nicht erklären, Anton, ich habe es eilig. Lass uns in den nächsten Tagen in Ruhe telefonieren.«

»Wer ist Marius Muller?«

Der Schreck fuhr mir in die Glieder. »Du spionierst mir nach.«

»Davon kann nicht die Rede sein. Immerhin ist es mein Handy, mit dem du dich auf Verbrecherjagd begibst.«

»Wie hast du seinen Namen erfahren?«

»Mit dem hat er sich gemeldet.«

Als ich meine Stimme wiederfand, klang sie eher wie ein Keuchen. »Du hast mit ihm gesprochen. Hast du ihm deinen Namen genannt?«

»Ich bin kein Anfänger.«

»Wie klang seine Stimme?« Ich hatte die Frage kaum ausgesprochen, als ich über mich selbst den Kopf schüttelte. Wollte ich die Stimme des Entführers etwa aus Antons Beschreibung wiedererkennen?

»Sie klang nach guter Erziehung und unverhohlener Eile. Er schien auf einen Anruf zu warten, aber nicht auf meinen.« Für einen Moment war Stille in der Leitung. »Hast du auch nur eine Sekunde darüber nachgedacht, was du da tust?«

»Habe ich! Was glaubst du, warum ich dich nach der Rufnummernunterdrückung gefragt habe.«

»Und wenn ich mich geirrt hätte und sie wäre inaktiv gewesen? Dann hätte er meine Nummer gehabt. Keiner von uns kann sicher sein, dass er nicht vor deiner Entführung dein Umfeld gecheckt hat und damit sehr genau weiß, wer hinter dem Namen Anton Blaschke steckt. Wenn er tatsächlich der Entführer ist, könntest du mit einer so idiotischen Aktion alles vermasseln. Ich denke, du willst, dass er gefasst wird.«

»Ich will irgendwann sein Gesicht sehen, Anton.«

»Wenn er es ist, dann wirst du sein Gesicht sehen. Im Gerichtssaal!«

Nach dem Gespräch mit Anton war ich völlig erschöpft. Es war, als hätte jemand den Stecker gezogen und mich vorübergehend außer Gefecht gesetzt. Ich lag noch keine Minute auf der Chaiselongue, als ich einschlief. Später hatte ich das Gefühl, ein Traum habe den anderen gejagt, erinnern konnte ich mich allerdings nur an einen: Wieder lag ich auf dem Waldboden und spürte die Watte auf Mund und Nase. Etwas war dieses Mal jedoch anders. Trotz meiner grenzenlosen Angst gelang es mir, eine Hand aus dem schraubstockartigen Griff des Mannes zu lösen. Ich fuchtelte hinter mich und versuchte, ihm einen Finger ins Auge zu rammen. Doch ich fühlte nur Wolle. Die Wolle seiner Maske, die er beim Überfall gar nicht getragen hatte. Ich riss sie herunter und krallte meine Finger darum, als wäre sie meine einzige Rettung. Völlig überraschend ließ er mich los und rückte von mir ab. Blitzschnell drehte ich mich um. Was ich sah, ließ mich aufschreien. Anstatt eines Gesichts sah ich nur wieder eine Maske. Sie glich der, die ich in meiner Hand hielt. Mit einer langsamen Bewegung zog sich der Mann eine weitere Maske herunter. Und dann noch eine und noch eine. Mein Schreien ging in seinem Lachen unter.

Mit klopfendem Herzen wachte ich auf. Das Gefühl, das ich aus dem Traum mitnahm, lastete auf meinen Schultern wie eine Bleischürze. Ich musste dieses Gesicht sehen.

Hatte Gertrud Lommen nicht erzählt, Marius Muller sei Fotograf? Dann hatte er möglicherweise eine Homepage. Warum war ich nicht schon längst darauf gekommen? Ich lief hinauf ins Arbeitszimmer und schaltete den PC ein. Ungeduldig wartete ich, bis er hochgefahren war. Dann ging ich ins Internet und gab den Namen des Mannes bei Google ein.

Es gab etliche Einträge, die davon berichteten, dass Marius Muller erfolgreich als Werbefotograf arbeitete. In einem der Einträge fand ich einen Hinweis auf seine Homepage. Ich klickte auf den Link, beobachtete gespannt, wie sich die Seite öffnete, und überflog dann den Inhalt. Seine beruflichen Leistungen interessierten mich genauso wenig wie seine Vita. Ich wollte lediglich sein Gesicht sehen. Während sich das Foto aufbaute, ging ich ein wenig auf Abstand zu dem Bildschirm.

Dann sah ich es vor mir, sah ihn vor mir. Er war das, was man gemeinhin als gutaussehenden Mann bezeichnete. Ich weiß nicht, was ich mir von seinem Foto erwartet hatte. Eine Intuition? Ein Gefühl, dass er und nur er es gewesen sein konnte? Ich spürte nur Enttäuschung darüber, dass sich nichts von alldem in mir regte. Sein Gesicht war mir fremd. Ich hatte es nie zuvor gesehen. Sollte er mich tatsächlich vor der Entführung beobachtet haben, so war er mir nicht aufgefallen. Mit den Fingern deckte ich sein Gesicht ab, so dass nur seine Augen zu sehen waren, aber ich erkannte sie nicht wieder.

Als Nächstes gab ich Michaela Lohkamps Namen bei Google ein. Als Inneneinrichterin würde sie vielleicht auch eine Homepage haben. Mein Blick huschte über die Einträge, bis er das Gesuchte fand. Kaum auf ihrer Seite, klickte ich auf ihr Foto. Es ähnelte dem, das Maria Vehlen mir gezeigt hatte. In ihrem Gesicht erkannte ich Ansätze dessen, was Gertrud Lommen mir beschrieben hatte. Michaela Lohkamps Ernst und ihre Verschlossenheit waren unverkennbar, obwohl sie beides durch ein angedeutetes Lächeln zu überspielen suchte. Ich verließ das Internet und rief in Rosenheim bei der Kripo an. Kristin Mayer war schnell am Apparat.

»Haben Sie herausfinden können, ob Michaela Lohkamp am letzten Juliwochenende in Aschau übernachtet hat?«, fragte ich sie nach einer knappen Begrüßung.

»Frau Thalmann, wir werden Sie beizeiten über den Stand der Ermittlungen informieren.«

»Ich möchte nur wissen, ob …«

»Und ich kann Ihnen zum gegenwärtigen Zeitpunkt nichts sagen.«

Also war sie dort gewesen, schloss ich. Wäre es nicht so gewesen, hätte sie mir das sagen können. Was befürchtete sie eigentlich? Dass ich mich aufmachte, Michaela Lohkamp gegenübertrat und sie mit meinen Verdächtigungen überrumpelte? Was konnte ich dadurch gefährden? Ich konnte sie warnen, gab ich mir selbst die Antwort. Der Mord lag knapp sechs Wochen zurück. Die Düsseldorfer Kripo hatte sie wegen ihres Motivs zunächst verdächtigt, diese Verdächtigung dann jedoch angesichts ihres Alibis fallen lassen. Inzwischen würde Friedrich Lohkamps Tochter sich in Sicherheit wiegen. Genauso wie Marius Muller, der nach meiner Entführung völlig unbehelligt geblieben war. Ob die beiden ihren Erfolg feierten?

»Dann können Sie mir sicher auch nicht sagen, ob Sie Michaela Lohkamps Wohnung durchsuchen und sie vernehmen werden.«

»Richtig«, antwortete sie.

»Aber ich kann Ihnen etwas sagen. Ein früherer Freund dieser Frau – angeblich ihre große Liebe – hat ein paar Semester Pharmazie studiert. Er heißt Marius Muller, ist sechsunddreißig Jahre alt und wohnt in München in der Römerstraße. Sein Vater ist übrigens Apotheker. Er hätte also sowohl an das Chloroform als auch an das GHB kommen können. Außerdem ist er selbständiger Werbefotograf. So jemand kann sich problemlos fünf Tage ausklinken, ohne dass es bemerkt wird.« Ich ließ meine Informationen einen Moment lang wirken. Dann sagte ich: »Er muss das Verbindungsglied zwischen meiner Entführung und Michaela Lohkamp sein. Vielleicht finden Sie das Lösegeld bei ihm.«

»Frau Thalmann, was für eine Durchsuchung der Räume von Michaela Lohkamp gilt, gilt bei diesem Mann noch in weit stärkerem Maße. Auf die bloße Information hin, dass sein Vater Apotheker ist und er selbst ein bisschen Ahnung vom Fach hat, bekommen wir keinen Durchsuchungsbeschluss. Diese Information ist lediglich ein Anhaltspunkt. Für ein Verdachtsmoment reicht sie nicht aus.«

»Überprüfen Sie, welchen Autotyp er fährt. Vielleicht hat er einen Geländewagen. Das wäre dann doch ein weiterer Anhaltspunkt, oder etwa nicht? Und dann sein Alibi. Es dürfte ihm schwerfallen, für ganze fünf Tage ein falsches Alibi zu konstruieren. Ich habe zwar viel geschlafen, aber ich kann mir nicht vorstellen, dass er es gewagt hätte, mich über mehrere Stunden unbeaufsichtigt zu lassen. Wenn er mit Michaela Lohkamp unter einer Decke steckt, ging es um weit mehr als nur einhunderttausend Euro Lösegeld. Ihre Kollegin hat selbst gesagt, dass ihr die Höhe des Lösegeldes gering erscheint für ein derartiges Kapitalverbrechen.«

Kristin Mayers Atmen hatte etwas Ungeduldiges, vielleicht auch Genervtes. »Frau Thalmann, ich kann Sie nur bitten, sich zurückzuhalten. Ich möchte Ihnen weder in der Nähe von Michaela Lohkamp noch in der von Marius Muller über den Weg laufen.«

Ich hatte sehr wohl verstanden, was sie mir da sagte: Sie waren ihm bereits selbst auf die Spur gekommen. »Ich will, dass er für das, was er mit mir gemacht hat, ins Gefängnis kommt. Und ich will sein Gesicht sehen … in natura.«

»Sie waren im Internet«, stellte sie fest. Es schien sie nicht zu überraschen. »Haben Sie seine Augen wiedererkannt?«

»Nein, so eine Maske verändert den Eindruck von den Augen.«

»Als er Sie überfallen hat, trug er laut Ihrer Aussage einen von grauen Fäden durchzogenen Bart. Dieser Marius Muller hat auf dem Foto jedoch dunkelblondes Haar und …«

»Und einen Dreitagebart. Graue Bärte kann man sich ankleben. Das wissen Sie so gut wie ich. Und Sie wissen längst von diesem Mann, nicht wahr?«

»Ich kann mich nur wiederholen, Frau Thalmann. Wir werden Sie beizeiten über den Stand unserer Ermittlungen informieren.«

Ob sie sich vorstellen konnte, was es mir bedeutete, das Gesicht hinter der Maske zu sehen? Ob es sich überhaupt jemand vorstellen konnte, der nicht von Albträumen verfolgt wurde, in denen ein Mann mit einer Maske die Hauptrolle spielte?

Nachdem ich mir an diesem Nachmittag wieder und wieder die Fotos im Internet angesehen hatte, musste ich mir eingestehen, dass sie keine Fragen beantworteten. Sie zeigten mir einen Mann und eine Frau, denen die Taten, die ich ihnen unterstellte, nicht auf die Stirn geschrieben waren. Ich sah lediglich in die Gesichter einer Inneneinrichterin und eines Werbefotografen. Und dennoch: Ihr Vater war tot und seiner war Apotheker. Und ich war der festen Überzeugung, dass beides eine Bedeutung hatte.

In meine Gedanken hinein ertönte die Türklingel. Ronin stürmte laut bellend voraus und erwartete mich an der Haustür. Durch den Spion erkannte ich Mirjam. Kaum hatte ich die Tür geöffnet, sprang der Hund voller Freude an ihr hoch.

»Gutes Benehmen müssen wir noch üben«, sagte ich mit einem Lachen.

»Meinetwegen kannst du diese Lektion auslassen. Ich mag es, wenn er so ungestüm ist.« Dabei lächelte sie Ronin an und wuschelte ihm über den Kopf.

»Schön, dich zu sehen!« Dieses Mal warf ich gleich einen Blick auf ihre Haare. Es war alles beim Alten. Sie trug nach wie vor ihre Rastazöpfe. »Und?«, fragte ich. »Gefällt ihm deine Frisur?«

»Na klar.« Sie tat so, als habe sie das nie in Zweifel gezogen.

»Was macht denn der Verursacher deines Herzklopfens?«

Ihr freudestrahlendes Lächeln war Antwort genug. »Willst du ihn mal sehen?«

Ich nickte. »Hast du ein Foto dabei?«

»Nein, aber auf seiner Homepage sind welche. Wenn wir deinen PC anmachen, dann …«

»Der läuft schon, komm mit!«

Gemeinsam liefen wir hinauf in mein Arbeitszimmer. Auf dem Bildschirm war immer noch das Foto von Marius Muller zu sehen. Ich zog einen zweiten Stuhl heran und bedeutete Mirjam, sich neben mich zu setzen.

Wie angewurzelt blieb sie stehen. »Hey, den kenne …«, rief sie, um gleich darauf die Lippen zusammenzupressen.

Ich sah zu ihr hoch. »Du kennst diesen Mann?«

»Nein!« Ihr heftiges Kopfschütteln konnte mich nicht überzeugen. Ich kannte Mirjam gut genug, um zu wissen, wann sie log.

Sanft nahm ich ihren Arm und zog sie auf den Stuhl. »Mirjam«, begann ich behutsam, »das ist möglicherweise der Mann, der mich entführt hat. Wenn du ihn kennst oder schon einmal irgendwo gesehen hast, muss ich das wissen.«

Sie wich meinem Blick aus und entzog mir ihren Arm.

»Bitte, Mirjam.«

Sie schien verunsichert und zugleich sehr aufgeregt. »Du meinst wirklich, der hätte etwas mit deiner Entführung zu tun?«

»Erzählst du mir von ihm?«

»Nur wenn du mir hoch und heilig versprichst, dass du weder Mama noch Anton etwas davon sagst.«

»Versprochen!«

Ihr war anzusehen, dass sie einen inneren Kampf ausfocht. »Wenn Mama davon erfährt, dann …«

»Wird sie nicht! Du weißt, dass ich meinen Mund halten kann. Also heraus damit.«

»Ich glaube, es war Mitte August. Ich wollte zu dir und bin unterwegs Pit begegnet. Das ist der Junge aus meiner Klasse, den Mama und Anton nicht ausstehen können. Der, der unser Haus nicht mehr betreten darf«, sagte sie mit einem unverhohlenen Vorwurf in der Stimme. Den Grund für das Hausverbot, nämlich dass er sich an Verenas Portemonnaie vergriffen hatte, unterschlug sie wie immer. »Na, jedenfalls bin ich von meinem Rad gestiegen und habe es geschoben. Dann haben Pit und ich uns ein bisschen gekabbelt und gar nicht richtig auf den Weg geachtet. Und mit einem Mal ratsche ich mit meinem Rad an einem Auto entlang. Es war ein ganz fieses Geräusch, so eines, bei dem du gleich weißt, dass es einen richtigen Kratzer gegeben hat. Am liebsten wäre ich abgehauen. Aber in dem Auto saß ein Typ. Er telefonierte gerade, hat uns aber gesehen und ein ziemlich genervtes Gesicht gezogen. Ich bin dann zu ihm ans Fenster und hab gesagt, dass meine Mutter mich umbringt, wenn sie das erfährt. Und ob es nicht eine Möglichkeit gäbe, dass ich ihm den Schaden von meinem Taschengeld abstottere. Ich dachte, der springt mir gleich an die Gurgel, so böse hat der geguckt. Aber er ist noch nicht mal ausgestiegen, um sich den Kratzer anzusehen. Pit hat ihn dann gefragt, was wir jetzt machen sollen. Und er meinte, das sei nicht die erste Schramme, die sein Auto abbekommen habe und sicher auch nicht die letzte. Wir sollten machen, dass wir fortkommen.«

»Erinnerst du dich noch an das Auto?«

»Es war ziemlich verdreckt.«

»War es ein Geländewagen?«

Sie schüttelte den Kopf. »Viel kleiner.«

»Und das Nummernschild?«

Sie sah mich fassungslos an. »Mensch, Emma, ich war froh, dass der kein Thema daraus gemacht hat. Da gucke ich doch nicht auf sein Nummernschild.« Sie stöhnte. »Ich hatte an dem Tag einen ziemlichen Krach mit Mama wegen Pit. Sie hat von mir verlangt, ihr zu versprechen, ihn nicht mehr zu treffen. Außer in der Schule natürlich. Ich hab sie ziemlich angelogen wegen dieses Nachmittags. Und wenn jetzt herauskommt, dass ich …«

»Wird es nicht, Mirjam, das habe ich dir versprochen. Der Typ in dem Auto – war das dieser Mann hier?« Ich zeigte auf das Foto auf dem Bildschirm.

»Ja.«

»Bist du dir sicher?«

»Ganz sicher.«

»In welcher Straße hat sein Auto gestanden, als du ihn angeratscht hast?«

»Na, hier auf dem Schlechtenberg … nur ein paar Häuser weiter unten. Ich glaube, es war auf der Höhe von der alten Anni Metzler.«

»Und bist du nach der Begegnung mit diesem Typen in unsere Auffahrt gebogen?«

»Das wollte ich erst, aber Pit hat gesagt, wir sollten lieber abhauen, falls der Mann es sich anders überlegt. Er meinte, wenn der mit dem Telefonieren fertig ist und sich den Kratzer erst mal genau ansieht, dann will er doch Geld von mir. Und wenn er gesehen hätte, wohin wir gehen, hätte er womöglich bei dir geklingelt und nach mir gefragt.« Mirjam erschrak bei diesem Gedanken. »Wenn er da schon vorhatte, dich zu entführen, hätte er aber wohl eher nicht geklingelt, oder?«

Ich sah sie nachdenklich an. »Wohl eher nicht.«

28

Laurenz kam am Abend nach Hause. Gemeinsam holten wir Verena und Anton ab und fuhren mit ihnen zum *Gut Apfelkam* nach Rohrdorf. Laurenz' Bedingung für diesen Abend war, dass kein Wort über die Entführung verloren wurde, was den anderen nicht schwerzufallen schien. Obwohl ich zu Beginn des Abends noch überzeugt war, an nichts anderes denken zu können, entspannte ich mich jedoch zusehends, beteiligte mich an der Unterhaltung und genoss sogar das Essen.

Es war kurz vor eins, als wir im Bett lagen. Während ich immer noch aufgekratzt war, hörte ich Laurenz keine zwei Sekunden, nachdem er mir einen Kuss gegeben hatte, bereits schnarchen. Ich beneidete ihn um seinen Schlaf. Genauso wie Ronin, der auf dem Rücken lag und seine Vorderbeine entspannt an der Wand abstützte. Wenn ich jetzt aufstand, um nach unten zu gehen, würde ich ihn wieder aufscheuchen. Also blieb ich liegen und verzog mich in meinen geschützten Garten. Dieses Mal brauchte ich lange, bis ich dabei einschlief.

Fünf Stunden später schreckte ich hoch. In meinem Traum hatte eine Tür geknarrt und mich auffahren lassen. Durch das Adrenalin in meinen Adern war ich sofort hellwach. Ich sah zu Laurenz, der immer noch fest schlief, stand leise auf und löschte beim Hinausgehen die Nachttischlampe. Mit Ronin dicht auf meinen Fersen ging ich hinunter in die Küche.

Die Zeitung vom Vortag lag noch ungelesen auf dem Tisch. Ohne wirkliches Interesse überflog ich die erste Seite, hatte sie aber bereits Sekunden später wieder vergessen. In meinen Gedanken nahm etwas Gestalt an, das nichts anderem Raum ließ. Während ich Frühstück machte und den Hund fütterte, hielt ich mir die Risiken meines Vorhabens vor Augen. Im Vergleich zu dem, was ich gewinnen konnte, kamen sie mir gering vor.

Als Laurenz herunterkam, war ich immer noch tief in Gedanken.

»Guten Morgen.« Er küsste mich in den Nacken. »Konntest du nicht mehr schlafen?«

»Ich war wach, da bin ich aufgestanden.«

Er setzte sich zu mir an den Tisch, bestrich sich eine Scheibe Brot mit Butter und Marmelade und warf einen Blick auf die Titelseite der Zeitung, die ich kurz zuvor aus dem Kasten geholt hatte. Die geteilte Aufmerksamkeit, die er mir schenkte und gegen die ich sonst manchmal protestierte, war mir an diesem Morgen gerade recht. Ich war so aufgeregt, dass ich überzeugt war, er müsse es sofort bemerken, wenn er mich genauer betrachtete.

»Was hast du heute vor?«, fragte er, ohne aufzusehen.

»Gartenarbeit.« Ich gab mir Mühe, es leichthin zu sagen.

»Bei dem Wetter?«

Der Himmel war wolkenverhangen, und es nieselte. Ich zuckte die Schultern. »Mal sehen, vielleicht arbeite ich auch ein bisschen. Ich habe einen neuen Auftrag, aber bisher ist mir dafür noch keine zündende Idee gekommen.«

Jetzt sah er auf. »Willst du dich nicht lieber erst richtig von dieser Sache erholen, bevor du wieder einen Auftrag annimmst?«

»Mir geht es wie dir – wenn ich arbeite, bin ich abgelenkt.« Und das war nicht einmal gelogen. Ich verschwieg ihm allerdings, dass mich etwas anderes so sehr beschäftigte, dass an Arbeiten gar nicht zu denken war.

Als Laurenz zehn Minuten später aufbrach, konnte ich meine Ungeduld kaum noch zügeln. Es kostete mich Disziplin, erst noch eine Runde mit Ronin zu drehen. Eigentlich gab es keinen Grund zur Eile, trotzdem trieb ich ihn an, seine Studien an den Büschen und Mäuerchen der Nachbarn etwas abzukürzen. Um kurz nach neun lud ich ihn ins Auto und fuhr endlich los. Unterwegs ging ich wieder und wieder meinen Plan durch. Es durfte nichts schiefgehen.

Der Berufsverkehr nach München hinein strapazierte meine Nerven. Ich brauchte mehr als eine Stunde bis in die Römerstraße und dann noch einmal eine Viertelstunde, bis ich endlich in sicherer Entfernung von dem Haus, in dem Marius Muller wohnte, einen Parkplatz fand. Irgendwann musste er das Haus verlassen oder dahin zurückkehren. Erst hatte ich überlegt, aus einer Münchener Telefonzelle bei ihm anzurufen, um herauszufinden, ob er überhaupt zu Hause war, diesen Gedanken jedoch wieder verworfen. Noch ein seltsamer Anruf würde ihn womöglich aufschrecken. Ich wollte ihn lediglich in natura sehen und herausfinden, ob ich ihn an seinem Gang und seinen Bewegungen erkannte.

Wie sich sehr schnell zeigte, hatte ich völlig unterschätzt, was das Warten auf ihn bei mir auslöste. Zwischen meinem Auto und dem Haus lagen ungefähr dreißig Meter. Trotzdem fühlte ich mich ungeschützt und war ängstlich. Was, wenn er längst unterwegs war und auf der Rückkehr an meinem Auto vorbeiging? Ich zog die Schirmmütze, die ich mir aufgesetzt hatte, tiefer ins Gesicht. Es kostete mich große Selbstbeherrschung, mich nicht ständig nach allen Seiten umzusehen, sondern nach außen hin einigermaßen ruhig dazusitzen und nicht davonzufahren.

Nach zwei Stunden vergeblichen Wartens wurde Ronin im Fond des Wagens unruhig und ich bekam Kopfschmerzen von der Anspannung und dem unablässigen Starren auf das Haus. Als ich mich gerade nach hinten reckte und dem Hund ein Leckerchen durch das Gitternetz zuschob, klopfte es an die Scheibe der Beifahrerseite. Vor Schreck schrie ich auf, woraufhin Ronin in wütendes Gebell ausbrach. Erst dann nahm ich die Person wahr, die durch das Fenster schaute und mir Zeichen gab, die Scheibe hinunterzulassen.

»Hatten wir nicht eine klare Vereinbarung, Frau Thalmann?« In Kristin Mayers Tonfall lag offenkundige Verärgerung. Vergeblich versuchte sie, die Tür zu öffnen. »Machen Sie auf!«

Ich entriegelte die Tür und sah dabei zu, wie sie sich neben mich ins Auto setze. Sie hatte kaum die Tür hinter sich zugeschlagen, als ihr Handy klingelte.

»Ja, ich sitze jetzt neben ihr«, teilte sie der Person am anderen Ende der Leitung mit. Dann sagte sie außer ein paar *Mhms* eine ganze Weile lang gar nichts. Hin und wieder warf sie mir einen prüfenden Blick zu. Dann sagte sie: »Ich werde mit ihr reden und gebe dir dann Bescheid.«

»Sparen Sie sich die Mühe. Ich wollte ohnehin gerade wegfahren.«

»Was haben Sie hier gemacht, Frau Thalmann?«

»Ich wollte nur sehen, wie er sich bewegt. Ich möchte wissen, ob ich ihn daran erkenne. Wer weiß, wie lange es dauert, bis Sie ihn in Ihre Finger bekommen, wenn es Ihnen überhaupt gelingt. Vielleicht ist er zu clever. Dann will ich aber wenigstens wissen, dass er es ist, wenn er mir mal über den Weg läuft.«

Ihrem Blick nach zu urteilen, unterwarf sie mich einer Prüfung. »Gleich hier um die Ecke liegt der *Kaisergarten*«, sagte sie schließlich. »Das ist ein Lokal, in dem Marius Muller um halb eins mit Michaela Lohkamp zum Essen verabredet ist. Da …«

»Woher wissen Sie das?«

»Die beiden werden überwacht. Da Sie nun schon einmal hier sind«, fuhr sie fort, »können wir herausfinden, ob Sie seine Stimme wiedererkennen.«

»Wie soll das gehen?«

»Indem wir uns mit Ihnen an den Nebentisch setzen. Wenn wir uns hinsichtlich der Stimme sicher sein könnten, würde uns das einen riesigen Schritt weiterbringen. Wären Sie dazu bereit?«

Die Angst, die mich während des Wartens ergriffen hatte, war nicht spurlos verschwunden. Sie hatte ein unsicheres Gefühl hinterlassen. Andererseits: Was konnte mir passieren? Nicht nur die beiden Beamtinnen würden bei mir sein, sondern auch Ronin. Trotzdem nickte ich nur zögernd. Ganz geheuer war mir die Sache nicht.

»Gut«, sagte sie. »Beeilen wir uns!« Über ihr Handy rief sie jemanden an und sagte nur »Okay« und zu mir: »Wir gehen jetzt zusammen in das Restaurant. Meine Kollegin wartet dort bereits auf uns. Der Wirt ist sehr kooperativ, er hat uns den Tisch neben dem der beiden gegeben. Sie werden sich mit dem Rücken zu dem anderen Tisch setzen und so wenig wie möglich reden. Und wenn, dann bitte nur leise, so dass dieser Muller Ihre Stimme nicht hören kann. Wenn Sie seine Stimme eindeutig erkennen, geben Sie uns das zu verstehen.« Sie sah mich eindringlich an. »Wenn Sie sich nicht sicher sind, dann seien Sie bitte ehrlich.«

»Ja«, sagte ich mit tonloser Stimme.

»Und noch etwas, Frau Thalmann: Wir haben Verständnis dafür, sollte eine solche Aktion Ihnen Angst machen und Ihre Kräfte übersteigen. Bitte überlegen Sie es sich gut.«

»Gibt es eine Alternative?«

»Normalerweise würden wir ihn zur Vernehmung einbestellen, seine Stimme auf Band aufzeichnen und Ihnen dieses Band vorspielen.«

»Und wenn ich seine Stimme jetzt gleich erkenne … werden Sie ihn dann sofort festnehmen?«

»Ja.«

Die Entscheidung fiel mir nicht schwer. Ich wollte nicht, dass er auch nur einen Moment länger als nötig frei herumlief. »Ich werde es schaffen!«

Sie ließ mir Zeit, es mir noch einmal anders zu überlegen. Als ich standhaft blieb, meinte sie: »Sie tun aber nur genau das, was wir Ihnen sagen. Haben wir uns verstanden?«

Ich nickte.

»Dann los! Uns bleibt nicht mehr viel Zeit.«

Unser Tisch lag in der hinteren rechten Ecke des bereits gut gefüllten Lokals. Rechts von mir befand sich ein Fenster zur Straße. Ich drehte mich mit dem Rücken zu diesem Fenster, damit weder Marius Muller noch Michaela Lohkamp mich im Vorbeigehen von draußen erkennen konnten. Das Regal an der Wand mir gegenüber, in dem ordentlich aufgereiht Packungen italienischer Lebensmittel standen, hatte etwas Beruhigendes. Immer wieder ließ ich meinen Blick über die einzelnen Fächer gleiten.

Franziska Stangl saß mit dem Rücken zu diesem Regal und überblickte den gesamten Raum. Ihre Kollegin saß links von mir gegenüber dem Fenster. Mein Mund war so trocken, dass ich glaubte, keinen Ton herausbringen zu können. Während ich ein paar Schlucke Wasser trank, zitterte meine Hand. Die beiden bemerkten meine Anspannung und gaben sich alle Mühe, mich in ein lockeres Gespräch zu verwickeln. An dessen Inhalt konnte ich mich später nicht mehr erinnern, wohl aber an die Professionalität der beiden. Dass sie beruflich im Einsatz waren, war ihnen nicht anzumerken. Wenn ihre Blicke vom Tisch zur Tür oder zum Fenster wanderten, dann waren sie so beiläufig wie die Blicke jedes anderen Gastes auch.

»Es ist so weit«, sagte Franziska Stangl. Ihr Tonfall sollte mir Kraft spenden und mich beruhigen.

Trotzdem saß ich nahezu stocksteif da. Die Bewegung, mit der ich den Pullover, der auf meinen Schultern ruhte, weiter hoch in den Nacken zog, fühlte sich so ungelenk an wie die eines Roboters. Ein letztes Mal prüfte ich den Sitz der Schirmmütze. Dann horchte ich hinter mich. Die Stimmen der anderen Gäste schienen mir so laut, dass ich überzeugt war, durch sie hindurch niemals eine einzelne Stimme am Nebentisch ausmachen zu können. Je stärker ich mich konzentrierte, desto mehr Umgebungsgeräusche nahm ich wahr.

Plötzlich streifte jemand meinen Rücken und setzte sich auf die Bank hinter mir. In die beiden Beamtinnen kam Bewegung. Sie stützten ihre Unterarme auf die Tischplatte und beugten sich vor, so als wollten sie mir etwas erzählen, das nicht für jedermanns Ohren bestimmt war. Mit einem amüsierten Lachen sagte Kristin Mayer in einer Lautstärke, die trotzdem noch am Nebentisch zu hören war: »Hier lies mal, was er mir geschrieben hat.« Dann schob sie mir ihr Handy zu.

Während ich las *Die Frau sitzt mit dem Rücken zu Ihnen, der Mann ihr gegenüber*, wandte die Beamtin sich ihrer Kollegin zu und redete leise mit ihr. In meinen Ohren rauschte es. Sekundenlang hörte ich nichts außer diesem Rauschen, das meinen Kopf ausfüllte. Erst Kristin Mayers Hand, die sich auf meinen Arm legte, lenkte meinen Fokus sekundenlang auf meine Haut. Diese Sekunden reichten aus, um das Rauschen in den Hintergrund treten zu lassen.

Hinter mir fragte der Kellner nach den Getränkewünschen der beiden. Michaela Lohkamp bestellte für beide: trockenen Weißwein und Wasser. Sie hatte eine helle Stimme. Hätte ich nicht gewusst, wer da hinter mir sitzt, hätte ich ihre Stimme angenehm gefunden. Nichts von dem, worüber die beiden Beamtinnen sprachen, drang an mein Ohr, dafür aber jedes Wort, das am Nebentisch fiel.

Marius Muller hatte noch so gut wie nichts gesagt. An seinen *Mhms* und *Hms* konnte ich seine Stimme beim besten Willen nicht erkennen. Im Gegensatz zu ihm sprach Michaela Lohkamp fast ununterbrochen. Sie erzählte von einer Frau, die sie damit beauftragt habe, ihren Wintergarten neu zu gestalten. Diese Frau schien ein schwieriger Fall zu sein, da sie in der Planung allem zustimmte, die Ausführung dann jedoch stets wieder bemängelte und verwarf.

»Das hat sie jetzt schon zum zweiten Mal mit mir gemacht. Beim nächsten Mal werfe ich ihr den Kram hin. Dann kann sie sich eine andere suchen.«

Natürlich hatte ich nicht angenommen, dass die beiden sich in einer so öffentlichen Umgebung über den Mord oder die Entführung unterhalten würden. Aber ich hatte eine gewisse Anspannung bei ihnen vermutet. Irgendetwas, das auf das schließen ließ, was hinter ihnen lag. Aber für mein Empfinden wirkten sie völlig normal und mit nicht mehr belastet als den üblichen Alltagssorgen.

Der Kellner fragte, ob sie etwas zum Essen ausgewählt hätten.

»Ich nehme die Schlutzkrapfen mit Steinpilzen und Frischkäse«, hörte ich Michaela Lohkamp sagen.

Marius Muller schien noch zu zögern. »Ach, dann nehme ich die Tagliata von der Ochsenlende und Brezelknödel auf Pfifferlingen«, sagte er schließlich und wartete dann, bis der Kellner gegangen war. »Hast du übrigens schon gehört, dass der Kastner seinen Job verloren hat? Er hat mich gestern angerufen und gefragt, ob ich nicht mal meine Verbindungen spielen lassen könnte. Er bräuchte dringend …«

Jeder Muskel in meinem Körper verkrampfte sich. In mir schien alles zu flirren. Es war, als würde jede einzelne Zelle rebellieren. Einen Moment lang schien das Blut aus meinem Kopf zu weichen. Zurück blieb eine bedrohliche Leichtigkeit. Etwas geschah mit mir, das sich meiner Kontrolle entzog und mir Angst machte. Ich durfte nicht zusammenklappen, nicht jetzt. Halt suchend presste ich beide Handflächen auf die Tischplatte und beugte mich leicht vor.

Die Stimme des Mannes hatte mich mit einer Flut von Bildern überschwemmt. Wortfetzen aus meiner Erinnerung mischten sich in die, die vom Nebentisch kamen. Mir kam es so vor, als müsse der Mann nur seine Hand ausstrecken, um mich zu packen und dann ... Ich wollte fort, so schnell wie möglich fort. Aber ich schien mit der Bank, auf der ich saß, verwachsen zu sein.

Ronin wurde unruhig unter dem Tisch, stupste mich mehrmals an und ließ schließlich seinen Kopf schwer auf meinen Oberschenkel sinken. Der Druck und die Wärme seines Kopfes erdeten mich zusehends und nahmen der Panik ihre Spitze.

»Konzentrieren Sie sich auf Ihren Atem«, sagte Franziska Stangl leise. »Zählen Sie die Atemzüge und atmen Sie ganz bewusst ein und aus!« Die Kraft, die von ihr ausging, hatte etwas Bezwingendes.

Nachdem ich sekundenlang nichts anderes getan hatte als zu atmen, schob Kristin Mayer mir wieder ihr Handy zu. *Ist es die Stimme des Entführers?*

Ich sah von dem Display des Handys auf und nickte. Im gleichen Augenblick drang Marius Mullers Stimme wieder an mein Ohr.

»Der Typ ist wirklich dreist. Wenn der meint, dass ausgerechnet ich ihm helfe, dann hat er sich geschnitten. Als er es damals in der Hand hatte, mir zu helfen, hat er keinen

Finger gerührt. Hat mich eiskalt abblitzen lassen. Davon will er heute nichts mehr wissen.«

Sein Lachen – eine Mischung aus Verachtung und Spott – jagte mir einen Schauer über den Rücken.

»Manchmal ist das Leben wirklich gerecht«, fuhr er fort. Es klang ganz danach, als genieße er diesen Gedanken. »Ich habe ihm gesagt, er hätte damals, als er mich hängengelassen hat, mal daran denken sollen, dass man sich immer zweimal im Leben trifft. Dass beim zweiten Mal aber die Rollen meist vertauscht sind.«

Heißt es nicht, man begegne sich immer zweimal im Leben? Fast auf den Tag genau vor sechs Wochen hatte ich diesen Satz zu ihm gesagt. Und er hatte geantwortet: *Wenn das stimmt, dann wünsche ich mir, dass die Umstände beim zweiten Mal besser sein werden.*

Während ich an dieses Gespräch kurz vor meiner Freilassung dachte, machte ich mir bewusst, dass ich nicht auf dem Bett in der Hütte saß, sondern auf einer Holzbank im *Kaisergarten.* Ich war nicht allein. Die Beamtinnen und Ronin waren zu meinem Schutz da. Ich war diesem Mann nicht hilflos ausgeliefert.

Ich werde gar nicht wissen, dass es das zweite Mal ist, denn ich werde Sie nicht erkennen, hatte ich ihm entgegengehalten.

Bedauern Sie das?

Ich hatte den Kopf geschüttelt.

Nicht einmal ein bisschen?, hatte er mit einem Anflug von Enttäuschung gefragt, um dann in Lachen auszubrechen. *Sie wissen nicht, was Ihnen entgeht.* Und auf meinen Blick hin: *Schon gut, schon gut. Ich bin in festen Händen. Für einen Moment war ich versucht, das zu vergessen.* Dann hatte er mir den Becher mit Orangensaft hingehalten und gesagt: *Trinken Sie! Ein letztes Mal. Wenn Sie wieder aufwachen, sind Sie frei.*

Ich hatte den Becher genommen und getrunken. Keinen halben Meter von mir entfernt hatte er sich auf die Bettkante gesetzt, seine Hand ausgestreckt und mir über die Wange gestrichen. Ich hatte seine Worte noch genau im Ohr: *Ich wünschte, wir wären uns unter anderen Umständen begegnet. Vergessen Sie mich nicht ganz, Emma Thalmann!*

Franziska Stangl gab mir ein Zeichen, mich näher zu ihr zu beugen. »Halten Sie noch durch?«, fragte sie.

»Ja«, antwortete ich mit einiger Verzögerung.

»Dann sage ich Ihnen jetzt, was wir tun werden.« Ich musste mich anstrengen, sie zu verstehen, denn sie sprach sehr leise. »Wir warten, bis die beiden gehen. Dann wird meine Kollegin hier bei Ihnen bleiben, und ich werde hinausgehen und mich mit den Beamten, die draußen bereitstehen, um alles Weitere kümmern.«

Ich nickte und kraulte mit beiden Händen Ronins Kopf. Gleichzeitig kehrte meine Aufmerksamkeit zu dem Tisch in meinem Rücken zurück. Die beiden hatten gerade ihr Essen bekommen. Dem leichten Klirren von Glas an Glas entnahm ich, dass sie anstießen. Auf was?, fragte ich mich. Auf ihren Erfolg? Auf das Geld, das bald sehr reichlich bei ihnen fließen würde und dem sie Beatrice Lohkamp geopfert hatten? Auf meine Entführung, die ihnen lediglich Mittel zum Zweck gewesen war und bei mir unauslöschbare Spuren hinterlassen hatte?

In meine Angst mischte sich eine rebellische Wut. Sie war wie ein Aufbegehren gegen die scheinbar unbekümmerte Art, mit der die beiden ihr Leben fortsetzten, als sei nichts geschehen – ohne Einschränkungen, ohne Ängste und Albträume. Für mich hingegen waren die fünf Tage für immer gewesen. Die Konsequenz, die ich in diesem Augenblick daraus zog, entzog sich jeder Vernunft.

29

Es konnte mir nichts passieren. Ich war nicht ausgeliefert, sondern umgeben von Menschen. Die beiden Beamtinnen waren direkt neben mir. Ebenso Ronin. Und Marius Muller würde weder Chloroform noch seine Pistole dabeihaben. Dieses Mal würden die Umstände für mich die besseren sein.

»Ich muss zur Toilette«, sagte ich so überzeugend wie möglich.

Auf den Mienen der Beamtinnen zeichnete sich Unmut ab. Mir war klar, was sie dachten: Auf dem Weg zur Toilette würde ich für Marius Muller nur von hinten zu sehen sein, auf dem Rückweg jedoch musste er nur zufällig in meine Richtung schauen, um mich zu erkennen.

»Das geht jetzt nicht.« Franziska Stangls Ton ließ keinen Widerspruch zu.

»Ich muss aber.« Ich versuchte, mich nur auf mein Vorhaben zu konzentrieren. Mein Mut, der Angst und Beklommenheit nur Millimeter in den Hintergrund geschoben hatte, war brüchig. Er würde nicht lange vorhalten. Ich rutschte zum Ende der Bank und stand auf. Anstatt jedoch die Richtung zur Toilette einzuschlagen, drehte ich mich um und tat einen Schritt zum Nachbartisch.

Die beiden waren so in ihr Gespräch vertieft, dass sie mich nicht gleich bemerkten. Michaela Lohkamp sah als

Erste auf. Langsam zog ich die Schirmmütze vom Kopf. Das Geräusch, mit dem sie nach Luft schnappte, ließ auch Marius Muller aufblicken. Die beiden starrten mich an, als wäre ich eine Erscheinung.

»Guten Tag, Herr Muller«, sagte ich. Meine Stimme hatte an Festigkeit eingebüßt, aber das spielte keine Rolle. Mein Anblick reichte aus, um ihm einen sichtbaren Schrecken zu versetzen. »Erinnern Sie sich an mich?« Meine Beine zitterten so stark, dass ich mich an der Stuhllehne vor mir abstützen musste.

Es dauerte nur Sekunden, dann hatte er seine Gesichtszüge wieder im Griff. Der Schreck war jetzt nur noch in seinen Augen zu erkennen. Aber auch dort verflüchtigte er sich zusehends und machte einer arroganten Abwehr Platz. »Tut mir leid – sollte ich?«

Mittlerweile schien alles an mir zu zittern. Mein Herz klopfte so stark, dass ich ein flaues Gefühl in der Brust bekam. Ich weiß nicht, woher ich in diesem Moment die Kraft nahm, nicht davonzulaufen. Wahrscheinlich war es allein der Gedanke, dass ich vor diesem Mann dann mein Leben lang davonlaufen würde. Ein Engegefühl in der Brust machte mir das Atmen schwer. Mehrmals hintereinander atmete ich gegen das Bleigewicht an, das darauf zu lasten schien. Und endlich fand ich meine Sprache wieder: »Sind Sie nicht der Mann, der zu mir gesagt hat: *Ich wünschte, wir wären uns unter anderen Umständen begegnet. Vergessen Sie mich nicht ganz, Emma Thalmann!*«

Im Augenwinkel sah ich, dass Michaela Lohkamp ihren Kopf in seine Richtung drehte. Ich wandte mich an sie. »Er hat Ihnen nicht nur den Rücken frei gehalten, damit Sie in Ruhe nach Düsseldorf fliegen konnten. Er hat die

Zeit genutzt, Frau Lohkamp. Aber machen Sie sich nichts daraus. Er ist schließlich seinem Typ treu geblieben. Äußerlich zumindest.«

»Offensichtlich scheinen Sie uns mit jemandem zu verwechseln«, sagte Marius Muller mit einem angedeuteten Lächeln, das entspannt und verständnisvoll wirken sollte. »Wir wären Ihnen jedoch dankbar, wenn Sie uns jetzt in Ruhe weiteressen ließen.«

»Ich hatte recht«, sagte ich. »Man begegnet sich immer zweimal im Leben. Und wie haben Sie es vorhin so richtig ausgedrückt? Beim zweiten Mal sind die Rollen meist vertauscht. Wobei Sie sich wahrscheinlich nie so hilflos und ausgeliefert fühlen werden, wie ich es getan habe. Auf dem Waldboden und in der Hütte. Erinnern Sie sich oder haben Sie diese Episode Ihres Lebens längst abgehakt? Ich weiß nicht, wie viele Jahre Sie für meine Entführung und die Beihilfe zum Mord bekommen werden. Aber wenn der Richter das Urteil über Sie spricht, dann hoffe ich, dass Sie ein Gefühl dafür bekommen, was es heißt, jemandem hilflos ausgeliefert zu sein.«

»Verschwinden Sie, sonst passiert etwas!« Er hielt Messer und Gabel wie Waffen in Händen. Seine Kiefermuskeln mahlten unablässig. Das bemühte Lächeln war längst aus seinen Zügen verschwunden.

»Marius, bitte …!« Michaela Lohkamp versuchte, ihn mit Blicken zu beruhigen. Sie gab sich immer noch der Illusion hin, dieser Situation irgendwie entkommen zu können.

Ich wagte nicht, die beiden aus den Augen zu lassen. Trotzdem nahm ich am äußeren Rand meines Gesichtsfelds Franziska Stangl und Kristin Mayer wahr. Sie hatten sich links und rechts hinter mich postiert und gaben mir

Rückhalt. Ebenso wie Ronin, der sich hechelnd an mich drückte.

»Wissen Sie, was ich nicht verstehe, Frau Lohkamp? Sie hätten legal fast vier Millionen Euro bekommen können. Das ist so viel Geld. Sie könnten reich sein. Und frei.«

»Ich weiß nicht, wovon Sie reden. Wenn Sie uns nicht augenblicklich in Ruhe lassen, dann ...«

»Dann rufen Sie die Polizei?« Ich kann dieses Gefühl kaum beschreiben, das die Angst immer weiter in den Hintergrund treten ließ. Es war, als würde ich nach einer weiten Strecke über Treibsand endlich wieder festen Boden betreten. »Sparen Sie sich die Mühe – die Polizei ist bereits hier.« Ich zeigte auf die beiden Beamtinnen.

Während ihre Augen sich vor Schreck weiteten, wurden seine zu schmalen Schlitzen. Er fixierte mich. »Frau Thalmann, wenn Sie ...«

»Oh, Sie erinnern sich ja sogar an meinen Namen.«

»Den haben Sie eben selbst erwähnt.« Seine Fassade war durchlässig. Dahinter war deutlich seine Erschütterung zu erkennen. »Wenn Sie uns nicht augenblicklich in Ruhe lassen, werde ich dafür sorgen, dass man Sie hinausbefördert.«

»Ihre Drohungen sind wirkungslos. Ich sitze nicht mehr angekettet an ein Bett in einer Hütte und werde von Ihnen und Ihrem Handy in Schach gehalten.«

Er beugte sich näher zu mir und tat so, als versuche er es ein letztes Mal im Guten. »Wenn Sie unter Wahnvorstellungen leiden, dann suchen Sie bitte einen Arzt auf, aber belästigen Sie uns nicht weiter.«

In diesem Moment stieg mir der Duft seines Aftershaves in die Nase. »Sie benutzen L'Eau d'Issey von Issey Miyake, nicht wahr? Und Sie sind Asthmatiker. Versorgt Ihr

Vater Sie mit den nötigen Sprays, oder bedienen Sie sich bei ihm, so wie Sie es vermutlich mit dem Chloroform und dem GHB getan haben?«

Seine Gesichtszüge verzerrten sich zu einer Fratze, über die er keine Kontrolle mehr hatte.

»Ich gehe jetzt«, sagte Michaela Lohkamp. Ihr Tonfall enthielt eine klare Botschaft an ihn: *Komm mit, es ist unsere einzige Chance!* Sie hatte weit mehr als er ein Gespür dafür, dass sie in der Falle saßen. Sie wollte fort, bevor sie endgültig zuschnappte.

»Kripo Rosenheim« hörte ich neben mir die Stimme von Franziska Stangl, »Frau Lohkamp, Herr Muller, wenn Sie uns bitte hinausbegleiten würden …«

»Es ist zu spät«, sagte ich und sah ihm dabei in die Augen.

»Zu spät?«, äffte er mich nach. »Du kleines Miststück sagst mir nicht, wann es zu spät ist.« Mit einem Mal stand er auf, packte grob meinen Arm und versuchte, mich als eine Art Schutzschild gegen die Beamtinnen vor sich zu ziehen.

Sein Griff war wie ein Déjà-vu und ließ mich erstarren. Erst hörte ich nur das tiefe Knurren, dann sah ich Ronin mit gefletschten Zähnen auf Marius Muller losgehen. Augenblicklich ließ er meinen Arm los und flüchtete sich zurück auf die Bank, um größtmöglichen Abstand zu Ronin zu gewinnen. Der Hund folgte ihm, stellte die Vorderpfoten auf seinen Oberschenkel und zog wenige Zentimeter von seinem Gesicht drohend die Lefzen hoch. Die Gäste am Tisch rechts von uns schrien auf und gingen in Deckung.

Marius Mullers Augen waren angsterfüllt. Langsam löste ich mich aus meiner Erstarrung und sah den Mann an. Ich prägte mir sein Gesicht ein – seine Augen, seine Nase, seinen Mund, jeden Zentimeter Haut.

»Sie können Ronin jetzt abrufen«, hörte ich neben mir Franziska Stangls ruhige Stimme. »Hinter Ihnen stehen zwei Beamte, die werden Herrn Muller hinausbegleiten.«

Ich ließ noch einen Moment verstreichen, dann berührte ich Ronin und streichelte ihn. »Fein gemacht, Ronin!« Ich griff nach seinem Halsband. »Komm!« Gleichzeitig wandte ich meinen Blick ab. Ich wollte Marius Mullers Gesichtsausdruck so in Erinnerung behalten, wie ich ihn noch vor Sekunden gesehen hatte. Er sollte keine Gelegenheit bekommen, ihn durch einen Blick zu ersetzen, der die Macht hatte, mich in meine Träume zu verfolgen.

Ronin fest im Griff, trat ich zur Seite, um den Beamten hinter mir Platz zu machen. Im selben Moment versuchte Marius Muller, über die Tische hinweg zu fliehen. Das Geräusch von zu Bruch gehendem Geschirr ging in den lautstarken Befehlen der Beamten unter. Kurz vor der Tür erwischten sie ihn und brachten ihn hinaus.

Ich sah zu Michaela Lohkamp, die den Eindruck machte, als sei sie betäubt. Sie starrte auf die Tür, die sich hinter Marius Muller geschlossen hatte. Kristin Mayer hatte ihr die Hand auf die Schulter gelegt, um sie am Aufstehen zu hindern. Aber sie machte nicht einmal den Versuch. Ihre Kraft schien sie verlassen zu haben.

Ich wartete, bis sich ihr Blick auf mich richtete. Dann sagte ich: »Sie glaubten, Sie seien in Sicherheit, nicht wahr? Das habe ich auch einmal geglaubt.«

Kurz darauf verließ ich gemeinsam mit Ronin den *Kaisergarten.* Auf dem Rückweg zum Auto ließ ich den Hund ausgiebig schnüffeln und lobte ihn immer wieder, obwohl er vermutlich längst nicht mehr wusste, wofür. Eine halbe Stunde später parkte ich den Wagen gegenüber von Laurenz' Büro. Bevor ich allerdings hineinging, kaufte ich ein paar Häuser weiter für Ronin ein Stück Wurst im Feinkostladen. Teurere Wurst hatte er ganz bestimmt noch nie gefressen. Aber ich fand, er hatte sie sich verdient.

»Das hast du ganz fein gemacht, mein kleiner Samurai.« Ich hielt ihm die Wurst hin und sah zu, wie er sie gierig verschlang.

Dann überraschte ich Laurenz in seinem Büro und bat ihn, mit mir hinauf in die Wohnung zu gehen. Dort erzählte ich ihm alles. Wie nicht anders zu erwarten, machte er keinen Hehl daraus, was er von meiner Aktion, Marius Muller zu beobachten, hielt. Die Erleichterung, dass die beiden mittlerweile in Gewahrsam waren, überwog jedoch bei weitem seinen Ärger.

An diesem Abend blieb ich in der Stadt und ging mit Laurenz essen. Obwohl die Eindrücke des Tages noch längst nicht in den Hintergrund getreten waren, gelang es mir, Laurenz zuzuhören, als er mir von seinem neuen Projekt erzählte. Er hatte eine Ausschreibung gewonnen, für die er hart gearbeitet hatte. Als wir darauf anstießen, hatte ich für einen Moment wieder das Klingen der Gläser im *Kaisergarten* in den Ohren. Ich verscheuchte die Erinnerungen. Sie würden mich zweifellos noch oft überfallen. An diesem Abend sollten sie jedoch auf Abstand bleiben.

Dass sie mich in der Nacht wieder einholten, überraschte mich nicht. Nachdem ich lange wach gelegen und den Tag noch einmal hatte Revue passieren lassen, löste ich mich aus Laurenz' Armen und ging ins Wohnzimmer. Bis zum Morgengrauen saß ich am Fenster, sah hinaus und dachte nach. Über Michaela Lohkamp und Marius Muller. Über die Skrupellosigkeit und Egozentrik, mit der die beiden ein Leben zerstört und ein anderes erschüttert hatten. Ich fragte mich, wie lange es dauern würde, bis meine Erinnerungen an die Entführung verblassten. Vergessen würde ich die fünf Tage nie. Sie hatten sich für immer in mein Gedächtnis gebrannt.

Nach einem ausgiebigen Frühstück mit Laurenz und einer Runde mit Ronin durch den Englischen Garten, brach ich am späten Vormittag nach Aschau auf. Unterwegs beschloss ich, einen Umweg über Rosenheim zu fahren. Es gab eine Frage, die ich den Beamtinnen von der Kripo stellen wollte. Sie beschäftigte mich ununterbrochen.

Bevor ich allerdings dazu kam, ging ein gehöriges Donnerwetter auf mich nieder. Ich hätte nicht nur mich, sondern auch die anderen Gäste in Gefahr gebracht. »Haben Sie auch nur einen Moment lang darüber nachgedacht?«, fragte Franziska Stangl.

»Damals auf dem Waldboden mit der Watte vor dem Gesicht und der Waffe an meiner Wange hatte ich Todesangst. In der Hütte war ich diesem Mann hilflos ausgeliefert. Als sich dann im *Kaisergarten* plötzlich die Gelegenheit bot, mich zu wehren, habe ich zugegriffen. Ich musste es tun, ich hatte keine Wahl.«

»Verstehe.« Ihrem milden Ton nach zu urteilen, verstand sie wirklich.

»Wie stehen die Chancen, dass die beiden in Haft bleiben?« Nur wegen einer Antwort auf diese Frage war ich überhaupt gekommen.

»Die Chancen stehen gut.« Kristin Mayer wirkte zufrieden. »Wir haben gestern noch in beiden Wohnungen

Durchsuchungen durchgeführt. In Michaela Lohkamps Wohnung haben wir keine sachdienlichen Hinweise gefunden. Dafür aber in der von Marius Muller. Neben dem Schmuck von Beatrice Lohkamp wurde dort eine Menge Geld entdeckt. Die Kollegen prüfen noch, ob es aus Ihrer Lösegeldzahlung stammt. Ihr Mann war ja zum Glück so geistesgegenwärtig, sich ein paar Seriennummern zu notieren. Außerdem wurde in der Wohnung eine Pistole gefunden. Die Kriminaltechnik untersucht sie gerade. Wenn er sie nicht akribisch gereinigt hat, nachdem er sie Ihnen an die Wange gehalten hat, könnten sich Spuren von Ihnen darauf finden lassen. Außerdem wurden in seiner Wohnung etliche Prepaid-Karten sichergestellt. Es wird sich zeigen, ob er mit einer oder mehrerer dieser Karten die Telefonate mit Ihrem Mann geführt hat.« Sie sah zu ihrer Kollegin. »Ja, was haben wir noch?«

»An dem Brett, mit dem Marius Muller Sie vermutlich durch das Fenster in die Hütte geschafft hat, ist eine blaue Stofffaser gefunden worden, die von einem Blaumann stammen könnte. Für sich allein genommen, ist dies ein schwaches Indiz«, klärte Franziska Stangl mich auf, »aber im Gesamtzusammenhang gewinnt es an Bedeutung. Hinzu kommt, dass der Mann einen Landrover Defender besitzt, ein sehr geländegängiges Fahrzeug. Es ist dunkelgrün wie der Geländewagen, der am Morgen, als Sie freigelassen wurden, in Stocka beobachtet wurde. Unsere Kriminaltechnik wird sich ausgiebig damit befassen. Möglicherweise lassen sich auch darin noch verwertbare Spuren von Ihnen nachweisen. Außerdem werden wir eine Haarprobe sowie Hautpartikel von ihm mit Spurenmaterial aus der Hütte vergleichen. Und was das Alibi dieses Herrn angeht: Er hat keines für die fünf Tage Ihrer Entführung.« Zum ersten Mal sah ich sie lächeln. »Sie hatten übrigens recht mit Ihrer Vermutung, Michaela Lohkamp könne an dem letzten Juliwochenende in der *Residenz Heinz Winkler* übernachtet haben. Eine Mitarbeiterin des Hotels hat es uns bestätigt. Frau Lohkamp war an dem Freitagabend zu einer Geburtstagsfeier dort eingeladen und hatte für die Nacht eine Zimmerreservierung.«

Ich ließ mir Zeit, über die einzelnen Punkte nachzudenken. »Mit Marius Muller haben Sie jetzt das fehlende Verbindungsglied zu dem Mord an Beatrice Lohkamp. Damit müsste Michaela Lohkamps Alibi nichtig sein, oder?«

Die Beamtin nickte. »Sie hat ein Motiv, und durch Ihre Papiere hatte sie die Gelegenheit zu dem Mord. Wir lassen übrigens gerade eine Schriftprobe von Frau Lohkamp mit der gefälschten Unterschrift auf dem Automietvertrag von Sixt prüfen.«

»Und was ist mit dem Telefonat, das sie angeblich am Sechsundzwanzigsten mit ihrem Handy aus dem Münchener Gebiet gemacht hat?«

»Wir nehmen an, dass Marius Muller diesen Anruf für sie getätigt hat. Aber selbst wenn sich die beiden darüber ausschweigen – als Alibi taugt der Anruf längst nicht mehr.«

»Hat einer von beiden ein Geständnis abgelegt?«

»Nein, bisher nicht. Aber auch ohne Geständnisse werden die Indizien, die wir zusammengetragen haben, für eine Verurteilung ausreichen.«

»Wissen Sie, was mir nicht aus dem Kopf geht? Dass Michaela Lohkamp zwei Jahre lang über den Mord an der Frau ihres Vaters nachgedacht haben muss. Welchen Grund sollte es sonst geben, dass sie ihren Pflichtteil nicht gleich geltend gemacht hat?« Ich schwieg einen Moment.

»Was wäre gewesen, wenn sie von der Paketbotin nicht mit mir verwechselt worden wäre?«

»Dann wäre Ihnen die Entführung erspart geblieben. Den Mord hätte sie vermutlich trotzdem begangen. Die Eltern von Beatrice Lohkamp sind von den Kollegen in Düsseldorf noch einmal eingehend befragt worden. Dabei hat sich herausgestellt, dass ihre Tochter mit dem Gedanken spielte, einen großen Teil des ererbten Geldes in ein Hilfsprojekt in Guatemala zu stecken, an dem sie dann auch selbst mitarbeiten wollte. Es war noch nichts Konkretes, nur ein erster Kontakt, eine Idee. Beatrice Lohkamp hat ihrer Mutter vor ein paar Monaten davon erzählt. Und Maria Vehlen, die Michaela Lohkamp für die Vernünftigere der beiden Frauen hielt, hat sie gebeten, ihren guten Einfluss zu nutzen und mit ihrer Tochter zu reden, sie zur Vernunft zu bringen, wie sie es nannte. Es ist nicht auszuschließen, dass das ein zusätzlicher Auslöser für den Mord war.«

»Es fällt mir schwer zu glauben, dass es bei alldem nur um Geld gegangen sein soll. Drei Komma sieben fünf Millionen Euro sind ein Haufen Geld.«

»Wenn sie kein Geständnis ablegt, werden wir immer nur spekulieren können, worum es ihr ging. Vielleicht war es tatsächlich nicht ausschließlich das Geld, vielleicht war es auch eine späte Rache an ihrem Vater. Und vielleicht wird diese Frage für immer offen bleiben. Eine Verurteilung ist ihr allerdings sicher.«

Marius Muller saß in Untersuchungshaft. Er konnte mir nichts mehr anhaben. Ich hatte sein Gesicht gesehen. Und ich hatte mich mit Ronins tatkräftiger Unterstützung gegen ihn zur Wehr gesetzt. Es war ein gutes Gefühl. Trotzdem war ich noch weit davon entfernt, in der Nacht wieder das Licht löschen und im Dunkeln schlafen zu können. Möglicherweise würde es mir nie wieder gelingen. Vielleicht war es aber auch zu früh, um von dieser Nacht auf die Zukunft zu schließen. Die Erinnerungen waren noch zu frisch.

Da ich höchstens drei Stunden am Stück geschlafen hatte, fühlte ich mich am nächsten Morgen erschöpft und gerädert. Erst nach drei Tassen Tee kam ich allmählich zu mir. Als ich mir gerade die vierte einschenken wollte, klingelte es an der Tür.

»Hey«, begrüßte ich Verena und bedachte ihre Fahrradmontur mit einem freudigen Blick. »Du hast es tatsächlich geschafft!« Ich umarmte sie. »Wie fühlt es sich an?«

»Ziemlich unsicher ... ein bisschen wie auf Eiern.«

»Egal! Du hast wieder im Sattel gesessen, das ist das Einzige, was zählt. Magst du einen Tee mit mir trinken?«

»Später. Erst möchte ich eine Runde mit dir drehen.«

»Aber nicht mit dem Rad!«

»Womit sonst? Wenn du es geschafft hast, diesem Kerl gegenüberzutreten, dann schaffst du es auch, wieder aufs Rad zu steigen. Und untersteh dich, mir vorzuhalten, dass ich es auch lange erfolgreich vermieden habe. Deine Erfahrung hat überhaupt nichts mit dem Rad zu tun. Es hätte dich auch auf dem Parkplatz vom Supermarkt erwischen können, während du gerade deine Einkäufe einlädst.«

»Da ist es viel zu belebt.«

»Du weißt, was ich meine. Also los, zieh dir Sportsachen an und komm mit. Ronin kann ein bisschen Abwechslung auch nicht schaden.«

Ich war unschlüssig. Während mein Kopf Verena zustimmte, schreckte mein Herz davor zurück. Was, wenn ...?

»Ich weiß, dass du Angst hast. Aber weder der Hund noch ich werden dir von der Seite weichen.«

Was ist schon dabei, versuchte ich, mir selbst Mut zu machen. Schließlich wanderte ich jeden Tag mit Ronin durch den Ort. »Okay«, sagte ich, lief nach oben, zog mich um und kam fünf Minuten später wieder hinunter.

In der Zwischenzeit hatte Verena mein Rad aus der Garage geholt und es aufgepumpt. Mit einer einladenden Geste klopfte sie auf den Sattel. »Na, dann los«, sagte sie, »fahr mir einfach hinterher.«

Vor ihrem Unfall war Verena eine flotte Fahrerin gewesen, jetzt fuhr sie deutlich langsamer. Mit einem schnelleren Tempo wäre ich ohnehin nicht zurechtgekommen, da ich Ronin nicht aus den Augen lassen konnte. Anfangs hielt er das Ganze für ein Spiel und versuchte, an mir hochzuspringen. Erst allmählich begriff er, dass er auf der Straße dicht neben mir herlaufen sollte.

Da ich so intensiv mit Ronin beschäftigt war, hatte ich nicht auf den Weg geachtet. Erst als er deutlich bergauf ging, sah ich mich um. Wir waren kurz vor dem Parkplatz an der Kohlstatt.

»Wohin willst du?«, rief ich Verena hinterher. Mein Ton enthielt unüberhörbar eine Warnung.

»Den Lochgraben hinauf.«

Ich hielt an und stieg vom Rad. »Und dann?«

»Zur Abendmahlkapelle«, rief sie mir im Weiterfahren zu.

»Nein! Ohne mich!«

Sie fuhr einen Bogen und kam vor mir zum Stehen. »Die Abendmahlkapelle war immer dein Lieblingsplatz.«

»Bis Marius Muller meinen Weg gekreuzt hat.«

»Ich kann verstehen, wenn du nicht mehr alleine dort

hinauf magst. Aber gemeinsam könnten wir es versuchen. Überleg mal: Du warst bei der Hütte, in der du festgehalten wurdest. Das hast du auch überstanden. Vielleicht hat sich die Kapelle trotz alledem ihren Zauber für dich bewahren können. Das wirst du aber erst wissen, wenn du wieder dort warst.«

Sobald ich an die Abendmahlkapelle dachte, waren auch all die anderen Bilder wieder da. Ich beugte mich zu Ronin und streichelte ihn. Ich konzentrierte mich auf das Gefühl des weichen Fells unter meinen Händen. Dann sah ich hoch zu Verena. »Also gut, ich versuche es. Aber sobald ich merke, dass es mir nicht guttut, kehren wir um.«

»Versprochen!«

Seite an Seite setzten wir unseren Weg fort. Den Almwirtschaftsweg am Lochbach hinauf bis zur Maisalm hatten wir beide mit unserer Kondition zu kämpfen. Viermal mussten wir absteigen und eine Pause einlegen. Nur Ronin schien diese Steigung problemlos zu bewältigen. Sein Übermut und seine Freude an diesem Ausflug waren überwältigend und lenkten mich immer wieder von meinem unsicheren, ängstlichen Gefühl ab.

Obwohl es kühl und der Himmel an diesem Tag bedeckt war, waren Verena und ich in Schweiß gebadet, als wir oberhalb der Maisalm ankamen. Ein Stück weiter zogen wir unsere Jacken über, ließen uns dann gemächlich den Berg hinunterrollen und bogen zur Abendmahlkapelle ab.

Auf dem Feldweg, der durchs freie Feld führte, hielt Verena an. »Alles okay?«, fragte sie.

»Mulmig ist mir.« Ich war mir nicht sicher, ob ich den Weg, der vor uns lag, wirklich fahren wollte. Ob es überhaupt klug war, ihn zu fahren. Was, wenn die Erinnerungen mich überschwemmten? Ich hatte Angst vor der Angst, die mich an diesem Ort überfallen hatte. Und trotzdem gab ich Verena ein Zeichen weiterzufahren.

»Mulmig ist mir auch, wenn ich an diesen Schotterweg denke.« Auf einem ähnlichen Belag war Verena gestürzt.

Während Ronin über die Wiese tobte, setzten wir uns auf die Räder und fuhren langsam nebeneinanderher auf den Waldrand zu. Es ging ziemlich bald bergab und wir mussten uns beide auf den schwierigen Weg konzentrieren, der vor uns lag. Ganz kurz tauchte das Bild des Fahrradfahrers mit dem gelben Helm auf, der auf dieser Strecke an mir vorbeigerast war. Ich verscheuchte es, so gut es ging, und vergewisserte mich immer wieder, dass Ronin und Verena in meiner Nähe waren.

Ich hatte erwartet, dass die Angst mich packen würde, je näher wir der Stelle kamen, an der ich überfallen worden war. Aber sie hielt sich so weit im Hintergrund, dass ich auch einen winzigen Schimmer von Vorfreude spürte. Als wir unterhalb der Abendmahlkapelle ankamen, lehnten wir die Räder an einen Baum und gingen die Treppe hinauf. Am Brunnen ließ ich erst Ronin trinken und trank dann selbst ein paar Schlucke. Ohne hinter mich zu blicken, folgte ich Verena, die sich auf der Bank gleich am Eingang niedergelassen hatte.

Ich setzte mich neben sie und lehnte mich mit dem Rücken gegen die Holzwand, wie ich es schon unzählige Male vorher getan hatte. Mein Blick wanderte durch diesen kleinen, vertrauten Raum, der für mich stets ein Ort der Ruhe und des Friedens gewesen war. Während Ronin sich hechelnd neben mir auf den Boden plumpsen ließ, durchströmte mich ein Gefühl zaghafter Freude.

Verena griff neben sich und zog eines der Schreibhefte hervor, in die die Besucher ihre Gedanken schrieben. Dann blätterte sie bis zum letzten Eintrag, nahm den Stift, der auf der Bank lag, und sah mich einen Moment lang nachdenklich an. Schließlich schrieb sie:

Freitag, 4. November
Wir haben es geschafft!
Emma und Verena.

Danksagung

Allen, die mich bei meinen Recherchen für diesen Roman unterstützt haben, danke ich für die Zeit und die Geduld, die sie investiert haben, um mich an ihrem Wissen teilhaben zu lassen. Mein besonderer Dank gilt:

Dr. Ursula Gasch, Gregor Grüb, Hanna Hofmann, Ennid Roberts, Uwe Rose und Dr. Walter Schlitt.

Sie alle waren mir eine große Hilfe. Mögliche Fehler bei der Umsetzung habe allein ich zu verantworten.

Außerdem danke ich meinem Mann für seine Begleitung auf meinen Ortsrecherchen. Einen so wundervollen Ort wie die Abendmahlkapelle hätte ich ohne ihn nicht gefunden.

Und natürlich danke ich Gabriella Engelmann, Ingeborg Fischer, Nina Grüb, Mimi Richner-Mollerus, Alice Noll, Anwen Roberts, Ulrike Schweikert, Marina Stammen, Dr. Anke Vogel und Andrea Wagener, die meinen Roman mit wachen Augen gelesen haben.

Sabine Kornbichler

Im Angesicht der Schuld

Roman

Für Helen Gaspary bricht eine Welt zusammen, als eines Abends die Polizei vor ihrer Tür steht: Ihr Mann Gregor, ein angesehener Anwalt für Familienrecht, ist vom Balkon seiner Kanzlei in die Tiefe gestürzt.
Die Polizei geht von Selbstmord aus, doch Helen kann das nicht glauben. Sie beginnt im Nachlass ihres Mannes nach Spuren zu suchen – und stößt auf ein großes Geheimnis …

Der neue Roman der Erfolgsautorin von »Klaras Haus«!